"Es mejor fracasar con originalidad que tener éxito en la imitación". - Herman Melville. Esa frase ha cambiado mi vida, y mi percepción de lo que la gente espera. Así que lo escribí, en un pequeño libro negro y lo puse en mi cartera. Ahora, no puedo decirte exactamente cuántas veces he leído esa única frase desde que la escribí, pero cada vez que leo un libro y luego de disfrutar de la brillantez de su originalidad, pienso en Herman y en su sabio consejo. ENTONCES... Pienso en los autores que rebosan de esta cualidad más que la mayoría. Imogen Rose es una de esos autores. – KindleObsessed.

¿El autor hizo un pacto con el diablo o algo así, para conseguir este nivel de talento puro o qué? ¿O tal vez con uno de esos demonios de este libro? Mmm... - Candy Beauchamp (Candy's Raves)

INICIACIÓN es el primer libro irresistiblemente adictivo y lleno de acción, en la nueva serie de precuelas de *Crónicas de Bonfire*. – Fiktshun

Un libro de Red Adept Select (votado como "Sobresaliente en su Género"- Adulto Joven)

Hogwarts se reúne con Bon Temps —Examiner.com

Los seguidores de lo Paranormal van a enloquecer cuando lean ésta fresca historia, que es casi una reminiscencia de la escuela Xmen, pero es mucho más. – Freda's Voice

Wild Thorn Publishing

INICIACIÓN (Academia Bonfire - Libro Uno) por **Imogen Rose**
Series: CRÓNICAS DE BONFIRE

Título original: Iniciación

Edición adaptada por Núria Orive de la versión latina traducida por Gely Rivas.
Diseño de Portada: Najla Qamber (NajlaQamberDesigns)
Derechos de Portada: Imogen Rose

Wild Thorn Publishing

Sitio web: WildThornPublishing.com

ISBN: 978-1948223058

Agradecimientos

No es sólo afortunado, sino esencial para un escritor que está llevando a la vida a sus personajes en otro idioma, encontrar a alguien dispuesto y dedicado a mantener su voz original y con integridad. Me considero afortunada de que Gely Rivas lleve mis libros a la vida en español.

Un buen editor puede ayudar a que tus pensamientos brillen. Me gustaría dar las gracias a Núria Orive y Jennifer Garrison Treviño por su dedicación al editar este volume.

Mi maravillosa consultora beta Adriana Rios de Biedermann se ha asegurado de que ésta traducción sea tan buena representación de la obra original en Inglés. También me gustaría dar las gracias a mis lectores beta Jennifer Garrison Treviño e Irayda Quezada. He disfrutado trabajar con estas exitosas damas, que han convertido algo que pudo ser un proceso tedioso, en uno divertido y agradable.

Esta traducción no hubiera sido posible sin todo el trabajo duro y dedicación del equipo que dio a luz al libro original… mi asombrosa amiga y editora Sue Bernstein, Lynn O'Dell y su equipo de edición en Red Adept Publishing, Al Kunz (lector beta), Allirea Brumley (lector beta), Lala Price (correctora), Vickie Boehnlein (lector Beta), Scott Garretson (lector beta), Linda Mihay (lector beta) y Anne-Marie Monzleum.

Tal vez mi hija, Lauren, un día será capaz de leer esta traducción. Ella sigue siendo la fuerza que alimenta mi escritura. ¡Gracias a todos mis familiares, amigos y fans!

~Imogen Rose xo

Un soñador debe soñar
Un narrador debe narrar
Yo sueño narrar

Para Lauren

Escondida en las
montañas alpinas
de St. Moritz

es una exclusiva
escuela privada

entre bajo su propio riesgo

Bienvenido a la
Academia Bonfire

Capítulo 1

N*o Confíes en Nadie*. La placa de madera que colgaba sobre la cama, no podía ser más cierta. Como si pudiera olvidar alguna vez una de las tres Reglas de Oro.

Después de dejar mi maleta en el fresco edredón, cogí el sobre que vi en mi almohada y me senté a ver mi nueva habitación.

La habitación era mucho más grande que la que tenía el año pasado. Incluso tenía una mesa de desayuno con dos sillas acolchonadas… en una de las cuales estaba sentada… y un sofá cama para invitados. Genial. Eso sería muy útil para las fiestas de pijamas. Todas las habitaciones de la Torre Este, incluida la mía, habían sido reconstruidas después del incendio. Habían sido restauradas a su estado anterior, como si el fuego nunca hubiese sucedido. Quien se había encargado de las renovaciones, había logrado reemplazar las viejas toallas color borgoña. Sin embargo, mientras respiraba el aire, noté que el antiguo olor familiar había sido reemplazado por uno nuevo. El olor de las paredes recién pintadas se mezclaba con un toque naranja de la madera recién pulida.

Era difícil creer que el ala entera, hubiese estado en llamas sólo tres meses atrás. El resto de la escuela tampoco había escapado del daño del humo y del fuego, haciendo que la Academia Bonfire cerrara sus puertas por primera vez en su historia.

La Academia Bonfire, estaba escondida en las afueras de la lujosa ciudad llena de hoteles para esquiadores en St. Moritz, Suiza, siendo una escuela exclusiva para la preparación de lo paranormal. La pequeña, pero elegante ciudad, atendía a aquellos que disfrutaban de un estilo de vida ostentoso. Era legendario por ser el patio de recreo de los ricos y famosos. Así que, naturalmente, la escuela atendía a los descendientes de la clase alta de la sociedad paranormal. El proceso de investigación a fondo y los costes anuales de matrícula, se aseguraban de eso. Los estudiantes llegaban de todas partes del mundo y más allá.

Después del incendio, todos los estudiantes tuvieron que ser enviados a sus hogares, excepto los vampiros novatos, que fueron secuestrados en el sótano durante la restauración. Aparentemente, esa había sido una auténtica pesadilla. Aun así, el hecho de que fuesen capaces de volver a abrir en tan poco tiempo, era increíble. Me alegraba volver para mi tercer año.

Habría un montón de nuevas reglas, por supuesto. Los gemelos se aseguraron de eso. Pero Jacques y Mariel, los infames gemelos, no regresarían a la Academia. Ellos habían sido leyenda, mucho antes de que decidieran convertir el lugar en un petardo gigante. Así que después de seis años en la escuela, habían sido coronados como los primeros no graduados de todos los tiempos.

Abrí el sobre con el sello de cera estampada con la insignia oficial AB. Sacando la página de aspecto antiguo, leí la nota escrita a mano. Era un mensaje corto del presidente del consejo estudiantil, pidiéndome que fuera a su oficina. Había oído rumores de que este año era un chico, aunque la identidad se mantenía en secreto hasta que el curso escolar comenzara. De todos modos, ¿una reunión? Ugh. No podía ser bueno. Una reunión con el presidente era tan rara, que la mayoría de los nuevos estudiantes pensaban que él era un mito inventado por la escuela para mantenernos a raya… una criatura imaginaria pintada en colores de miedo. Sabía que no era así, por supuesto, pero la idea todavía me hacía sentir incómoda. ¿Por qué querría verme precisamente a *mí*?

Yo estaba empezando mi tercer año en la Academia, un año puramente voluntario reservado para enriquecer el auto-desarrollo, donde se nos permitía escoger nuestro propio curso de desarrollo. Muchos escogían ser mentores para nuevos alumnos, mientras que otros optaban por pasar un año más, para desarrollar sus habilidades. Yo quería centrarme en el tenis. Además, mi novio se había quedado otro año y yo quería estar cerca de él.

Por mi vida que no podía entender por qué el presidente del consejo estudiantil, me había convocado.

De repente sentí un poco de ansiedad, me levanté y traté de controlar mis agitadas emociones. ¡Dios, era sólo otro estudiante, no un monstruo! E incluso si lo fuera, él no sería ningún rival para mí, de eso estaba segura. Entonces, ¿por qué me sentía tan mal? Tal vez era sólo algo que había comido en el avión.

Decidí echar un vistazo por la ventana para calmar mis nervios. Como de costumbre, los picos nevados de las impresionantes montañas alpinas, me transportaron a un lugar de paz y tranquilidad. Sentí que mi estómago empezaba a relajarse, y puse mi nariz contra la ventana, dejando que mi aliento formara nubes sobre el cristal.

Miré hacia abajo nuevamente a la nota y decidí que lo mejor sería aguantármelo e ir ahí. El mensaje me decía que llegara tan pronto como pudiera. Di una vuelta para dar, una vez más, una rápida mirada al espejo. Si iba a ver *al presidente*, sería mejor que me viera presentable.

No me veía nada mal, y ciertamente no como si hubiera estado viajando. A pesar de que el viaje desde París en el jet privado de mi padre, no había sido exactamente difícil. Mi pelo rubio peinado, el cual había destacado con mechas rojas durante el cierre de la escuela, sólo necesitaba un rápido arreglo con los dedos. Después de enderezar mi corbata a rayas rojas y naranjas, salí corriendo y subí los escalones de piedra hacia la habitación del presidente de los estudiantes.

Cuando llegué, mi estómago estaba revuelto de nuevo y haciendo un sonido embarazoso. ¿Qué diablos me pasaba?

Me quedé frente a la puerta de metal, mis nudillos se negaban a golpearla. Me temblaban las punta de las uñas rosas de mi mano derecha, deseando que mi mano llamara. Pero simplemente no podía hacerlo.

Cinco minutos más tarde, me había inventado una gran colección de excusas razonables para hacer caso omiso de la nota... la primera sería que yo no la había visto en primer lugar. Aliviada y satisfecha conmigo misma, me di la vuelta para regresar a mi habitación.

No debería malgastar mi tiempo.

La puerta se abrió de golpe, y mi boca se abrió del shock. Se me puso de piel de gallina, mientras me envolvía un escalofrío. Alcé la vista y me quedé mirando un par de ojos fríos y grises como la plata.

Sostuve su mirada, fijándome en ella durante un tiempo incómodamente largo. Se me aceleró el pulso mientras luchaba para mantener el control, finalmente, logrando desenganchar mis ojos de los suyos. No pude dejar de notar el brillo de su raro cabello de color blanco, que se erizaba con forma de espinas en su cabeza. Él arqueó sus oscuras cejas y sonrió, relajando sus anguladas facciones. Me derretí en sus magníficos ojos, los cuales estaban enmarcados con unas oscuras pestañas, y le devolví la sonrisa, dejando que mis defensas se alejaran.

Su mandíbula se estremeció y su sonrisa se desvaneció tan rápido, que me pregunté si no me lo había imaginado. Me quedé paralizada, hipnotizada por el hombre más fascinante que había conocido en mi vida, mi rostro se moldeó con la risa más tonta del mundo, mientras él me miraba como si yo estuviera totalmente loca.

—Cordelia. ¿Puedo llamarte así?

Asentí con la cabeza, desesperadamente tratando de transformar mi tonta expresión en una de aceptación más neutral, pero probablemente fallando miserablemente.

—Pareces sorprendida. No puedo imaginar por qué. Decidí ayudarte con la puerta, ya que has estado fuera, al acecho de mi habitación, durante más de cinco minutos.—Se encogió de hombros. —Vamos, entra. Soy Jagger, por cierto.

Lo seguí y me senté cuando me señaló con la mano una silla Francesa de la época del Renacimiento. Caminó alrededor del escritorio de metal y se sentó en una acolchada silla de cuero negro. Eché un vistazo a la habitación mientras él revolvía unos papeles. El espacio de oficina era grande y airoso, una habitación de esquina, con dos paredes sustituidas por ventanas que iban desde el suelo al techo ofreciendo una vista impresionante de los picos nevados. Las ventanas estaban entreabiertas, el punzante viento helado se abría camino por la habitación. Las otras dos paredes estaban cubiertas de fotos y posters de esquí y navegación. Trofeos y medallas llenaban un gabinete en una esquina. Pude mirar la habitación contigua, un dormitorio, a través de una rendija de la puerta. Finalmente reconociéndolo como el capitán del equipo de esquí de la escuela, eché un vistazo a Jagger de nuevo.

¡Así que este año el misterioso presidente del consejo estudiantil, era el capitán del equipo de esquí! Bueno, eso debería hacerlo más accesible, aunque teniendo en cuenta su intimidante mirada... tal vez no. Me preguntaba a quién había reemplazado.

Me estremecí. El frío que entraba por ventana abierta, me estaba dejando como una estaca de hielo. Jagger levantó la vista, sus ojos seguían a los míos mientras echaba un breve vistazo hacia la ventana abierta, pero no hizo ningún ademán de levantarse y cerrarla. Yo humeaba mientras él se sentaba satisfecho con su largo abrigo de cuero negro.

—Bueno, Cordelia, ¿estás feliz de estar de vuelta?

—Sí. ¿Por qué me has hecho llamar?

—Ah, directo al grano. — Entrecerró los ojos. —Muy valiente. La mayoría tendría el sentido común de ser más temeroso y no hacer preguntas— gruñó en voz baja.

Contuve la respiración, controlando mis instintos. Un gruñido para mí, siempre era una señal de transformación. Pero me contuve, me hallaba en alerta máxima.

—Me comentaron eso sobre ti. Y esa es una de las razones por las que estamos aquí. Has sido designada como mentor.

Era mi turno sonreír. Me puse en pie. —No puedo ser *designada* a nada. Gracias por pensar en mí de todos modos. Supongo que es algún tipo de honor. Pero, no gracias. — Me abrí camino hacia la puerta.

Y me estrellé justo contra el pecho de Jagger. Debí haber anticipado su movimiento; el desplazamiento de ubicación como un rayo, se aprendía en el primer semestre. Torpemente di un paso atrás, y luego me encontré con su oscurecida mirada.

Bajó su cabeza, rozando su nariz a lo largo de mi cuello, aspirando mi olor, haciendo que me quedara petrificada y dejando que mis dedos se fusionaran. Me estremecí cuando sus labios encontraron mi oreja derecha, cada respiración suya, formaba estacas de hielo en mi piel. Entonces, tocó mis dedos fusionados.

—Tranquila, princesa demonio. Relájate.

Herví de rabia. ¿Quién diablos se pensaba que era yo? ¿Una tonta chica humana que se derretiría bajo su patético intento de intimidación? No era así.

—Aléjate y lo haré. — Mis palabras, se suponía que saldrían en un gruñido demoníaco firme, pero en cambio, se deslizaron como un desafortunado susurro ronco.

Se rió entre dientes y dio medio paso hacia atrás. Necesitaba aprender a no meterse con los demonios. Sacar la sonrisa de su cara a golpes, sería un gran cliché. Mis malvados instintos demoníacos, tomaron las riendas.

Mientras los bordes de sus labios se curvaban en una mueca, levanté mi brazo y rápidamente envolví mis dedos alrededor de la parte posterior de su cuello, tirando de su cara hacia la mía. Sus ojos se abrieron con sorpresa, pero no hizo ningún movimiento para resistirse, mientras, yo me paraba de puntillas y bruscamente separaba sus labios con los míos. Mantuve los ojos bien abiertos, mirando dentro de los suyos, exploré su boca bebiéndolo. Él cedió bajo mi tacto. El beso se hizo más y más ferviente, hasta que una oleada de calor y frío, terror y emoción y choques eléctricos me atravesaron… y a él, por la sorpresa en su cara… lo que nos dejó conmocionados y sin poder movernos. Nuestros ojos permanecían fijos el uno en el otro, mientras nos encontrábamos suspendidos en el tiempo.

Jagger parecía encontrarse igual de aturdido que yo. Sus ojos buscaron los míos, pero yo no tenía nada que ofrecer, ninguna explicación. Entonces, me di cuenta. Papá me había mencionado el extremadamente raro fenómeno. Revisé mi mente, tratando de recordar lo que había dicho.

Escucha los latidos de su corazón, sincronízate con ellos.

Cerré los ojos, desconcentrandome de todas las otras distracciones, incluyendo al mismo Jagger. Escuché y capté el tambor de su corazón latiendo con fuerza. Me imaginé

conduciendo el ritmo, con mi propio latido tomando el mando. Obligué a su compás a entrar en línea con el mío, el cual latía con fuerza y de forma errática. Me las arreglé para reducir la velocidad, inspirando y espirando, controlándome a mí misma, concentrándome en mantenerme calmada. Su corazón comenzó a ir a la velocidad del mío, disminuyendo, hasta que ambos llegaron a un pulso constante. Puse mi mano en su pecho, disminuyéndonos aún más, hasta que mi corazón se detuvo. También lo hizo el suyo.

Puso su mano sobre la mía, convenciendo a nuestros corazones a latir de nuevo. Sentí que su corazón empezaba a ganar velocidad, y el mío lo seguía. Se las arregló para traernos de nuevo a un cómodo ritmo.

El teléfono sonó, haciendo que los dos nos enderezáramos y sacudiéramos. Nuestros ritmos se desencadenaron.

La cara de Jagger era dura y severa, mientras se apretaba por delante de mí para llegar a su escritorio. Cogió su teléfono móvil. — ¿Sí?— Su voz no traicionó la confusión de su rostro. Sus ojos nunca abandonaron los míos, ni por un segundo, durante lo que duró toda la conversación. Debería haberme dado media vuelta e irme, pero no podía escapar de su mirada.

—Cordelia. — Su voz fue suave y fría, enviándome un nuevo tipo de escalofrío. —Frau Schmelder pide que vayas a su oficina. Tu pupilo ha llegado.

Quise protestar, pero si Frau Schmelder quería verme, no tenía más remedio que ir. Frau Schmelder, la directora de la Academia Bonfire, era comúnmente conocida como Frau Smelt, o La Smelt.

—Permíteme ponerte al tanto primero. Ven y siéntate.

Lo hice, sintiéndome un poco avergonzada. ¿Qué era lo acababa de ocurrir?

Él sonrió, su rostro se suavizó. —Cordelia, de vuelta a lo que estábamos discutiendo antes, soy completamente consciente de tu situación y que no puedes ser *designada* a cualquier tarea. Sé que estás aquí para centrarte en el tenis este año. Pero eso no ocupará todo tu tiempo, por lo que te lo pido como un favor. Yo estoy a cargo del programa de mentores, y no puedo pensar en nadie más que fuese apropiado. Realmente te necesito.

Apenas lo escuchaba, en su lugar imaginaba la sensación de sus tensos músculos. —Eh. Jagger, *¿qué* eres?— Su sabor y olor eran inconfundibles, de hecho incomprensibles. Detectaba claramente el hada en él, pero también algo más. Tenía que ser un híbrido de algún tipo.

Pareció sorprendido por mi pregunta. Preguntarlo había sido abusivo por mi parte. Las reglas de la escuela eran claras. No se nos permitía fisgonear y preguntar tal cosa, directamente como yo hice, estaba estrictamente prohibido, pero no podía evitarlo. Siempre había sido curiosa.

—Hada. — Él sonó firme y no dijo nada más.

—¿Invierno?

—Sí.

Podría haberlo adivinado solamente por su apariencia, pero ahí había algo más. Sin embargo, no era el tiempo para ahondar en ello. A Frau Smelt no le gustaba que la hicieran esperar. O al menos eso había escuchado. —¿Por qué *me* necesitas?

Sus ojos se entrecerraron. —¿Lo preguntas, después de lo que acaba de pasar?

Incómodo. Yo no quería hablar de eso. —Me refiero a, ¿por qué me necesitas como mentor?

Casi me río cuando detecté un tono rojo formándose en su blanca piel. Un avergonzado hada de invierno. Bonito.

—Oh. El estudiante en cuestión es Faustine Spencer, la hija mestiza del rey demonio de Londres.

—Jesús.

—Así es. — Sonrió con complicidad. — ¿La conoces? Oí que tus padres son buenos amigos, en un cierto modo de demonios.

—No, nunca he oído hablar de ella. ¿Mestiza con qué?

—Humano.

—Ugh.

—Así es. Aunque, esperamos que ella no sea muy problemática como el último grupo de sus engendros.

Es lo único que podría esperar. El último grupo habían sido los infames gemelos, Mariel y Jacques. Habían sido enviados de regreso a París, bajo el dominio de mi padre. Ellos también eran híbridos… mitad demonio, mitad hombre lobo. Al Rey Sebastian parecía gustarle el apareamiento con los no demonios. ¿Qué clase de demonios se preciarían de aparearse con *perros*? Yo estaba agradecida de que mi padre tuviera más auto-control.

—El principal tema es su seguridad. Su sangre humana será una buena mercancía por estos alrededores, especialmente entre los vampiros.

—No es broma. Aunque no es tan atractivo como sangre de hada. — Me preguntaba cómo los mantendría él a raya.

—Tal vez, pero ella es, además, joven, tiene apenas doce años y es completamente inmadura.

—Uhm, ¿un ser humano de doce años de edad? ¿Cuán humana es ella?

—No lo sé. ¿Importa?

—No es eso. — Suspiré. —Bueno, sabes de todas las estúpidas reglas humanas que se auto imponen. Nosotros no hacemos eso aquí. Quiero decir, ¿por qué lo haríamos? Su mundo está mucho más restringido por dilemas morales y preocupaciones. ¿Cómo le hará frente a nuestra falta desinhibiciones? Si ella fuera mayor, no creo que tuviera ningún problema. Demonios, incluso los adolescentes humanos, tienen relaciones, pero sobre todo en privado. De todas formas, aquí se encontrara expuesta a cosas que una adolescente normal de doce años de edad no lo estaría en su casa, es todo lo que estoy tratando de decir.

—Está aquí para aprender sobre su naturaleza demoníaca, y sobre lo paranormal en general. Es por eso que pensamos que serías un mentor particularmente adecuado. Has vivido en la sociedad humana, incluso asististe a una escuela de humanos. No habría sido enviada aquí si no estuviera lista.

—¿Para qué está ella *exactamente* aquí?

—Está transformándose, más dramáticamente de lo que se espera en un medio-humano. Su padre quiere que sea entrenada. Es su heredera.

—¿Heredera? ¿Será la próxima Reina de Londres? ¿Una media humana? ¡Eso es una locura!

Jagger se encogió de hombros. —Yo no sé mucho de todo eso, pero me han dicho que no sabe que será la que se hará cargo de su reinado, y esperamos que continué siendo así. De todos modos, me informarás diariamente. Te necesito para mantenerla a salvo. Hay más, y te informaré después. En este momento, por favor acomódala. He dispuesto que tenga su habitación, contigua a la tuya. No tendrá un compañero de habitación, a pesar de ser nueva. No pudimos encontrar a nadie adecuado. ¿Lista para conocerla?

—Supongo.

—Está esperándote en la oficina de Frau Schmelder. No iré contigo, pero ¿podrías informarme más tarde esta noche?

—Por supuesto.

Me acompañó hasta la puerta y se hizo a un lado para que pudiera pasar. Sin percatarme, me froté contra él a la salida. Sentí cada latido de su corazón mientras contactábamos, y yo luchaba por mantener mis niveles remotamente normales.

Me detuve e incliné la cabeza. —Jagger, ¿cuánto sabe ella?

—No sabe nada, todavía. Es una buena chica, aparentemente.

—¿Qué pasa con su horario?

—Te lo entregaré esta noche. Lo terminaré esta tarde.

—Bien, supongo que te veré más tarde.

—Y sobre el *otro acontecimiento*. — Él me escudriñó con un hambre descarado.

—¿Qué pasa con eso?

—Deshazte de Quinn. Ahora me perteneces.

Capítulo 2

Todavía sentía el latido del corazón de Jagger en el mío mientras me abría camino por las escaleras y los pasillos hacia la oficina de Frau Smelt. Nos habíamos sincronizado. Su ritmo era lento y constante, latiendo de forma independiente al mío, pero era como si casi hubiera hecho un hogar para sí mismo dentro del mío. Me parecía extraño. Necesitaba hablar con mamá y papá sobre eso. Esto tenía que tratarse de la cosa de "sincronización" de la que me habían hablado. Sus palabras daban repetidas vueltas en mi mente. Traté de ignorar lo que él había dicho acerca de Quinn. No me gustaba la forma en que Jagger me había hablado, básicamente dándome una orden. Nadie *me* mandaba a hacer nada. ¡Especialmente, un hada! Incluso si él era el presidente del consejo estudiantil.

Traté de recordar lo que me habían enseñado acerca de las hadas. Para ser honesta, no había prestado mucha atención. Las hadas eran de muy poco interés para mí, sobre todo porque no formaban parte de la red de mi padre.

Mi padre era el rey demonio de París. Cada ciudad era gobernada por un consejo de líderes… un demonio, un vampiro, un nómada, un ángel, un hombre lobo y una bruja que mantenían a sus súbditos en orden, asegurándose que nuestra existencia se mantuviera en secreto de los humanos. Las hadas, aparte de los trolls, nunca habían sido parte de ese sistema.

Por lo que podía recordar, el mundo de las hadas estaba dividido en la corte de las Hadas Buenas o en la corte de las Hadas No Buenas, también conocidas como la corte de verano y la corte de invierno. A pesar de que las hadas de verano no eran tan malévolas como las de la corte de las Hadas No Buenas, éstas no eran de ninguna manera benevolentes.

Jagger pertenecía claramente a la corte de Hadas No Buenas. Incluso antes de que él lo confirmara, yo lo había adivinado solamente por su apariencia y frío aliento. Pero no pertenecía por completo. Había otra aura indefinible que lo rodeaba. No comprendía cómo nuestros ritmos se habían fundido. ¿Cómo podía suceder entre un demonio y un hada? ¿Habría alguna manera de deshacerlo?

Mil preguntas se arremolinaban en mi mente cuando llegué a la oficina de Frau Smelt. Me quedé mirando su puerta y, una vez más, mi estómago se retorció. Realmente necesitaba trabajar en todo el problema de la ansiedad enfrente de las puertas, que parecía estarme invadiendo de repente. Me quedé fuera por un momento, enderezando mi falda gris y asegurándome de que el cuello de mi camisa blanca estuviera recto. Luego toqué suavemente el gran aldabón de bronce de la puerta de metal. Hizo un estruendoso sonido, a pesar que apenas lo había tocado, haciéndome saltar un poco.

—¡Adelante!

Giré el picaporte y abrí un poco la puerta, luego tímidamente me asomé por la rendija. Ignoré a todas las demás personas en la habitación, mientras me dirigía a la intimidante y severa mirada de La Smelt. Entonces, Frau Smelt de repente apartó la mirada, sus delgados y rojos labios color rubí se curvaron en una media sonrisa. Seguí su mirada y me quedé paralizada mientras miraba los ojos fríos y rojos del rey demonio de Londres.

—Su Alteza, ella es Cordelia. Le hemos pedido que sea la mentora de Faustine.

Bueno, ahí va el que "nadie podía darme órdenes". Esa idea se fue a pique por la ventana.

El Rey Sebastian se sentó en el sofá y alzó los pies perezosamente encima de la mesa de café de cristal que tenía delante de él. Parecía completamente a gusto, vestido informalmente con jeans oscuros y un suéter negro de cuello alto. Era famoso por su picaresco buen aspecto y el modo engañosamente llevadero. Me había topado con él un par de veces antes en la oficina de mi padre, pero todavía me sentía un poco intimidada.

—Cordelia, que gusto volver a verte. ¿Cómo está tu padre?

—Su Alteza, es bueno verlo otra vez. Mi padre está bien. Lo visité durante el cierre de la escuela.

Los ojos del Rey Sebastian se oscurecieron, y una sonrisa salió de su rostro. Si pudiera haberme comido mis palabras, lo habría hecho. Hablar sobre el cierre fue obviamente, un completo error en su presencia, teniendo en cuenta que sus engendros habían sido los responsables. Pensé en pedir disculpas, pero no podía encontrar las palabras.

Su voz fue grave y hasta mortal cuando habló de nuevo. —Me pondré de camino para ir a verlo, en cuanto salga de aquí. Permíteme presentarte a mi hija. Cordelia, ella es Faustine. — Su cara y su voz se suavizaron mientras pronunciaba su nombre y ponía la mano gentilmente en su hombro.

Me acerqué y le tendí la mano. La joven chica sentada junto al Rey Sebastian era preciosa, una hermosa chica de pelo morenos con destellos rojos, gruesos labios, cejas perfectamente arqueadas y una nariz ligeramente respingada salpicada por pequeñas pecas, una de ellas situada en la punta. Era muy joven, así que me sorprendí un poco cuando me dio la mano con un apretón firme.

—Encantada de conocerte, Faustine.

Sus ojos bailaban, y sus labios de color rosa... se curvaron en una tímida sonrisa. —Encantada de conocerte, también, Cordelia. — Soltó mi mano abruptamente y se volvió hacia su padre. —Papá, estaré bien. No tienes que preocuparte por mí.

Me senté en un lado opuesto al de ellos, observando fascinada el intercambio. Al ver las diferentes personalidades del Rey Sebastian, y lo rápido que podía cambiar entre ellas, era fascinante. Cada vez que la miraba o hablaba con su hija, se ponía sentimental, y tan pronto como hablaba con Frau Schmelder, era el intimidante rey de los demonios.

—Cari, Frau Schmelder se asegurará de que pases una agradable estancia. ¿No es así?. — Fulminó con la mirada a Frau Smelt.

—¡Por supuesto, Su Alteza!— Lo tranquilizó, sonando nerviosa. —No tendrá de qué preocuparse en absoluto. — Se volvió hacia Faustine, que tenía una expresión perpleja. —Faustine, tu padre me ha dicho que esquías. Tenemos un equipo excelente de esquí. ¿Estás interesada en probar?

Los ojos de Faustine se iluminaron. —¡Sí! Me encanta esquiar. Y me encanta el snowboard. Sin embargo, nunca he estado en una competición.

—No te preocupes por eso— La Smelt susurró. — Te acomodaremos y luego te presentaremos al equipo. Estarán encantados de conocerte.

¿Encantados? Cerré mi boca. No sería sensato contradecir a la directora en el mejor de los casos, pero hacerlo delante de su visitante, sería una completa locura. Sin embargo, ella tenía que ser consciente de la naturaleza del *equipo*. Eran un grupo muy competitivo, formado por los mejores esquiadores de la escuela. Examiné a Faustine. Ella era casi la mitad del tamaño de la mayoría de los miembros. Y era mitad humana... el pensar que podría incluso comenzar a mantenerse en ese equipo, era simplemente estúpido. Se la comerían viva. Quizá literalmente.

Sin embargo, mencionar el esquí, hizo que ella me mirara con expectación.

—Te presentaré al capitán. Su nombre es Jagger. ¿Estás interesada en alguna otra actividad? ¿Música?

—Toco el violonchelo. — Se convirtió en sombría de nuevo. —Y puedo tocar el piano y la guitarra, pero no muy bien.

—¿Qué tal el teatro? ¿Danza? ¿Arte? ¿Otros deportes?

Se encogió de hombros. —Participé en obras y cosas así en la escuela. Tomé clases de ballet y hip-hop. Puedo nadar y jugar al lacrosse, e hice un poco de kickboxing. — Frunció los labios. —Pero lo que realmente quiero hacer es esquiar.

—Bueno, vamos a instalarte, y luego te llevaré a los picos.

—¡Increible!— Se frotó las manos y sonrió a su padre.

—Bueno, parece que ya estás lista para ponerte en marcha. — El Rey Sebastian me hizo un gesto apreciativo. —Tengo que hablar de algunas cosas con Frau Schmelder antes de irme, pero estaré de regreso en un par de días para ver cómo estás. Y si me necesitas para algo, llámame. Vendré inmediatamente. ¿De acuerdo?

—Sí, papá. No te preocupes por mí. Estaré bien. ¡No puedo esperar a ver mi habitación! E ir a esquiar. ¿Vendrías a esquiar este fin de semana?

—Por supuesto.

—¿Qué hay de mamá? ¿Puede venir también?

Él tomó sus manos entre las suyas y las apretó suavemente. —Cari, sabes que ella no puede. No se te permite el contacto con cualquier ser humano, ni siquiera con tu madre, hasta que te gradúes. Puedes llamarla, sin embargo. En cualquier momento que quieras.

Sus ojos se aguaron. Pobrecita. Probablemente era la primera vez que había estado lejos de su madre.

Me acerqué y puse mi brazo alrededor de ella, tomándola en un abrazo. —Faustine, estarás bien. Piensa en mí como tu hermana mayor mientras estés aquí. Puedes venir conmigo para todo. Incluso puedes acampar en mi habitación para fiestas de pijamas si lo deseas. Tengo una cama extra. — De repente me di cuenta del porqué había sido asignada a esa habitación.

Se animó, y luego se levantó de su asiento. —Adiós, papá.

Él se levantó y la envolvió con fuerza entre sus brazos. Podía ver que se esforzaba por mantener sus emociones bajo control. Faustine era verdaderamente algo preciado para él.

Meneando el dedo hacia la puerta, Frau Schmelder me indicó que me retirara. Extendí la mano a Faustine, la cual ella tomó.

—Faustine, ve con Cordelia. Hice que pusieran ya el equipaje en tu habitación. — Dijo La Smelt.

—Adiós, papá— dijo de nuevo, claramente luchando por contener las lágrimas. Se puso de puntillas para un último beso antes de que me la llevara por la puerta conmigo. Me recordó el primer día de un estudiante de guardería en la escuela. La ansiedad de la separación fácilmente podría haber resultado en un momento de: *Cariño, no tienes que ir si no quieres.* Tonto, por supuesto. Faustine estaba en la academia por una razón.

La conduje a través de los pasillos y las escaleras hacia mi habitación. Ella era una buena parlanchina, una vez empezaba.

—Cordelia, papá dijo que eres un demonio. ¿Ambos, tanto tu madre como tu padre son demonios?

—Sí, lo son. ¿Tengo entendido que tu madre es un ser humano, verdad?

—Sí. Realmente voy a echarla de menos. — Su voz se quebró.

—¿Tienes alguna hermana o hermano?— le pregunté rápidamente cambiando el tema.

—No, soy hija única. Tengo una mejor amiga, sin embargo, que vive con nosotros. Se llama Neave. Ella es una bruja. Hubiera deseado que pudiera venir conmigo.

—Bueno, las brujas no suelen venir a la Academia, a menos que sean híbridos, por supuesto.

—¿Qué es un *híbrido*?

—Eso es cuando tienes un padre y una madre que son diferentes, como tú. Tú eres un híbrido humano-demonio.

—Oh. ¿Eso es bueno o malo?

—Ninguno. Eres quien eres y lo que tienes que hacer, es averiguar exactamente lo que eres capaz de hacer y aprender a controlarlo.

—Sí, eso es lo que mamá y papá dijeron. ¿Tú tienes algún hermano o hermana?

—Sí, tengo dos hermanos y cinco hermanas.

—¡Guau! Gran familia. ¿Te gusta eso?

—Es bueno la mayor parte del tiempo, pero nos peleamos mucho. — Me reí pensando en mi familia. Éramos la única familia demonio que conocía el estado nuclear, en la que todos teníamos los mismos padres y todos los hermanos éramos de sangre. Supuse que era porque mamá y papá se habían sincronizado cuando eran muy jóvenes.

—¿Están en la Academia?

—No, sólo estoy yo aquí en este momento. Todos los demás, aparte de mi hermano menor, ya se graduaron. Mi hermano menor, Pascal, comenzará aquí el próximo año, así que llegarás a conocerlo entonces.

—¿Este es tu último año?— sonaba triste.

Apreté su mano. —Sí, pero tenemos un largo año de diversión por delante. Metámonos en mi habitación antes de ir a la tuya. Sólo cogeré mi móvil, lo olvidé arriba, entonces conseguiremos algo de comer. Apuesto a que estás lista para un bocado. ¿Qué tal un buen trozo de filete?

Se frotó las manos.

Filete, también conocido como el helado de los demonios, era algo más que una comida celestial. Era una necesidad. El filete nos mantenía *humanos.* Evidentemente, no tenía por qué ser filete, podía ser cualquier carne, pero un suculento pedazo de filete daría realmente en el blanco. Faustine se había quedado en silencio, su mente probablemente se había quedado babeando por las imágenes del chisporroteante filete.

Abrí mi puerta y la conduje dentro. —Hola, nena.

Seguí la voz desde mi cama y me encontré con los intensos ojos rojos de Quinn. Mi novio.

Capítulo 3

Era tan impresionante verlo. Después del incendio, nos habían trasladado a toda prisa y ni siquiera me había despedido de él. Habíamos, por supuesto, hablado y chateado mientras la Academia estaba siendo reparada, pero lo había echado de menos terriblemente. No sólo era mi novio, era también mi mejor amigo.

—Entonces, ¿quién es tu amiga?— Dijo muy lentamente, perezosamente sentado y sonriendo.

Me acerqué y le besé la frente, pasando mis dedos por su cabello oscuro, resistiendo la tentación de mostrarle lo mucho que realmente le había echado de menos. Esperaría y lo haría cuando estuviéramos solos.

—Quinn, Faustine. Faustine, Quinn. Me pidieron que fuese mentora de Faustine. Es la hija del Rey Sebastian.

—Ah. — Quinn se sentó con la espalda recta. — ¿La medio humana?

—Sí.

—Interesante— comentó Quinn, dando una vez más a Faustine, una mirada del tipo demoniaco la cual era totalmente intimidante, en el mejor de los casos. —No me dijiste que estabas inscrita en el programa de mentores. ¿Qué pasará con el tenis?

—¡Deja de hacer eso, Quinn! ¡No la asustes!

—Oh, yo no tengo miedo— protestó Faustine. —Mi padre es el rey de los demonios de Londres. Nada me asusta.

Sonreí interiormente. Pobrecita. Debía de estar aterrorizada en su interior. —Así es, Faustine. No hay nada que temer. ¿Verdad, Quinn?— le pregunté deliberadamente.

Él se encogió de hombros. —Supongo que no. No, si *tú* serás su mentora. Aun así, ella es mitad humano, aunque es la primera medio humana que hemos tenido en la escuela. Y ella huele así, sólo estaba averiguándolo.

Faustine levantó las cejas con sorpresa. —¿En serio? ¿Nunca ha habido un humano aquí antes? ¿Nunca? ¿Averiguando qué?

—No. Hemos tenido algunos pocos híbridos, pero nunca un híbrido *humano.* ¿Eres más humana o demonio? No puedo decirlo por tu olor, que es lo que estaba tratando de averiguar. Lo siento si te hice sentir incómoda.

—No te preocupes. — Faustine se sentó en la silla a la que yo apuntaba. —No lo sé. Supongo que es una de las razones por las que estoy aquí, para averiguarlo. Digo, tengo un poco de hambre.

—Oh, lo siento. Quinn, ¿te unes a nosotras para tomar un aperitivo? Vamos a ir a la cafetería.

—Eh, ¿estás segura de eso? Puede ser más sabio conseguir que nos envíen algo, considerando...

—Eso tardaría mucho tiempo. Creo que Faustine necesita alimentarse ahora. ¿Es así, Faustine?— realmente no tenía que preguntar. Podía ver el hueco del hambre en sus ojos rojos, aun cuando ella asintiera con la cabeza. Tenía que mantenerla a salvo. Además, tenía a Quinn para que me ayudara si teníamos algún problema. —Está bien, ¿listos?

Bajamos las escaleras y nos dirigimos a través de los pasillos de piedra oscura, al patio. Estaba muy tranquilo, y sólo vimos a otros dos estudiantes. Ambos pasaron sin poner atención en absoluto a Faustine. No pude dejar de ver las cámaras de video-vigilancia que se alineaban en las paredes de piedra sin adornos. Las cámaras eran una novedad, una parte de las mejoras durante la reconstrucción. No nos encontramos con nadie más, pero eso cambiaría mañana, cuando la mayoría de los estudiantes volvieran.

Cuando nos acercamos a la cafetería, el aroma de la carne asada asaltó mis sentidos hasta el punto de resultarme difícil no babear. Por mucho que necesitara ir directamente a la estación de carne, me detuve en seco y me quedé boquiabierta tan pronto como entramos. También lo hizo Quinn.

—¿Qué os pasa?— preguntó Faustine, mirándonos con los ojos abiertos.

—¡Ha cambiado totalmente! No me esperaba esto. — Recorrí el espacio que una vez había sido un salón adornado a la antigua, con mesas de banquete. —¡Hombre, han rediseñado totalmente esta habitación! Estaba llena de largas mesas de roble, con bancos sin respaldo. Una araña de un metro y medio colgaba del techo y las paredes de piedra estaban cubiertas con adornados candelabros. Teníamos diez de estas mesas de seis metros, con una reservada para el personal, colocada perpendicularmente hacia las otras. Las estaciones de comida estaban allí. — Señalé una puerta del otro extremo de la habitación. —Por el olor de las cosas, todavía está allí. Vamos a conseguir algo de comida.

Caminamos a través de los nuevos asientos inspirados en Starbucks, una mezcla de mesas para de cuatro a ocho personas y acogedores sofás con mesas de café. Atrás quedaba el viejo ambiente institucional, sustituido por un espacio aireado y moderno. Me preguntaba qué habría causado esa decisión. El resto de la escuela, parecía haber sido restaurada a su forma original.

No estaba segura de que me gustara el cambio, pero no podía evaluarlo en ese momento. Mi estómago se revolvía por culpa del hambre. Ni siquiera tenía que mostrarle a Faustine dónde ir, ella caminaba por delante de Quinn y yo, con su nariz conduciéndola directamente a la estación de carne. Platos con gruesos filetes de carne y casi crudos… sin ningún adorno innecesario... estaban ya puestos y listos, chisporroteando sobre el mostrador.

Agarramos un par de platos cada uno y volvimos al área del comedor, acercándonos mucho hacia las primeras sillas disponibles y zambulléndonos en nuestra comida. Como de costumbre, nadie habló hasta que terminamos de comer, una costumbre universal dentro de la comunidad paranormal. Charlar en la cena, era algo puramente humano, por lo que era interesante que Faustine tampoco dijera nada mientras comíamos. Una vez terminamos, nos respaldamos en nuestras sillas, satisfechos y felices.

—Ese tiene que ser el mejor filete que he comido jamás — comentó Faustine. —Mamá siempre toma los mejores cortes de carne, pero eso no se puede comparar a esto. Tendré que conseguir la receta antes de regresar a casa.

Quinn se rió. —Y un avión para transportar algunas vacas contigo a casa.

Faustine levantó las cejas con confusión.

—Faustine, la carne es tan deliciosa, debido a la manera en que se crían las vacas. Son criadas aquí en la propiedad. Puedo llevarte a verlas, si quieres— me ofrecí.

Faustine se retorció. —Ugh, no. Me gusta comer filete, pero las vacas me asustan.

—¿Por qué?— se rió Quinn. — ¡Eres un demonio! Una princesa demonio. ¿Por qué un animal domesticado te asustaría?

—Realmente no quiero hablar de eso. Un fallido incidente al empujar unas vacas— murmuró Faustine.

Solté una risita. — ¡Vamos! Cuéntanos la historia.

—No, tal vez después.

En ese momento, parecía mucho más joven que sus doce años. Casi trece, ya que muy pronto sería su cumpleaños. Sólo por un momento, sus recuerdos debieron haberle hecho bajar la guardia, y su completa inocencia brilló a través de ella.

Mis instintos protectores se agitaron, y pasé un brazo a su alrededor suyo. —Está bien, Faustine. No te preocupes. Lo único que importa es que puedas comerla.

—No bromees. — Quinn se rió entre dientes. —Un demonio vegetariano sería un asco.

Le lancé una venenosa mirada a Quinn. —Cierra el pico— Él podía ser muy idiota a veces.

De inmediato se retractó. —Lo siento, princesas. Sólo estaba bromeando.

—No te preocupes— aseguró Faustine. —Es una fobia extraña. También les tengo miedo a las arañas. ¿No le tienes miedo a algo?

—Bueno, mayormente a Cordelia. — Sonrió.

—Ja, ja. — Nuevamente lo fulminé con la mirada.

—Y esa es la señal para que me vaya y desempaque. — Se puso de pie y me dio un beso en la frente. —Nos vemos más tarde, damas. — Y con un movimiento, se fue.

La cafetería estaba muy tranquila, lo que cambiaría el día siguiente. Me recosté de nuevo y examiné a los otros estudiantes de la habitación, mientras Faustine hacía lo mismo. Otros dos grupos se sentaban en el otro extremo de la sala. Vagamente reconocí a algunos de ellos. El primero consistía en tres vampiros, quienes ocupaban uno de los cómodos sofás mientras bebían tranquilamente sus bebidas de color rojo. Me di cuenta que ellos miraban de manera intermitente hacia nosotras. Los vampiros serían los más difíciles para Faustine. Por suerte, los que se encontraban en la cafetería llevaban un tiempo en la Academia y se hallaban en control de sí mismos. Sin embargo, incluso ellos parecían nerviosos. El otro grupo… dos chicas y tres chicos, todos híbridos cambia formas, eran ruidosos y bulliciosos.

—¿Crees que estaría bien irme a buscar otro plato?—preguntó Faustine.

Traté de no mostrar mi asombro. Me gustaba que ella tuviera un buen apetito; nada peor que un demonio con un problema de alimentación. Mientras mejor alimentada se mantuviera, era más probable que fuera capaz de concentrarse en otras actividades. — ¡Claro! Sólo sírvete. Sabes dónde ir.

—¿Puedo venir aquí a cualquier hora?

—Mmm. No. Este comedor está reservado para los alumnos que han pasado por la iniciación. Los de la clase de iniciación tienen su propio comedor. Te lo mostraré más tarde. Sin embargo, te sugiero que no lo uses.

—¿Por qué?

—Ve a coger tu filete, y te lo explicaré.

Mientras esperaba, revisé mi teléfono móvil… más de cien mensajes de texto. Tenía que encontrar algo de tiempo para revisarlos. Los escaneé un momento, viendo que algunos eran de Jagger, pero Faustine regresó antes de que pudiera leerlos.

—Entonces, ¿por qué no debo usar el otro comedor?— Preguntó, sentándose y tomando un bocado de su comida.

—Bueno, como dijo Quinn, eres el primer híbrido humano que hemos tenido en el campus. No tenemos ni idea de cómo reaccionarán los otros contigo, especialmente los Iniciados, quienes no están entrenados.

—¿Quieres decir que estás preocupada de que los vampiros me tomen por un bocado?

—Esa es una de las razones, pero no es la razón del comedor al que van los Iniciados. Ninguno de los nuevos vampiros, pueden ir allí. Están demasiado fuera de control para que los demás lo controlen, así que tienen su propia área en el sótano. Todas sus clases de Iniciación, están también allí. Sólo llegan a unirse con los demás, después de graduarse de sus cursos básicos.

—¿Cuánto tiempo se tarda?

—El plan de estudios estándar para todos los estudiantes se establece a lo largo de un año. Sin embargo, dependiendo del individuo, varía mucho. Los híbridos tienden a tardar más tiempo.

—¿Por qué?

—Por lo general tienen muchos más poderes combinados, algunos de ellos ni siquiera son conscientes de ello. A veces los poderes híbridos se transforman en nuevos poderes. ¿Sabes cuáles son los tuyos?— Estaba sobrepasándome totalmente de nuevo. No tenía por qué preguntarle nada acerca de sus poderes. Tenía que conseguir detener mi entrometido gen.

Faustine negó con la cabeza. —No, en realidad no. Así que si no hay vampiros ini... ¿Cuál era esa palabra?

—Iniciados.

—Iniciados. Entonces ¿por qué no puedo usar el otro comedor? Tengo que ser capaz de ir a algún lugar para comer.

—No es que no puedas. Mejor dicho me gustaría que no lo hicieras, no al principio, al menos. No hasta saber la forma en la que tus compañeros Iniciados, te respondan. No tengo ni idea de quienes están en la clase entrante. Por lo que sé, pueden haber incluido vampiros híbridos. Son particularmente difíciles de colocar. —Suspiré. Sabía que incluso, podría haber algunos vampiros recurrentes del año pasado, debido a que el fuego realmente había hecho añicos el calendario de actividades escolares. Realmente no tenía ni idea de quienes estarían en la clase este año.

—Así que, si se supone que yo no debería estar aquí, y tú no quieres que coma con los otros iniciados, ¿qué se supone que debo hacer?

Entendí su preocupación. La alimentación era de vital importancia para todos nosotros.

—Puedes usar este sitio, siempre y cuando estés con alguien que haya pasado por la iniciación, cualquier Integrado o alguien del programa de Enriquecimiento. No tengo por qué ser yo o cualquier otro mentor. Muchos de los alumnos que han pasado por la Integración, permanecen durante un período adicional para completar su deporte y otras actividades del programa. Una vez que puedas iniciar o ser parte del programa de mentores, la mayor parte de ellos lo hacen. Así que hay varios de nosotros. Te presentaré unos que me gustan.

—Pero ¿qué pasa si no puedo encontrar a nadie y quiero comer?— Persistió Faustine.

—He estado pensando en eso. Está destinado a pasar. Los mentores tienen su propia sala de estar al otro lado del campus. No lo he comprobado todavía. Aparentemente tienen una estación de alimentos completa las veinticuatro horas. Encontraré la manera en que puedas usarla, y te conseguiré un pase o lo que sea que necesites para entrar.

Faustine de repente se miraba pensativa.

—¿Qué pasa?

—No dejarán que lo use. ¿Por qué lo harían? Yo sólo soy una Iniciada.

—No exactamente. Tú *eres* la hija del Rey Sebastian. Tu padre es uno de los más grandes contribuyentes de la escuela. Si no hubiera sido por él, habrían tenido problemas de reconstrucción después del incendio. No veo el problema. No pareces peligrosa o algo así. ¿Lo eres?

Se encogió de hombros. —No sé. No lo creo, pero supongo que debe haber alguna razón por la cual mis padres me han enviado aquí. No es como que yo hubiese querido venir o lo hubiese pedido. — Su voz se quebró un poco.

—Vas a estar bien. Realmente lo estarás. Me aseguraré de que pases un buen rato. No te voy a mentir, la Iniciación es difícil, pero yo lo logré y tú también. Yo ni siquiera tuve a alguien que fuera mi mentor. Estaré allí para ti en cada paso del camino.

—No todo el tiempo de todos modos, ¿no? Quiero decir, no estarás conmigo en todas mis clases. Voy a estar a solas con un grupo de... criaturas.

Me reí entre dientes. —¿Criaturas? Creo que puedes llamarnos así. De todos modos, no te preocupes. Mi tiempo es mío este año. Tenía la esperanza de pasar mucho tiempo jugando al tenis, pero no puedo hacer eso todo el día de todos modos, así que puedo ir a tus clases contigo, si eso hace sentirte más feliz.

Sus ojos se nublaron y una lágrima salió y se deslizó por su mejilla. Estaba aterrorizada, obviamente, demasiado aterrorizada para compartir incluso sus preocupaciones. Claramente, sería algo más que sólo su mentora. Había firmado inadvertidamente, para ser una niñera de tiempo completo. Eso sería un lío con mi calendario previsto, y tenía una buena razón para que Jagger encontrara un remplazo.

Pero al mirar la cara de Faustine, sabía que no tenía opción. Ella me necesitaba. Por primera vez en mi vida, alguien me necesitaba. El pensamiento me dio un zumbido. Un sentimiento de excitación, responsabilidad y poder me atravesaron. Junto con una chispa de enojo. ¿Por qué estaba dejando que un medio demonio, me liase con mis sentimientos? Los sentimientos que ni siquiera sabía que tenía, los protectores.

Entonces, lo sentí. Mi corazón no latía por completo por sí solo. Latía al mismo ritmo que el de Jagger. Podía sentirlo. ¿Estaba él jugando con mi cabeza también? ¿Haciéndome sentir como una madre? La racha de molestia fue remplazada por una sacudida de furia.

—Cordelia, ¿estás enfadada conmigo?— Faustine tenía una expresión pétrea inescrutable, pero todavía podía leer la agonía detrás de ella.

—¡No! ¡Por supuesto que no! Me encanta pasar tiempo contigo, y estoy muy contenta de haber sido elegida como tu mentora. Nos divertiremos muchísimo. Ya lo verás.

Ella respondió con una pequeña curva de sus labios.

—Cordelia, ¿tú esquías?

—Así es. Puedo mantenerme en las pistas, pero no estoy en el equipo de esquí o lo que sea. He oído que eres una esquiadora impresionante.

Ella soltó una risita. — ¡Según mi padre! Me encanta esquiar. Mi niñera me llevaba hasta los Poconos, son unas montañas de Pennsylvania, a esquiar los fines de semana durante la temporada. Mi madre estaba siempre muy ocupada. Ella es doctora. De todos modos, a mi niñera le encanta esquiar, así que soy bastante buena. Puedo hacer las pistas negras y todo. Espero aprobar en el equipo de esquí de aquí. ¿Son buenos? ¿Crees que podré entrar?

—¿Alguna vez has esquiado con paranormales antes?

—No aparte de mi niñera.

—¿Y qué es ella?

—Una bruja.

—Oh. Interesante. Bueno, las brujas no son particularmente conocidas por su habilidad en el esquí. ¿Ella utilizaba algunos de sus poderes cuando estabais en las pistas?

—No. Y se caía mucho. — Se rió — Soy mucho mejor que ella.

—¿Has usado alguno de tus poderes?

—No, no sé cómo usarlos, incluso aunque tuviera alguno.

—¿Así que nunca has esquiado usando tus poderes demoníacos?

—No.

Yo sonreí. —Bueno, te espera una gran sorpresa. Te llevaré a ver el entreno del equipo mañana. ¡Pondrá a volar tu mente! La mía explota cada vez que los veo. Quinn está en el equipo, él es increíble.

—¿Qué clase de criatura…

—Faustine, probablemente sea mejor no usar esa palabra aquí.

—Está bien, lo siento. ¿Cómo debo llamar a todos, entonces?

—*Paranormales* estará bien.

—¿Qué tipo de paranormal es el mejor esquiando?

—Tenemos muchos diferentes en el equipo, pero mayormente demonios y hadas...

—¿Hay hadas aquí? ¡Genial! Ni siquiera estaba segura de que realmente existieran. Como, ¿el hada de los dientes existe de verdad?

—No lo creo— murmuré.

—¿Tienen alas? ¿Son bonitas?

Yo había dejado de escuchar. Mi corazón estaba haciendo cosas locas, enviando oleadas de electricidad por mi espina dorsal. ¿Estaba teniendo un derrame cerebral o algo así?

—Cordelia, ¿estás bien? Tus dedos están todos raros.

Lo comprobé. Sí, mis dedos se habían fusionado. Cerré los ojos, concentrándome en detener la transformación. No quería enloquecer a Faustine. Detuve mi corazón, desenganchándolo de todas las influencias exteriores y levantando el muro. Tendría que trabajar en mantener esa pared hasta detener a Jagger por jugar conmigo. Entonces, abrí los ojos y miré la cara preocupada de Faustine.

—¿Cordelia?

—Estoy bien. Sólo un pequeño problema que tenía que resolver.

—¿Problema? Como, ¿qué es exactamente lo que pasa?

Eso es lo que sucedía. Lancé una mirada al grupo que acababa de llegar a la entrada del comedor.

Capítulo 4

Permaneciendo de pie en la puerta, Jagger encontró mis ojos.

—¡Guau, son realmente bonitas! Mira el asombroso color verde de sus ojos— dijo Faustine, atrayendo mi atención hacia sus acompañantes.

Sí, no bromeaba. Estaba rodeado por las ardientes rubias, gemelas Holt, las cuales eran las Chicas Malas de la Academia. Aunque no cualquier tipo de chicas malas. *Hadas* Malas. Ellas siempre conseguían lo que querían, y los rumores decían que una de ellas, Sienna, salía con Jagger. Por mi vida que no podía diferenciar entre ella y su hermana, Jewel, y me preguntaba si Jagger podría. ¿O acaso salía con ambas?

Jagger me sonreía como si hubiera estado escuchando cada uno de mis pensamientos. No lo estaba. Mi pared estaba levantada, firme e impenetrable. Le susurró algo a la gemela a su izquierda, y me señaló. El rostro de la gemela se iluminó cuando vio a Faustine, y se acercó a nosotros, una sonrisa que te dejaba sin aliento, iluminaba su hermoso rostro. Su gemela y Jagger, la seguían de cerca.

—¡Oh Dios Mío! Eres la hija de Lady Annabel. Soy un gran fan de tu madre. Estoy increíblemente encantada de conocerte. — Le tendió la mano a Faustine. —Soy Sienna Holt.

Faustine parecía complacida por haber sido reconocida, pero ni un poco sorprendida. Supuse que estaba acostumbrada. Además de ser una ocupada doctora, Lady Annabel también era querida en el mundo de la moda. No existía ninguna revista en la que no hubiera aparecido en la portada, y Faustine era fotografiada a menudo con ella. Teníamos toda una celebridad entre nosotros.

—Encantada de conocerte también— dijo Faustine con sorprendente confianza.

De repente tuve un nuevo respeto por ella. Podía haber tenido sólo doce, casi trece años y estar aterrorizada por su nuevo entorno, pero manejaba su fama como una profesional.

—¿Conoces a mi madre?— Faustine continuó.

—¡Ya quisiera yo! No, sólo en revistas. Me encantaría conocerla. ¿Te trajo ella? ¿Está todavía aquí?— Entonces, Sienna de repente dejó de hablar y miró a Jagger, quien mantenía una paciente expresión. Sus labios se apretaban como si fuera evidente que luchaba por mantener la boca cerrada. Sienna finalmente perdió la batalla. —Esto es muy indiscreto de mi parte, lo sé, pero tengo que preguntar. ¿Es Lady Annabel una paranormal?

Faustine se rió. —No. Pero mi padre sí.

Los ojos de Sienna se abrieron sorpresivamente —¿Quién es tu padre? No creo que lo haya visto mencionado en las revistas.

Estuve a punto de meterme. Realmente estaba fuera de lugar haciéndole todas esas preguntas a Faustine, pero Faustine levantó la mano.

—Soy la hija del Rey Sebastian.

Las bocas de Sienna y de Jewel casi cayeron al suelo.

—¡Oh Dios Mío!— Chillaron al unísono.

Jewel empujó suavemente a su hermana fuera del camino y caminó para colocarse cerca de Faustine, respirando su aroma.

—Es Chanel Número...— Faustine empezó.

Jagger finalmente habló, tratando de contener su risa.

—¡De verdad, Jewel! ¿Tienes que hacer eso? Deja a la chica en paz.

—Cállate, Jagger. No todos los días oímos unos chismes tan incendiarios. Imagínate lo que el *National Enquirer* hará con este tipo de información. ¡Lady Annabel y el Rey Sebastian!— Rió Sienna.

Jagger tosió. —Acordaos de las reglas de la escuela... la cláusula de confidencialidad.

—Sí, sí. Aguafiestas— le reprendió Sienna —Sin embargo, esto es increíble. ¿Así que eres un híbrido? ¿Un híbrido humano demonio? Puedo oler la sangre humana. Mejor mantente alejada de los vampiros.

—Supongo. — La postura de confianza de Faustine disminuyó ligeramente.

—¿Te importa si nos sentamos un momento?— Preguntó Sienna. —Quiero escucharlo todo sobre Lady Annabel.

—No, sentaos, pero de todas formas Faustine y yo tenemos que irnos. Podéis acosarla acerca de su madre en otra ocasión. — Ahí estaba yo, tirando de Faustine conmigo y llevándola fuera de la sala del comedor.

—Parecían muy agradables. ¿Por qué tenemos que irnos?— Preguntó Faustine mientras caminábamos hacia mi dormitorio.

Buena pregunta. ¿Por qué había tenido tanta prisa por salir de allí? Por más molestas que fueran, me agradaban las gemelas Holt. Sin embargo, había encontrado estresante todo el ambiente. El peso de mantener mi pared delante de Jagger me agotaba. Normalmente, eso no era un problema, pero Jagger parecía haber hecho su misión consiguiendo atravesar mis barreras, y era muy poderoso, así que me costaba todo tener que luchar con él. Sólo esos cinco minutos en su presencia me habían cansado hasta el punto de necesitar otro alimento. Tal vez un desvío a la sala de los mentores resolvería el problema. Quería echarle un vistazo de todos modos.

Usaría eso como mi excusa, en cualquier caso. —Realmente debemos tratar de encontrar la manera de que puedas utilizar la sala de mentores. He pensado que podríamos ir a verla primero, nunca he estado dentro. Y luego, si es agradable y es un lugar donde te gustaría pasar el rato, le haremos una visita a Frau Schmelder para ver si puedes usarla.

—¡Perfecto! ¿Sienna y Jewel también son mentores?

—No lo sé. Terminaron su Integración el año pasado, por lo que podrían haberse enlistado, pero ambas tienden a estar ocupadas, así que ¿quién sabe? Podremos enterarnos de eso en el salón de los mentores. Tienen una lista.

—¿En qué están tan ocupadas?

—Ambas están en el equipo de esquí, son nuestras campeonas femeninas. Parece que entrenan todo el tiempo.

—¡Asombroso! Así que las veré más tarde, entonces. — Ella puso su mano en mi codo, tirando de mí hacia atrás.

Me detuve. —¿Qué pasa?

—¿Y si no soy lo suficientemente buena?— Podía ver la preocupación en sus ojos.

—¿Lo suficientemente buena para entrar al equipo?

—Sí.

—No creo que tengas que preocuparte. — Poco sabía ella de que su padre poseía prácticamente nuestro departamento de esquí, incluidas las pistas. Estaría en el equipo incluso si ella apestaba totalmente, o bien el programa de esquí cerraría por completo. Tenía la esperanza de que fuera tan buena como su padre se jactaba que lo era. —Tu reputación te precede. Además, creo que Jagger te entrenará personalmente.

—¿Es él? ¿Quién es él, exactamente? He oído su nombre un par de veces, pero no sé quién es.

—Era el chico que estaba en el comedor con Sienna y Jewel. No tuvo la oportunidad de presentarse, pero podrás conocerlo después. Está en su último año en la Academia, haciendo el programa de Enriquecimiento, lo que en su caso es ser capitán del equipo de esquí. También es el presidente del consejo estudiantil. —Hice una pausa. ¿Me habría excedido? La presidencia usualmente se mantenía muy secreta.

—¿Qué tipo de criat… paranormal es él?

—Un hada, como Siena y Jewel. — Shhhh, lo hice de nuevo. ¡Vaya mentora que era!

—¡No bromees!

Parpadeé.

—¡No se parecen en lo más mínimo a las hadas! ¿No se supone que las hadas son pequeñas? ¿Con alas?

Sonreí. La chica definitivamente había sido criada sin conocer el mundo paranormal… aparte de la niñera bruja. —Faustine, hay muchos tipos diferentes de hadas. Lo aprenderás todo sobre ellos en tus clases de Iniciación. Recuerda una cosa, sin embargo. No hay tal cosa como un hada buena. Eso es sólo un mito. Así que asegúrate de recordar eso, especialmente cuando hables con las gemelas Holt. Son muy divertidas, pero ambas son muy traviesas. Asegúrate de no poner tu confianza en ellas. Pero son fabulosas cuando se trata de moda y todo eso.

—Entonces, ¿en quién puedo confiar?— preguntó, mirándome con seriedad.

—Aprenderás pronto las Reglas de Oro de la escuela. Hay tres de ellas. La segunda, y probablemente la más importante, es *No confíes en nadie.*

—Hay un letrero en mi dormitorio que dice eso.

—Sí, hay uno de esos letreros, prácticamente en todas las habitaciones de la escuela.

—Pero puedo confiar en ti, ¿verdad?

La pura verdad habría sido un *no*, pero no podía mirarla a los ojos y aplastar su ingenua esperanza. —Faustine, te cuidaré las espaldas. — Tenía la esperanza de poder cumplir mis palabras.

Al doblar la esquina, capturé un olor de un grupo dirigiéndose hacia nuestra dirección. Cambia formas, los menos fiables de toda la población paranormal. No tenía ni idea de cómo reaccionarían ante Faustine. Generalmente, la población de los cambia formas parecían coexistir armoniosamente con los seres humanos. Sin embargo, no les gustaban los demonios, aunque *no gustarles,* no era lo suficientemente fuerte como para describir su aborrecimiento por mi especie. Y el sentimiento era mutuo. Hubiese sido lo suficientemente difícil conseguir pasar al lado de una manada de ellos por mi propia cuenta sin tener que hacer de niñera. Ya era demasiado tarde para echarse atrás. Ellos ya habrían captado nuestro olor, y cualquier señal de retirada se habría tomado como una invitación para que nos atacaran. Me preguntaba cuántos serían y si habría algunos Iniciados en el grupo. Eso sería un desastre. Por lo menos con los Integrados, había una posibilidad decente de apegarse a las reglas y que se fueran de paso al encontrarnos en sentido contrario.

Mi corazón empezó a acelerarse, lo cual era otro problema. Los cambia formas leerían eso como miedo, y yo estaría acabada. Instintivamente, dejé que mi pared bajara un poco, lo suficiente para que Jagger me pudiera *encontrar*. Lo sentí de inmediato y dejé que se hiciera cargo. Mi corazón inmediatamente latió a un ritmo más relajado. Estaba bastante segura de que sólo funcionaría hasta cierto punto. Una vez que mis instintos tomaran el poder y me transformara, eso sería todo.

Tenía la esperanza de que Faustine estuviera lista para transformarse. —Faustine, vamos a encontrarnos con una manada de cambia formas en cualquier momento. Es necesario que te transformes. Ahora sería un buen momento.

Sus ojos se volvieron presos del pánico, y oí su corazón latiendo furiosamente. — ¡No sé cómo! ¡Muéstrame!

—No hay tiempo. Sólo quédate a mi lado. Voy a transformarme. No entres en pánico cuando lo haga, seguiré siendo yo. No seré capaz de luchar contra ellos si hay más de dos, especialmente si no puedes transformarte. Por lo tanto, tendremos que hacer que funcione si muestran cualquier agresión. Salta sobre mí, y te llevaré a un lugar seguro.

—Oh, soy bastante rápida. Puedo correr en mí...

—Faustine, no tengo tiempo para explicártelo todo. Sólo haz lo que te digo. Salta sobre mí. ¿Entiendes?

Su boca se movió como si quisiera discutir el asunto, pero le lancé mi mirada de muerte.

—¿Por qué no podemos simplemente volver al otro...

—Porque han captado nuestro olor y nos han anticipado. Lo mejor es tratar de mantener nuestra posición.

—Entonces, ¿qué son? ¿Lobos?

—Probablemente, pero no estoy segura. Podrían ser cualquier cosa. No lo sabremos hasta que se transformen.

Los vi doblar la esquina. Venían justo hacia nosotras. Cuatro hombres y una mujer se movían juntos en una línea, ocupando todo el ancho del pasillo. No reconocí a ninguno de ellos, a pesar de que se encontraban en sus formas humanas. Los Iniciados no podrían haber llegado ya, sin embargo, a menos que fuesen especiales de alguna manera y tuvieran mentores. Ninguno de ellos llevaba una insignia de mentor, así que tuve que asumir que los cinco que se acercaban hacia nosotras eran Integrados, o que su mentor se había quitado la insignia por alguna razón. Ese era un signo seguro de problemas, y todos ellos tenían el deseo de travesura escrito en sus ojos.

Estaba delante de Faustine y me situé a lo largo de la pared de la derecha con ella directamente detrás de mí. Mis dedos ya se habían fusionado. Mi corazón se había soltado de Jagger, así que estaba sola, a sólo unos cuantos metros de los cambia formas con rancio olor. Sentí el miedo de Faustine pulsando a través de ella, haciendo que mi cuello se apretara. Tuve que ignorar eso y concentrarme en el problema que tenía frente a mí, el cual emanaba de un cambia formas en particular, el que iba a pasar cerca de mí. El chico larguirucho de casi un metro setenta, de pelo negro, emanaba hostilidad. Sus ojos marrones me mantuvieron una constante mirada penetrante. Decidí no intensificar las cosas devolviéndola, y desvié los ojos, manteniendo la mirada fija al frente. Cuando estábamos directamente uno enfrente del otro, dejé de caminar, y también él. Estábamos cara a cara, a un metro de distancia. Mi corazón latía con fuerza, y se rompió en un sudor frío. El misterioso silencio enviaba puñales en el aire.

—Disculpa— le dije lo más cortésmente que pude sin decírselo muy alto.

—¿Por ser un demonio?— Él arrojó una maníaca risa.

Mi visión periférica tomó a los otros encerrándonos.
—¿Podrías dejarme pasar, por favor?

—No. — Trajo su puño mientras su rostro se retorcía en un mosaico de rabia.

Al instante me transformé y giré alrededor, cogiendo a una boquiabierta Faustine. Ella me miró con horror, probablemente sintiendo más miedo hacia mí que hacia los cambia formas, los cuales estaban aún en sus formas humanas. Mi transformación podía ser bastante espectacular para aquellos que aún no estaban acostumbrados. Cambiando de una chica promedio de escuela de diecisiete años de edad, a un completo demonio. Brillaba en un intenso rojo, mi piel se espesaba, mi dedo índice se fusionaba con mi dedo medio, y mis dedos anular y meñique hacían lo mismo. ¿Mi cara? En una palabra: espantosa. Completándose con los furúnculos y bultos más repugnantes. Mi cabello desapareció, y mi cráneo puntiagudo se endurecía en grumos. Ya no parecía una chica, sólo un horrible monstruo.

Ignoré el evidente terror en los ojos de Faustine mientras la levantaba y pasaba sus piernas alrededor de mi cintura. Ella gritó, y los cambia formas se transformaron.

—¡Adelante!— Le grité a Faustine y despegamos, corriendo en línea recta al principio, tratando de alejarnos lo más lejos posible de los tres lobos, la pantera y el águila.

Corrí por el pasillo, Faustine me envolvía por delante, apretando sus brazos alrededor de mi cuello. Apenas podía respirar y tenía problemas para ver alrededor de su cuerpo. Sin embargo, seguí corriendo, los cambia formas cerraban la brecha a cada paso.

Salté hacia arriba en la pared, y luego corrí en diagonal al suelo. Eso pareció tomar por sorpresa a los cambia formas. Si pudiera subir a la parte más alta del techo y correr boca abajo, estaría a salvo de los lobos y panteras. Todavía tendría que lidiar con el águila. Pero, ¿podría hacer eso, llevando a Faustine en mis brazos? Por muy fuerte que fuese, no estaba segura, pero tenía que intentarlo. Aumenté mi velocidad hasta que casi no pude sentir mis pies debajo de mí. Corrí a lo largo de la pared, los cambia formas todavía nos perseguían. Me incliné hacia arriba y aceleré hacia el techo, que, afortunadamente, era lo suficientemente alto para que los lobos y panteras no pudieran alcanzarnos, aunque lo intentaran. Me sentí aliviada de que mi cabello hubiera desaparecido. Las largas hebras de Faustine caían sobre su rostro. ¿Los cambia formas serían capaces de jalarlo? Dolería, pero no la dejaría, aunque se las arreglaran para morderla. Una Faustine calva sería mejor, que ninguna Faustine. Mi preocupación principal era el sonido del aleteo del ave que se acercaba.

El pesado peso del águila se metió en mi espalda, golpeándome a un lado, e hizo que cayera al suelo, y accidentalmente solté a Faustine. Iba a agarrarla, pero ella desapareció. Se *desvaneció*. Justo como por arte de magia.

Antes de que tuviera la oportunidad de averiguar lo que le había pasado, el resto de los cambia formas se lanzaron contra mí. Yo desaté todo mi poder demoníaco, convirtiendo mis dedos en llamas y azotando a los bichos de cuatro patas. Pateé, empujé, y seguí, escuchando de forma intermitente los gritos desgarradores de un animal herido. Sentí que mi piel se desgarraba bajo el asalto de las garras rozándome a través de las capas externas de la piel justo hasta los huesos. Seguí y seguí...

Capítulo 5

Los oí hablando de mí, pero no podía responderles. Demonios, ni siquiera podía abrir mis ojos, mis párpados parecía como si hubiesen sido pegados con cinta adhesiva. Había algo en mi boca, algo que llegaba hasta el fondo de mi garganta. Sentí como si vomitara, pero ni siquiera podía hacer eso. Solo estaba tendida ahí, incapaz de mover un músculo. ¿Qué había pasado? ¿Dónde estaba? Las voces se hicieron más fuertes. ¿Estaban alrededor de mí o en mi cabeza? Traté de concentrarme en ellas.

—Su pulso es estable— dijo alguien.

¿Lo estaba? Ni siquiera podía sentir el latido de mi corazón.

—¿Alguien ha recuperado los datos de las cámaras de vigilancia ya?— Reconocía esa voz. Jagger.

Otra voz desconocida dijo: —Sí. Frau Schmelder las está revisando ahora.

—Bueno, ¿cuánto tiempo tardará? Necesitamos saber quién hizo esto. — Jagger parecía impaciente.

—¿No viste nada de nada cuando la encontraste?— preguntó Quinn.

Quería contarles lo que había sucedido, pero ni siquiera podía mover la boca. Y necesitaba saber dónde se habían llevado a Faustine. ¿Estaba bien? ¿Los cambia formas la habían atrapado? ¿La habían matado? Mierda. Era un fracaso total como mentor. Bien podría estar muerta. De todos modos el padre de Faustine me mataría.

—Oh, ¿has visto eso?— Preguntó una voz femenina.

No tenía idea de quién era, pero no era Faustine.

—Se ha movido— dijo la misma voz.

¿Lo he hecho?

—¿Lo ha hecho?— preguntó Jagger. —Cordelia, ¿me oyes?

Sí, puedo, pensé.

—Quinn, ¿podrías traer alguna de su música favorita de su habitación? Tal vez eso la ayudará a estimular una reacción.

—Sí, buena idea. Ahora vuelvo.

Poco después, Jagger despidió a los demás de la habitación. Utilizó una vaga excusa acerca de dejarme descansar hasta que Quinn volviera.

¡Aló! ¿Qué era exactamente lo que creía que estaba haciendo si no descansar? Se ofreció a quedarse y montar guardia. Lo que sea.

—Cordelia, creo que puedes escucharme. Tu cuerpo respondió antes cuando te pregunté si podías oírme. ¿Puedes?— Dijo la voz de Jagger suave, pero firme.

¡Sí! ¡Puedo!

—Está bien, tu cuerpo respondió de nuevo, así que asumiré que puedes oírme. Sabía que algo iba mal cuando tu muro cayó, así que fui a buscarte. En el momento en que te encontré en el pasillo, tu corazón se había detenido, así que estoy haciéndolo latir por ti en este momento. Necesito que empieces a reaccionar por ti misma, y tendrás que hacer latir tu propio corazón para eso. Desconectaré mi pulso del tuyo. Necesitarás hacerte cargo para sobrevivir. Ahora.

El pánico se apoderó de mí. ¿Y si no podía conseguir que mi corazón latiera? Me iba a morir. *¡No!* Lloré. *¡Jagger, no!*

—Nena, puedo sentir tu miedo. Pero tenemos que probar esto. No te dejaré morir, pero tengo que hacer que retomes tu propia vida.

Sentí mi ritmo cardíaco disminuir. El terror corrió por mi cuerpo, inyectando adrenalina en mi sistema. Sabía qué esperar... nuestras clases de biología lo habían cubierto todo... pero aun así, hacía que mi cerebro se remolinara. Mis músculos se tensaron hasta el punto que pensé que estallarían a través de mi piel y adquirirían una vida propia. Mis palpitaciones aumentaban tanto, que probablemente podría alimentar una pequeña ciudad. Empecé a convulsionar, mi temor se volvía desesperación mientras mi cerebro parecía como si hubiera sido golpeado por un rayo.

Un grito brotó de mi garganta, pero no pude exteriorizarlo.

—Está bien, Cordelia. Lo estás haciendo muy bien. Me he desconectado, y estás totalmente por tu cuenta—

dijo Jagger. —Y estás moviéndote y sacudiéndote, un poco como la divertida Donna. ¿Te acuerdas de ella? Todo va bien.

¿Todo bien? ¿Yo estaba en medio de un colapso total, y él pensaba que *todo iba bien*? ¡Iba a matarlo!

—Bien, nena, es tiempo de que te calmes un poco. Tu presión arterial está por las nubes. Piensa en algo que te calme.

—¿Está bien?— preguntó Quinn.

No lo había oído entrar nuevamente en la habitación.

—¿Se ha movido?

Lo que había sido insertado en mi garganta me hizo toser y me atraganté.

—Déjame que te quite eso— dijo un desconocido. La cosa fue sacada de pronto, y el dolor hizo que me levantara y jadeara. Traté de hablar, pero sólo podía toser.

—Ten, toma mi mano. — Quinn entrelazó sus dedos con los míos. Al instante me sentí tranquila. Él puso su otra mano sobre mi cabeza, pasando sus dedos por mi pelo.

—Cordelia, te estás recuperando muy rápido, pero te llevará al menos un par de horas antes de que puedas incorporarte. Así que simplemente descansa. Te dejaremos la venda sobre los ojos durante un momento. Mantendrá la luz aislada. — Supuse que el que hablaba era el curandero. —Todo el mundo fuera, voy a llamar...

—Yo me quedo— interrumpió Quinn.

—Yo también— añadió Jagger.

—No, no lo haréis— respondió firmemente el curandero. —¡Fuera!

Y salieron.

—Cordelia, duerme. La próxima vez que despiertes, serás capaz de sentarte y hablar.

—Comida...— Necesitaba desesperadamente ser alimentada.

—Toma un sorbo de esto— ordenó el curandero trayendo algo hacia mi boca.

Comencé a protestar, de que el agua era lo último que necesitaba, pero el curandero empujó lo que parecía una pajilla entre mis labios, y yo involuntariamente succioné. Un flujo de caldo de deliciosa carne llenaba mi boca, levantándome el ánimo hasta el punto de sentirme como si estuviera volando en una nube esponjosa. Dejé que el caldo goteara en mi garganta, disfrutando de cada carnoso sorbo mientras yo seguía chupando hasta que llegó sólo aire. Solté la pajilla, feliz y con sueño.

Cuando me quedé sola, estaba un poco temerosa, especialmente porque no podía ver. Tuve que asumir que estaba a salvo, o Quinn y Jagger no me habrían dejado. Muchos pensamientos, en su mayoría frustraciones, llenaban mi mente. No podía hacer nada con ellos, no, hasta que mi cuerpo estuviera a la altura. Así que los bloqueé todos, despejando mi mente y cayendo en la oscuridad, durmiendo sin soñar.

La siguiente vez que me desperté, cada centímetro de mi cuerpo estaba agónico, con mi interior sintiendo como si hubiera pasado por una picadora de carne. Grité de dolor.

—Espera, Cordelia. Déjame aumentar la dosis; te sentirás mejor en un minuto— La tranquilizadora voz del curandero no me calmaba. Pero momentos después, me sentí casi eufórica.

—Cordelia, siento tanto que esto ocurriera. ¿Estarás bien?— Susurró Faustine, con la voz quebrada.

—¿Faustine?— Susurré con voz ronca.

—No creo que debas hablar. Estoy bien. Sin embargo, tú no te ves bien. Bastante horrible, de hecho. ¡Esos animales!

Me sentía bien ahora que los analgésicos estaban adormeciendo mis sentidos. Estaba especialmente feliz por escuchar la voz de Faustine. ¡Qué alivio! ¿Cómo habría escapado de los cambia formas? Me retorcí, tratando de sentarme.

—Espera— ordenó Quinn. Deslizó su brazo por debajo de mí, me acercó a su pecho, y ayudó a sentarme. Alguien acomodó algunas almohadas detrás de mí para ayudar, y Quinn me recostó nuevamente.

—Quítame el vendaje de los ojos— le susurré.

—¿Estás segura?— preguntó el curandero. —Puedo quitártelo, pero tu cuerpo está en mal estado. Tendrás que estar preparada y no molestarte. Tu piel se curará rápido, y volverás a tu estado normal mañana. Es posible que desees mantener el vendaje hasta entonces.

—Sí, Cordelia. El médico tiene razón. Lo mejor es que te lo dejes— confirmó Jagger.

—No. Quitádmelo.

El curandero suspiró. —Está bien. Pon tu cabeza de nuevo en la almohada y relájate. Quinn, coge sus manos. Ahora, voy a despegarlo lentamente, pero todavía va a ser muy doloroso. La piel de debajo está rota y está supurando pus.

—Estoy bien— le aseguré, por lo que me acomodé en la almohada y apreté la mano de Quinn. Sentí los dedos del curandero en la punta de la venda, y una corriente de aire frío se filtró debajo cuando la levantó. La piel de los párpados se arrancaba mientras él la levantó. Lloré, hundiendo las uñas en las manos de Quinn. El procedimiento entero parecía durar años mientras el curandero laboriosamente levantaba la venda de mis ojos.

—Ahí está— dijo, sonando satisfecho. —Siéntete libre de tratar de abrir los ojos si lo deseas. Pero tus párpados están a carne viva, así que prepárate para más dolor.

¡Maravilloso! Debatí el sentido de tratar de abrirlos, pensando que tal vez debería esperar hasta que se mejoraran. Pero estaba harta de vivir en un mundo oscuro, así que me esforcé para abrirlos. Después de lo que parecieron horas, cada minuto atroz que pasaba dispuesta a abrirlos, me di por vencida.

O, mejor dicho, Quinn se dio por vencido por mí. —¡Cordelia, detente! Probablemente estés dañándolos aún más. Descánsalos. No hay mucho que ver aquí de todos modos.

—¿Dónde estoy?

—Estás en la enfermería. En una habitación privada.

—¿Cuánto tiempo he estado aquí?

—Desde ayer.

—¿Qué?— protestó Faustine. —No, no fue ayer. La trajeron aquí hace un rato. ¡Yo debería saberlo! Estaba con ella.

—¿Qué quieres decir?— preguntó Quinn. —Jagger trajo aquí a Cordelia ayer. ¿Dónde has estado de todos modos? Tenías a todo el mundo preocupado...

—¿Qué quieres decir con que estabas con ella?— Interrumpió Jagger.

—Estaba con ella cuando fuimos atacadas. ¿Acaso Cordelia no os contó lo que pasó?

—No. Ella ha estado inconsciente desde ayer y realmente ni siquiera ahora puede hablar. Así que dinos qué pasó.

Faustine describió el ataque de los cambia formas. —Entonces el águila, voló hacia nosotras haciendo que me soltara de Cordelia y empecé a caer. Pero antes de caer al suelo, sentí algo que cogía mis hombros, y eso es todo.

—¿Qué quieres decir con *¿y eso es todo?*— preguntó Jagger.

—En realidad no lo sé. Todo delante de mí se desvaneció. Me envolvió en... como en una manta caliente o algo y se quedó así para siempre, hasta que de repente me dejó fuera de esta habitación. Así que entré.

—Así que, ¿no viste a Cordelia ser golpeada?

—No. Lo último que vi, fue a ella tratando de agarrarme. ¿Qué ha pasado?

—No lo sabemos— contestó Jagger. —Ella estaba inconsciente cuando la encontré.

Muerta, querrás decir. Me estremecí ante la idea, preguntando exactamente cuán lastimada había estado.

—Está bien, ¡todo el mundo fuera!— Resonó Frau Schmelder. —Todos aparte de Jagger.

—Me gustaría quedar...

—Lo sé, Quinn. — Frau Schmelder suavizó la voz. —Pero necesito que cuides de Faustine por mí. Faustine, me alegro de verte. He estado buscándote por todos lados. Tu padre está en mi oficina. Quiero que vayas a verlo con Quinn. Nos encontraremos allí dentro de poco.

—Cordelia...— La voz de mamá se rompió.

—¡Mamá! ¿Acabas de llegar?— Extendí la mano buscándola.

—Sí, acabo de llegar. Mírate. — Su voz se quebró mientras me abrazaba.

—Vinimos tan pronto como nos enteramos. ¿Quién te hizo esto?

—¡Papá! Estoy tan contenta de que estés aquí. Fueron unos cambia formas— susurré.

Frau Schmelder tosió. —Tengo el video de la vigilancia conmigo. Lo he visto, pero tendré que conseguir mejorarlo para poder identificar correctamente a los autores. Es especialmente difícil con los cambia formas, ya que pueden haber cambiado a formas humanas prestadas. Espero que no, de lo contrario, puede que sea imposible identificarlos.

—¿Podemos verlo? Quiero ver lo que pasó— preguntó mi padre.

—Sí, pero es horrible. ¿Tal vez en mi oficina?

—Quiero verlo, también. — Forcé mis ojos para que se abrieran. Mis conductos lagrimales trabajaban horas extras, por lo que era difícil incluso, distinguir formas a través de la capa de fluidos.

—No creo que sea una buena idea— Frau Schmelder comenzó.

—No. Tengo que hacerlo— dije con tanta fuerza como la garganta me permitió. Jagger secó mis ojos, y mi visión se aclaró un poco.

—Está bien, vamos a verlo— ordenó mi padre.

Mamá se acercó, me agarró la mano y me besó la frente.

Frau Schmelder hizo que llevaran una gran TV pantalla plana dentro, y para cuando llegó el momento en que todo estuvo listo, mi visión estaba casi de regreso a la normalidad.

—Mi equipo técnico unió el contenido de varias cámaras, así que veremos pantallas divididas, donde más de una cámara grabó los eventos. Cordelia, sólo cierra los ojos si lo que viene es demasiado.

Asentí con la cabeza, y empezó el espectáculo. La primera sección mostraba a Faustine y a mí yendo por el pasillo, sonriendo y charlando. Todo era como lo recordaba, aunque se hacía raro mirarnos desde ese ángulo. Muy a lo Gran Hermano. Nuestra conversación entera había sido registrada. Necesitaba recordar eso de cara al futuro.

Entonces, llegamos a la parte donde había capturado el aroma de los cambia formas. Casi me reí cuando me vi a mí misma olfateando el aire como un perro. Vi que Faustine se había agarrado de la camisa, algo de lo que no me había dado cuenta hasta ese momento.

Luego, la pantalla se dividió. Se veían a los cambia formas en el lado derecho de la pantalla. Prácticamente nos habían detectado al mismo tiempo en el que yo los había olido. Sin embargo, por unos segundos yo les había tomado ventaja. ¡Ja! La pantalla los mostraba caminando por el pasillo cuando yo me detuve. Seguían moviéndose, hablando y riendo durante unos diez pasos más, entonces el líder extendió los brazos, deteniendo a los demás en su camino. Arrugó la nariz tratando de captar un olor. El rostro del líder, de repente estalló en una amplia sonrisa y miró a los demás con un brillo maníaco en sus ojos. Se juntaron, obviamente comunicándose a través del pensamiento, porque de repente se pusieron en fila y empezaron a dar grandes zancadas por el pasillo otra vez.

Mis ojos se movían entre las pantallas divididas las cuales se volvieron una, mientras Faustine y yo nos encontrábamos con los cambia formas. Desde allí, todo estuvo un tanto borroso. Todo sucedió tan rápido, que apenas pude seguir el ritmo de los acontecimientos. Me vi transformarme. No podía dejar de encontrarme a mí misma repugnante en mi estado de demonio. Me había criado en medio de la alta sociedad Parisina y estaba acostumbrada a parecer *elegante* en el sentido humano. El demonio en la pantalla estaba muy lejos de eso. Me preguntaba qué haría Jagger con eso. ¿Me rechazaría?

Nos vieron a Faustine y a mí siendo perseguidas a lo largo del corredor a una velocidad súper rápida. Tendría que preguntar si podíamos ver esa parte de nuevo, en cámara lenta. Estaba impresionada con mi propia agilidad, sin problemas corriendo por las paredes, y luego al techo. Lo malo fue ese pájaro tonto. Aunque no era grande, era rápido. Voló directamente encima de mi hombro, golpeándome hacia abajo con un fuerte aletazo de su ala izquierda.

Nos vi a Faustine y a mí caer, y para cuando llegué al suelo, ella había desaparecido, de la misma forma yo recordaba. Segundos más tarde, los cuatro cambia formas se abalanzaron sobre mí, y yo apenas era visible bajo su embestida con la cámara enfocada sobre sus espaldas. Entonces, uno de ellos se transformó, y los demás hicieron lo mismo. Se miraban boquiabiertos el uno al otro, asintieron con la cabeza y salieron corriendo por el pasillo. La cámara se centró en los restos. Mis restos. En mi forma humana. Debo de haberme transformado a mi forma predeterminada, cuando mi cuerpo abandonó la lucha. Había sido destrozada en pedazos, mis extremidades separadas del resto de mi cuerpo y comida a medias. Mi estómago se retorció en un duro nudo pensando en lo que los cambia formas me habían hecho. Entonces, una llamarada de ira se disparó a través de mí. Estaba más allá de la furia.

El tiempo de la cámara avanzó rápidamente un par de minutos, hasta mostrar a Jagger corriendo por el pasillo. Se detuvo en seco cuando llegó hasta mí y se arrodilló para recoger todas las partes de mi cuerpo, las lágrimas corrían por su rostro. Se me hizo un nudo en la garganta. Entonces, él dio media vuelta y se echó a correr conmigo.

La pantalla se quedó en blanco. Nadie dijo una palabra. Cuando sentí que mi mano se mojaba, miré hacia arriba a mamá, quien tenía lágrimas corriendo por su rostro. La cara de papá cambió a una dura expresión, y Frau Schmelder miró con determinación hacia sus zapatos. Jagger hizo una mueca mientras capturaba mi mirada.

Rompí el silencio. —¿Podemos ver la parte donde el águila me hace caer de nuevo, pero en cámara lenta?

Frau Schmelder asintió y llevó el disco de vigilancia hacia el lugar correcto. Lo miramos en silencio hasta que llegamos al segmento en donde Faustine desapareció.

—¿Podéis tratar de reproducirla aún más lenta para que podamos tratar de averiguar lo que pasó con Faustine?

No importaba lo mucho que desaceleraba la cinta, el resultado era el mismo. Faustine sólo parecía vaporizarse instantáneamente. Totalmente extraño. —¿Ella dijo algo a alguien? ¿Dónde se fue?

Frau Schmelder apagó el monitor. —No lo sé. No esperaba volver a verla en tu habitación. La estuvimos buscando por todas partes. Su padre está muy preocupado. Iré a hablar con ella sobre eso, cuando hayamos terminado aquí.

—¿Cómo propone manejar esto?— preguntó mi padre con severidad, apretando la mandíbula. Me di cuenta de que estaba tratando de evitar explotar.

Frau Schmelder irguió la espalda y miró a papá. —Su Alteza, que terrible es esto, déjeme asegurarle que me haré cargo. Y como de costumbre, lo haré a mi manera. Me alivia ver que Cordelia está recuperándose muy bien, a pesar de las terribles heridas que sufrió. No creo haber visto jamás a alguien recuperarse de ese estado antes.

Jagger se apoyó sobre su otro pie y me miró. Él me había salvado prácticamente al traerme de vuelta de entre los muertos. Explicaría eso a mamá y a papá. Ellos sabrían acerca de la sincronización. Sin embargo, ahora no era el momento. Estaba exhausta, sentía la necesidad de cerrar los ojos de nuevo, con la felicidad de saber que la próxima vez que me despertara, volvería a la normalidad.

—Tengo que regresar con el Rey Sebastian y Faustine para averiguar lo que pasó. Os mantendré informados. Sus Altezas, una suite ha sido preparada para ustedes. Se la mostraré cuando estén listos. Cordelia necesita descansar, de todas formas— dijo Frau Schmelder firmemente. —¿Hay algo que pueda hacer por ti antes de irnos, Cordelia?

—¿Puede Jagger quedarse aquí?

—Sí. Aunque, cuando Quinn regrese, puede que se vaya.

— Por mí está bien si Quinn se queda con Faustine. Ella no conoce a nadie más aquí. Estaré bien con Jagger. Dígale a Quinn y a Faustine que los veré mañana.

—Eso es muy amable de tu parte, Cordelia. — Frau Schmelder sonrió. —Eso aplacará un poco al Rey Sebastian. Si eso es todo, duerme bien.

—Adiós, mamá, papá. Nos vemos mañana.

—Cordelia, creo que me quedaré contigo— protestó mamá.

—No. Estoy bien. Sólo voy a dormir. Nos vemos mañana.

Me recosté en mi almohada, cuando se fueron y cerré mis ojos. Jagger bajó las persianas. No hablamos, no nos hacía falta. Sólo necesitaba sentirlo cerca y estaba feliz mientras él se sentaba en el sillón junto a la cama y cogía mi mano. Yo entrelacé mis dedos con los suyos, despejé mi mente de todo pensamiento, y caí dormida.

Capítulo 6

Sintiendo una suave y tibia presión en mis labios, abrí los ojos.

Quinn levantó su cabeza. —¡Buenos días, preciosa! ¿Cómo te sientes?

Examiné la pregunta. El dolor de cabeza se había ido. Sentía mis extremidades, moví los dedos del pie y los de las manos, y finalmente presioné mi estómago, revisándome minuciosamente. —¡Parece que estoy totalmente bien! No puedo creer que mis piernas y brazos se desprendieran alguna vez. ¡Increíble!

—Sí, ni que lo digas. Tampoco puedo creerlo. No me di cuenta hasta que Frau Schmelder nos reprodujo el video. No puedo creer que te hayas recuperado de eso. Le estaré por siempre agradecido a Jagger.

No, no lo estarás, pensé.

—Ten, toma esto. Es tu desayuno. — Quinn me dio un plato de suave lomo recién hecho.

El aroma flotaba en mi nariz, enviando mis glándulas salivales a una excesiva actividad. —Gracias. Por bueno que fuera el caldo, nada supera masticar una de estas. Masticar es la mitad de la diversión.

—Sé lo que quieres decir. Come. Tus padres estarán aquí en un momento.

—¿Averiguaste qué pasó con Faustine?— Tomé un bocado de carne. Qué dicha.

—Realmente no. Estuvieron viendo el video una y otra vez. Y la escuché contar la misma historia. Una cosa que parece cierta, ella está confundida. Tiene el tiempo cruzado. A lo que ella fue sometida, no duró más de un par de minutos según lo que dice, pero regresó aquí un día más tarde. Simplemente no hay explicación para eso.

—¿Te dijo cómo lo hizo para desvanecerse? Yo asumo que puede hacerse invisible.

—Eso es lo raro. Ella jura que no lo hizo. No tiene idea de lo que pasó. Aún más extraño es que su padre parecía creerla. No sé qué pensar sobre eso. — Se encogió de hombros. —Tal vez lo hizo sin ser consciente de ello.

—¿Podría otro paranormal haberse llevado a Faustine?

—Supongo... pero ¿por qué? Cualquiera de nosotros podría haberla hecho invisible temporalmente, pero todo esto nos tiene desconcertados.

—¿Dónde está Faustine ahora?

—Salió con su padre. Se la llevó a la ciudad para hacer algunas compras y así poder apartar las cosas de su mente. Me llamó hace un rato para ver cómo estabas. Estaba en Chanel, y por cómo se oía, estaba haciendo algunos serios daños. Me dijo que te dijera que había cogido el bolso púrpura más bonito para ti.

—¡Cariño! ¡Te ves mucho mejor! ¿Cómo te sientes?— Llegó mamá y me abrazó sus brazos abrazándome. Echándose hacia atrás, se metió un mechón de pelo detrás de la oreja y examinó mi cara con cuidado. Entonces estalló en una sonrisa de satisfacción. —¿Y qué es eso del bolso Chanel?

Aspiré el olor de mamá mientras la acariciaba de cerca. —Me siento estupenda mamá. Ah, y Quinn me estaba diciendo que Faustine me ha comprado un bolso morado ¡No puedo esperar!

—Está bien saberlo. — Papá miró por encima del hombro de mamá. —Supongo que ya que partes de la charla sobre el bolso, ya te sientes mejor. ¿Estás lista para salir de la cama? El curandero dijo que tus signos vitales están bien, así que puedes intentarlo cuando estés lista.

—¡Ya estoy lista!— Tiré de las sábanas e hice girar mis piernas a un lado de la cama, estremeciéndome con sorpresa cuando el frío metal de la barandilla rozó mi piel. Entonces, me erguí, con la ayuda de mamá. Puse los pies en el suelo y me levanté. Esperaba sentirme temblorosa, pero me sentía firme como una roca, por lo que di un paso hacia adelante, y entonces salté alrededor de la habitación.

Papá se rió. —Parece estar bien.

—De hecho, Pierre— dijo mamá. —Cordelia, ve a tomar una ducha y vístete. Te llevaremos a almorzar a la ciudad. Sebastian ya está ahí con Faustine, y están planeando un almuerzo en Chesa Veglia, así que pensamos que sería bueno que nos encontráramos con ellos. ¿Estás preparada para ello? Y Quinn, por favor, ven con nosotros también. Le pregunté también a Jagger, pero tiene un compromiso de esquí.

—Suena perfecto mamá. Estaré lista y me encontraré contigo en la oficina de Frau Schmelder en media hora. Necesito que ella me dé un pase para poder salir de la escuela. Quinn, ¿puedes venir?

—No me lo perdería por nada del mundo. Gracias por incluirme.

—Está bien, os veré pronto a ambos. — Mamá agitó su mano despidiéndose.

Quinn me acompañó hasta mi dormitorio. —¿Quieres que me quede?

—Oh, no. Me zambulliré en la ducha y me vestiré. Nos vemos abajo, en un rato.

Quinn me miró parpadeando como si hubiera perdido la cabeza. —No pensarás ni por un minuto que irás caminando por los pasillos tu sola hasta que los cambia formas que te atacaron hayan sido detenidos, ¿verdad?

—En realidad, sí lo haré. Me aseguraré de estar mucho más alerta. No podrás cuidarme veinticuatro/siete.

—La Smelt ha puesto en marcha una rotación, y no tienes permitido... según sus palabras... caminar por los pasillos por tu cuenta hasta que los cambia formas hayan sido capturados. — Quinn me miró.

—Oh, está bien. Supongo que si eso es lo que dijo La Smelt, entonces tengo que acogerme a ello. Entonces, ¿me recogerás?

—Sí. Envíame un mensaje cuando estés lista.

—¡Sí, señor!

—Tontita. No será por mucho tiempo. Están mejorando la vigilancia por vídeo digital ahora, para que podamos tener a los cambia formas en custodia esta tarde como muy tarde.

—¿Qué va a pasar con ellos?

—Serán juzgados por el consejo escolar. Vas a tener que comparecer en calidad de testigo, y también Faustine.

—¿El video de vigilancia no es suficiente?— El pensamiento de encontrarme nuevamente con los cinco bichos, hizo hervir mi sangre.

—Al parecer no. El video de vigilancia no puede ser admitido como evidencia…

—¿Por qué diantres no?— mi sangre hervía de nuevo.

—Las reglas del libro del consejo estudiantil, no lo han enumerado como una herramienta de evidencia...

—¡Probablemente porque fue escrito por los dinosaurios!

—Sí, tienes razón. Está fuera obsoleto, Jagger dijo que empezará a poner las cosas en movimiento. Sin embargo, este procedimiento aparentemente lleva un tiempo, y no llegará a tiempo para este juicio.

—Entonces, ¿básicamente es mi palabra y la de Faustine, contra la de ellos?

—Sí, pero no te preocupes por eso. Tendrás la mejor representación.

—¿Octavia?

—Sí. Os representará, tanto a ti como a Faustine. No hay conflicto de intereses por lo que se puede ver.

—¿Quién representa al otro lado?

—No lo sabremos hasta que sepamos quiénes están del otro lado.

Agh. Por supuesto. —Está bien. Ve. Hablaremos de ello más tarde. Será mejor que me prepare.

Cerré con llave después de él, lo cual era inusual para mí, pero me pareció mejor no ser estúpida. Me arreglé rápido y me puse un nuevo conjunto de ropa después de haber tomado una ducha. Añadí una cinta para el pelo después de habérmelo secado. Los accesorios para el cabello eran los únicos artículos permitidos en el uniforme, así que tenía un baúl lleno de ellos en todos los colores y materiales. Elegí uno ancho rojo, cubierto de diamantes en forma de calaveras. Me miré en el espejo una última vez, y luego le envié un mensaje a Quinn.

El paseo en limusina hasta la ciudad fue corto. Disfruté de la vista de las montañas, mientras bajamos por la sinuosa carretera, y sentí excitación al estar fuera de los límites de la escuela. A nosotros casi nunca se nos permitía ir a la ciudad.

—Cordelia, tu madre y yo vamos a volver a París después del almuerzo. Frau Schmelder quiere manejar las cosas desde aquí. — Papá me miró con una expresión sombría.

Mamá tosió. —De hecho, preferiría que vinieras a casa con nosotros. No es que necesites estar aquí. Sólo es un año de enriquecimiento, después de todo. Has aprendido lo que habías venido a aprender. Vuelve a casa y termina tu bachillerato internacional en París. Te daremos un buen entrenador de tenis.

No era una opción. Eso sería como salir corriendo… un signo de cobardía. Nunca sería capaz de dominar cualquier cosa con respeto a mis compañeros. Tenía que quedarme y lidiar con ello. Además, tenía que cuidar de Faustine. Ella me necesitaba más que nunca. También tenía que lidiar con todo el problema de Jagger. —Mamá, estoy bien. Voy a quedarme.

Mamá frunció sus labios, pero mi padre asintió con la cabeza apoyándome.

—Estoy feliz de escuchar eso— dijo. —Debes hacer frente a tus problemas, no huir de ellos.

Mamá le lanzó una sombría mirada. Estaba acabado en cuanto se encontrasen solos.

El chofer se detuvo delante del restaurante, donde el chef estaba radiante, listo para recibirnos. Nos llevaron a nuestra mesa, donde Faustine y su padre ya estaban sentados.

Su padre se levantó para besar la mano de mi madre. —Lauren, encantado de verte. — Sacudió las manos con mi padre. —Por favor, siéntense.

Cenamos en silencio, luego nos dispusimos a disfrutar de nuestros postres. Eché un vistazo por encima a Faustine, quien me lanzó una tímida sonrisa.

—¿Pudiste averiguar lo que te pasó?— Le pregunté.

—En realidad no. Papá está trabajando en ello. —Lo miró.

—De hecho, no sé cómo podrá, Frau Schmelder ha pedido que los padres se vayan. Quiere hacerse cargo ella misma. Faustine, podría ser que tengas un poder del cual no eres consciente. Si es así, la Academia te ayudará a tratar de averiguar cuál es y también cómo controlarlo.

—Sería totalmente increíble si fuera capaz de hacerme invisible. — Sonrió Faustine. —¿Podría, papá?

El Rey Sebastian se echó a reír. —¡Ah! Un demonio nunca revela sus poderes. Puedo compartirlo contigo a solas, en otro momento.

—Sí— mi padre estuvo de acuerdo.

¡Me di cuenta que él nunca me había dicho qué poderes tenía! Mmm.

El padre de Faustine se volvió hacia mis padres. —¿Te pidieron que te fueras? ¿O pidieron que te quedaras más tiempo por Cordelia?

Mi padre se rió entre dientes. —No, nos dieron la orden de que nos marcháramos también.

Me sorprendía, cuán reverentes eran todos con La Smelt. A pesar de ser de la nobleza. Siempre me había preguntado exactamente qué era ella, no la había visto en otra cosa que no fuera la forma humana. Pero seguramente no podía ser un simple humano. Tenía que ser una paranormal, tal vez incluso un híbrido. Nadie lo discutía, sin embargo. No me atrevía a preguntárselo a mis padres. Era como si el mundo fuera a explotar si esa información se daba a conocer alguna vez. De todos modos dudaba que mis padres lo supieran.

—Cordelia, toma. — Faustine levantó una bolsa de compras negra con el logo de Chanel. —Sólo un pequeño detalle para animarte.

Quinn me guiñó un ojo mientras yo sacaba una caja negra y la abría. Dentro estaba el bolso púrpura más bonito que había visto nunca. Deslicé mis dedos sobre él.

—¿Te gusta?— preguntó Faustine, reventando de emoción. —No estoy segura si querrías oro o plata, así que cogí la de plata. Va con tu tono de piel.

Me levanté y rodeé la mesa para darle un abrazo. —¡Es totalmente increíble! ¡Muchas gracias!

De repente Faustine parecía sombría.

—¿Qué pasa?— Apreté sus hombros.

—¡No lo había pensado! Ni siquiera se te permitirá mantener eso en la Academia, ¿verdad?

—Oh, no te preocupes. Mamá puede llevarlo de regreso a casa por mí. No puedo esperar para usarlo. Es perfecto.

Una vez que el padre de Faustine se hizo cargo de la cuenta, salimos al frío aire a la calle.

—Faustine, me gustaría poder quedarme más tiempo— dijo su padre. —Me doy cuenta de que es muy difícil salir de aquí. Si le contara a tu madre lo que pasó, ella insistiría que volvieras a casa. ¿Quieres volver a casa?

—No, papá. Estaré bien. Además, necesito averiguar todo sobre este poder. No se lo digas a mamá. De todos modos, eso es todo por ahora.

—Bien. Hasta que averigüen exactamente qué estaban haciendo esos cambia formas, no sólo tendrás a Cordelia de tu lado, sino también a Quinn quien se ha ofrecido a echarte un ojo. Por lo que sabemos estos cambia formas podrían haber ido a por ti. Los cambia formas son prácticamente incapaces de planear nada. Su respuesta es mayormente instintiva— agregó su padre. —Podría haber sido tu sangre humana la que los activó. Eso es algo que Frau Schmelder tendrá que investigar.

—La Academia Bonfire puede no ser apropiada para Faustine, Sebastian. Puede que tengas que conseguirle profesores privados en su lugar— dijo mi padre.

—Annabel hubiese preferido eso. Sin embargo, después de haberlo pensado parece que Faustine necesitará recursos que sólo están disponibles en la escuela. Así que, nosotros… o Frau Schmelder... tendremos que hacer que funcione.

Mi padre no parecía muy contento de escuchar eso. Tenía la esperanza de que no fueran a poner un alto a mi trabajo como su mentora. La estancia en la Academia sería bastante difícil para Faustine, sobre todo porque ella era tan joven e ingenua.

Era mi trabajo el mantenerla a salvo. A pesar de haber fallado miserablemente en mi primer intento, no dejaría que eso volviera a suceder. De ninguna manera. —Rey Sebastian, por favor no se preocupe por Faustine. Ahora que sé qué esperar, estaré completamente preparada. No dejaré que ningún peligro venga hacia ella.

—Para ser justos, no lo hiciste la última vez tampoco— Quinn dijo en voz baja. —Tú eres la única que resultó herida. No Faustine.

Eso era cierto. Faustine había desaparecido hacia la seguridad. Sin embargo, me hubiera sentido más tranquila si supiera cómo. Odiaba tratar con poderes desconocidos.

Mis padres y el Rey Sebastian se fueron hacia el aeropuerto en una limusina, y Faustine, Quinn y yo tomamos la otra de regreso a la escuela. Tan pronto como entré en la puerta principal de la Academia, nos dijeron que nos presentáramos a la oficina de Frau Schmelder.

—Siéntense. — La Smelt nos señaló con la mano el sofá. —Tengo algunas noticias para ustedes. Hemos sido capaces de mejorar los videos de vigilancia, y tenemos imágenes razonablemente buenas de los cuatro chicos cambia formas. La imagen de la chica, quien cambió a un águila, todavía está borrosa, su cuerpo parece moverse constantemente. Pusimos el video más lento, estudiamos cada cuadro individualmente. Los movimientos eran tan rápidos, pero sutiles, que ocurrían dentro de los marcos individuales, lo que hacía imposible obtener una clara imagen. El consejo estudiantil ha detenido a los cuatro chicos. Han solicitado el nombre de la chica entre ellos, pero se niegan a darlo.

—No lo dirán simplemente, ¿verdad?— Espetó Faustine. —Sólo tiene que traerlos aquí, y preguntárselo usted misma. ¡Hay que golpearlos para que confiesen!

Mi boca se abrió en shock. Tuve que contener lentamente mi erupción de risas. ¿En qué estaba pensando? ¿Había estado leyendo *No Good Deed* de McDonald? ¿Qué iba a sugerir a continuación? ¿Ahogarlos?

Frau Schmelder la fulminó con la mirada, luego sus labios se movieron, y se echó a reír. —No puedo traer gente a mi oficina y golpearlos para que confiesen. No estoy diciendo que no pase, pero ciertamente nunca participaría. Tenemos reglas, y las obedecemos. Y tenemos procedimientos. En este caso, los culpables serán entregados al consejo estudiantil. Ellos serán recluidos en salas especiales, de donde no podrán escapar, hasta que obtengan un juicio justo.

—¿Cuánto tiempo llevará?— Faustine parecía un poco petulante. Esas hormonas pre-pubertad ardían.

—No mucho. Sus padres han sido citados y llegarán por la mañana. Necesitarán elegir la representación de la lista del consejo de estudiantes. Espero que estemos listos para comenzar el día siguiente. Voy a hacer que Jagger les explique detalladamente el procedimiento, para que estén preparadas. Y ambas, tú y Cordelia necesitan hablar con Octavia, quien las representará.

—¿Cómo es que los cambia formas pueden escoger quién los represente, y nosotras no?— Faustine cruzó los brazos. Yo tenía, obviamente, que hablar con ella acerca de su temperamento.

—Eres libre de elegir a quien quieras, Faustine— explicó Frau Schmelder pacientemente. —Jagger pidió a Octavia en nombre de Cordelia, y ella está encantada de representarte a ti también. Pero, como he dicho, puedes elegir a alguien más si lo deseas.

Tuve que intervenir. —Faustine, Octavia es realmente buena. Tenemos suerte de tenerla de nuestro lado. Jagger nos ha hecho un favor enorme.

—Sí, estoy de acuerdo— añadió Quinn.

—Oh, bueno. Está bien, supongo.

La expresión de Frau Schmelder se endureció. —Pueden irse. Jagger las verá en su oficina en una hora. — Se acercó a su escritorio y se sentó, mirando fijamente la pantalla de su ordenador.

Silenciosamente nos fuimos de su oficina y regresamos a mi habitación.

—Iré a por un poco de comida. Volveré pronto— anunció Quinn mientras abría mi puerta.

Lo besé brevemente antes de irse. Era un novio ejemplar. Era una chica con suerte.

Faustine saltó por encima de mi cama y se acostó en ella. —¡No me gusta La Smelt!

Sonreí. *Gustar* no era una palabra que me venía a la mente cuando pensaba en Frau Schmelder tampoco. —Entiendo un poco lo que quieres decir. Ella es... fría.

—¡Y que lo digas! ¡Apuesto a que no tiene hijos! ¿De todos modos qué es ella?

La pregunta prohibida. Me alegro de que ella no le hubiera preguntado directamente a Frau Smelt. —No lo sé. — Me encogí de hombros con indiferencia hacia la pregunta, esperando que ella lo dejara. Pero, por supuesto, no lo hizo.

—¿Qué quieres decir? Llevas aquí como dos años, ¿no?

Asentí.

—Entonces, ¿cómo puedes no saberlo? ¿Quinn lo sabe?

—Yo creo que no, pero nunca hemos hablado de ella.

Sus ojos se abrieron mirándome como si estuviera como una cabra.

—Mira, Faustine. Es sólo una de esas cosas que parecen estar fuera de los límites de lo que se habla en esta escuela. Nadie habla de ello. Pero, por supuesto, me he preguntado al respecto.

—Bueno, lo haré yo misma la próxima vez que hable con Frau Smelt.

—Probablemente lo mejor sea no hacerlo, pero no puedo detenerte.

—No, no puedes.

Capítulo 7

Sentada al lado opuesto de Jagger en su oficina, sentí un impulso irresistible de tocarlo. Quería correr mis dedos hasta la punta de su cabello, bajar por su suave mejilla, bajo su camisa y su pecho, y...

—Cordelia, céntrate. — Jagger interrumpió mis pensamientos pornográficos con una sonrisa lasciva. —¿Y?

—¿Y?— No tenía idea de qué estaba hablando. Cuando nos sentamos, me preguntó cómo estaba Faustine. Entonces, me quedé en blanco soñando despierta.

—¿Estás feliz de tener a Octavia representándote?

—Sí, por supuesto.

—¿Qué hay de ti, Faustine? Frau Schmelder me dijo que tenías algunas reservas. ¿Cuáles son?

—En realidad no. — Se encogió de hombros. —Creo que está bien, si Cordelia lo cree así. ¿Qué es lo bueno acerca de Octavia?

—Ella es un vampiro. No es que eso sea lo que la hace tan buena— añadió Jagger rápidamente. — Pero ella acababa de terminar en la facultad de derecho cuando se transformó. Está en su año de Enriquecimiento, y es muy conocedora de nuestras reglas. Está muy centrada. Ya lo verás cuando la conozcas. Discutirá el caso contigo mañana por la mañana.

—¿El que ella sea una vampiresa causará algún problema? — preguntó Faustine.

—No. No, en absoluto. Pero, en cualquier caso, no estaréis a solas con ella.

—Eso es bueno.

—Octavia hablará con ambas. Tendréis que contarle con detalle exactamente lo que pasó.

—¿No puede simplemente ver el video de vigilancia? Estoy realmente harta de contar la historia una y otra vez. Parece que lo hemos hecho como un millón de veces— se quejó Faustine.

Sabía exactamente lo que quería decir.

—Por desgracia, sí— respondió Jagger. —Octavia ya ha visto el vídeo, pero necesita escuchar el relato de primera mano de las dos, pero por separado. Los cambia formas se reunirán con sus representantes mañana. El juicio se ha fijado para el día siguiente. Se celebrará en el Auditorio de Justicia. Está en la parte nueva de los edificios. El consejo estudiantil escuchará el caso y estará compuesto por doce miembros, incluido el presidente, que soy yo. Voy a tener que negarme porque soy un testigo clave. Por lo tanto, los once restantes escucharán el caso, discutirán la evidencia y emitirán un veredicto y el potencial castigo.

—Se esperará de vosotras que volváis a contar lo que sucedió, y entonces seréis interrogadas por los representantes de los cambia formas. Faustine, aunque se espera que subas al estrado, no tienes que hacerlo. El interrogatorio puede ser desagradable, y Octavia probablemente os habrá sentado a menos de que sea absolutamente necesario que testifiquéis. Ya he hablado con los otros miembros del consejo al respecto. Están de acuerdo con esto, ya que eres muy joven.

—Quinn dijo que no podemos utilizar el vídeo de vigilancia como prueba— me quejé.

—Sí. Eso apesta de verdad, pero no hay nada que yo pueda hacer al respecto. Octavia os hablará un poco más sobre esto mañana. ¿Alguna pregunta?

Ambas negamos con la cabeza. Probablemente Faustine tenía alrededor de un trillón de preguntas más, pero era probable que estuviera tan harta como yo. Tenía un trillón de preguntas más, pero necesitábamos un descanso.

—Bien, fabuloso. Nos vemos mañana por la mañana. Octavia nos encontrará aquí a las diez. Siento tener que salir corriendo, pero tengo que ir al entrenamiento de esquí.

—Oh, ¿puedo ir? — preguntó Faustine, sus ojos brillaban de esperanza.

Jagger me miró, entrecerrando los ojos. —Creo que es una buena idea — le dije.

Probablemente no esperaba que yo dijera eso, pero una noche en las pistas sería genial para Faustine. Eso alejaría totalmente las cosas de su mente. Había tenido un terrible inicio del año escolar, así que podía tomar un descanso. Además, el esquí era su pasión, y ella quería ser parte del equipo.

Jagger asintió. —Creo que estaría bien. El esquí de ésta noche es sólo para los Integrados y superiores. Los Iniciados no se unirán a nosotros hasta dentro de un mes más o menos, es por eso que no te invité en un principio. Pero supongo que eres un caso especial de todos modos. Por lo tanto, siempre y cuando Cordelia te supervise, eres bienvenida a acompañarnos. No haremos ninguna cosa de principiantes hoy, sólo golpear las pistas a máxima potencia.

—¡Suena divertido!— Faustine se frotó las manos.

Jagger se rió. —Está bien, vamos. Te daré un aventón en mi Range Rover.

Llegamos al chalet de esquí de la Academia Bonfire quince minutos más tarde. Ya había algunos coches en el aparcamiento.

Jagger se bajó del coche y miró hacia las pistas. —Los demás ya están allí, esperando. Así que date prisa y cámbiate. Nos vemos en lo alto.

Faustine y yo caminamos hacia el edificio de madera pintado de amarillo, el cual estaba lo suficientemente lejos del campus principal para poder sobrevivir al fuego. Fuimos directamente hacia la sala de las taquillas de las chicas. La gran sala estaba seccionada en cuatro áreas principales: duchas, equipos de esquí, zona de vestidor y armarios. Me acerqué y abrí mi taquilla. Mi equipo aún estaba como lo había dejado antes del incendio.

—Faustine, necesitamos conseguirte un traje. Hay una selección de cosas por allí. — Señalé un estante al extremo de los vestidores — Esos son los uniformes de esquí de la Academia. Son nuevos, así que elige el tamaño, pruébatelo y entonces será tuyo para el resto de la temporada. Toma esta taquilla. — Abrí la puerta de uno vacío. —Puedes guardar tus cosas aquí.

Después de vestirse, tomamos el telesquí para reunirnos con los demás.

Quinn esquiaba y me besó. —Hola, nena. No mencionaste que vendrías a esquiar.

Jagger me invadió instantáneamente, y mi cuerpo se estremeció mientras intentaba contrarrestar su reacción de pura ira. Yo me desenganché de Quinn abruptamente, sintiéndome mareada de luchar con Jagger. —Eh. No lo sabía, Quinn. Faustine quiso venir cuando Jagger le mencionó que venía a esquiar. De todos modos, debería ser divertido. ¿Esquiamos en parejas? Creo que haré pareja con Faustine.

—Error— dijo Jagger. — Esto será rápido y un poco peligroso ahí afuera esta noche. Algunas partes de las pistas están completamente a oscuras, además la mayoría de las parejas están planeando salirse de las pista, como usualmente lo hacen. Creo que sería mejor si Faustine estuviera emparejada con un miembro del equipo.

Asombroso. Entonces yo podría desviarme con Quinn.

—Faustine, puedes esquiar con Quinn, y tú Cordelia, estarás conmigo.

—Si no te importa, ¿podemos cambiar, Jagger? Déjame pasar algún tiempo con mi novia. — Quinn puso su brazo alrededor mío.

—En realidad, si me importa. Voy primero, y Faustine tendrá que estar justo en la parte de atrás, así nadie la atropellará. Así que quédate con ella, Quinn. Voy hacerme cargo de tu *novia.* Ella estará a salvo conmigo.

Podía sentir su desprecio.

—Bueno, vamos a prepararnos. Aquí está la secuencia. Yo iré primero con Cordelia. Sienna y Jewel, serán las siguientes.

Las gemelas saludaron a Faustine.

—Patrice y Delam, vosotros seréis los siguientes.

Delam olió en dirección a Faustine. Típico vampiro. Patrice no mostró ningún interés. Ella era un demonio híbrido-bruja. Ellos rara vez eran enviados a la academia, porque las brujas preferían formar a sus hijos ellos mismos, pero Patrice había sido un reto. Su sangre de demonio era dominante, y la combinación la hacía terriblemente poderosa.

—Delam, ella está fuera de tu alcance— le dijo Jagger. —Acércate a ella y estás fuera del equipo. Para siempre. ¿Te has alimentado?

—Sí, pero huele delicioso. ¿Qué es, exactamente?— Delam estaba prácticamente babeando.

—*Eso* es Faustine, y no importa qué sea ella, no es de tu incumbencia. Mantente lejos.

—Está bien, está bien. Mantén tus pantalones puestos.

Me pareció oír a Jagger gruñir realmente. —Cambio de planes. Tú y Patrice esquiarán primero. Delante mío.

Delam rió entre dientes. — Por mí bien. ¡Nieve fresca!

—Entonces, será ahora Delam y Patrice, Cordelia y yo, Sienna y Jewel, Dorothy, Elvis y Sven. Luego cerrando la retaguardia, Faustine y Quinn. Quinn, no se irá fuera de pista con Faustine, obviamente.

Quinn suspiró. —Obviamente.

Faustine se veía infeliz.

—¿Qué pasa?— le pregunté.

—Bueno, no hay necesidad de que me consientas. Esquío fuera de pista todo el tiempo. Soy realmente muy buena. Te lo mostraré.

—¿Has esquiado usando tus poderes paranormales?— Preguntó Jagger suavemente.

Ella negó con la cabeza.

—En ese caso, quédate en las pistas. Sólo por ahora. No pasará mucho tiempo hasta que puedas unírtenos totalmente. Sin embargo, primero la seguridad,. ¿De acuerdo? Prométeme que no intentarás nada estúpido.

Faustine entornó los ojos. —Obviamente.

Jagger asintió. —Está bien, nos reagruparemos en el chalet, luego comemos y vamos otra vez. Delam, Patrice. A sus posiciones.

Ellas esquiaron pasando el inicio de la pista hacia el otro lado, el cual tenía una saliente con una pronunciada caída. Llevaron sus esquís a la saliente, balanceándose precariamente.

Faustine se quedó sin aliento. —No estarán planeando saltar desde el acantilado, ¿verdad? ¡Se caerán! Se matarán.

Antes de que pudiera responder, Delam y Patrice inclinaron sus rodillas y se lanzaron por el lado de la montaña. Yo me asomé con Faustine boquiabierta a mi lado y mirándolas deslizarse por la ladera de la montaña, las chispas literalmente volaban de las espaldas de sus esquís. Cuando llegaron a un tramo curvo, hicieron una espiral con un triple giro, y luego las perdí de vista.

—¡OH DIOS MÍO!— Faustine me miró boquiabierta. — ¿Qué diablos ha sido eso?

—Ese es el esquí extremo, estilo paranormal. — Me reí. —¡*Esa* es tu competencia!

—¡No puedo esquiar así! Tal vez debería unirme a un equipo local de humanos. St. Moritz tiene que tener...

—No seas tonta— le advertí. —Tú puedes esquiar totalmente de la misma forma, probablemente mejor. Sólo tenemos que ayudarte a aprovechar tus poderes demoníacos, eso es todo. No te preocupes.

—Cordelia. ¿Lista?— Jagger me agitó la mano señalándome el borde del acantilado.

—Jesús, ¿te lanzarás desde allí también? ¡Diablos que yo no lo haré!— dijo Faustine resueltamente.

—¡Será mejor que no! Nos vemos en el chalet. ¡Nos esperan filetes!

Esquié hasta donde estaba Jagger y me coloqué a su lado.

—¿Sabes cómo hacer la secuencia básica?

—Sí. — Quinn me había enseñado durante una de nuestras tardes de andar por ahí en las pistas.

—Bien. ¿Lista?

Asentí con la cabeza y deslicé mis esquís por el acantilado para que mis pies estuvieran en el mismo borde. Con mucho cuidado cambié mi peso hacia adelante, hasta que tuve el perfecto equilibrio. Luego, por orden de Jagger, doblé mis rodillas y nos fuimos.

Dejé que mi instinto demonio se apoderara por completo, mientras me precipitaba por la ladera de la montaña, mi cuerpo iba inclinado hacia abajo. El viento golpeaba contra mi casco, y tenía problemas manteniendo mi cabeza firme. Mis músculos obviamente no se habían recuperado completamente del asalto. Normalmente, esta carrera no habría sido un problema para mí.

Al llegar a la primera curva, hice un giro y caí en la ladera de la montaña de nuevo. Esa parte de la pendiente era inclinada, muy puntiaguda. Íbamos de un lado a otro, ambos zigzagueando, y después caímos en otra rampa y nos deslizamos en ella para hacer otros giros. Cuando llegamos a la ladera de nuevo, continuamos entrecruzándonos. Me sentí totalmente eufórica y feliz.

Hasta que Jagger golpeó justo contra mí. Caí sobre mi trasero a toda velocidad por la pendiente, con Jagger encima de mí. Luego yo estuve encima de él. Nos deslizamos hasta que llegamos a un tramo curvo, y logramos detenernos antes de llegar al borde del próximo acantilado.

—¿Pero qué demonios, Jagger?— Sabía que él no me había golpeado accidentalmente. Era un esquiador demasiado experimentado para eso y sólo habíamos hecho la secuencia básica. Demonios, incluso Faustine podría haber logrado eso, sólo siendo un humano.

—Te quería para mí un momento— susurró, enviando fuertes emociones a través de mi cuerpo.

—¿Para matarme?

—Difícilmente. — Él se echó a reír. —¿Estás herida, princesa?

—No. ¡Pero ese no es el punto!— Golpeé su brazo.

—¡Ay! Desconecta el modo demonio. Ahora estoy herido. ¡Gua, gua!— apuntó hacia la fresca marca de quemadura donde lo había golpeado.

Ignoré su falso llanto. Mis dedos debieron haberse unido inadvertidamente cuando perdí el control después de que él me golpeara. Tenía lo que merecía. Eso le enseñaría a no meterse con un demonio. Separé mis dedos, pero no ofrecería ninguna disculpa. Me aparté de él y me puse de pie. Mis esquís se desabrocharon de mis botas durante la caída y habían desaparecido. Fulminé con la mirada a Jagger.

—Oh, vamos. No te enojes. Sólo quería que te alejaras de Quinn y pasar algún tiempo contigo. Eso es todo. ¿De todos modos qué pasa con Quinn y lo de ser su novia? Te dije que te deshicieras de él.

—¡Soy su novia!— grité enojada. —Hemos estado saliendo desde la Iniciación. Él es el mejor novio que existe. Y yo lo amo.

—Pero tú estás sincronizada conmigo— respondió Jagger, su voz apenas era un susurro.

¡Como si eso hubiera escapado de mi atención! —¿Y? ¿Qué se supone exactamente qué debo hacer al respecto? ¿Podemos des-sincronizarnos?

Por un momento, pareció sorprendido, pero luego me dio un resignado encogimiento de hombros. —No. Tú estás atrapada conmigo. Lo siento. — Se levantó y sacudió la nieve de su traje.

—Tal vez una bruja pueda ayudarnos...

Él llegó hasta mi cara en un instante, obviamente tenía que haber usado sus poderes al transportarse instantáneamente a centímetros de mí. Una vez más. Respiraba sobre mí, cada exhalación se batía en furia. Me quedé pegada al suelo, sin mover un músculo. De paranormal a paranormal, me preguntaba quién ganaría una batalla a muerte entre nosotros. Él no era más que un hada, después de todo. Sus poderes no podrían igualarse con los míos. Pero ahí estaba esa aura desconocida a su alrededor. Debí haberle preguntado al respecto antes.

Traté de anticipar su próximo movimiento, sintiéndolo por su intensidad. Mis reflejos no eran lo suficientemente rápidos. Mi cara se arrastró hacia la suya en un movimiento rápido, fuerte, con la mano de Jagger sujetándome alrededor de mi cuello y tirando de mí hacia adelante. Sus labios se encontraron con los míos, separándolos brutalmente.

Entonces, de repente se detuvo y los rozó con suavidad, antes de que él me besara de nuevo con un largo y apasionado beso, en el cual me perdí totalmente, rindiéndome por completo. Estaba aturdida, mi mente estaba a medias para desnudarlo y explorar el resto de su cuerpo, cuando él se apartó un poco.

—Quiero, necesito...— susurró con voz ronca.

Abrí el cierre de su traje de esquí y continué mi exploración.

—¿Dónde diablos estabais?— gritó Quinn tan pronto como me vio caminar hacia el chalet con Jagger. —¿Qué pasó con tus esquís?

Después de nuestro momento de novela erótica en las pistas, usamos el traje de nieve de Jagger como trineo hasta el pie de la montaña. Podríamos haber utilizado nuestro poder para bajar, pero en trineo era mucho más divertido. Además, necesitábamos una explicación para nuestro desaliñado estado.

—Cordelia se cayó. — Sonrió Jagger.

¡Eso no era para nada cierto! Le lancé una mirada asesina. Sin embargo, no lo negué. Parecía que era la explicación más razonable.

—Así que decidimos deslizarnos en trineo el resto del camino, para animarla. Eso ha sido divertido. ¿Verdad, Cordelia?

—Eso suena divertido— coincidió Faustine. —Adoro el trineo.

—Entonces, ¿cómo te ha ido, Faustine?— preguntó Jagger.

—Fue increíble. Quinn hizo que me quedara en la pista, pero no había manera que me mantuviera sobre el acantilado de todos modos.

—Ella es buena, sorprendentemente buena considerando que no usó ninguno de sus poderes. —Quinn palmeó su hombro.

Jagger sonrió. —¿Dónde está el resto del grupo?

—Están en la hoguera, asando sus alimentos. ¡Vamos a unirnos a ellos!. — Quinn tomó mi mano y me llevó a la parte posterior del chalet.

Era raro tocarlo, justo después de lo que acababa de hacer. Todavía podía sentir a Jagger por todo mi cuerpo, ese pensamiento envió hormigueos a mis sentidos.

—¿Feliz de verme?— preguntó Quinn.

—Sí. — Puse mis brazos alrededor de él para darle un abrazo.

—Vamos, vosotros dos— gritó Jagger.

Nos unimos a los otros alrededor de la hoguera. Jagger se aseguró de permanecer al lado de Faustine. Me di cuenta de que Delam lanzaba miradas babeantes en su dirección. Supuse que los vampiros nunca podían controlarse realmente, ni siquiera en la Academia Bonfire. La evidente fascinación de Delam con Faustine significaba que definitivamente tendría que ser protegida de los otros vampiros. Después de todo, si Delam era disciplinado como ellos lo eran, ella estaría en grave peligro entre los recién nacidos. Por lo menos, hasta que aprendiera a usar sus poderes. Era importante empezar lo antes posible, una vez que todos los ejercicios básicos de Iniciación estuvieran fuera del camino.

—Toma, come esto. — Jagger me entregó un plato con un bistec recién hecho a la parrilla. —Quinn, sírvete tú mismo.

Tan pronto como Quinn estuvo fuera de alcance de oído, Jagger acercó sus labios a mi oído. —Rocié el tuyo con polvo de hada.

Solté una carcajada.

—¿Qué es tan gracioso?— preguntó Quinn, caminando de regreso hacia nosotros.

—Jagger le dijo a Cordelia que roció su bistec con polvo de hada— intervino Faustine.

Dios, ¡ella tenía buen oído!

—¿Polvo de hada? Esa fue buena. ¿Qué va a pasar ahora? ¿Le crecerán alas blancas?— se rió Quinn.

—No. Las alas blancas son cosas de ángeles. ¿Verdad, Cordelia?— Faustine me dio un codazo para que confirmara.

—Supongo. No sé mucho acerca de ángeles, nunca he conocido a uno.

—Yo sí. — dijo Sienna. — Están muy sobrevalorados. De todos modos, cuéntanos más acerca de Lady Annabel, Faustine.

—¿Qué quieres saber?

—¿Quién es su diseñador favorito?

— Realmente no tiene un favorito, pero mayormente en su armario tiene Chanel.

La charla se transformó en moda y París. Espectáculos de pasarelas y colecciones de la próxima temporada, discutieron largo y tendido, hasta que Jagger tuvo suficiente y nos llevó hasta las pistas de nuevo para una segunda carrera. Todos cambiaron de pareja. Yo esquié con Jewel, mientras que Jagger acompañó a Faustine. Quinn dio un paso fuera de la cornisa con Patrice y Delam con Sienna. Repetimos el ciclo cuatro veces más, antes de que la noche terminara.

Había estado completamente enfocada en la montaña, pero en cuanto apagué la luz y me hundí en las sábanas, mi mente trajo una ráfaga de imágenes de mi aventura con Jagger en las pistas. Quería ir a buscarlo, meterme en la cama con él, y pasar mis dedos por su pecho desnudo. En vez de eso, cerré los ojos y me acurruqué otra vez contra Quinn.

Capítulo 8

La blanca piel de la vampira Octavia, estaba cubierta con un maquillaje expertamente aplicado, lo que hacía difícil adivinar su edad. Su cabello era lacio, largo y rubio, labios color rojo rubí y ojos rojos cubiertos de grueso delineador y la máscara para pestañas oscura, la hacían parecer más preparada para el show de moda de Victoria's Secret, que para la corte.

Miró a Faustine y tomó un largo trago de su botella de sangre fresca. —Así que, lo que pasaste fue toda una odisea. Estás en camino de comenzar la Iniciación, Faustine. Ahora, necesito hablar con vosotras dos por separado, aunque Jagger insiste en estar cerca cuando hable contigo, Faustine. Ya sabes, en caso de que tenga la urgencia de comerte. — Se echó a reír. —Sólo bromeo, por supuesto. Nunca me como a mis clientes. — Entornó sus ojos. —Ya que él no está aquí todavía, vamos a empezar contigo, Cordelia. Faustine, ¿nos disculpas un momento? Quinn está esperando fuera para llevarte de regreso a tu habitación.

Me preguntaba dónde estaría Jagger. Estábamos sentados en su oficina. ¿Estaba durmiendo en la habitación de al lado? Luché contra la urgencia de comprobarlo, y potencialmente saltar a sus huesos otra vez, los recuerdos de la pista de esquí todavía estaban frescos en mi mente. Me sacudí y regresé mi atención a Octavia. —Entonces, ¿qué piensas?

—Como Jagger te dijo, he visto el video. Ahora necesito escuchar la historia de ti. Tus impresiones pueden descubrir pistas adicionales.

—¿Cómo qué?— le pregunté, confundida.

—Olores, por ejemplo. Podría haber otras cosas también, así que empieza desde el principio y cuéntamelo todo. No dejes de lado ningún detalle. Trata de recordar los olores, colores, y cosas como uñas... con o sin manicura... de uñas o marcas de diseñador, todo sin importar lo insignificante que parezca. Reproduce la escena en tu cabeza en cámara lenta, analiza todos los matices.

—Está bien. — Hice lo que me dijo y le dije todo lo que sabía, que no era mucho más de lo que el vídeo mostraba. Describí el rancio olor de los cambia formas. —Ya sabes, el olor normal de los cambia formas.

—¿Hombre o mujer?

—Había cuatro hombres y una mujer. Puedes verlo en el video.

—No, me refiero a ¿cuánta cantidad de olor femenino y masculino pudiste recoger antes de verlos realmente?

Cerré los ojos, tratando de recordar. La verdad es que no era muy buena recogiendo olores. Generalmente, los demonios no lo eran. Sin embargo, había asumido que todos eran hombres antes de que yo pudiera verlos. Compartí eso con Octavia.

—No tengo ni idea de por qué pensé eso, sin embargo. — Me encogí de hombros. —Obviamente, estaba equivocada.

—Mmm. Interesante. — Ella anotó algo en su libreta. —Por el momento, los cuatro detenidos niegan haber estado allí.

—¿Qué? Eso es ridículo. — Me paré y caminé por la habitación pisoteando con enojo.

—¿Qué diablos está pasando?— Jagger estaba parado junto a la puerta de su dormitorio sin camiseta y me miró adormilado — ¿A que son debidos esos gritos?

—¡Esos flameantes bastardos están declarando no haber estado allí en lo absoluto!

Jagger se dejó caer en el asiento que yo acababa de dejar libre. — ¿Qué esperabas? Por supuesto que están declarando eso. ¿Qué otra cosa podían hacer?

—¡Pero todo está grabado en el vídeo de vigilancia!

—Lo cual, como sabéis ahora, no es admisible como evidencia.

—Así que básicamente, estamos jodidos. Quedarán impunes y probablemente tratarán de hacerlo de nuevo, sólo para burlarse. — Pisoteé hasta la puerta. Imaginé que podría regresar a mi habitación y podría descansar un poco más. Además, necesitaba alimentarme.

Choqué con Jagger. Otra vez. —Quita tu maldita cara de aquí. Voy a volver a la cama.

—Vuelve a sentarte, Cordelia— dijo arrastrando las palabras. —No me hagas obligarte.

—Mmm. Interesante— comentó Octavia.

—¿El qué?— le pregunté, irritada.

—Vosotros dos. De todos modos, eso no es relevante. Lo que es relevante es que encontremos alguna manera de probar que en realidad ellos se hallaban en la escena. ¿El equipo encargado de la escena del crimen encontró alguna evidencia que podamos usar?

—No mucho. Unas cuantas plumas, algunas garras rotas.

—¿Seguramente es suficiente para una prueba de ADN?— Me sentí más esperanzada, sabiendo que teníamos alguna evidencia sólida.

—Sólida evidencia que podría situarlos en el lugar de la escena del crimen, pero todavía no somos capaces de probar que ellos estaban realmente implicados. A menos que, por supuesto, tu sangre se encuentre en partes de su cuerpo. Desafortunadamente, el ADN de los demonios se desintegra demasiado rápido para poder ser identificado. ¿Faustine estaba herida de alguna forma?

—No, me aseguré de eso— dije con orgullo.

—¿Ni siquiera un rasguño?

—No.

—Es una lástima. Ella parece tener una mezcla igual de sangre humana. Fácil de identificar.

—Entonces, ¿qué vamos a hacer?— Me sentí completamente derrotada.

—Voy a hacer lo que mejor sé hacer. Engañarlos para que confiesen en el estrado. Los cambia formas son fáciles de confundir, no son los paranormales más brillantes. Así que a menos que su consejero los mantenga fuera del estrado, los aniquilaré. Sólo esperemos que decidan subir a él. Bien. Ahora voy a hablar con Faustine, y te veré en la corte mañana por la mañana antes de la primera clase.

Me dirigí a mi habitación, pero me desvié a la sala de los mentores. Necesitaba alimentarme desesperadamente.

El salón era decepcionante. Esperaba una habitación de lujo, totalmente equipada con dispositivos de juego, máquinas de ejercicio y televisor pantalla plana. En cambio, era una reminiscencia de sala de fumadores de un anciano. Sin la parte de fumar. Una mesa de billar de pie en una esquina, y un bar en la otra. Grupos de sofás cubiertos de terciopelo y mesas de café de madera, estaban esparcidos por la habitación. Un tenue candelabro iluminaba el área, y la voz de Harry Connick, Jr., llenaba el aire.

Jesús, ¿cuándo me volví ochentera? Fui directamente a la estación de comida y tomé un filete. De vuelta en la sala de estar, miré alrededor buscando caras conocidas y encontré a Delam. Estaba mirando hacia mí, sonriendo y saludando.

Maldita sea.

—Hola, Cordelia. Está bien ver una cara familiar.

—Hola, Delam. — Me senté frente a él.

—¿Dónde está la adorable Faustine hoy?

—Déjalo. Mantente alejado de ella.

—¿Por qué?— Sonaba dolido.

—Sabes por qué.

—No. En realidad, no lo sé.

—Lo que sea, Delam. Sólo mantente alejado de ella.

Entornó los ojos y tomó un sorbo de su pajilla.

—¿Tienes que hacer que suene cuando bebes? Es asqueroso.

—¿Eh? ¿Cuándo nos hemos casado? Suenas como una molesta esposa perra del infierno.

Me reí entre dientes. —Sí, ¿no? Lo siento. El ruido del sorbo hace que se me ponga la piel de gallina. Sin embargo, supongo que no puedes evitarlo.

—Puedo intentarlo. La consistencia de la sangre hace que sea difícil, pero puedo bajar el tono. Sólo por ti.

—Gracias. — Sonreí. —Te lo agradezco mucho.

Lo vi tomar un sorbo. Realmente se esforzó por no hacer ruido. Era extrañamente lindo, en un sentido vampírico. Lindo, pero no hacía que mis hormonas se pusieran todas extrañas. Eso estaba simplemente bien, porque tenía suficiente ocurriendo en mi vida hasta el momento. —Así que, te vi en algunas de mis clases de Integración. ¿De dónde eres?

—España. Madrid, para ser precisos.

—¿Qué hacías antes de que te convirtieras?

—Escuela de medicina.

Me preguntaba quién lo habría convertido, pero no le pregunté. Los nuevos… y él era todavía relativamente

nuevo, pero no un recién convertido… odiaban hablar sobre eso. No había pasado suficiente tiempo para que ellos se hubieran olvidado de sus vidas anteriores o hubieran perdonado a sus creadores. Sabía que su creador debía ser importante y acomodado para poder darse el lujo de enviarlo a la Academia. También significaba que su creador debía tener un plan para él. ¿Por qué más invertiría dinero? Traté de ocuparme de mis asuntos, pero finalmente cedí a mi entrometimiento.
—¿Cuántos años tienes?

—Tenía veinticuatro años cuando me transformé, y de eso ya hace tres años. ¿Qué hay de ti? Sé que eres un demonio. ¿Eres un híbrido o pura raza?

—Pura. Soy hija del Rey Pierre.

—Lo siento, no me mantengo al día con la política de los demonios.

—Es el demonio soberano de París.

—Súper. ¿Volverás allí cuando termines aquí?

—Sí. ¿Qué hay de ti? ¿Volverás a Madrid?

Los ojos de Delam se empañaron ligeramente.

—No, no puedo. No puedo arriesgarme a toparme con mi familia o mis amigos. Todos ellos están buscándome.

—¿Y qué vas a hacer?

—El que me convirtió está tratando de conseguir que me inscriba en otra escuela de medicina. Inglaterra se ve más prometedora, probablemente Cambridge, mi creador tiene conexiones allí.

—Bien, eso es bueno. ¿Cierto?

Se encogió de hombros. —Ahora mismo, me siento bastante indiferente a todo. De hecho, estoy pensando en renunciar a todo lo relacionado con la medicina y tal vez centrarme en el esquí.

—Suena como una opción divertida. ¡Eres lo suficientemente bueno!

—Sí, el único problema es que es caro. No creo que mi creador contribuya. Tendré que encontrar un patrocinador.

Jagger entró a zancadas al salón. — ¡Hey, Cordelia! Estaba buscándote. No respondes al teléfono.

—Lo apagué. Necesitaba un poco de paz y tranquilidad, estaba chismeando con Delam. ¿Qué pasa?

—¿Se te ha olvidado la reunión de Iniciación? Faustine está esperándote.

—¡Mierda! Cierto. — Miré mi reloj. Debió haber empezado hace diez minutos.

—Te llevaré y haré que Quinn se encuentre con Faustine en el auditorio.

—Gracias. — Agité mi mano diciendo adiós a Delam antes de precipitarme hacia la puerta con Jagger.

—Tenemos que hablar— murmuró mientras corríamos por los pasillos, zigzagueando más allá de la multitud. Los pasillos estaban repletos de estudiantes recién llegados.

—Hablamos todo el tiempo, o al menos eso parece— le dije con descaro.

—No seas así. Sabes lo que quiero decir.

—Sí, sí. Más tarde. ¿Después de la reunión?

—No puedo. Mi hermano llegará pronto, y pasaré un poco de tiempo con él para que se acomode.

—¿Tu hermano?

—¿Ves? Nosotros no hablamos lo suficiente. Sí, mi hermano, medio hermano en realidad. Su nombre es Ryker.

—¿Por parte de tu madre o padre?

—Padre. Pero él no lo sabe. Ha estado viviendo con su madre. Así que se lo diré poco a poco.

—¿Por qué? Estoy segura que estará encantado de tener un hermano tan maravilloso.

—¿Maravilloso?

—Sí. — Apreté su mano. —Sabes que lo eres.

Llegamos al auditorio justo a tiempo, las campanas sonaban diciendo que la reunión estaba a punto de comenzar.

Faustine me esperaba en la entrada, con los labios fruncidos. —¡Pensé que no lo lograrías! ¿Dónde has estado?

—No importa, ya estoy aquí. ¡Quinn, gracias! Vámonos. — Entré con ella y busqué asientos en el auditorio. Vi dos a mis espaldas, y nos dirigimos justo a ellos, dejando atrás a Jagger y a Quinn.

El auditorio estaba a un tercio de su capacidad, por lo que supuse que había alrededor de doscientos o trescientos Iniciados allí, dependiendo de cuántos estaban acompañados de mentores. Se había colgado en el pasillo central un separador para contener los vampiros al lado izquierdo de la sala. El resto de nosotros, nos sentamos en la sección de la derecha. Me tuve que reír, viendo las miradas ansiosas de los vampiros, ya que miraban al resto de nosotros a través del vidrio divisor. Era posible que también nos hubieran visto como tazas llenas de sangre fresca.

Un silencio cayó sobre la sala cuando Frau Schmelder se dirigió al escenario y al podio. Llevaba un vestido bonito, casi coqueto, pero su peinado era un severo contraste y su expresión silenció a la multitud, por lo que ni siquiera un suspiro pareció escaparse de la boca de nadie.

—Buenas tardes y bienvenidos a la Academia Bonfire. Confío en que todos ustedes se han acomodado en sus habitaciones. Soy Frau Schmelder, la directora de la Academia. Voy a presentarles al resto del equipo pronto.

—Esta escuela fue construida en 1754, y es una de sólo seis de su tipo en el mundo, pero la única que admite vampiros. También tenemos el mayor número admitido de híbridos. Esto significa que el plan de estudios en la Academia tiende a ser fluido. Lo personalizamos cada año, en función de la población de Iniciados. Los híbridos más raros han sido asignados con mentores que se quedarán con ellos hasta que hayamos determinado totalmente la naturaleza de sus poderes y otras cuestiones. El objetivo es ayudar a cada uno de ustedes a darse cuenta de su potencial y cómo usarlo en el mundo humano, porque vivimos en un mundo predominantemente humano. Eso es algo que cada uno de nosotros debe aceptar. Aunque los seres humanos son débiles en comparación, su fuerza radica en los números.

—El programa está dividido en dos partes: Iniciación e Integración. La Iniciación tiene una duración de al menos un año. Algunos de ustedes dominarán sus requisitos de Iniciación en menos de un año. Y algunos de ustedes se quedarán en la Iniciación durante varios años.

—Han sido divididos en grupos de cuatro o cinco para comenzar. Estos grupos se combinan y mezclan cuando sea apropiado. Cada uno tendrá asignado su grupo al final de esta reunión.

—A cada uno de ustedes se les dará un libro de reglas para memorizar. Esta será su primera tarea. Una vez que hayan memorizado las reglas, yo personalmente les haré una prueba. Repasaremos las tres Reglas de Oro de la Academia Bonfire. Quebrántenlas bajo su propio riesgo.

—La primera Regla de Oro es *No hablarás de la Academia con extraños.* Todo lo que sucede aquí, bueno o malo, no será compartido con nadie fuera de la escuela, ni con sus padres, ni con sus amigos en casa. Con nadie. Con este fin, se les requerirá que firmen un acuerdo de confidencialidad antes de continuar con la Iniciación.

—La segunda Regla de Oro es *No confíes en nadie.* Mira alrededor, estudia las caras de tus compañeros. Algunos de ustedes pueden sentir una conexión instantánea entre sí, una amistad se puede desarrollar. Pero no pongas tu confianza en nadie. Aunque no sea de mi incumbencia el decirles cómo comportarse con las personas fuera de esta escuela, sería sensato que prestaran atención a esta regla en todo momento. Incluso aquellos en los que esperarán poder ser capaces de confiar completamente, pueden ser comprometidos. Ellos pueden estar coaccionados, drogados, violados, puestos bajo un hechizo, o incluso demonizados. Así que, permítanme subrayar esta regla otra vez. *¡No confíes en nadie!*

—Ahora, para la tercera y última Regla de Oro: *Nunca te pierdas una comida.*

Un murmullo de risas estalló en el auditorio.

—¡Silencio!— gritó Frau Schmelder, sus ojos eran petrificantes. —Sí, puede parecer una regla extraña, pero es lo suficientemente importante como para ser considerada una de las Reglas de Oro. Un paranormal con hambre es peligroso. Como todos ustedes saben, sus instintos depredadores se acentúan cuando se tiene hambre. Esos instintos entorpecen su capacidad de aprender, y pueden dar lugar a cuestiones disciplinarias, que pueden ser obstáculos para su éxito aquí en la Academia. Así que no se pierdan ninguna de las comidas. El comedor está abierto veinticuatro horas al día, en el caso de necesitar una merienda extra.

—Bien, esas son las Reglas de Oro. Debo agregar, por el momento, que ninguno de ustedes puede vagar por los pasillos por su cuenta hasta que el líder del grupo les dé permiso para hacerlo. El líder del grupo se quedará en el dormitorio con ustedes y siempre estará disponible.

—Ahora, ¿podría el personal por favor salir al escenario?

Esperamos mientras el escenario se llenaba de profesores, asistentes, personal administrativo y otros profesores periféricos.

—Uf, ¿vamos a tener que sentarnos aquí y escuchar su palabrería sobre cada uno de ellos? Qué aburrido. —Bostezó Faustine.

Frau Schmelder hizo un gesto hacia el personal. —Estos son nuestros maestros, administradores y demás personal, todos integrados para el buen funcionamiento de este establecimiento. Conocerán a algunos de ellos a su tiempo, a otros nunca los volverán a ver. Depende de los cursos y caminos que tomen. Permítanme presentarles unos cuantos con los que todos ustedes estarán en contacto. Señora Stone, ¿podría venir conmigo?

La pequeña Señora Stone apareció tímidamente mientras tomaba posición junto a Frau Schmelder. Ella estaba lejos de ser tímida, lo que los Iniciados aprenderían rápidamente.

—Esta es mi asistente. Ella prácticamente maneja la Academia— dijo Frau Schmelder, sonriendo con cariño a la Señora Stone. —Todas las cuestiones disciplinarias se le informarán a ella primero. Todas las cuestiones, de hecho, por lo general son tratadas por ella.

Frau Schmelder asintió con la cabeza a los tres directores de la facultad. Señaló hacia el hombre larguirucho, de pelo rubio que había llegado a odiar durante mi año de Iniciación. —Este es el Profesor Grimaldi, él dirige el programa académico humano.

—Esta es la Profesora Black. Está a cargo del programa académico paranormal.

La Profesora Black, un vampiro, le sonrió a la multitud, lanzando un especial guiño a los vampiros Iniciados.

—Y finalmente, esta es la Profesora Bern. Ella dirige las prácticas y poderes paranormales. — A pesar de su porte desaliñado, había llegado a apreciar a esa bruja. Ella era más que asombrosa.

Frau Schmelder escaneó nuestras caras. —Sé que deben estar cansados y hambrientos, así que concluiré señalando la cabeza del consejo estudiantil. Normalmente, mantenemos la identidad del presidente en confidencialidad; sin embargo, los recientes acontecimientos… como el incendio... nos han llevado a tomar la decisión que será lo mejor para los estudiantes, saber quién es el presidente del consejo. Él estará a su disposición sólo en caso de emergencias. Así que, Jagger. — Ella señaló a un sonriente Jagger, quien nos saludó como una estrella de rock o algo así, y recibió el efecto deseado: una gran cantidad de aplausos y gritos.

Frau Schmelder levantó la mano pidiendo silencio. —Desarmen por filas, última fila primero. Vayan a la parte trasera donde la Señora Stone se encuentra de pie para asignarles su grupo. Luego únanse a su grupo. Los líderes del grupo se harán cargo desde ahí. Tengan un buen año a todos. ¡Fin de la reunión!

Una vez que ella se alejó del escenario y se fue del auditorio, el ruidoso parloteo sustituyó el silencio.

Faustine me dio un codazo. — ¿Y ahora qué?

—Esperemos hasta que sea tu turno para ir donde la Señora Stone para recibir tu grupo asig...

—¿Por qué se van?— Interrumpió Faustine, señalando a los vampiros, que estaban siendo guiados a través de una puerta lateral.

—Oh, la mayoría de los vampiros no están listos aún para lo básico del proceso de Iniciación. Los mantendrán en aislamiento hasta que estén listos. Se llama Campamento Básico. Los que están listos están sentados en este lado de la división.

Sus ojos se abrieron. — ¿Quieres decir que hay vampiros aquí mismo? ¿Podría haber uno sentado justo a mi lado?

—Sí, pero no te preocupes. Me aseguraré que ninguno de ellos te moleste.

—¿Qué fue todo eso sobre la confianza? Eso sonó aterrador. Puedo confiar en ti, ¿puedo verdad, Cordelia?

Tomé una profunda respiración. —Quisiera ser capaz de decirte que sí, y haré mi mejor esfuerzo para cumplir y ser digna de tu confianza. Pero hay que tener en mente lo que dijo Frau Schmelder. Cosas inesperadas pueden suceder, sobre las que no tendría ningún control. ¿Qué pasa si una bruja lanza un hechizo sobre mí para que te haga daño? Si confías en mí al cien por ciento, estarías vulnerable. Así que sé consciente de ello. ¿De acuerdo?

Parecía triste, como si alguien le hubiera arrebatado su manta de seguridad. Enlacé mis dedos con los de ella y le apreté la mano.

—¡Faustine Spencer!— Dijo la voz de la Señora Stone en los altavoces.

Tiré de Faustine para levantarla, y nos dirigimos juntas a la parte de atrás.

—Faustine, estás en el grupo de Dax... por allí. — La Señora Stone señaló a un muchacho pelirrojo que no reconocí.

Caminamos y nos presentamos.

—Soy Dax, tu líder de grupo. Tenemos un grupo pequeño, sólo otros dos, ambos de la nobleza. Nos dirigiremos a la cafetería para la cena una vez que nos registremos.

Nos esperó en silencio mientras otros dos miembros se nos unían, entonces nos llevó hacia al comedor. Una vez que nos habíamos alimentado, Dax hizo las presentaciones.

—Vamos a conocernos un poco más. Entonces, os daré nuestro horario para la semana que viene. Voy a empezar. Mi nombre es Dax, como he dicho. Terminé la Integración el año pasado, y estoy haciendo un año adicional de enriquecimiento, que consiste en la supervisión de este grupo. Soy un troll, y mi madre es la troll soberana de Londres. Regresé con ella hace sólo unos pocos años atrás, después de haber vivido con una familia humana.

¿Un troll? Un cambiado. Interesante. No me había encontrado con muchos de ellos. Me preguntaba por cuál humano habría sido cambiado, alguien de alcurnia, sin duda, si él era el hijo de la Reina Nora. Tendría que preguntarle más sobre eso.

Dax desvió su atención hacia Faustine. —¿Quieres ser la próxima? Simplemente comparte con lo que te sientas cómoda, por ahora.

—Está bien. Soy Faustine, hija del rey de los demonios de Londres. Tengo doce años, casi trece, porque pronto será mi cumpleaños. Esta es mi mentora, Cordelia.

Me sorprendió que se hubiera guardado el compartir el hecho de que era un híbrido, parte humana. Parecía haberse tomado en serio el *No confíes en nadie*.

Chun fue la siguiente. —Gracias por compartir que eres un chico cambiado, Dax. Yo lo soy también, pero un hada. Tengo dieciséis, y odio a mi madre.

¡Así se hace, Chun! Ella había convertido su introducción en un inesperado momento de Jerry Springer. Me preguntaba quiénes eran sus padres, pero me abstuve de preguntar. Ella era increíblemente pequeña con apenas un metro con cincuenta, y de frágil aspecto. Sus lacios mechones de pelo negro corto, parecían desordenados y enmarcaban perfectamente su rostro en forma de corazón. Sus grandes ojos color verde claro, parecían tener una permanente expresión de sorpresa.

Dax enarcó las cejas. —Bueno, nosotros tenemos disponibles estudiantes consejeros si necesitas hablar de tus problemas personales con alguien. Lo mejor es tratar con ellos; no queremos que interfieran con tu formación aquí en la Academia. Tengo una lista, sólo házmelo saber.

—Bueno, yo amo a mis padres— nos informó Martha con un acento tejano. —Mamá es la reina demonio de Dallas, y papá es un escritor. Yo estoy aquí sólo para averiguar algunas de las nuevas hormonas que aparentemente me patearon al cumplir dieciséis años. No tengo ni idea de lo que he estado haciendo en ocasiones. Sólo parece que me deja en blanco. — Se rió.

Sabía exactamente lo que la belleza de pelo negro de casi un metro noventa, quería decir. Me había pasado exactamente lo mismo. Tal vez podría ayudarla.

—Gracias, damas. Bueno, esos somos nosotros. ¡El equipo Dax! Todos estamos en el mismo dormitorio, aparte de Faustine, que cuenta con una sala al lado de su mentor.

—¿Por qué llegaste a tener un mentor?— Arrastró las palabras Martha.

—No hagas ninguna pregunta personal, Martha— interrumpió Dax. —Todo intercambio de cosas personales es voluntaria, y tiene que ser iniciado por la propia persona.

—¡Diablos! ¡Eso no es divertido!— replicó Martha, frunciendo sus labios. —Pero creo que puedo vivir con ello. Sólo para que todos vosotros lo sepáis, soy terriblemente curiosa, no puedo evitarlo. Así que simplemente ignoradme si tengo un desliz.

Nos reímos.

Dax se puso de pie. —Bien, vamos a mi habitación para una fiesta de pijamas. Tengo el ¡*Espectáculo del*

Horror de Rocky esperando! Cordelia, no es necesario que vengas, a menos que realmente lo quieras. Escoltaré a Faustine de regreso contigo después de la película. Soy consciente de las circunstancias.

—¿Faustine?— le pregunté.

—Sí, estaré bien estando con el grupo. Nos vemos más tarde.

—Gracias, Dax. Vendré a por ella, sin embargo. Voy a llamar a la Señora Stone para comprobar que no hay problema. — Llamé, le pareció bien, aparte de una cosa. —Dice que Faustine es demasiado joven para ver El *Espectáculo del Horror de Rocky.*

Dax asintió. —Ni siquiera había considerado eso. Oh bueno, tengo una gran selección de películas. Estoy seguro que podré encontrar algo apropiado. Voy a tener que recordar tu edad, Faustine. Tú eres la demonio más joven que hemos tenido aquí.

—Está bien, nos vemos luego, Faustine. Quédate con Dax en todo momento, y llámame si me necesitas.

Quería regresar a mi habitación para algún *tiempo a solas.*

Capítulo 9

Tennis. Así fue como decidí usar mi *tiempo a solas.* Finalmente, algo de tiempo para disfrutar de todo lo que esperaba que los años de Enriquecimiento fueran. Durante mis dos primeros años en la Academia, había pasado cada momento libre en las canchas de tenis. A diferencia de la mayoría de los otros jugadores, yo prefería jugar sin usar ninguno de mis poderes paranormales.

Desde los cinco años, cuando llegué por primera vez para asistir al Campeonato de Wimbledon en Londres, mi sueño era jugar allí algún día. Y había estado en el camino correcto, hasta que mis poderes empezaron a enloquecer durante la pubertad. Desde que los controlé, podía jugar usando sólo mi talento en bruto, y esperaba entrar en la competencia de tenis cuando volviera a París. Tenía la esperanza de utilizar mi último año en la Academia para pulir mis habilidades. Eso, y para pasar tiempo con Quinn.

Obviamente, no tendría tanto tiempo libre dado que tenía el trabajo temporal de mentor. No es que me molestara estar con Faustine, ni siquiera un poco. Ella realmente me gustaba mucho. Me necesitaba y me admiraba. Me sentía muy bien por eso.

De todas formas, tenía un par de horas para mí, cogería mi raqueta de tenis y esperaría a ver a alguien alrededor de las pistas de tenis contra quien jugar.

—Cordelia, ¿a qué tanta prisa?— gritó Jagger detrás de mí.

Miré por encima del hombro, pero seguí caminando. —Tengo un poco de tiempo libre, así que iré a las canchas y golpearé algunas bolas.

—Suena doloroso. — Se rió disimuladamente.

—Ja, ja.

Me alcanzó y se puso a andar a mi lado. —Te acompañaré.

—¿Sí? Bien. Necesito alguien a quien vencer. — Capté una sonrisa. Nunca antes lo había visto en las pistas, y estaba segura de que no jugaba. Él no estaba en el equipo de todos modos. Me pregunté qué trucos podrían utilizar las hadas para ganarme. Oh, bueno. De cualquier forma sería divertido averiguarlo. Podría hacer una excepción y usar mis poderes después de todo. —¿Nos vemos allí en diez?

—Sí. — Me alborotó el pelo antes de salir corriendo por el pasillo hacia su habitación.

Rápidamente me cambié a mi uniforme de tenis blanco. Teníamos que usar uniformes cada vez que jugábamos, incluso en el entrenamiento. Mientras cogía mi bolsa de tenis, alguien llamó a mi puerta. Supuse que era Jagger, y que había decidido recogerme en vez de reunirse conmigo en las canchas.

—¡Adelante! ¡Está abierto!

Cuando no hubo respuesta, abrí la puerta. Nadie. Miré hacia el pasillo, pero no vi señales de nadie. Acababa de girar para volver a entrar, cuando vi un sobre en el suelo. Vacilante, lo recogí y lo olí. El olor era familiar, rancio. Levanté la tapa superior del sobre sin sellar y miré dentro. Una pluma. Me acerqué a mi escritorio, cogí mis pinzas y con cuidado saqué la pluma del sobre.

La suave, de color café y dorada afilada pluma, había sido recortada para encajar en el sobre. ¿A qué se debía eso? Olí la pluma, el mismo aroma que había captado del sobre, pero de una manera más fuerte. Cerré los ojos, tratando de recordar la pluma. Fui transportada inmediatamente de regreso a los cambia formas en el pasillo. La pluma debía de proceder del águila. ¿Por qué había sido dejada en mi puerta? ¿Era una amenaza? ¿Era su forma de decirme que retrocediera o si no... qué? ¿Sabía ella dónde vivía? Si ese era el caso, que se joda.

Puse la pluma de nuevo en el sobre y lo dejé caer en mi bolsa de tenis para mostrársela a Jagger. Entonces, me controlé a mí misma. No es que necesitara un recordatorio, pero acababa de salir de la reunión de Iniciación, y teniendo la regla *No Confíes en Nadie* estrellándose contra mí otra vez, me hizo tomar un respiro. La regla incluía a Jagger. ¿Qué es lo que realmente sabía de él? Nada. De hecho, acababa de descubrir que tenía un hermano que iba a asistir a la escuela. Aparte de eso, no sabía nada en absoluto. Y las hadas eran unas notorias mentirosas. Probablemente ni siquiera era un hada completa, había algo en él... el hecho de que nos hubiéramos sincronizado, no quería decir que me respaldaría. ¿O sí lo haría?

¿Lo respaldaba yo? ¿Podría traicionarlo? Busqué en mi interior una respuesta, pero no encontré ninguna. Supuse que no lo sabría a ciencia cierta hasta que fuera puesta a prueba. Necesitaba saberlo para estar segura. Quizás Frau Schmelder podría hacer una prueba. Decidí preguntárselo.

Mientras tanto, pensé que debía jugar seguro. No le mencionaría la pluma a Jagger. ¿Debería mencionárselo a alguien, o simplemente tratar de lidiar con ello yo misma? Ugh. Decidí dejar de pensar en ello y jugar al tenis.

Iba un poco tarde, y Jagger ya estaba esperándome en las canchas, parecía ligeramente aburrido. Se animó cuando me vio y me lanzó una amplia sonrisa.

—Hola, Jagger. ¿Cómo te va con tu hermano? Ryker, ¿no es así?

—Sí. No ha aparecido, todavía no, de todos modos.

—Oh. ¿Cuándo se suponía que llegaba?

—Ayer, con todos los otros Iniciados. No tengo ni idea de lo que pasa. Supongo que La Smelt ha contactado con su madre.

—¿Sabes quién es su madre? ¿Ella es un hada también?

—No tengo ni idea. Supongo que sí, pero ¿quién sabe?— Se inclinó y rozó sus labios contra los míos.

Lo rechacé. —¡Aquí no! ¿Qué pasa si alguien nos ve y se lo dice a Quinn? Él te mataría.

Jagger se encogió de hombros, con aspecto aburrido de nuevo. —Podría intentarlo.

—Mira, no necesito ningún drama, no en estos momentos. Tengo las manos llenas con el juicio y Faustine. Así que dame un respiro.

—Lo que tú digas. Vamos a jugar. — Dejó caer una pelota en su raqueta y rebotándola hacia arriba y abajo. La pelota rebotó suavemente en las cuerdas al principio, pero iba haciéndose cada vez más rápida hasta que un humano corriente no hubiese sido capaz de ver en absoluto la pelota, al igual que las astas girando rápidamente en un ventilador. Pero yo podía ver cada rebote, como en cámara lenta. Cogí mi raqueta por la culata y suavemente la llevé hacia la raqueta de Jagger. Mientras su bola estaba en el aire, rápidamente deslicé mi raqueta debajo de la de él y le quité la bola al aterrizar, rebotándola en mi raqueta. Jagger me arrugó la nariz.

—¡Sabelotodo!— se rió y rápido como un rayo, recuperó la pelota. Movió su brazo hacia arriba, por lo que me fue imposible alcanzarla.

—¡No es justo!— Pateé su espinilla.

La pelota cayó al suelo mientras Jagger se estremecía. —¡Ay! ¡Tú pequeño demonio malvado!

Le quité la pelota, de tanto reírme casi no fui capaz de correr. Aun así, llegué alrededor de la red antes de que me golpeara con el cuerpo y me tirara al suelo por la dirección opuesta. Una vez más, estaba encima de mí. Una vez más, todo lo que yo quería hacer era arrancarle la ropa.

—Hey, ¿qué es esto? ¿Recreo en el zoológico?—La voz de Quinn cortó por el aire.

Instintivamente empujé a Jagger lejos de mí, usando mi poder demoníaco, y aterrizó con un fuerte golpe al otro lado de la pista. Lo miré aturdida mientras él se levantaba, se sacudía, y lanzaba una mirada molesta hacia mi dirección antes de marcharse hacia el edificio principal.

—Ups, no parece contento— se rió Quinn. —¿Por qué has hecho eso?

Me encogí de hombros. —Tenía que enseñarle a no meterse con los demonios.

—¿Qué quieres decir? ¿Metiéndose contigo? ¿Cómo? Le daré una lección si está moles...

—No, no— intervine, antes de que sus pantalones se encendieran. —Metiéndose, intentando quitarme mi pelota de tenis. Eso es todo. De todos modos, eso no importa. ¿Qué hay de nuevo? ¿Has venido a buscarme?

—Sí. Bueno, La Smelt me envió. Quiere verte.

Miré el reloj. Tenía que recoger a Faustine pronto. —Quinn, ¿podrías recoger a Faustine en la habitación de Dax? Se supone que debía haber hecho eso hace un momento. — Le di las instrucciones, entonces me dirigí a la oficina de la directora.

—Entra, Cordelia— dijo Frau Schmelder cuando llamé a su puerta. Entonces, me señaló una silla. —¿Y?

Levanté las cejas en confusión, no teniendo ni idea de lo que quería.

Agitó un sobre en el aire con la mano. — ¿De qué va esto?

—Lo siento. No quiero ser grosera, pero no tengo ni idea de lo que está hablando.

Frunció los labios, mirando molesta. —Estoy hablando sobre la carta que has dejado en mi puerta. Por lo menos, deberías haber venido y discutido de ello conmigo primero. En cualquier caso, está completamente fuera de cuestión. Todo será procesado según lo previsto. Puedes irte. — Bajó la mirada hacia su pantalla.

Reuniendo cada centímetro de valor que poseía, prácticamente le gemí, —¿Qué carta?

—Esta, chica tonta— susurró ella, y tiró un sobre hacia mí. —¡Ahora, fuera! Ya he tenido suficiente de esta tontería.

Cogí el sobre y salí corriendo de su oficina, sin detenerme hasta que estuve a salvo en mi cuarto. Cerré la puerta y miré la carta.

Querida Frau Schmelder,

Deseo retirar mi queja contra de los cambia formas que supuestamente me atacaron. Me lo inventé todo. Sólo era una broma de vuelta a la escuela que se nos salió un poco de las manos. No ha pasado nada.

Atentamente,

¿Pero qué demonios? Ni siquiera tenía que oler el sobre para saber quién había escrito la carta. El hedor era fuerte y claro. Esa maldita águila. ¡Iba a tener que desplumarla!

Un golpe en la puerta interrumpió mi satisfactoria visión en la que arrancaba las plumas de esa ave, una a una, mientras chillaba, y asándola luego y dándosela de comer a los hombres lobo. ¡Ha! — ¿Quién es?

—Quinn.

Me acerqué y abrí la puerta. Quinn entró con Faustine.

—Gracias por acompañar a Faustine de vuelta por mí. — Me puse de puntillas y le di un rápido beso.

Quinn se dejó caer en la cama. —¿Por qué estaba la puerta cerrada?

Me volví hacia Faustine, que parecía a punto de regresar a su habitación y a la cama. —Faustine, sé que probablemente estás cansada, ¿pero puedes sentarte un momento? Tenemos que hablar.

—Eso suena serio— comentó Quinn, sentándose recto y examinándome. —¿Qué pasa? ¿Qué era lo que quería La Smelt?

Le entregué la carta, sintiendo que tenía que compartirlo con alguien. En los dos años que hacía que lo conocía, Quinn nunca había hecho nada que traicionara mi confianza. Le vi leerla, su expresión no cambió.

Cuando terminó, la puso a un lado y estudió mi cara. —¿Alguna idea de quién la escribió? ¿Es esto para lo que Frau Schmelder quería verte? Toma, Faustine, léela para que sepas de lo que estamos hablando.

A diferencia de Quinn, las emociones de Faustine se podían leer como un libro abierto, y cuando terminó de leer la carta, su rostro reflejaba una confusión total.

—Yo no escribí esa carta— le aseguré. —Aunque desgraciadamente La Smelt piensa que sí lo hice.

—¿Por qué no le dices que no lo hiciste?— preguntó Quinn, sonando perplejo.

—Bueno, no tenía ni idea de lo que estaba hablando cuando ella me recriminó al respecto en su oficina. Estaba claro que ella pensaba que yo la había escrito, y que luego la había dejado en su puerta. Sólo me la enseñó, o más bien me la *tiró*, mientras me iba. En realidad no la he leído hasta que he llegado aquí.

—Bueno, obviamente tendrás que volver y decirle eso—dijo él rotundamente.

—Lo sé. Lo haré.

Faustine olfateó la carta. —Sabes, el olor me recuerda algo. Sin embargo, no estoy segura de qué.

—Toma, huele esto. — Le di la pluma.

—¿De dónde has sacado esto?— preguntó.

—En un sobre que dejaron en mi puerta antes.

—¿Había una nota en él?— preguntó Quinn.

—No, sólo la pluma.

Faustine se lo acercó a la nariz y lo olió, cerrando los ojos. Sus ojos se abrieron de golpe. —¡Creo que sé lo que es! Es esa águila. Ya sabes, la que nos tiró al suelo.

Asentí con la cabeza. —Gracias, Faustine. Necesitaba que tú lo confirmaras. Eso es exactamente lo que yo pensaba.

—Claramente es una advertencia— reflexionó Quinn. —Así que, ¿ahora qué?

—Bueno, incluso si quisiera retirar mi queja en contra de los otros cuatro cambia formas, no puedo. Frau Schmelder fue clara sobre eso. Así que supongo que tengo que estar en guardia y encargarme de ese monstruo plumoso si alguna vez la vuelvo a ver. No puedo recordar cómo era en su forma humana, pero ahora seré capaz de rastrearla utilizando su propio olor.

Faustine se quedó sin aliento. — ¿La vas a matar?

—Si ella viene tras de mí, voy a luchar, y voy a ganar. — Me pregunté si todo era demasiado para un novato de doce años de edad. Había necesitado algún tipo de confirmación por parte de ella de que la carta era del águila, pero como ya lo había obtenido, sería probablemente mejor que la mantuviera alejada del resto. Simplemente no era justo para la pobre chica. Ella iba a tener suficientes problemas para hacer frente, y ya había visto mucho más de lo que debería tener en sólo dos días en el año escolar.

—Faustine, no te preocupes por todo esto. Yo me ocuparé de eso. Entonces, háblame de tu tarde con Dax y los otros. ¿Qué fue lo que acabaste viendo?

Se echó a reír. — Bueno, no pudieron ponerse de acuerdo, así que tuvimos que votar, y las chicas ganamos, obviamente. Vimos *Una rubia muy legal*. Me encanta esa película. Entonces sólo nos sentamos alrededor y charlamos. Bueno, Martha hizo casi todo lo de hablar. Puede llegar a tener una conversación completa por sí sola. En realidad no importa, sin embargo; es graciosa, muy divertida de escuchar. Me encanta su acento sureño. De todos modos, no creo que haya algo que ella no comparta acerca sí misma. Incluso sé su talla de sujetador. Dax casi se muere cuando ella empezó a hablar sobre su operación de pechos.

—¿Has averiguado algo más sobre Chun?— Le pregunté. Todo lo que sabíamos hasta ahora era que odiaba a su madre.

—No. Pero en serio, Martha realmente hizo la mayor parte de la charla. Nadie más pudo compartir nada, sólo podían hacer una rápida pregunta cuando se detenía para recuperar el aliento, lo que no sucedía a menudo. Dax se quedó dormido.

—¿Qué hay en la agenda para mañana?— le pregunté.

Faustine me dio su horario impreso. Estaba un poco sorprendida de ver que se encontraría con la Profesora Bern, la directora de Poderes Paranormales y del Departamento de Prácticas, a primera hora de la siguiente mañana. Su departamento se ocupaba de los aspectos prácticos de nuestra formación, mientras que los otros dos eran puramente académicos. Bajo la dirección de la Profesora Bern, los estudiantes exploraban y desarrollaban todo el potencial de su paranormalidad. Por lo tanto, era considerada la persona más poderosa del personal de la Academia.

Era raro llegar a conocerla. En mis dos años en la Academia, sólo la había visto en la introducción de la Iniciación, en la reunión de Integración y en la barbacoa anual. Nunca había hablado con ella. Por lo tanto, el que Faustine llegara a conocerla era inusual, pero tal vez era de esperar. Faustine era, después de todo, el primer híbrido humano que había llegado al campus. La Profesora Bern podría incluso ser capaz de publicar sus resultados en una de esas revistas de científicos paranormales.

—¿Qué va a pasar mañana?— Preguntó Faustine mientras miraba la hoja.

—No estoy segura, pero voy a estar contigo todo el día. Tengo que ir al juicio mañana a primera hora, pero estaré de vuelta para llevarte con la Profesora Bern.

—¿No tengo que estar en el juicio, también?

—No. El consejo de estudiantes puede pedirte que hables con ellos, pero será en privado. Así que relájate, duerme y desayuna con Quinn. Eso está bien, ¿verdad, cariño?— parpadeé mis pestañas hacia él. Sabía que le estaba pidiendo mucho, ya que no se había inscrito como un niñero sustituto.

—El placer es mío. — Sonrió, recordándome de nuevo lo mucho que lo amaba y cómo no podía esperar a llegar a sus brazos y acurrucarme con él por la noche.

Faustine bostezó. — ¿Os estaría bien si me voy a la cama? Estoy cansada.

—Sí, es tarde, y ha sido un día largo. Sólo toca la pared si necesitas algo, y vendré.

Asintió con la cabeza. —Buenas noches, Cordelia, Quinn.

Tan pronto como se fue, me lancé a los brazos de Quinn, acariciando su tibio pecho. Frotó su rostro contra el costado de mi cuello, besándolo gentilmente...

Sin darnos a Quinn y a mi tiempo para realmente entrar en ello, Faustine se precipitó de nuevo en la habitación, la puerta se estrelló contra la pared mientras la empujaba en su camino hacia dentro. Su cara estaba pálida, toda la sangre había desaparecido de ella, y sus ojos estaban repletos de miedo.

Corrí hacia ella. — ¿Qué ha pasado?

Levantó la mano. Sostenía el mismo tipo de pluma que había encontrado fuera de mi habitación.

Capítulo 10

Me desperté sintiéndome igual de frustrada que antes de quedarme dormida. No podía estar perdiendo el tiempo con una niña de doce años durmiendo en el sofá cama.

Encontrar la pluma frente a la puerta de su dormitorio, había asustado totalmente a Faustine, y habíamos decidido que sería mejor para ella si, por el momento, se venía a vivir conmigo. Al menos hasta que nos hubiésemos hecho cargo de la molesta águila.

Quinn todavía estaba dormido, roncando fuertemente a mi lado en la cama, mientras que Faustine hacía lindos gruñidos de cerdito desde el sofá cama. Los dejé durmiendo profundamente mientras me vestía y me dirigía al Auditorio de Justicia. A primera hora de la mañana, los pasillos estaban tranquilos y vacíos, pero yo estaba en alerta máxima, con la nariz analizando todos los diferentes aromas. El aroma que venía desde la sala de mentores me hizo babear. Me detuve para un rápido suspiro antes de seguir mi camino.

Vi a Octavia quien me esperaba fuera del auditorio. Parecía muy solemne, al haberse puesto un manto negro sobre el uniforme. Llevaba una peluca rizada blanca que la hacía parecerse a uno de los abogados de las viejas películas.

—¿Cómo te encuentras?— preguntó.

Probablemente se pensaba que iba a estar estresada o lo que sea, pero me sentía sobretodo nerviosa, algo de lo que Quinn podría haberse hecho cargo ayer por la noche si no hubiésemos sido interrumpidos. Me encogí de hombros como respuesta.

Se echó a reír. —Así que así estamos, ¿no? Voy a tener que hablar con Jagger. Ahí viene.

—Ni se te ocurra— le susurré.

Giró sus ojos hacia mí, mientras tanto Jagger asintió bruscamente en nuestra dirección antes de entrar al auditorio.

—Estoy bien— le dije bruscamente. — ¿Y?

Octavia arqueó sus perfectas cejas. Una gran ventaja de ser un no muerto: todo el crecimiento del cabello se detenía. Parecía como si se hubiera hecho las cejas justo antes de convertirse. —Estamos esperando que los miembros del consejo de estudiantes lleguen, entonces entraremos. Los cuatro cambia formas y sus consejeros ya están dentro.

Le di a Octavia la carta que estaba pegada en la puerta de La Smelt, junto con las dos plumas.

—Me enteré de lo de la carta para Frau Schmelder. ¿Pero, entonces, esto qué es?— Señaló las plumas.

—Las dejaron fuera de mi puerta y la de Faustine ayer. Huelen igual que la carta. Faustine y yo estamos bastante seguras de que el olor proviene del quinto cambia formas, la chica que se transformó en águila.

Octavia olfateó la carta, y luego las plumas. —Interesante. Además tienes razón en que vienen del mismo ser.

Las puertas del auditorio se abrieron.

—Nos veremos más tarde y hablaremos de eso entonces— susurró Octavia mientras me acompañaba a mi asiento.

La habitación era grande, la mitad del tamaño de un gimnasio. Estaba arreglada como un mini teatro con capacidad para una pequeña audiencia de más o menos cuarenta personas. Un material de color castaño oscuro como de terciopelo, cubría los asientos y el suelo. Las paredes revestidas de madera, le daban un aspecto viejo como de un palacio de justicia. En un extremo había una plataforma elevada, algo así como un mini escenario, con una mesa de roble oscuro lo suficientemente grande como para sentar a los doce miembros del consejo cómodamente a un lado para quedar de frente al público. No reconocí a ninguna de las siete chicas y de los cinco chicos, a excepción de Jagger, que iba vestido igual que los otros... con una capa roja y amarilla sobre el uniforme típico de la Academia. Estaba increíblemente sexi, pero la peluca era demasiado.

Sonreí hacia su dirección, pero no me correspondieron. Todos ellos, incluyendo a Jagger, tenían sus expresiones inflexibles como la piedra.

Octavia y yo nos dirigimos a una de las dos enormes mesas rectangulares que estaban al frente de los miembros del consejo. Me senté a su lado y miré hacia la otra mesa. Ya sabía que los cambia formas estaban sentados allí, su olor me producía nauseas. A pesar de que había conseguido echar un buen vistazo al líder de la manada, mis recuerdos sobre las caras de los otros tres, estaban borrosos. De momento, ellos se hallaban inclinados, sus rostros estaban parcialmente protegidos por sudaderas con capucha, por lo que todavía no podía verlos. El líder, sin embargo, se me quedó mirando sin vacilar, con una sonrisa asomándose en la comisura de sus labios. Asqueroso.

Volví a prestar atención a Octavia. —¿Cuál es su nombre? ¿El que me está mirando? Él es el líder.

—Me lo imaginaba. Déjame ver. — Hojeó dentro de su carpeta. —Tad O'Neill.

—¿Qué más dice?— Traté de echar un vistazo, pero mantuvo la hoja en una esquina lejos de mí.

Deslizó la hoja de nuevo hacia una carpeta. —Lo siento, Cordelia. Eso es confidencial. Tú tampoco querrías ver a ninguno de ellos con tu información privada.

Cierto. Esperamos en silencio mientras los asientos del auditorio se llenaban, principalmente con curiosos Integrados. Vi a Sienna, Delam y Jewel entre la multitud y les sonreí cuando me saludaron.

Jagger golpeó su mazo contundentemente para señalar la apertura del juicio. —Estamos reunidos para escuchar el caso DH 2086731 - Cordelia Hammer frente a Jeremy Pickard, Hank Murphy, Tad O'Neill y Andrew Bell. Me excusaré de este caso, ya que soy un testigo de la parte acusadora. Por lo tanto, el miembro del consejo Ten Chu, presidirá. — Jagger saltó del escenario y salió del auditorio.

—¿No va a quedarse y ver?— Le susurré a Octavia.

—No, no le está permitido. Lo llamaremos cuando llegue el momento, está esperando fuera. Sin embargo, no será hoy. Solo tendremos tiempo para los discursos de introducción antes de que empiecen las clases.

Ten se levantó y se volvió hacia nosotros, y luego hacia la mesa de la oposición. —Cordelia, Tad, Jeremy, Andrew y Hank, por favor tened en cuenta que debéis decir la verdad en respuesta a las preguntas de la junta estudiantil y los representantes durante este juicio. ¿Está claro?

Asentimos. Traté de no reír. ¿La verdad? ¿Los cambia formas al menos sabían lo que era eso?

—Octavia, ¿estás lista para tu argumento de apertura?— preguntó Ten suavemente, hablando cuidadosamente a través de su micrófono.

Octavia se levantó y caminó hacia el frente, luego se giró parándose de lado para que tanto los miembros del consejo como la mesa de la oposición, pudieran verla.

De repente apuntó un dedo en mi dirección, y me miró, con sus ojos enrojecidos por las lágrimas. —

Miembros del Consejo, damas y caballeros, esta joven, Cordelia Hammer, murió hace dos días.

Un murmullo recorrió la multitud, y Ten tuvo que golpear su martillo. —Octavia...

Ella vino hacia mí y me abrazó. Casi estallé en risas. ¡Me habría gustado que me lo hubiera advertido! Después extendió su brazo derecho y señaló a los cambia formas, moviendo su dedo. —Ellos la *asesinaron*. — Hizo una pausa, y luego casi en un susurro: —Ellos la asesinaron a sangre fría.

Señalándome otra vez, ella dijo: —Cordelia se limitó a caminar por un pasillo aquí en nuestra propia Academia Bonfire, ocupándose de sus propios asuntos. No hizo *nada* para *provocarlos*. — Señaló hacia los cambia formas con una uña como una garra de color rojo sangre, —Pero ellos atacaron a Cordelia, de todos modos. Brutalmente y sin una buena razón. — Octavia de repente volvió su atención hacia mí. Me estudió, luego me pellizcó el brazo izquierdo muy fuerte.

—¡Ay!— Grité.

—¡Oh, qué extraño! Gracias a Dios, pero no gracias a *ellos*— dijo Octavia, con su voz llena de desprecio. — Cordelia se ha recuperado de las terribles heridas que le infligieron los acusados. Cordelia está viva. — Se sacudió el pelo y tomó un sorbo de su vaso lleno de sangre. —Ella fue asesinada, a pesar de todo, está sentada aquí. ¿Cómo puede ser eso? ¿Ha sido transformada en un vampiro?

—*Eso* es irrelevante. Lo que es relevante es que ésta joven fue atacada en la escuela. Atacada, no por uno, sino por estos cuatro seres cobardes. Fue golpeada hasta el punto de que su corazón se detuvo, sus miembros fueron arrancados literalmente de su cuerpo, y murió.

—Le pido al consejo estudiantil escuchar mi testimonio y emitir un juicio a favor de Cordelia Hammer. No permitan que los actos criminales de estos cobardes marquen por siempre nuestra escuela como un lugar peligroso para chicos paranormales. Que se haga justicia. Condenen a todos los acusados.

Asintió hacia el consejo y volvió a sentarse junto a mí. —Podría haber dado un maravilloso discurso, pero estamos limitados a cinco minutos para nuestras aperturas— susurró.

Ten dio un vistazo al abogado de la defensa, un diminuto ser como un duendecito. —¿Sally, estás lista?

—Sí— respondió ella con una suave voz melódica. —Iba a hacer lo mismo del pellizco, pero como Octavia ya lo hizo por mí, podría bien simplemente sentarme. Quiero decir... la chica obviamente no está muerta. Cualquiera puede ver eso. — Se rió y se sentó.

—¿Eso es todo?— preguntó Ten.

Sally asintió y sonrió a la multitud. Tenía todo lo de ser tierna, perfeccionado.

Octavia suspiró. —Inteligente por su parte hacer que Sally sea mi oposición.

—¿Es realmente buena?— Le pregunté, preocupada.

—Sí, es muy buena. Pero no tan buena como yo. No te preocupes. Estamos interesados condenarlos por cargos de agresión agravada, así como de asesinato. Vamos a ver lo que tiene mañana.

—Nuestro tiempo asignado ha terminado por hoy. Ahora haremos una convocatoria a la misma hora mañana para testimonios, todo el día. El consejero del Demandante va primero. — Ten golpeó el martillo, despachándonos.

—Tengo que salir corriendo, pero ¿podemos encontrarnos más tarde?— Le pregunté a Octavia.

—Sí, tenemos que repasar algunas cosas. Envíame un mensaje de texto cuando tengas tiempo. — Y se fue corriendo.

De repente sentí que se me helaba la sangre cuando capté el olor del águila. Ella estaba en la sala de audiencias. Recorrí la habitación, desesperadamente escudriñando la multitud mientras salían por la puerta. Me apresuré hacia el olor, pero se había ido. Daba vueltas en círculos, tratando de recuperar el olor de nuevo. No tuve suerte.

Ya llegaba tarde, así que corrí de regreso a mi habitación para recoger a Faustine. Estaba lista y esperando, desayunando entusiásticamente con Quinn.

—Decidimos comer, para hacer tiempo— explicó Quinn.

—Buena idea. — Me serví un poco de su carne. — ¡Oh, esto es tan bueno!

—¿Y? ¿Cómo te fue?

—Te lo explico más tarde, Quinn. Pero fue bien. ¿Lista, Faustine?

—Sí. ¿Tengo que llevar algo?

—No, no lo creo. Vámonos.

Diez minutos más tarde, llegamos a la oficina de la Profesora Bern. Su secretaria nos miró a través de sus gafas de lectura. —Por favor, pasen. Os está esperando.

Llamé a la puerta suavemente y, sin esperar respuesta, la abrí y asomé la cabeza dentro. La oficina parecía vacía, pero entré, seguida de cerca por Faustine. La enorme oficina tenía pilas de libros y torres de papeles desordenados y esparcidos por todo el suelo. El estado del escritorio grande en la esquina, era similar... libros y papeles por todas partes. La habitación estaba iluminada por la luz de las velas. Eso era claramente por preferencia, dado a que veía enchufes en todas partes, y un MacBook conectado a uno de ellos.

—Bienvenidas, por favor siéntense. — La voz de la profesora Bern parecía venir de detrás de su escritorio.

Faustine me miró levantando las cejas. Me encogí de hombros.

—¡Niñas, sentaos!

Nos sentamos en las sillas cubiertas de cuero frente a la mesa y esperamos.

—Es un placer conoceros a ambas. Tengo, por supuesto, que haberte visto por ahí, Cordelia. Entiendo que eres mentora de Faustine y su acompañante.

—Sí, es correcto. — Hablarle al aire era muy extraño. ¿Estaba hablando desde un sistema de intercomunicación? Podríamos haber chateado por Skype si estaba ocupada.

—Entonces, permíteme presentarme correctamente, Faustine. Como dije ayer en la reunión de Iniciación, soy la Profesora Bern, jefe del Departamento de

Poderes Paranormales y Prácticas. Éste departamento supervisa todos los aspectos prácticos del desarrollo de vuestras habilidades sobrenaturales. El departamento cuenta con alrededor de cien personas, la mayoría de ellas asociados y profesores auxiliares. Cada Iniciado es asignado a uno de estos profesores. La pro... Faustine? ¿Te estoy aburriendo?

Faustine se sonrojó de vergüenza. — ¡No! Lo siento. ¿Por qué piensa eso?

—Sigues mirando por la habitación. Me resulta molesto y tal vez un poco grosero.

—Lo siento mucho— dijo Faustine, con la voz sólo un poco quebrada. —¡No sé dónde mirar!

—Hacia mí estaría bien. — Suspiró la Profesora Bern. Faustine revoloteaba sus ojos alrededor mientras examinaba nuevamente la habitación. —Tal vez pasa algo malo con mis ojos. No sé en dónde está.

La Profesora Bern hizo un sonido arrastrando los pies. —¡Estoy justo aquí! Sentada en mi silla.

—No puedo verla, tampoco— intervine. Faustine suspiró con alivio.

—Mmm.

Con una sonrisa, la Profesora Bern se materializó a la vista, justo frente a nuestros ojos. Ella sonrió. —Mis disculpas, niñas. A veces me olvido de hacerme a mí misma visible antes que mis invitados vengan. Tiendo a sentarme en estado invisible, puesto que es muy relajante.

—Encantada de conocerla, Profesora Bern. —Faustine se levantó y le tendió la mano.

La Profesora Bern se la estrechó. —Que chica tan encantadora eres. Sólo doce años, ¿verdad?

—Trece en pocas semanas.

—Cordelia, no te ofendas si no te involucro mucho. Vamos a suponer que estás aquí sólo como un observador.

—Sí, estoy aquí para hacerle compañía a Faustine. Puedo irme si lo prefiere.

—Prefiero que te quedes— dijo Faustine.

—Por mí está bien, siempre y cuando no interfieras con ninguna de las tareas que se le darán a Faustine.

Asentí con la cabeza. Tenía una idea de cuáles serían esas tareas. No me había olvidado de ellas, después de haber pasado por todas ellas yo misma hace apenas dos años.

La Profesora Bern se volvió hacia Faustine. —Eres un caso muy especial. Eres uno de los híbridos más jóvenes que hemos tenido en la Academia, y sin duda la primera que es en parte humana. Le aconsejamos a tu padre esperar un par de años antes de que te unieras a la Academia, pero él insistió en que tus habilidades necesitan ser evaluadas y contenidas ahora. Así que he decidido que seguiré tu proceso yo misma.

Faustine parecía contenta con eso, sonriéndole a la Profesora Bern. Lo que ella no sabía era que detrás de la benévola madre de cuatro hijos que residía en su exterior, había una poderosa bruja, una bruja con una agenda propia. Tenía que haber más en su decisión que sólo iniciar a Faustine. Tendría que recordarle a Faustine nuevamente de la segunda Regla de Oro de la Academia.

—Faustine, escuché acerca del incidente en el pasillo. ¿Te has recuperado de eso?

—Fue Cordelia quien resultó herida. Yo estaba bien.

—Bien. ¿Y qué hay acerca de tu grupo asignado? ¿Estás contenta ahí?

—Sí, todos parecen ser agradables.

—Mmm— murmuró la Profesora Berm. — ¿Te sientes conectada con alguien en particular del grupo?

Me encogí. Sabía exactamente a dónde iba, y yo quería advertírselo a Faustine. Pero sabía que no podía. Tenía que hacerlo a través del proceso por su propia cuenta.

—Bueno, sólo me he reunido con ellos una vez, pero realmente me agrada Martha. Es un demonio también, de Texas. Es graciosa y encantadora. Creo que seremos buenas amigas.

—Es agradable escuchar eso. — La Profesora apuntó algo en su cuaderno. —¿Has hecho otros amigos?

Yo quería poner la mano sobre la boca de Faustine, pero la profesora me lanzó una gélida mirada, como si pudiera leer mis pensamientos.

—Sí. Me encanta Cordelia, por supuesto. Ella es como una hermana para mí. — Se acercó y me apretó la mano. —Y me gusta mucho su novio, Quinn, y Jagger, que me llevó a esquiar. Y nos encontramos con Sienna y Jewel cuando fuimos a esquiar, las cuales me parecieron encantadoras también.

—¿Qué hay sobre tu casa? ¿Tienes un mejor amigo?

—Sí, la hija de mi niñera, Neave. Nos conocemos desde que éramos bebés. Tengo un montón de otros amigos también, pero Neave es mi mejor amiga de siempre.

—Eso es genial, Faustine. ¿Qué puedes decirme sobre de tus poderes?

Faustine frunció los labios y miró hacia sus zapatos. —Nada en realidad. No sé si tan siquiera tengo algunos.

—¿Entonces qué es lo que te hace ser diferente a un ser humano normal? ¿Por qué crees que te enviaron a la Academia?

El rostro de Faustine se enrojeció. —Realmente no lo sé. Es decir, tengo las rabietas de genio más grandes, mucho peores que cualquiera de mis amigos. Pero también me olvido de cosas... y bueno, la cosa del tiempo.

—¿Tiempo?— Alentó la Profesora Bern. — ¿Qué es exactamente a lo que te refieres?

—A veces pierdo pedazos de tiempo. Normalmente no son muy largos, son tan sólo unos minutos. A veces un poco más. No tengo idea de lo que ocurre durante esos minutos perdidos. Pero no es una bueno.

—¿Cómo sabes eso?

Faustine respiró hondo. — Perdí el conocimiento fuera de la escuela una vez, y luego desperté en casa de nuevo. Siempre me despierto en casa, con mi madre y mi padre, no importa donde quiera esté. Es realmente extraño. Y siempre me despierto con la sensación de que algo muy malo ha sucedido. Traté de preguntarles a mis padres al respecto, pero lo único que dicen es que debo haberme quedado dormida. No puedo apartar esa sensación de que hay más que eso. Me siento muy mal después. Además, mamá y papá me sacaron de la escuela el curso pasado. He sido educada en casa desde entonces por un grupo de profesores particulares. Eso realmente apesta.

—¿Tus padres te dijeron cómo regresaste a casa tan rápido después de tus apagones? ¿Les dijiste que sólo duran unos minutos?

—No. Creo que mamá siente que me molestará aún más, así que no me lo dirá, lo que también apesta, porque necesito saberlo. ¿Le han dicho lo que pasa?

—No, pero no te preocupes. Te estudiaremos a través de nuestras pruebas. Vamos a empezar mañana. Nos encontraremos aquí a la misma hora para tu primera prueba. — La Profesora Bern estudió otra hoja. —Parece que tienes una lección de historia en el edificio Académico Paranormal con el Dr. Lindstrom esta tarde. Eso debería ser agradable. Nos vemos mañana.

Tuvimos un par de horas antes que la sesión de la tarde empezara, así que llevé a Faustine a la sala vacía de mentores para un almuerzo temprano.

—Entonces, ¿cuál crees que será mi prueba mañana?— me preguntó Faustine, una vez que hubimos acabado de comer.

—No estoy autorizada a hablar contigo de ninguna de esas cosas. Quiero decir, todo lo que tenga que ver con tu Iniciación. Lo cual apesta un poco, porque quiero. — Giré mis ojos.

—¿Quién lo sabrá? Quiero decir, estamos solas aquí.

—Saldrá, de una forma u otra. La Profesora Bern sería capaz de decir si yo te he advertido de alguna manera. Y eso no sería bueno. Me echarían del programa de mentores, para empezar.

—¿Puedo hablar con mi grupo al respecto? Nos reuniremos en la cena.

—Puedes. Pero una vez que hayas pasado la prueba, es posible que desees mantenerlo para ti misma. Yo lo hice. De todos modos, no debería decir nada más. Pero sí, para eso es el grupo. Vosotros podéis compartir lo que sea, pero no podéis haceros preguntas acerca de la Iniciación. Lo que sea que quieran compartir, tiene que salir de ellos voluntariamente.

—¿Eh? Usas frases demasiado complicadas. ¿Qué quieres decir?

Me eché a reír. —Sólo quiero decir que no puedes ser una entrometida y ir molestando a todos preguntando cosas. Si te lo dicen, te lo dicen. Eso es todo.

—Apuesto a que Martha lo hará. No seremos capaces de detenerla. — Rió Faustine. —¿Puedes decirme al menos si tengo que estudiar algo para la prueba de mañana? No quiero suspender mi primera prueba.

—No es ese tipo de prueba. No se puede estudiar para eso, así que deja de preocuparte por ello. Mira, aquí viene Delam. Pongámonos en marcha. No quiero tener que lidiar con él babeando por ti ahora mismo.

—¿Eso es porque soy humano?

—Sí, en parte humano. Recuerda, también eres un demonio.

Capítulo 11

—¡Faustine!—, gritó una voz excitada mientras entrábamos en el aula del Dr. Lindstrom. — ¡Ven, siéntate con nosotros!

Viendo el grupo de Dax, hizo que me llegaran de golpe los recuerdos de mi grupo de Iniciación. Éramos yo, Quinn, Sienna, Jewel, Thor y Peter. Thor y Peter se habían vuelto a sus casas después de la Integración, y los echaba de menos. Habíamos sido muy cercanos como grupo, a pesar de lo que habíamos tenido que soportar durante la Iniciación. Deseaba lo mismo para el grupo de Dax. Faustine corrió hacia ellos y abrazó a Martha.

—Hey, Dax. ¿Disfrutando de tu grupo?— le pregunté.

—¡Sip! Son unos chicos geniales. Eché de menos a Faustine esta mañana. Llevé al resto de ellos a sus charlas pre-exámenes. ¿Cómo te fue con Faustine?

—Bien. Vio a la Profesora Bern.

—¡Guau! ¿La bruja misma? ¡Hombre, no sé si eso es bueno o malo!

—Sí, sé lo que quieres decir. No creo que Faustine lo vaya a tener fácil. Eso seguro.

—¿Ah?

—Es sólo una sensación que tengo sobre las preguntas que ella...

—¿Faustine te lo dijo? No debió hacerlo. — Dax sonaba sorprendido y un poco preocupado.

—No, no. Yo estaba en la reunión.

—¿Bern te permitió quedarte?

—Sí.

—Guau. ¿Alguna cosa que quieras compartir?

Apreté la mandíbula. —No. Mejor no. Quiero mantener mi cabeza.

Dax asintió. —Mira, no tienes que quedarte para esta clase. Me voy a quedar con ellos hasta después de la cena. Así que ve y tómate algo de tiempo libre; sé que probablemente lo necesitas.

—¡Gracias! ¿Estás seguro, verdad?

—Claro. La llevaré a tu habitación después de la cena.

—Genial. Llámame si me necesitas antes. — Caminé hacia la salida, pero no pude evitar mirar hacia atrás cuando escuché el distintivo sonido de los pasos del Dr. Lindgren. Sonreí ante la reacción de la clase mientras el Dr. Lindgren que era como de un metro de altura, entraba. Me reí por dentro en anticipación a la respuesta de todos, cuando escucharan su ronca y estruendosa voz.

—¡Hola, clase!— Retumbó.

Una sinfonía de jadeos y bufidos invadió el aire antes de que volviera a hablar. —Voy a empezar por cubrir la historia paranormal básica. Vamos a empezar con los demonios. Esto no es una clase interactiva. Yo hablo; vosotros escucháis y tomáis apuntes. Tenemos un examen cada segundo miércoles. — Se lanzó sobre el rollo de la historia de los demonios, y dejé que Faustine disfrutara del resto sin mí.

Dejé que mi mente divagara mientras regresaba a toda prisa a mi habitación.

Tuve que recopilar mis pensamientos sobre el juicio. Y el águila. Tenía que encontrarla. ¿Cómo de difícil podía llegar a ser? Más importante, ¿qué haría una vez que la encontrara? Podría entregarla al consejo estudiantil. Pero, ¿qué iban a hacer ellos? Incluso si encontraban a los otros cuatro culpables, ¿exactamente qué podrían hacer? ¿Expulsarlos? Eso solo significaba que probablemente vendrían a por mí una vez que dejara los terrenos de la Academia. Pero por lo menos estaría fuera de su alcance mientras estuviera en la escuela. Era algo.

Pero, ¿cómo podría Octavia ganar el caso sin las pruebas de vigilancia? ¿Qué otras pruebas teníamos?

Jagger declararía que cuando me encontró, yo estaba muerta. *Muerta.* Solo eso puso mi mente a volar. Pero ni siquiera él podía decir que había sido atacada. Él no había estado allí para atestiguar eso. Pero por supuesto, Jagger podría testificar que cuando él me encontró, ninguno de mis miembros estaba unido a mi cuerpo. La evidencia circunstancial de un ataque… de algún tipo, de alguien.

¿Qué pasaba con Faustine? Ella sin duda podría dar testimonio del hecho de que habíamos sido perseguidas. Me preguntaba con cuánta claridad recordaba ella a nuestros atacantes. ¿Había estado demasiado asustada para prestar atención? Al menos recordaba el olor del águila, así que probablemente podría identificar los olores de los otros cambia formas. ¿Habría tal vez Jagger, captado los olores cuando me encontró? Tendría que preguntárselo a él. La identificación por olor sería definitivamente permitida como prueba.

Jagger. Me vinieron las imágenes de su cuerpo contra el mío, pensamientos puros enviando temblores pulsantes por todo mi cuerpo. Tenía que liberar mi mente de esos pensamientos antes de que me convirtieran en completa idiota. ¿Qué iba a hacer con respecto a Jagger? No podía evitar sonreír cuando pensaba en él. Él era mío.

También lo era Quinn...

¡Ugh!

Sentí un olor familiar... el del águila. Otra vez. ¿Dónde estaba? Me detuve y miré por el lleno pasillo hacia arriba y abajo. Cientos de estudiantes obstruían el pasillo, la mayoría de ellos corriendo alrededor, pero algunos de ellos agrupados para hablar y escribirse. Vi Iniciados, Integrados, y estudiantes de enriquecimiento. Los Iniciados eran fáciles de identificar por los pines de Iniciación en sus solapas. Además, estaban acompañados por los líderes de su grupo. Era imposible ver a través de todos ellos.

Supuse que el águila debía ser una Integrada. ¿De qué otra forma si no habría dejado esa pluma fuera de mi puerta? Supuse que se la podría haber dado a su líder de grupo. Me pregunté si el líder de la manada era el líder del grupo. En este caso, teníamos a un Iniciado solitario suelto. Malas noticias por todas partes.

Cerré los ojos, tratando de encontrar el rastro de su olor. Era muy débil, pero sin duda venía de más arriba del pasillo. Me concentré en él, ignorando todos los otros olores y sonidos de mí alrededor. Lo seguí lo más rápido que pude, zigzagueando entre la multitud.

—¿A qué viene esa prisa?— Inesperadamente el aliento de Jagger estaba en mi oído, haciéndome brincar.

No dejé que distrajera mi atención. Cogí su camisa, tirando de él conmigo.

—Está bien. — Se echó a reír. —Octavia me dijo que me *necesitabas*.

— ¡Silencio!

Continué, siguiendo el olor, el cual se volvía más fuerte. Aún así, empezó a serme más difícil hacer caso omiso de los otros aromas.

—Está bien. — Susurró Jagger, corriendo junto a mí. —¿Pero por qué nos dirigimos hacia el ala de los cambia formas?

—¡Shhhhhhh!— No me había dado cuenta de mi dirección, pero tenía razón. Ir hacia el ala de los cambia formas de la escuela probablemente no era lo más sensato. Podía ser una trampa.

Pero seguí adelante hasta que llegamos a la recepción. No perdí el rastro, lo que probablemente me habría llevado directamente al águila, pero los cambia formas nos rodeaban. Estábamos repentinamente rodeados por por, al menos, diez de ellos. Su olor fétido, y el aire de amenaza y malicia, me hicieron fusionar instantáneamente mis dedos. Me contuve de seguir transformándome, pero me quedé en estado de alerta.

—Vaya, gracias Cordelia. No me apunté para nada de esto. Me hubiera traído algunas galletas para perros— murmuró Jagger.

—Hey, ¿qué quieres?— Un muchacho de unos catorce años preguntó a Jagger, ignorándome por completo. —Esta ala está fuera de los límites de los de tu clase.

—No exactamente. — La expresión de Jagger se tornó pétrea, con los labios apretados y pálidos. Se destacaba por encima de los cambia formas, mirándolos amenazadoramente. —Soy Jagger, el presidente del consejo estudiantil.

—Oh. — Se encogió el cambia formas, retrocediendo.

Una niña que parecía algo mayor, tal vez diecisiete o dieciocho años, dio un paso al frente. —Bienvenido a nuestra ala, Jagger. Soy Melissa. ¿Cómo podemos ayudarte?

—Estoy inspeccionando los cuartos. Sólo voy a ir paseando con mi asistente para asegurarme de que todo está en orden. Me gustaría que todos os vayáis a vuestras habitaciones y que me esperéis.

—No nos notificaron que habría una inspección de habitaciones.

—Correcto. Es un control sorpresa. Vamos a ir haciéndolos de vez en cuando. Estamos buscando productos inflamables, en particular, después de lo que pasó…

Melissa asintió. —Correcto, todo el mundo. Vamos a nuestras habitaciones. Iniciados, quedaos con vuestros líderes de grupo en vuestras habitaciones. —Se volvió hacia Jagger. — Yo soy la supervisora de los dormitorios. Estaré encantada de mostrarte el lugar. Tengo una lista de todos los estudiantes. Y probablemente será más seguro si voy contigo. No estaríais seguros yendo vosotros solos. Tenemos demasiados iniciados para eso.

—Gracias, Melissa. — Intervine antes de que Jagger declinara su invitación. No tenía ganas de que se abalanzaran sobre mí de nuevo. Melissa podría marcarnos el recorrido, y mi nariz se encargaría del resto.

Esperamos a que todos los cambia formas desaparecieran. —Por aquí— dijo Melissa.

La seguimos por un tramo de escaleras hasta el primer piso de la residencia de estudiantes. El olor a águila no era lo suficientemente fuerte en ese piso para que ella se encontrara en cualquiera de esas habitaciones. Negué con la cabeza a Jagger.

—Melissa, no es necesario revisar cada habitación. Es sólo un control al azar, así que mi asistente escogerá aleatoriamente dos por mí, para inspeccionar.

Entorné mis ojos. Pudo haber dicho que era sólo otro miembro del Consejo, o algo así. Sin embargo, me pareció bien que fuese tan rápido pensando, sobre todo porque no tenía ni idea de lo que yo estaba haciendo. ¿O de alguna manera lo sabía? ¿Podía él leer mi mente? Mi barrera estaba alzada, así que eso debería haber sido imposible. Realmente necesitaba hablar con mamá acerca de la sincronía. Ella lo sabría.

—¿Taylor?— Jagger, fijó sus ojos en mí. —¿Ah? Oh. — No quería decir mi nombre en voz alta, por si acaso. Más buenas ideas. Señalé una puerta al azar.

—Está bien, veamos. — Melissa miró su iPad. — Ésta habitación pertenece a Marla. — Llamó a la puerta, y cuando no hubo respuesta, se encogió de hombros. — ¿Todavía queréis entrar? ¿O preferís elegir otra habitación?

—Déjame echar un vistazo rápido, sólo para que pueda descartarla— sugirió Jagger, aprovechando su teléfono. —¿Y Marla es un...?

—Es una Integrada.

—¿A qué cambia ella?— le pregunté.

Melissa arqueó las cejas. — ¿No te ha dicho tu jefe que no está permitido preguntar eso? Es privado.

—Mis disculpas— murmuró Jagger. —Es nueva. — Asomó la cabeza por la puerta abierta, fingiendo examinarlo y luego tocó algo de su teléfono móvil. — ¿Y ahora a dónde, Taylor?

Saqué mi brazo de nuevo y señalé sin rumbo fijo.

—¿A cuál te refieres?— preguntó Melissa.

Estaba apuntando a la pared entre dos puertas. —Oh, lo siento. Esa. — Moví el dedo hacia la izquierda.

Escuché sonidos procedentes del interior de la habitación. Había más de un cambia formas ahí. Mi nariz me dijo que eran cuatro. Pero ninguno de ellos era el águila. Teníamos que terminar con la farsa antes de poder pasar a la siguiente planta.

—Esta es la habitación de Costa. Es un líder de grupo. Creo que algunos de sus Iniciados pueden estar con él. — llamó a la puerta.

Un muchacho de aspecto gruñón de unos diecisiete o dieciocho años abrió la puerta y miró a Jagger. El chico, que supuse era Costa, bloqueaba la entrada con su corto y grueso cuerpo. Eché un vistazo por encima de su hombro y vi a cinco cambia formas, los cuales todos se habían transformado en hombres lobo. Estaban agachados y enseñando los dientes amenazadoramente, gruñendo hacia nosotros.

Costa entornó los ojos. —No están entrenados. No hay nada que pueda hacer. Puedes volver más tarde para revisar mi habitación después de que se vayan a la cama, si lo deseas.

Jagger asintió con la cabeza y dio un paso atrás, dejando a Costa cerrar la puerta. Ufff.

—¿Hacia el siguiente piso?— Preguntó Melissa.

—Sí, vamos a apretar el ritmo. — Jagger subió las escaleras de dos en dos.

Inmediatamente supe que, a pesar de que estábamos acercándonos, el águila no estaba en el segundo piso. Me olía algo familiar, pero no podía asegurar qué era.

Me encogí de hombros ante Jagger, luego serpenteé a lo largo del pasillo hasta que llegué donde el aroma era más fuerte. Señalé la puerta más cercana.

Melissa miró su iPad otra vez. —Esta es la habitación de Hank Murphy y Andrew Bell. Son iniciados.

Apenas pude contenerme cuando Melissa llamó a la puerta. Reconocí los nombres que pertenecían a dos de los cambia formas que me habían atacado.

—Lo siento, no parece haber nadie adentro, de nuevo. Podrían estar abajo en la habitación de Costa. Debimos haberle preguntado los nombres de los iniciados que estaban ahí. ¿Vamos y hacemos eso?

—Melissa, ¿podrías ir tú? Taylor y yo inspeccionaremos la habitación mientras tú haces eso, para ahorrar algo de tiempo— dijo Jagger con indiferencia.

Nos dejó entrar y luego se fue. Casi exploto de la emoción una vez que la puerta se cerró detrás de ella.

Jagger era un as fingiendo. —No tenemos mucho tiempo, así que revisa ese lado, y yo revisaré éste.

—¿Qué estamos buscando?

Jagger soltó una carcajada. —Esta es tu pequeña expedición, ¿recuerdas? He estado improvisando por ti. ¿Para qué has venido aquí?

—He olido al águila. La estaba siguiendo.

—Ya me lo imaginaba. De todos modos, ya que estamos aquí, vamos a curiosear. Nunca se sabe lo que puedes encontrar.

Fui al lado que él me había asignado. A lo largo de una pared había una cama con una colcha azul y un par de almohadas, cubiertas de baba claramente traídas de casa. La mesita de noche estaba sorprendentemente ordenada, con una bandeja organizadora que contenía un reloj, un par de anillos, algunos bolígrafos y una almohadilla. Una tarjeta de cumpleaños dibujada a mano, estaba apoyada contra el vástago de la lámpara de cromo. La recogí. La imagen era de dos lobos y dos chicos, y había sido claramente dibujada por alguien joven. En el interior, leí, *Feliz Cumpleaños, Andy. Eres el mejor hermano. Stan.*

Con mucho cuidado coloqué la tarjeta de nuevo y me dirigí hacia los cajones. Andrew Bell era un maniático del orden. Sus calcetines estaban codificados por colores y sus calzoncillos cuidadosamente doblados. Mientras estaba hurgando en el escritorio, Melissa abrió la puerta.

—¿Algo?— preguntó.

—No. — Jagger cerró la puerta del armario. —¿Qué hay de ti? ¿Están los chicos allí abajo?

—No. Ninguno de ellos sabía quiénes eran. Revisé mi lista. Parece que Tad O'Neill es su líder de grupo. Su habitación está tres puertas más arriba. Llamé a esa puerta, en caso de que estuvieran allí, pero no hubo ninguna respuesta. Supongo que están fuera realizando alguna actividad de grupo.

—¿Quién más está en el grupo?— le pregunté, esperando que ella dejara deslizar algo.

—Taylor, debes empezar a conocer las reglas. No puedo decirte eso.

—Lo siento. Lo haré, pero sólo por curiosidad, ¿alguien puede decírmelo? ¿Quién más podría tener esa lista que sigues viendo en tu iPad?

—Oh, es probable que todo el personal lo tenga, pero no lo sé a ciencia cierta. No sé si alguien podría decírtelo... tal vez La Smelt. — Se encogió de hombros.

Me imaginé que el águila debía estar en el segundo piso si era parte del grupo de Tad. ¿Por qué era su olor tan imperceptible? Debería ser más fuerte si vivía en ese piso. ¿Estaría escondiéndose en algún otro lugar?

—Melissa, es casi hora de la cena. ¿Cuántos pisos más tienes?

—Hay otros ocho aquí, y luego hay otra ala en el otro edificio. Sin embargo, solo estoy a cargo de estos.

—Está bien, vamos a revisar una habitación más. Taylor, tú eliges el piso y una habitación. — Jagger me asintió con la cabeza.

Mientras subíamos las escaleras, me concentré en el olor del águila. Mientras más allá íbamos, el olor se hacía menos potente, y para cuando llegamos a la sexta planta, ya había desaparecido por completo. Era una pérdida, señalé una habitación al azar en el sexto piso. Hicimos una inspección sólo para mantener a Melissa en la incertidumbre.

Necesitaba volver a oler mi camino a través de la segunda planta otra vez. Allí fue donde el olor era más fuerte, aunque no era tan convincente. Hurgando por mis bolsillos, fingí buscar algo. —Melissa, creo que me he dejado mi pluma en la habitación del segundo piso.

Es algo importante, porque mi madre me la dio. ¿Podemos volver y recuperarla?

—Sí, no hay problema. ¿Fue en el cuarto de Andrés y de Hank? Incluso puede que estén de vuelta ya.

—Tan pronto como estuvimos en el segundo piso, cerré mis ojos, concentrándome en seguir ese olor. Era débil, pero me dirigía hacia él y me llevó hasta la puerta donde era más fuerte. Me detuve a escuchar los sonidos procedentes de la habitación.

Melissa miró por encima del hombro. —¿Taylor? ¿Qué estás haciendo? Esa es la puerta equivocada. Es aquí.

—Oh, cierto. — Me uní a ellos en la otra habitación, donde cogí una pluma al azar y fingí que era la que yo había perdido.

—Gracias por tu tiempo, Melissa. Realmente lo agradezco. La voz de Jagger rezumbaba con encanto. Miró su teléfono de nuevo. —Mmm.

—¿Jagger?— preguntó Melissa.

—Ah, parece que necesito otra habitación para cumplir con mi cuota. ¿Te importa?

—No, por supuesto que no. ¿Cuál?

—Bueno, estoy en un apuro, así que otra de ésta planta. Taylor, elije.

Tratando de no sonreír, señalé la puerta donde la esencia me había llevado.

—¿No es en la que estabas antes?— preguntó Melissa.

Me reí. —¡Sí! Por alguna razón, me está llamando.

Era una habitación desordenada, con cosas por todas partes. ¿Qué tipo de chicas viven en tal desorden? Y había un montón de cosas de chico esparcidos alrededor, entre ellos algunos calzoncillos muy sucios. Asqueroso. Mirando alrededor, estaba bastante segura de que era la habitación de un chico. Miré a Jagger con la decepción, sin duda escrita por toda mi cara.

—¡Oh, Dios!— Exclamó Melissa. —Ésto está totalmente fuera de lugar. Mis disculpas. Déjenme ver quiénes son los culpables. Apuesto que son un par de Iniciados. — Miró su iPad. —Jeremy Pickard y Darley Mason. Sí, Iniciados. Mmm. Tad es su líder de grupo. Voy a tener que hablar con él sobre esto.

—Melissa, gracias. Ahora tenemos que irnos. —Jagger le lanzó su *mirada.*

Pude ver a Melissa comérselo todo, cediendo ante su gran y sexy aura. Yo estaba abrumada por los celos.

—Cuando quieras, Jagger. Eres siempre bienvenido. ¿Vas a estar en la cena de Frau Schmelder esta noche?— Ronroneó ella.

Ugh.

—En realidad, lo haré. Te veo allí. Adiós por ahora.

—¡Ciao!— saludó ella con la mano, mientras yo trataba de no vomitar.

—*En cualquier momento, Jagger...*— Yo imitaba su patético coqueteo una vez que estuvo fuera de la vista.

Jagger se doblaba de risa, las lágrimas caían por su rostro. Entonces me alborotó el cabello. — ¿Celosa?

—¡No hace gracia! Y yo *no* estoy celosa. Es sólo que ella fue muy patética. Es triste.

Jagger se detuvo, tiró de mí hacia atrás, y me dio vuelta para mirarlo. —¿En serio?

Lo miré a los ojos, sintiéndome abrumada por mis propias emociones irracionales. ¿De verdad estaba celosa? Bajé la mirada otra vez, esperando que no notara mis ojos empañándose.

Me cogió la mano y me llevó a un tranquilo rincón de la biblioteca. Nos sentamos en un banco de madera. —Cordelia, ¿qué está pasando? ¿Por qué estás llorando? No creo que haya visto llorar a un demonio antes.

—¡No estoy llorando! ¡Los demonios no lloran! No sé lo que es. Probablemente sólo necesito comer. Es hora de cenar. Vamos a la sala de los mentores. Apuesto a que tienes hambre también.

—Mmm.

—¿Mmm?

—¿Qué ha sido esa reacción, Cordelia?

—No estoy muy segura.

—Estoy bastante seguro de que eran celos.

No podía soportar la idea de admitirlo. ¿Celosa? ¿Estaba celosa de una chica cambia formas por coquetear con él? ¿De él coqueteando con una chica cambia formas? Ridículo.

Jagger apretó mi mano. —Estás celosa de que haya coqueteado con Melissa, a pesar de saber que no significaba nada para mí. Sólo estaba tratando de conseguir que ella hiciese lo que necesitábamos; eso es todo. No tienes razones para estar celosa. No hay razón para tener celos de Melissa, de cualquier modo.

Hizo una pausa y respiró hondo. —Tú sabes que tengo novia, ¿verdad?

Capítulo 12

Faustine parecía extrañamente tranquila mientras nos sentábamos fuera de la oficina de la profesora Bern, a la espera de que nos llamara para la primera prueba. Por supuesto, ella no tenía ni idea de qué esperar, pero la palabra *prueba* normalmente me ponía un poco nerviosa. Supuse que Faustine siempre había sido buena en casa con sus pruebas. Bueno, estaba suficientemente nerviosa por las dos.

Repetí mentalmente las palabras de Jagger por enésima vez. Había sido una tontería por mi parte asumir que él era un agente libre. Debería haber sabido que tenía novia. En realidad, probablemente habría sido normal asumir que tenía más de una, que era un mujeriego. ¿Por qué no iba a serlo? Era el ejemplo vivo de uno. Inconscientemente, debía haber asumido que… que él era un mujeriego, pero no unido emocionalmente a ninguna chica en particular. Así que, cuando dijo la palabra *novia*, vomité.

Sí, el recuerdo del día anterior era tan claro como si hubiese pasado hace cinco minutos. Me había sentido tan abrumada que tuve náuseas y vomité en su regazo.

Dentro de muchos, muchos años, probablemente vería el lado gracioso, pero todo lo que podía ver por el momento era la expresión de estupefacción y horror de Jagger mientras miraba mi contenido estomacal goteando en sus pantalones. Entonces hice lo que cualquier otra persona en mi posición habría hecho... huí. Por supuesto. Ugh.

La puerta de la Profesora Bern se abrió, obligándome a volver al presente, y luego se cerró, sin ningún rastro de ella.

—Vamos, niñas. Subiremos a los laboratorios de pruebas. Sólo seguidme.

Faustine se rió. —Profesora Bern, de nuevo se encuentra invisible.

—La profesora se rió mientras se hacía visible.

Iba vestida muy a lo profesor, usando una bata de laboratorio blanca sobre un traje de falda gris oscuro. La seguimos al ascensor, donde pulsó el botón para **subir al** quinto piso. El ascensor se abrió dando lugar a un pasillo ocupado con profesores con batas blancas acompañando a varios estudiantes. Entramos en la habitación 508. En el centro de la habitación había una cámara de vidrio que iba desde el suelo al techo, de unos tres metros cuadrados. Con un sillón de cuero en medio. Bancos cubiertos con dispositivos de grabación, ordenadores y otros equipos rodeaban el cubículo.

Podía sentir tensa a Faustine mientras observábamos la habitación.

—Así que, ¿supongo que no es una prueba escrita?— susurró.

—No estoy segura. Todas estas pruebas se ajustan individualmente para el Iniciado. Sin embargo, viendo la configuración, estoy pensando que tienes razón. ¿Estás bien al respecto?

—Supongo. De todos modos no es como si tuviese opción. Tengo que aprender a lidiar con mis poderes, y para eso es esto, ¿no?

—Así es.

—Tú te quedas, ¿verdad? ¿Y me sacarás de ahí si algo va mal?

—Sí.

—Faustine, ¿estás lista?— preguntó la Profesora Bern.

—Supongo.

—Está bien. Vamos a colocarte en la cámara y empezaremos. No hay nada de qué preocuparse. Si en algún momento necesitas que detenga la prueba, sólo di *detente ahora*. ¿De acuerdo?

—¿Qué va a pasar exactamente?— preguntó Faustine.

—Bueno, no tenemos idea qué desencadena tus apagones o lo que sucede durante los mismos. Por lo tanto, el primer paso, es averiguar lo que los desencadena. O más concretamente, ayudarte a averiguar lo que los desencadena. Para ello, vamos a probar cómo respondes a distintas situaciones. Te vamos a inducir un estado de sueño y probaremos con diferentes sueños. Por ejemplo, te puedes hallar en la playa, acostada en la arena, disfrutando de los cálidos rayos del sol. Vamos a empezar con escenas suaves, y luego pasaremos a situaciones más difíciles. Si vemos que te empiezas a transformar, detendremos la escena. Nuestro objetivo de hoy, y para las próximas sesiones, es simplemente establecer lo que te activa.

Faustine suspiró aliviada y entró en la cámara para sentarse en la silla. El asistente de laboratorio se acercó y colocó un disco de metal del tamaño de una píldora en su frente, luego volvió a salir, dejándola sola en la cámara. La Profesora Bern me dirigió a una silla, mientras ella y el asistente de laboratorio tomaban sus posiciones detrás de dos monitores de ordenadores tapados en una mesa delante de la cámara.

Apreté los dientes y pregunté: —Profesora Bern, ¿puedo echar un vistazo a los monitores también?— Entonces esperé a su ¡*no*!

Me miró, frunciendo los labios. —Cordelia, eso es altamente inusual. Aun así, creo que no hay ningún daño. Todo lo que verás es la secuencia de simulación enviada a Faustine. No serás capaz de ver su respuesta inicial a ello.

—Mmm. No sé lo que quiere decir.

—Bueno, todo lo que hacemos en este lado es ponerla en una escena. ¿Recuerdas la tuya del año pasado? ¿Qué fue?

Lo recordaba muy bien, sobre todo porque había estado petrificada yendo a la cámara, sin saber lo que iba a suceder. —Estaba sentada en mi jardín, colgando de mi columpio en el árbol. — Recordé cómo había sentido instantáneamente una sensación de calma familiar.

La Profesora Bern asintió. —Esa habría sido tu respuesta a la situación visual en la que te pusimos. Todo lo que vimos en nuestros monitores fue la escena en sí. En tu caso, hubiera sido una imagen de tu patio trasero con el columpio del árbol. Eso es todo. Tu mente hizo el resto. Pero no tenemos manera de decir qué fue eso. Todo lo que soy capaz de hacer es estudiar y registrar tus respuestas biológicas.

—Guau. Eso es interesante. Cuando mi madre salió al jardín para darme una bebida, ¿fue simulado por usted o por mi mente?

—Es difícil de decir, ya que no estuve presente en tu prueba. Pero es muy raro que las imágenes extra se agreguen en la simulación durante la primera prueba. Normalmente nosotros solemos esperar y empezar a hacer eso después de las cinco primeras sesiones. Por lo tanto, la visión de tu madre probablemente fue algo evocado por tu mente.

—¿Y no hay manera de saber eso? Me refiero, ¿el que vi a mi madre entrar en el jardín?

—No. Todo lo que hubiéramos sido capaces de grabar fue tu respuesta a eso. Es posible que hubieses dejado de mecerte en la silla y te hubieses levantado para besarla.

—Profesora Bern, estamos listos para seguir— interrumpió el asistente de laboratorio.

—Está bien, Henri. Ven, Cordelia. Mira por encima de mi hombro, si quieres. Pero tienes que prometer no hacer ruido. Ni un solo ruido. O voy a tener que pedirte que te vayas.

—Gracias. No lo haré.

Henri acercó la boca a su micrófono. —Faustine, ¿estás lista?

—Sí. — Su voz sonaba ronca por los altavoces.

—Está bien. Voy a apagar las luces. Estarás completamente a oscuras, así que cierra los ojos y relájate. — Henri apagó las luces. La única iluminación provenía del brillo de los monitores.

La Profesora Bern escribió un código, y una playa sustituyó a la pantalla azul en blanco. Casi podía sentir el calor de la arena teñida de rosa y el fresco viento que soplaba desde el claro océano azul. Y yo ni siquiera estaba en la escena.

Henri me dio un par de gafas. Me las puse y al instante pude ver todo mí alrededor. Visión nocturna. ¡Genial! Miré a Faustine. Seguía sentada en la silla, pero sus piernas estaban estiradas delante de ella, mientras se recostaba en la silla, con los brazos colgando a ambos lados. Parecía feliz y contenta, como si estuviera acostada en la playa, disfrutando del sol. Se sentó así durante aproximadamente una hora. Pensé que se quedó dormida porque estaba segura de haber oído un par de sus gruñidos de cerdito. Quería preguntarle a la Profesora Bern cuánto tiempo íbamos a verla dormir, pero no me atreví. Lo último que quería era que me pidieran que me fuera.

Finalmente, Faustine se movió y se estiró, abriendo los ojos. Se sentó en la silla y se cubrió los ojos con la mano, luego se agachó, recogió algo invisible, y se lo puso en la nariz. Gafas de sol, supuse. Se levantó y saltó hacia adelante algunos pasos, luego inesperadamente saltó hacia atrás y soltó una risita. Pateó con las piernas y recogió algo del suelo, lo tiró, y se rió. Caminó de vuelta a su silla y se sentó, estiró las piernas y recogió algo del suelo otra vez. Miró hacia abajo a lo que sea que tuviera en la mano.

La Profesora Bern tecleó algo en el ordenador, y la imagen de la playa empezó a desvanecerse.

Faustine cerró los ojos.

Después de unos diez minutos de teclear, Henri finalmente habló. —Faustine, ya puedes abrir los ojos.

Lo hizo, y Henri encendió las luces. Faustine se levantó, pareciendo complacida consigo misma. Salió de la cámara con una sonrisa pintada en su rostro. —Eso fue más unas vacaciones que una prueba. Volvía estar en…

La Profesora Bern interrumpió, —Faustine, es mejor no compartir lo que has visto. Nos gustaría analizar los datos recogidos sin esa información.

Ella asintió con la cabeza. —Está bien. Pero ¿puedo decírselo a Cordelia?

—Por razones que quedarán claras mientras seguimos con estas pruebas, voy a pedirte que no compartas la información con nadie. Por favor, trata de recordar la segunda Regla de Oro de la Academia. Sé que es difícil de aceptar, pero es una regla de oro por una razón. ¿No es así, Cordelia?— La Profesora Bern se me quedó mirando.

—Sí. — Apreté la mano de Faustine.

Faustine suspiró. —Entonces, ¿cuándo es la próxima?

—A la misma hora la semana que viene— respondió Henri.

—Estoy lista si queréis hacer otra mañana — se ofreció Faustine.

—Está bien. Sin embargo, tenemos una agenda muy apretada. Hay una gran cantidad de Iniciados este año. Nos vemos la semana que viene. Concéntrate en tus estudios mientras tanto.

Faustine entornó los ojos.

Me alegré de que lo hubiera disfrutado. Esperemos que la próxima semana fuese igual de divertido para ella.

—Vamos, Faustine. Dax nos espera en el comedor. Estará encantado de escuchar cómo te ha ido. Todos los demás de tu grupo han tenido sus primeras pruebas esta mañana también, ¿verdad?

—Sí. No puedo imaginarme a Martha sin decir alguna cosa. — Se rió.

A medida que nos dirigíamos hacia el comedor, era mi turno para tensarme. Era la primera vez que Faustine visitaría el comedor de los Iniciados. La cafetería estaría llena... llena de Iniciados posiblemente peligrosos. Había tratado de obtener un permiso para que Dax y su grupo pudieran comer en el comedor de los mentores, pero la regla era inquebrantable, sólo mentores en la sala de mentores. Nos permitían a un invitado, así que podría haber llevado a Faustine sola, pero Dax insistió en que su grupo comiera junto después de su primera prueba. Era tradición, tiempo para unirse. Afortunadamente, ninguno de los Iniciados vampiros estaría allí. Al menos, eso era algo.

Tan pronto como entramos en el comedor, me di cuenta de que una gran cantidad de estudiantes dejó de comer para olfatear el aire. Maldita sea. Podían oler la sangre humana.

Faustine parecía totalmente inconsciente mientras trataba de encontrar a Dax y a los demás. —Ahí están. — Señaló una mesa en el rincón más alejado.

Genial. Tendría que maniobrar para llevarla con seguridad a través de la multitud de una sola pieza. Me sentí aliviada cuando Dax se levantó y corrió hacia nosotras.

—Gracias, Dax— dije con gratitud.

—Sin problema. Ya veo lo que quieres decir. Tal vez vosotras dos deberíais uniros a nosotros después.

—¡Pero tengo hambre!— Se quejó Faustine, totalmente ajena al efecto que causaba en los demás estudiantes.

—No lo entiendo— le susurré a Dax. —Quiero decir, yo sabía que habría un poco de reacción, ¿pero esto?—Recorrí la cafetería. Grupos de estudiantes estaban levantándose y mirando a Faustine. — ¿Cómo es que esto no pasó ayer en la clase?

— En la clase, en su mayoría, eran demonios, y unos pocos híbridos. No cambia formas, vampiros o hadas— explicó.

—¿Vosotros dos, podéis dejar de susurrar? Tengo mucha hambre. — Faustine nos dio un codazo y luego se fue hacia la comida antes de que pudiera detenerla. Para cuando llegué a ella, estaba a medio camino de la comida, y no había forma de detener a un demonio… incluso a un híbrido... una vez que había captado el aroma de la carne. Sabía que Faustine no dejaría que nada se interpusiera entre ella y su carne. No tenía ni idea de qué esperar, pero tenía la sensación de que las cosas se iban a poner muy feas, muy rápidamente.

Los estudiantes, que en un principio solo se habían levantado de sus sillas para mirar a Faustine con fascinación, se estaban abriendo camino hacia nosotros... manadas de hombres lobo, grupos de hadas y otros seres sobrenaturales. Yo estaba demasiado concentrada en Faustine para estar segura de qué era exactamente lo que estaba pasando, pero sabía que Dax estaba justo a mi lado. No tenía ni idea de cómo iba a sacar a Faustine de esto.

Unas grandes zancadas más adelante, Faustine tropezó abruptamente y cayó al suelo. Miró sorprendida cómo Dax y yo la alcanzábamos. Había rebotado con un cambia formas que estaba de pie entre ella y la parada de comida.

Mis dedos ya estaban fusionados y listos para atacar. Dax se quedó mirando con los ojos abiertos. Un troll no sería de mucha utilidad en una lucha.

El cambia formas Iniciado tendió la mano a Faustine. —Hola, preciosa. ¿Quién eres?

Antes de que pudiera levantarla, cogió su mano y se ayudó de ella para ponerse otra vez de pie.

—Soy Faustine. Lo siento por chocar contigo así. No miraba por donde iba, dejaba que me guiara mi nariz. —rió. —Ya puedes soltar mi mano, pero gracias por ayudarme a levantar.

—Cuando quieras, Faustine. — no soltó su mano. —¿Eres un demonio? Una parte demonio… ¿Qué más eres?

—Humano.

—Un demonio débil. Perfecto. Odiamos a los demonios, pueden ser tan molestamente indestructibles. Pero, sin embargo, va a ser divertido jugar contigo.

—Tal vez más tarde. En este momento, tengo que comer. Así que, discúlpame. — intentó retirar de su mano.

Me di cuenta de que sus dedos continuaban sin fusionarse. ¿No tenía instintos demoníacos? Cualquier otro demonio ya se habría transformado por completo.

—¡Suéltala! ¡Ya!— Le grité, poniéndome entre los dos.

—¿O qué?— gruñó.

—O...— Me detuve cuando sentí tensa de repente a Faustine a mi espalda. Entonces, la olí. El águila. Podía olerla fuerte y claro. El águila estaba muy cerca. Me transformé instantáneamente y clavé mis ardientes dedos en el cambia formas, levantándolo y lanzándolo contra la pared.

Se desató el infierno. El grupo de cambia formas que habían estado bloqueando la entrada de la estación de comida se lanzaron a por Faustine y a por mí. Me di la vuelta, luchando contra ellos tan rápido como pude, sacándolos uno por uno. Busqué a Faustine desesperadamente, pero no pude verla entre la multitud de cuerpos que me rodeaban. Tenía la esperanza de que Dax hubiera conseguido de alguna forma sacarla. Entonces, vi a Dax tendido en el suelo. Seguí luchando. Los lobos venían hacia mí tan rápido como podía yo tirarlos.

Entonces, la vi. La única razón por la que sabía que era ella, era que no conocía a nadie más en el campus que hubiera conseguido un par de medias Chanel hechas a la medida, las cuales parecían casi idénticas a la media de nuestra edición Mary Janes. El resto de ella estaba irreconocible. Había crecido un metro y medio más de lo normal y se había transformado en un demonio. En uno muy feo. Su única salvación era que su piel parecía suave y sin hervir, una condición que afectaba a la mayoría de los demonios, incluyéndome a mí, cuando nos transformábamos.

Sonreí. Faustine parecía estar haciéndolo bien con sus atacantes. Cogió a un cambia formas de la pierna y lo sujetó del revés, pegándole muy fuerte con la otra mano.

Me quedé boquiabierta con lo que vi después. Tiró de su brazo y se lo comió. ¡Asqueroso! Yo sabía que ella tenía hambre, pero eso estaba sólo... bueno, en contra de las reglas de la escuela para empezar.

Vencer a alguien era una cosa, comérselo o incluso matarlo, era otra muy distinta.

Tenía que detenerla.

Me lancé hacia ella, y aterricé en el suelo con un ruido sordo al chocar, mi nariz chocó contra el duro suelo. Hola, cirugía plástica. ¿Dónde demonios estaba Faustine? Se había ido. ¡Otra vez! Luego, para colmo de mi día, el águila voló hacia mí.

Capítulo 13

El estúpido pájaro trató de hacerme aún más daño en la nariz picoteándola. A pesar de que estaba en contra de las reglas, la cogí del ala y se la arranqué. No tenía ganas de un bocadillo, así que, lo tiré contra la pared. El águila gritó, me mordió la nariz, luego se alejó hacia donde había tirado su ala.

La cafetería era todo un torbellino de caos y enfrentamientos. Busqué a Dax, y cuando lo encontré, recogí su cuerpo y salí apresuradamente de allí. No dejé de correr hasta que llegué a la enfermería, donde dejé a Dax en una cama.

—¿Qué ha pasado?— preguntó el curandero.

Obviamente, no me reconoció, así que cambié a mi forma humana.

—Ah, Cordelia. Estás herida de nuevo— dijo, mirando a mi nariz. —¿Y quién es este?— Señaló a Dax.

Antes de que pudiera responder, sonó su teléfono. Levantó el dedo, haciendo un gesto para que esperara. —Dr. Marks, ¿en qué puedo ayudarle?— El resto de la conversación fue un montón de "*mmms*" y "*ajas*", con la persona del otro lado del teléfono la cual estaba haciendo toda la conversación. Podría haber escuchado, pero estaba demasiado ocupada tratando de respirar por la nariz. Estaba completa y realmente rota. Maldito pájaro.

El curandero apagó su teléfono. —Cordelia, ¿el chico está muerto?— Miró a Dax.

—No, no lo creo.

Se acercó a Dax y comprobó sus signos vitales. —¿Un troll?

—Asentí con la cabeza.

—Él va a estar bien. Quédate con él. En realidad tú estás en peor situación que él. En seguida vuelvo. Aparentemente ha habido una situación en la cafetería que debo atender. ¿De ahí es de dónde vienes?

—Sí, y está bastante feo. Va a necesitar mucha ayuda.

—Gracias, Cordelia. Frau Schmelder está en ello. Voy a tener que transportar a los heridos aquí. ¿Estaréis salvo entre ellos?

—Probablemente no.

—¿Crees que podrías llevar a Dax a tu habitación? Transfórmate si es necesario y permanece transformada; podrás sanar más rápido. Iré a tu habitación para veros tan pronto como sea posible.

—¿Qué pasa con Dax? ¿No es necesario hacerle cosas de curación ahora? No parece estar bien.

—No. Los trolls son resistentes, estará bien en un par de horas. Ambos en vuestras formas humanas podéis necesitar algún ajuste, pero podemos encargarnos de eso más tarde.

Antes de que pudiera decir una palabra, se había ido. Busqué mi teléfono móvil, pero había desaparecido. Probablemente se me cayó durante la pelea. Necesitaba contactarme con Faustine. Decidí que sería mejor primero poner seguro a Dax, antes de que el Dr. Marks regresara con un cargamento de cambia formas. Me transformé y llevé a Dax a mi habitación.

Quinn estaba sentado esperando fuera de mi puerta. Se puso de pie y cargó a Dax por mí. —¿Qué pasó? ¿Vosotros estuvisteis envueltos en la locura de la cafetería? Es una locura allí. ¿Dónde está Faustine?

Le hice un breve resumen de lo que había sucedido, mientras me transformaba de nuevo en mi forma humana para buscar mis llaves en los bolsillos... lo cual era muy difícil con las manos de demonio. Renuncié, me encogí de hombros pidiéndole ayuda. — ¿Tienes mi juego de repuesto contigo? No puedo encontrar el mío. Debo haberlas perdido en la planta baja.

—Sí, en el bolsillo izquierdo. ¿Así que sólo puf, desapareció? Eso es muy raro.

—Lo sé, ¿no? Con esta van dos veces. — Busqué las llaves en el bolsillo de Quinn y abrí la puerta, manteniéndola abierta para Quinn, pudiera entrar con Dax. Seguí a Quinn dentro de la habitación, entonces se detuvo y miró mi cama.

Quinn me miró. —¿Cómo ha podido entrar? ¿Le has dado una llave?

Yo tenía la intención de darle a Faustine una llave, pero aún no había encontrado el momento para eso. Sin embargo mis llaves habían desaparecido. Tal vez las había encontrado y había entrado. Ella estaba en mi cama, de nuevo en su forma humana y dormida. Parecía pequeña e inocente, pero después de haber visto en lo que se había convertido, me hizo dudar de su verdadera personalidad. ¿Era la dulce e inocente chica que me habían presentado, un híbrido el cual yo había pensado que era menos capacitado que un demonio completo? Un híbrido que necesitaba mi protección. ¿O era sólo un pretexto para ocultar quién era en realidad, un demonio fuerte y peligroso?

¿O justamente era lo que ella parecía? Un híbrido confuso, inconsciente de lo que le estaba pasando. Decidí darle el beneficio de la duda, por ahora, pero con la segunda Regla de Oro de la Academia en la mente.

—¿Cordelia?— Quinn me miró con curiosidad, con Dax aún en sus brazos.

—Lo siento. Estoy un poco sorprendida de ver a Faustine aquí. ¿Por qué no acuestas a Dax en el sofá-cama?

—Está bien, pero quiero revisar tu nariz adecuadamente. — Acostó a Dax, que estaba empezando a moverse, y luego se acercó a mí. Con suavidad, palpó mi nariz, pero me estremecí de dolor. Me dolió como el demonio. —Nena, transfórmate de nuevo. Vas a sanar más rápido.

—Sí, sólo déjame ver primero a Faustine. Creo haberla visto moverse. — Me acerqué a mi cama y me senté en el borde. A pesar de que todavía vestía su uniforme, este estaba hecho en pedazos. Se había acomodado bajo mi edredón de piel de oveja, el cual en el armario. Estaba arropada con él, acostada de lado, con el rostro enterrado en la almohada. Le levanté el pelo de la cara y metí los mechones detrás de su oreja. Ella se movió.

—¿Faustine? ¿Estás bien?— Todo lo que podía ver era su rostro, tan puro y perfecto como siempre. Necesitaba saber si el resto de ella se encontraba tan libre de lesiones.

—Mmm, mm— ella murmuró.

—¿Estás bien, Faustine?

Abrió los ojos y me miró somnolientamente.

—¿Faustine?

—¿Mmm? ¿Qué ha pasado?— bostezó. —Hola, Quinn. — Dejó escapar otro gran bostezo, luego tosió. —¡Tengo tanta hambre! Vamos a buscar algo para desayunar. Tengo que comer antes de la prueba.

—Ya has hecho la prueba. ¿No te acuerdas?

—¿Ah? Estoy demasiado hambrienta para pensar. —Faustine cerró los ojos de nuevo.

Quinn puso su mano en mi hombro. —Voy a buscar algo de comida. Estoy seguro de que tú también necesitas comer, y también lo hará Dax cuando se despierte. ¿Vais a estar bien solas? Voy corriendo a la sala de mentores a por algo. Dame tu pase.

—Gracias, Quinn. Eres el mejor. Voy a dejar dormir a Faustine hasta que vuelvas. — Le entregué mi tarjeta para la sala de mentores.

—Vuelvo en un momento. Manteneos a salvo. Llámame si necesitas algo.

Me acerqué a la ventana y miré hacia las cimas de las montañas, preguntándome qué estaría pasando en el comedor. ¿Se habría terminado la pelea? ¿Habría el doctor Marks movido a todos los estudiantes heridos a la enfermería? ¿Era uno de ellos un pájaro o una chica con un miembro amputado? Quería ir a verlo por mí misma, pero no podía dejar a Faustine y a Dax solos. Además, necesitaba que Faustine me dijera cómo había entrado a mí cuarto. ¿Fue capaz de hacerse invisible? ¿O había demonizado a alguien? ¿Se había escapado de la cafetería usando el cuerpo de alguien más? ¿Un cambia formas? Asqueroso.

Un golpe en la puerta interrumpió mis pensamientos.

—¿Quién es?

—¡Déjame entrar!

Tan pronto como abrí la puerta, mi cara estaba contra el pecho de Jagger. Ni siquiera dije una palabra antes de que él me retuviera en un fuerte abrazo, sosteniéndome tan fuerte que apenas podía respirar.

—Acabo de enterarme. El Dr. Marks me lo ha dicho— dijo él, con su voz ronca, sus profundas respiraciones enfriaron la parte superior de mi cabeza. —Cordelia, ¿por qué no he sentido que me necesitabas? Habría venido como hice la última vez. ¿Estás bien?

Moví mi rostro ligeramente a la derecha para poder hablar. —Estoy bien. Mi nariz probablemente necesite un poco de trabajo, pero aparte de eso, estoy bien.

—No puedo entender porqué no pude sentirte. No tiene ningún sentido. Debería haber estado allí para ti.

—No te castigues por eso. Probablemente es porque no te necesitaba. No tenía miedo, mi cuerpo estaba calmado, reaccionando con normalidad. Me hice cargo de eso.

—Pero tu nariz...— protestó.

—Oh, eso no es nada. Una herida de recreo para un demonio normal. Se va a curar en poco tiempo. Sólo tengo que asegurarme que el Dr. Marks la vea antes de que se cure totalmente. No me gustaría que se quede en esta posición. — Me reí.

Inclinó mi cabeza para ver mi nariz. —No está tan mal. Haré que el Dr. Marks venga a tu habitación. La enfermería está llena en este momento.

—Sí, he pensado que podría estarlo. De todos modos, el Dr. Marks iba a pasar por aquí y revisarnos a Dax y a mí.

—No es necesario— dijo Dax detrás de mí. —Me alegra ver que Faustine se encuentra bien. Tengo que ir a ver a los demás. ¿Alguna idea de qué pasó con ellos?

Negué con la cabeza. — ¿Tienes un lugar seguro designado?

Entornó los ojos. —En realidad no, aunque les dije a todos que se reagruparan en mi habitación, si era necesario. Les di llaves a todos, así que algo es algo. Te llamaré cuando llegue a mi habitación.

—Llévate esto contigo— dijo Quinn, cuando volví dentro de mi habitación. Le entregó a Dax un recipiente de comida, entonces me pasó el otro.

—Gracias, Quinn. Os veo más tarde, chicos. — Y se fue.

Saqué la carne de su envoltorio de papel de aluminio, me tragué un trozo, y luego caminé hacia Faustine. Moví un trozo de carne bajo su nariz. Su nariz tembló y su lengua entraba y salía como la de un lagarto.

Solté una risita. — ¡Faustine! Así no es como comen las princesas del Alto Oeste. Levántate. Tu tenedor y cuchillo están esperando.

Abrió los ojos y me fulminó con la mirada. Luego, sin una palabra… ni siquiera un "hola" a Jagger... se levantó, se abalanzó bruscamente sobre la mesa, se sentó, recogió sus utensilios, y empezó a comer. Su ropa estaba toda desgarrada, pero no parecía notarlo. La envolví con mi albornoz mientras comía. No se detuvo hasta tres filetes más tarde. La chica realmente tenía apetito, incluso yo estaba llena después de sólo un trozo.

Después de comer, se metió de nuevo en mi cama, cubriéndose con el edredón de nuevo. —¡Vaya, eso ha estado bien! ¿Qué ha pasado con mi ropa?

Le sonreí desde el sofá, donde yo estaba en medio de Jagger y Quinn. —No estoy segura... Faustine, ¿estás bien? ¿Necesitas ver al curandero?

—¿Eh? ¿Un curandero? ¿Qué es eso?

—Como un doctor, pero uno que usa hechizos y magia además de usar medicina normal.

Soltó una carcajada. —¿Así como un médico brujo?

Entorné mis ojos.

—De todos modos, ¿por qué necesitaría un doctor? Entonces, se volvió sombría, con la barbilla temblando ligeramente. —¿He tenido un apagón? Noto como si lo hubiese tenido.

—No lo sé realmente. ¿Qué recuerdas?

—Recuerdo la prueba. Fue muy fácil, y yo totalmente estresada por nada. Luego, tuve hambre, y nos fuimos al comedor. Saludé con la mano a Dax, Chun, y Martha, pero estaba demasiado hambrienta para ir hacia ellos, así que me dirigí hacia la parada de los alimentos. El olor de la comida me hacía babear, era en todo lo que podía pensar—hizo una pausa.

—¿Faustine?— Pregunté.

—Ah. En realidad eso es todo. Me he despertado aquí, contigo hablando sobre mis modales.

—¿Cómo has llegado hasta aquí?— Preguntó Quinn.

Los ojos de Faustine se empañaron, y negó con la cabeza.

—¿No tienes ni idea?— presionó.

—Quinn, déjala en paz. Se está disgustando. Tal vez lo recuerde más tarde. — O no. Debía haber tenido uno de esos apagones sobre los que había hablado a la Profesora Bern. Traté de recordar lo que había dicho, algo de que ella siempre despertaba en casa, en su cama, después de ellos. Me pregunté cómo llegaba a casa cuando los apagones ocurrían en otros lugares. ¿Sólo caminaba hacia casa sin recordar nada? Esa sería la explicación más probable.

Pero ella había desaparecido totalmente justo delante de mis ojos. Ella no había caminado, ella había *desaparecido*. Obviamente estaba utilizando algún tipo de poder sobrenatural. ¿Pero cuál? Ya había ocurrido dos veces delante de mí. Y las desapariciones no se limitaban a los episodios de su transformación. La primera vez que había desaparecido, ni siquiera había empezado a cambiar. Así que, cualquiera que sea el poder que estaba usando para hacerse desaparecer a sí misma, no estaba relacionado con cambiar a su forma de demonio.

Todos nos miramos entre nosotros, nadie estaba seguro sobre qué debíamos hablar. Tenía que ver a ese pájaro, pero no podía hacerlo con Faustine.

Afortunadamente, llamó Dax. —Hola, Cordelia. ¿Faustine está bien?

—Sí, está bien. Acaba de comer. ¿Y los demás?

—Están bien. Chun tiene algunas heridas leves, pero Martha no estaba herida. Al parecer, Martha se hizo cargo y los trajo de vuelta seguros a mi habitación. ¿Puede Faustine venir? A ellos les gustaría.

Podría, pero ellos chismearían acerca de lo que había pasado en la cafetería, y no sería bueno. —Dax, la llevaré un poco más tarde. ¿De acuerdo?

—Mmm. Supongo. Escríbeme.

—Faustine, ¿quieres ir a esquiar?— Ofreció Jagger, para gran sorpresa mia.

—¡Sí! Eso sería increíble. ¿Ahora mismo? ¿Vosotros venís?— se volvió hacia mí y luego hacia Quinn.

Quinn respondió: —Id vosotros. Cordelia y yo tenemos algunas cosas que hacer. Nos encontraremos de nuevo aquí después.

Faustine se levantó y agarró la mano de Jagger. —¿Listo?

Él se rió y la dejó que lo llevara hacia fuera de la puerta. —Sí, pero ve a cambiarte primero. Te esperaré afuera de tu habitación.

—¿Y?— Preguntó Quinn en cuanto nos quedamos solos, tirando de mí hacia él. —¿Vamos a ir a ver el comedor?

Asentí con la cabeza, sumiendo mi cara en su pecho, sólo por un momento. Se estaba tan bien cerca de él. —No tienes que venir, si tienes otras...

—Como si fuera a dejarte apartar de mí vista. No seas tonta. Me voy a quedar pegado a ti como parecen hacer esos humanos. Seré un buen *novio.* — Se rió entre dientes.

Él era un buen novio, mucho mejor que los humanos, sin duda. Apreté su mano.

La puerta de mi habitación se abrió de nuevo, haciendo que me tensara.

El Dr. Marks asomó la cara por la abertura. —¿Cordelia? ¿Puedo pasar?

—Sí, claro.

—¿Cómo te sientes?— examinó mi nariz. —Voy a arreglarla para que se cure bien. Siéntate un minuto.

Jugueteó con mi nariz durante un minuto de pura agonía. Me mordí el labio inferior para evitar llorar.

—¡Ya está! Todo listo. Ven a verme mañana, y veremos cómo progresará. Espero que vuelva a la normalidad. Ahora, ¿dónde está el otro chico? ¿El troll? Su nombre se me escapa.

—Dax ha vuelto a su habitación. Parece estar totalmente bien. Iré a verlo dentro de un rato.

—Está bien, eso es bueno. Dile que venga a verme para una revisión médica mañana. O antes, si lo considera necesario. Voy a volver a la enfermería. Estoy a tope allí abajo. — Suspiró.

—¿Ha habido muchos heridos?

—Sí. Aún tenemos catorce estudiantes en la enfermería. Los otros fueron dados de alta después de que lidiáramos con sus heridas… la mayoría menores, unos cortes y contusiones.

—Dr. Marks, ¿hay algún estudiante con una fractura en la pierna o el brazo ahí?

El Dr. Marks suspiró pesadamente. —¡Brazo roto queda corto! Un brazo lacerado, arrancado del cuerpo. Terrible. Realmente terrible. — Sacudió la cabeza.

—¿Quién?— Pregunté.

—No puedo decirte eso, confidencialidad del paciente. ¿Por qué lo preguntas? ¿Un amigo tuyo sufrió este tipo de lesiones?

—No, es que me pareció ver algo...

El Dr. Marks me miró con curiosidad. —¿Alguna idea de que empezó todo esto?

Me encogí de hombros.

—Todos los estudiantes parecen bastante vagos al respecto— señaló. —Frau Schmelder ha estado pasando por los vídeos de vigilancia con el equipo técnico. Supongo que lo sabremos muy pronto.

¡Las cámaras! Me había olvidado de ellas. La escuela, obviamente las había instalado en el comedor. Eso era increíble. Debería ser capaz de decir quién era el águila por medio del video, y también cómo Faustine había desaparecido. Me preguntaba si podría conseguir que Frau Schmelder me las mostrase.

—Te veré mañana, Cordelia. Encantado de verte, Quinn. — El Dr. Marks se dirigió hacia la puerta.

—No me digas. ¿Quieres ver los vídeos de vigilancia? — bromeó Quinn.

—¡Sí! ¿Tú no?

Él entornó los ojos. —No sólo quiero, necesito hacerlo. Vamos a preguntarle a La Smelt.

La cara de La Smelt hervía de fastidio cuando Quinn y yo entramos en su oficina. Habíamos llamado a la puerta, por supuesto, y ella nos pidió que entráramos. Sin embargo, su actitud nos dijo que no éramos realmente bienvenidos. Ella no estaba sola. Un hombre calvo con gafas y bigote, estaba inclinado sobre el monitor de su ordenador. Lo reconocí como uno de los técnicos informáticos.

—¿Tiene usted una cita?— Preguntó Frau Schmelder, su voz mezclada con furia.

Se me erizó el pelo de la nuca. Quería girar y huir. Se quitó las gafas y nos miró con malevolencia. Jesús. Tenía la esperanza de que no fuera una bruja o algo así, porque nos convertiría totalmente en piedra.

—¿Y bien?— Gritó ella, asustándome más aún.

Quinn se aclaró la garganta. —Frau Schmelder, esperábamos que nos permitiera ver las imágenes de la cafetería.

La Smelt entrecerró los ojos. —¿Por qué habría de hacer eso?— levantando las manos como si fuéramos unos completos idiotas.

Lo éramos. ¿Nos había poseído?

—Cordelia estuvo involucrada— explicó Quinn. —Pero no vio todo lo sucedido. Sería útil ver lo que pasó.

—¿De verdad? Fuera. Y en el futuro, obedezcan las reglas. *No* se os permite venir a mi oficina a menos que tengan una cita, o que os haya mandado llamar. ¿Entendido?

Los dos asentimos y nos fuimos rápidamente, cerrando la puerta tras nosotros.

—¿Y ahora qué? —Pregunté. —¡Eso no ha estado nada bien! ¡Vieja vaca malhumorada!

—Cuidado— Quinn susurró. —Recuerda las cámaras. Ahora están por todos lados. No hay privacidad. Volveremos más tarde cuando ella no esté y le echaremos un vistazo nosotros mismos.

¿Irrumpir en su oficina?

Capítulo 14

Irrumpir en la oficina de Frau Schmelder no era un pequeño trabajo, ni fácil. El lugar era una fortaleza virtual, especialmente con las nuevas cámaras de vigilancia monitoreando. Quinn y yo no podíamos hacerlo solos.

—¿Vosotros qué?— preguntó Jagger, cuando le pedimos ayuda. Se veía tan deliciosamente sexi, enrojecido aún por esquiar con Faustine. Tuve que recordarme a mí misma que tenía novia. No es que ella, quienquiera que *ella* fuese, lo hubiese detenido de echarseme encima. Víbora.

Se lo volví a explicar de nuevo.

Él soltó una carcajada. —Totalmente fuera de discusión. ¿En qué piensas? No hay manera de que podáis entrar allí.

—En realidad, con tu ayuda, probablemente podamos. — Quinn se frotó la parte posterior del cuello.

—Incluso si eso es cierto, simplemente no lo haría. Soy el presidente del consejo estudiantil, no un criminal. Pídeselo a uno de los cambia formas.

Estaba furiosa. Paré y le mandé a Quinn la señal de *ya nos vamos*. Con mi última palabra dije: —¡Vamos a hacerlo nosotros solos!— pataleé saliendo por la puerta.

Debí haberlo esperado, ya que era nuestra nueva rutina. Choqué contra el duro cuerpo de Jagger. Se movió rápidamente para rodear mi cintura con los brazos, evitando que me cayera de nuevo. Sentí mi cuerpo volviéndose loco mientras estaba presionada contra él. Si hubiese sido capaz de entrar en el interior de su cuerpo, lo habría hecho.

En realidad, podría. El pensamiento me sobresaltó. Di un paso atrás y me acerqué a Quinn. Realmente podría hacerlo si quería. Era un demonio, después de todo, y él era un hada. Nada me impedía poseerlo. Aparte de todo eso sobre hacer lo correcto o lo incorrecto... y que era contra las reglas de la Academia. Además, se pondría furioso. Y lo más importante, odiaba poseer cuerpos masculinos. ¡Asco!

De todos modos, podría si quisiera. El pensamiento me hizo sonreír.

—¿Cordelia?— preguntó Quinn. —Estaba esperando que le dieras un pfff a Jagger, y en vez de eso estás sonriendo como el gato de Cheshire. ¿Qué pasa?

—Oh, nada. Vamos, Quinn. Fuera de nuestro camino, Jagger, o me pondré modo demonio contigo.

Jagger me fulminó con la mirada. Casi podía sentir las dagas penetrándome. Estaba tan furioso que apenas podía hablar.

Cuando lo hizo, su voz era ronca y baja. —¿Cuál es el plan?

—Como si te lo fuéramos a decir— me burlé. —Probablemente irías directamente a contárselo a La Smelt.

Al momento, se encontraba a centímetros de mi cara, respirando encima de mí.

Los dedos de Quinn se fusionaron. —Aléjate de Cordelia, Jagger. Ahora— gruñó Quinn en voz baja, apretando los puños.

Jagger entrecerró los ojos peligrosamente, pero retrocedió medio paso.

—Un paso más— exigió Quinn con su voz letalmente calmada.

Jagger retrocedió de nuevo, pero mantuvo su mirada clavada en la mía. — ¿De verdad crees que yo te traicionaría?

Traté de desviar la mirada, pero no pude. Me encogí de hombros.

Jagger apretó la mandíbula. —¿Cordelia? ¡Dilo! ¿Te traicionaría?

—No— dije en voz baja, deseando en cualquier otra parte en vez de en la misma habitación que Quinn y Jagger. Por supuesto, Jagger no me traicionaría. Podía ver eso en sus ojos.

—¿Qué demonios está pasando aquí?— Quinn parecía a punto de estallar.

—No puedo entender porqué Cordelia cuestiona mi integridad. No he hecho nada para ganarme su desconfianza. Somos amigos. Todos nosotros. ¿No es así?

Quinn dudó, pero asintió con la cabeza.

—Oye, ¿qué está pasando aquí? Oí gritar— dijo una de las gemelas Holt, saliendo de la habitación de Jagger. Estaba envuelta en una manta, con los pies y los hombros al descubierto.

Me sentí como si un cuchillo me hubiese apuñalado justo en el corazón. El enrojecimiento de la cara de Jagger no tenía nada que ver con el esquí, sino que tenía que ver con el après ski (francés: después de esquiar). Los rumores eran ciertos. Sienna era su amante. Su novia. Me dejé caer en el sofá, sintiéndome enferma.

—Cari, ¿estás bien?— Quinn se sentó en el brazo de un sofá y puso un brazo alrededor mío.

—Sí. Ha sido un largo día. Oye, Sienna. ¿Has ido a esquiar con Faustine?

Ella se rió. —Soy Jewel. Todo el mundo nos confunde. Excepto Faustine, de alguna manera ella sabía que yo era Jewel de inmediato. Buena chica. Sí, fui a esquiar con ella y Jagger. Faustine es muy buena, en el sentido humano de las cosas. Debe poner a trabajar esos poderes para su beneficio. Apuesto a que después de eso va a ser impresionante en las pistas. — Jewel se detuvo y miró a Quinn y a Jagger, ambos parecían cohibidos. — ¿Qué estabais discutiendo antes de que entrara? Parecía serio.

—Cordelia y Quinn planean entrar en la oficina de La Smelt y robar los videos de vigilancia de la pelea en la cafetería. Les decía que era ridicu...

—¡Qué divertido! Definitivamente deberíais. Estoy totalmente indignada por perderme la pelea, sonaba divertida. Me encantaría ver un video de ella. Voy con vosotros, os echaré una mano. ¿Puede venir también Sienna? ¡Ella no querrá perdérselo por nada del mundo!

No pude evitar lanzarle a Jagger una sonrisa de satisfacción. —¡Genial! Quinn y yo podríamos necesitar ayuda.

—Genial, voy a llamar a mí hermana, y entonces podéis decirnos qué tenemos que hacer. — Se puso de puntillas y besó a Jagger. —¿No estás emocionado?

—¿No lo estás?— se rió Quinn una vez que Jewel estuvo ocupada en el teléfono.

—Creo que tengo que estarlo ahora. — Suspiró Jagger. —Sin embargo, no vayamos a hacer nada estúpido. No quiero que nadie salga herido. O atrapado. ¿Dijiste que tenías un plan, Quinn?

Jewel colgó el teléfono y nos miró, con los ojos brillantes. —Sienna está ocupada ahora mismo, pero está dentro, totalmente emocionada. Le diré el plan más tarde. Entonces, ¿qué hacemos?

Me las arreglé para que Faustine durmiera con Martha, así Quinn, Jagger, Sienna, Jewel, y yo podríamos llevar a cabo nuestro plan estrella. Nos encontramos en el estudio de Jagger, vestidos negros de pies a cabeza, incluyendo máscaras de esquí, que ahora, llevábamos en nuestras cabezas. Me sentía emocionada, pero nerviosa.

—¿Listos?— preguntó Quinn, mirándonos a todos. —¿Alguna pregunta antes de irnos?

Dado a que en todos los corredores, entre ellos el que conduce a la oficina de La Smelt se habían instalado cámaras, no podíamos deambular por el pasillo hasta su oficina, ya que seríamos filmados saliendo de la oficina de Jagger. Así que Quinn había pensado en una ruta alternativa, y esa parte del plan requería hadas. Podían volar. El exterior del edificio estaba libre de cámaras. Aunque los nuevos planes de construcción probablemente las incluían, no las habían montado todavía.

Jagger abrió la ventana de su oficina, dejando entrar el frío aire de la montaña. Las hadas bajaron sus máscaras de esquiar, listas para volar. Quinn y yo nos acomodamos en el sofá a la espera de que Jagger revisara la ruta. Él salió volando, o al menos eso supuse. Se fue tan rápido que no pude seguir su movimiento fuera de la ventana.

—Está bien. Nos vamos — dijo Sienna, y desapareció con Jewel al instante.

—¡Por Dios! ¡Espero que reduzcan la velocidad cuando nos lleven!— Quinn soltó un bufido. —Me pregunto ¿cuánto tiempo van a tardar?

No mucho. Jagger regresó unos minutos más tarde con una presuntuosa sonrisa. Alzó su navaja suiza Victorinox. —¡La mejor herramienta de la historia! ¿Estáis listos? Te llevaré primero, Cordelia.

Salté sobre su espalda, y él se acercó a la ventana. Me miró por encima de su hombro y me sentí mareada. —¡Guau, estamos muy arriba! ¿Seguro que puedes cargarme y volar al mismo tiempo?

—Sí, no te preocupes. Sin embargo, no creo que las chicas puedan hacerlo, por lo que voy a hacer dos vuelos.

—¿Cómo vuelas de todos modos? Yo no veo ninguna…

—Alas. Trata de usar tu visión demoníaca, y es posible que pueda verlas. ¿Puedes usarla en tu forma humana?

—La verdad es que sí que puedo.

—Bueno, mantén los ojos fijados en mi brazo y las verás.

Extendió sus brazos, y me concentré en el izquierdo. Su brazo empezó a vibrar muy, muy rápido, tan rápido que no habría sido visible a un ser humano, como las aspas de un helicóptero, pero moviéndose arriba y abajo a velocidad de colibrí. Luego, su brazo se transformó en un ala translúcida, igual que un delgado papel, de un metro.

—¡Guau, son increíbles!— comentó Quinn a nuestras espaldas.

—¡Sí! Te veo en un segundo, Quinn — dijo Jagger, y saltó de la cornisa hacia el aire fresco.

Me sentí un poco nerviosa mientras caíamos en picado, dirigiéndonos directamente hacia el suelo. Caíamos sin signos de que Jagger hiciera nada para levantarnos. ¿Nos íbamos a estrellar? ¿Era demasiada pesada para él? ¿Debería soltarme, así no nos estrellaríamos los dos, sólo yo? No tiene sentido que los dos muriésemos. Deberíamos haber probado lo de volar antes de saltar por la ventana. Mi contenido estomacal me vino a la garganta cuando estábamos a punto de chocar contra el suelo. Después, Jagger agitó los brazos, y nos elevó de nuevo en el aire.

—¡Oh Dios mío! ¡Jagger! Pensé que íbamos a chocar.

Él se rió entre dientes. —¡Lo siento! Me encanta hacer esto, es un subidón de adrenalina.

—¡Ni que lo digas! Pero adviérteme la próxima vez.

Volamos directamente a la ventana de Frau Schmelder, donde Jagger me dejó, y Sienna me llevó a la habitación. Jagger fue a buscar a Quinn.

Habíamos decidido no hablar mientras estábamos en la oficina de La Smelt, sólo por si a caso estaba siendo monitoreada. Me acerqué a su escritorio y encendí el ordenador, con la esperanza de que contuviera almacenados los archivos de la lucha en el comedor.

¿Contraseña? Ashh. Por supuesto, estaba protegida por una contraseña. ¿Cuál podría ser su contraseña? No sabía lo suficiente sobre La Smelt siquiera para adivinarlo. Miré a Sienna y Jewel, quienes se encogieron de hombros.

Cuando Jagger volvió con Quinn, le hice señas y señalé la pantalla. Él negó con la cabeza, pero sus dedos flotaban sobre el teclado. Suspiró, tecleó algo, y pulsó la tecla Enter. *Contraseña incorrecta. Quedan dos intentos.*

¿Dos? Estábamos jodidos. Empecé a revisar los cajones del escritorio, en busca de cualquier cosa con números o algo que pudiera ser una contraseña garabateada en él. No hubo suerte. Me senté de nuevo en la silla de La Smelt, sintiéndome totalmente derrotada. Jesús, probablemente tendríamos que volver.

Jagger me tocó en el hombro y me pasó una nota. *Tenemos que conseguir el código de La Smelt, de ella misma.*

Claro. Sólo debemos bajar a su habitación… donde quiera que esté… despertarla y preguntárselo. Sí. Fácil. Articulé *¿Cómo?* a Jagger.

Escribió algo más y me dio el papel. *Puedes poseerla, ¿no? Entonces, ¿puedes obtener el código?*

Quinn miró por encima de mi hombro, leyendo la nota y sacudiendo la cabeza. Tomó una pieza de papel y escribió *muy peligroso* en él.

Yo no estaba de acuerdo. Claro, sería peligroso. Ni siquiera sabíamos qué clase de paranormal era ella. Mi suposición era que es un híbrido de algún tipo, y los híbridos podían ser difíciles de poseer. Sería especialmente difícil, si no imposible, si era en parte demonio. Poseer a otro demonio sería demasiado peligroso. Cogí un lápiz y escribí una pequeña nota yo misma. *Tal vez, pero creo que vale la pena intentarlo.*

Quinn apretó la mandíbula, y cogió mi lápiz. *Yo lo haré. Si Jagger sabe dónde está.*

Negué con la cabeza y me señalé a mí misma. Si alguien lo iba a hacer, sería yo. Yo era quien que quería ver el vídeo con tantas ganas, y yo era un poco mejor que Quinn en lo de demonizar. Quinn negó con la cabeza, pero parpadeé los ojos firmemente hacia él.

En un momento, Jagger me agarró, y salimos volando por la ventana otra vez. Rápido pensamiento por parte de Jagger. Si hubiera dudado, Quinn nunca me hubiera dejado ir.

Me sentí un poco abrumada… no por volar con Jagger otra vez, sino por conseguir el código de La Smelt. Tendría que convertirme en ella, y yo odiaba esa parte de la posesión. Y ¿quién sabe? Ella podría tener su escudo alzado, incluso mientras dormía. Entonces, ¿qué? Todo sería para nada. Algunas criaturas... Jesús, ahora sonaba como Faustine… eran imposibles de poseer.

Abracé con fuerza a Jagger mientras zumbábamos por el aire. Cerré los ojos porque tenía que mantener la concentración. El vuelo duró poco, apenas unos minutos. Salté de Jagger y abrí los ojos en la completa oscuridad. Rápidamente aproveché mis habilidades demoníacas para poder ver. Nos paramos cerca de una casa con techo de paja estilo Tudor, rodeada de grandes árboles.

—Esto es todo— susurró Jagger. —¿Lista? Vamos a ver su habitación.

—¿Cómo sabes que ella vive aquí? ¿Vive sola? ¿Qué es exactamente ella?— Tenía un trillón de preguntas más, pero teníamos que darnos prisa.

—La seguí una vez. Vive sola, y no tengo ni idea de qué es ella. — tiró de mi brazo. —Tenemos que darnos prisa.

Lo seguí hasta una ventana, y señaló otra encima de esa. Me subí en su espalda de nuevo para que me llevara.

Él voló y flotaba como un colibrí fuera de las ventanas de la planta que cubrían todo el segundo piso de la casa. El resplandor hacía difícil ver los detalles, pero pude distinguir una cama con alguien acostado en ella. Sin embargo, era imposible decir si era La Smelt, o si estaba dormida.

—Vamos dentro. Voy a colarme al lado de su cama primero y le induciré un sueño profundo, entonces podrás hacer el resto— susurró Jagger.

—¿Inducirla a un sueño profundo? ¿Cómo? ¿Vas a drogarla?— Eso ciertamente haría mi vida más fácil.

—Algo así. Polvo de hadas. — Muy gracioso.

Flotamos hacia abajo y volamos hacia la puerta trasera. Jagger sacó su navaja suiza Victorinox.

Solté una risita. —¿No nos puedes hacer entrar usando polvo de hada?— Ignorándome, hizo unos ajustes en la puerta, luego la deslizó abriéndola con una presuntuosa mirada en su rostro. Flotó hacia dentro, conmigo todavía abrazada a su espalda, y flotó hasta la ancha escalera de madera. Cuando llegamos arriba del todo, me bajó.

Mi estómago se revolvió cuando entró en el dormitorio. No porque estuviese preocupada por él. Las hadas pueden cuidar de sí mismos, pero estaba empezando a sentirme angustiada sobre lo de demonizar a La Smelt. Ugh.

Jagger salió y habló en un tono normal, haciéndome saltar. —Está fuera. Haz lo que debas. ¿Quieres que vaya contigo, o que espere aquí?

—Espera. — Entré de puntillas en la habitación, me dirigí directamente a la cama, y bajé la mirada hacia Frau Schmelder. Estaba en un sueño profundo, su respiración lenta y rítmica reverberaba contra la almohada. Era el ser más poderoso en la Academia, y yo estaba a punto de poseerla. ¿Por qué solamente obtener el código? Podría ser ella por un tiempo... podría ser divertido. Correr por la Academia y dar órdenes a todos los de su alrededor sería increíble, por un tiempo, al menos. ¿Por qué no?

Miré su cuerpo. Asqueroso. Era muy vieja y arrugada. La idea de vivir así no era en absoluto atractivo. Además, ¿quién sabía qué era ella? Ella podía ser un híbrido cambia formas por lo que sabía, y eso sería totalmente asqueroso. Sólo haría lo que habíamos decidido. Obtendría el código. Cerré los ojos y me preparé.

Y estaba dentro. Jesús, ¡que ruidoso era! Tenía una especie de audición mejorada. Sonaba como una cafetería llena en la Academia, con cientos de voces parlanchinas. Tuve la tentación de escuchar, pero en lugar de eso traté de asimilar sus pensamientos, sus recuerdos, mientras disminuía el ruido. Busqué entre sus imágenes recientes y me detuve en una de ella escribiendo su contraseña previamente esa mañana. *Beowulf435*. ¡Lo tenía! Escapé de su cuerpo.

Volví corriendo hacia Jagger y salté sobre su espalda.

—La tengo. Vámonos.

—¿Qué sentiste? ¿Has averiguado qué es ella? — me preguntó Jagger.

—Raro. Y no. Sólo conseguí lo que necesitaba. Vámonos.

Cuando regresamos a la oficina de La Smelt, corrí directamente hacia el ordenador. Podía sentir la frustración y la ira de Quinn, pero eso tendría que esperar. Introduje el código. Jagger, Quinn, Sienna, y Jewel se agruparon cerca, y nos lanzamos una mirada de anticipación con los ojos muy abiertos mientras hacía clic en la pantalla que cobró vida. Después, tenía que encontrar el archivo correcto.

Sienna señaló el archivo de *Historia*, así que hice clic en esa y me fui abajo en la lista. Fácil, y estaba dentro, presioné *Reproducir*.

De repente me sentí incómoda con todo el mundo mirando conmigo. Hubiera sido más feliz si lo hubiera visto yo sola primero. Odiaba salir en la cámara, en el mejor de los casos. Y ese no había sido el mejor de los casos.

Frau Schmelder o uno de sus técnicos había editado varios clips juntos de las muchas cámaras en la cafetería. El vídeo empezó con una imagen de dos cámaras en pantalla dividida. Una mostraba una vista de gran ángulo a partir de la entrada de la cafetería, mirando hacia el comedor principal. La otra apuntaba a la misma entrada mientras entraba con Faustine. La escena de la cafetería cambió. Grupos de estudiantes se movían con incomodidad en sus sillas, algunos de ellos transformándose, algunos salían por la entrada trasera. Unos pocos nos ignoraron totalmente. Yo tenía los ojos bien abiertos para detectar signos de cualquier persona transformándose en un águila.

Las cámaras mostraron a Faustine mientras se acercaba a la parada de la comida y se estrellaba contra el cambia formas. La segunda cámara se centró en ese grupo de cambia formas momentos antes y grabó al grupo levantándose, señalando a Faustine, y luego corriendo a bloquear su camino. Sin embargo, no todo el grupo. Dos muchachos se quedaron atrás, y me pregunté por qué no se habían unido a los otros.

Los ángulos de las cámaras cambiaron. Uno se enfocó en mi espalda, y el otro en Faustine. Era extraño verme transformarme.

Entonces, ¡vi el pájaro! Se fue directamente hacia Faustine. Esperé con gran expectación para ver su transformación.

Ambas cámaras parecían ser golpeadas de repente por algo. No tenía ni idea de con qué, pero bloqueó totalmente la vista. Esperé. Oscuridad. ¿Qué diablos? Levanté mis cejas hacia los demás.

Quinn negó con la cabeza y señaló hacia la ventana. Ya era hora de que nos fuéramos. Un fracaso total. Rápidamente revisé el equipo por los archivos digitales sin editar; tenían que estar en alguna parte. Pero lo único que pude encontrar fue la versión editada. Tenía que conseguir los originales.

Volvimos con las manos vacías al estudio de Jagger.

—Guau, ¡fue increíble verte transformada!— exclamó Jewel. — ¿Qué se siente cuando haces eso?

Me encogí de hombros, no me sentía de humor para una charla alegre.

—Aw. ¿Estás molesta, Cordelia? ¿Por qué?

—Esperaba ver más. Ya sabes, como la forma humana del águila.

—Oh, creo que sé quién puede ser— dijo Jewel.

—¿En serio?— Sentí como si estuviera a punto de estallar de la emoción. —¿Quién?

Capítulo 15

Me estaba ahogado totalmente con los fallos épicos siendo ayer por la noche éxito de taquilla. Y la mañana necesariamente iba a traer otro. ¿Qué logro traería la próxima sesión del juicio del consejo estudiantil? La esperanza que sentí cuando Jewel había mencionado que casualmente reconoció al águila, fue perdida rápidamente.

Jewel pensaba que uno de los dos chicos cambia formas de la cafetería que se habían quedado en la mesa, era el águila. Dijo que lo sabía por los ojos. Por supuesto, estaba equivocada. El águila era una chica. Jewel había sido bastante persistente, pero yo sabía lo que había visto. Ella estaba equivocada.

—¿Por qué estás tan triste?— Preguntó Octavia.

—Simplemente me parece una gran pérdida de tiempo— me quejé. —¿Ah, sí? Me sorprende que digas eso. Tenemos a cuatro de tus atacantes en custodia.

—No tenemos ninguna prueba. Así que, ¿cómo se supone exactamente qué vamos a ganar?— Hice lo que pude para no entornar los ojos muy descaradamente.

—Oh, mujer de poca fe. — se echó a reír.

—Pero hablando en serio, no lo sé. Aún. Vamos a hacerlo paso a paso. Es lo que hago siempre. Y yo no pierdo. Vamos a empezar de acuerdo con las reglas, pero si eso no funciona...— se encogió de hombros.

—¿Qué quieres decir?— Alcé una ceja, sintiéndome mínimamente esperanzada de nuevo. Si ella tenía trucos sucios bajo la manga, yo era toda oídos.

—Justo lo que he dicho. Vamos. Es hora de entrar.

Caminamos a la misma mesa donde nos habíamos sentado en la última sesión, ignorando las risas de la otra mesa. Tad, Andrew, Hank y Jeremy parecían bastante seguros de que las cosas les saldrían bien. Vi a Sally saludar a Octavia.

Una vez más, noté el olor del águila, y revisé la audiencia. ¿Dónde diablos estaba ese maldito pájaro?

Ten golpeó el mazo fuertemente, silenciando la sala.

—Buenos días a todos. Octavia, ¿estás preparada?

—Buenos días. Sí, estoy lista para comenzar. ¿Puedo llamar a mi primer testigo?

—Sí. ¿A quién llamarás?

—Llamo a Jagger Deveraux al estrado.

La puerta lateral se abrió y Jagger se acercó y ocupó su lugar detrás de la tribuna de testigos. Llevaba el uniforme estándar de la escuela. De alguna manera, se las arreglaba para hacer que incluso vestido así estuviera genial. Un recuerdo momentáneo de lo que había debajo de la ropa me puso la piel de gallina.

Después de que Jagger hiciera el juramento al secretario del consejo de estudiantes, Ten gritó: —Diga su nombre.

—Jagger Deveraux.

—Octavia, su turno.

—Jagger, ¿cuál es tu relación con Cordelia?

¿Qué? ¡Jesús!

—Somos conocidos.

—¿Amigos?

Jagger me sonrió. —Acabo de conocerla. Espero que seamos amigos.

—¿Cuándo fue la primera vez que la viste?

—El sábado pasado.

—¿El día que fue atacada?

—Sí, pero la conocí antes del ataque de ese mismo día.

—¿Bajo qué circunstancias?

—Frau Schmelder me pidió que le explicara su asignación como mentor.

—¿Dónde tuvo lugar esa reunión? ¿Entre Cordelia y usted?

—En mi oficina… la oficina del presidente del consejo estudiantil.

—¿Cuánto tiempo duró?

—No mucho, unos diez minutos más o menos.

—¿Y luego se fue?

—Sí.

—¿Cuándo volviste a verla después eso?

—Me encontré con ella brevemente en la cafetería, y más tarde de camino a la sala de los mentores.

—¿En qué estado se encontraba ella cuando la viste en el pasillo?

Sally se puso de pie, objetando. Dijo algo acerca de que Jagger no estaba calificado para dar una opinión médica. Jesús, había visto demasiado *Ley y Orden.*

—Al punto— murmuró Ten en tono molesto.

Octavia suspiró. —Jagger, describe lo que viste cuando caminabas por el pasillo de camino a la sala de los mentores ese día.

Jagger apretó los dientes, enviando un escalofrío a lo largo de mi columna vertebral. No podía soportar esa sensación.

—Vi un cuerpo tendido en el suelo. — pasó los dedos por su cabello, claramente molesto por tener que recordar la imagen. —En pedazos. Cómo si hubiera sido atacado por un montón de hienas. El cuerpo apenas era reconocible, pero pude ver que era Cordelia. Traté de sentir su pulso. Pero no pude encontrarlo.

—¿Y qué hiciste?— La voz de Octavia era suave y gentil.

— Reuní todas las partes del cuerpo y corrí a por el curandero, el Dr. Marks, en la enfermería.

—¿Viste a alguien más en el pasillo, cerca del cuerpo?

—No.

—¿Sentiste algún olor?

—No.

Al parecer, las hadas apestaban en eso.

—No tengo más preguntas. Gracias, Jagger. —Octavia se sentó de nuevo a mi lado.

—¿Confrontarás al testigo Sally?— preguntó Ten.

—Gracias, Ten. — Sally saltó hacia Jagger. —¿Estás seguro de que el cuerpo era el de Cordelia?

—Sí.

—¿Estás seguro de que estaba muerta?

—Sí.

—¿Cómo?

—Ella no tenía pulso.

—Hasta donde fuiste capaz de notar— completó Sally. —¿Eres bueno en ese tipo de cosas? ¿Detectando pulsos, quiero decir?

—Estoy capacitado en primeros auxilios. Siendo el capitán del equipo de esquí, tuve que seguir el programa de formación.

—Claro. ¿Pero eres bueno en eso?

—Completé el programa de primeros auxilios— dijo Jagger, pareciendo molesto.

—¿El curso de primeros auxilios cubre demonios? ¿Vampiros?

—Sí.

—Así que si Cordelia fuera un vampiro, ¿cómo serias capaz de decir si estaba realmente muerta, o simplemente malherida?

—No podría, pero...

—Así que realmente no puedes estar cien por cien seguro de que Cordelia estaba muerta; solo creíste que podría estarlo.

Los ojos de Jagger brillaron. —Ella estaba *muerta.*

—Está bien. Gracias, Jagger. No tengo más preguntas.

—Octavia, ¿tienes algún otro testigo?

—Sí, pero primero me gustaría redirigirme a Jagger. Jagger, por favor permanece en el banquillo de los testigos.

Jagger parecía sorprendido, pero se quedó sentado.

—Jagger, cuando Sally te preguntó acerca de no ser capaz de decir si un vampiro estaba muerto, le contestaste que no podrías. Déjame preguntarte esto: ¿Es Cordelia un vampiro?

Jagger sonrió. —No, Cordelia no es un vampiro.

—Entonces, por lo que has aprendido en tu formación en primeros auxilios, ya que Cordelia no es un vampiro, no sabiendo si un vampiro está muerto o no ¿tuvo esto alguna repercusión en tu impresión de la condición en la que Cordelia estaba cuando la encontraste?

—¡Objeto! Es una especulación — gritó Sally.

—Denegada. Octavia ha puesto el fundamento adecuado para la pregunta— dijo Ten.

—Puedes responder a la pregunta, Jagger. — Octavia prácticamente ronroneó con su victoria.

—No sé cómo saber si un vampiro está muerto, eso es cierto. Pero, ya que Cordelia no es un vampiro, eso no tuvo impacto alguno en mi capacidad de discernir que Cordelia estaba, de hecho, muerta.

—No hay más preguntas. Gracias, Jagger. — Octavia se sentó.

—¿Lo volverás a confrontar, Sally?— Preguntó Ten.

Sally puso mala cara. —No en este momento.

Ten se irguió. —Vamos a continuar. Siguiente testigo.

—Sí. Me gustaría llamar a Faustine Spencer.

Ten asintió. —Faustine tiene sólo doce años, por lo que será interrogada sin el público ni los acusados presentes. Su abogado puede permanecer, pero debe permanecer en silencio. Voy a hacerle las preguntas yo mismo. No habrá confrontación alguna.

Sally saltó para ponerse en pie. —¡Eso es ridículo! Soy consciente de que sólo tiene doce años, pero ¿y qué? Es un demonio. No hay necesidad de tratarla de manera diferente de cualquier otro estudiante. Si estaba lista para ser enviada aquí debe regirse por las mismas reglas que cualquier otra persona.

Ten suspiró. —Tranquilízate, Sally. La decisión del consejo estudiantil y de Frau Schmelder es definitiva en este asunto. Siéntate.

—Sólo porque es la hija del rey Sebastian...—murmuró Sally.

—¡Basta, Sally! O voy a tener que echarte también—advirtió Ten.

Los cuatro cambia formas parecían disgustados mientras eran conducidos fuera de la habitación.

Ten se aclaró la garganta. —Voy a tener que pedir a la audiencia que salga. Gracias por venir.

En cuanto se dispersaron el olor del águila desapareció. Decidí volver a los dormitorios cuando terminase la sesión para ver si la podía encontrar, o al menos obtener un nombre.

—Está bien. — Dijo Ten. — Octavia, ¿está Faustine lista y esperando?

—Sí. Se encuentra fuera.

—Hazla entrar.

Faustine entró con Quinn. Tembló ligeramente cuando vio a los once miembros del consejo. Apreté su mano cuando se sentó entre Quinn y yo, a quien le habían dado permiso para quedarse.

Ten le sonrió, y ella pareció relajarse. —Faustine, bienvenida a la Academia Bonfire. He oído que eres una buena esquiadora. ¿Ya has probado nuestras pistas?

—¡Sí! Dos veces, y fue increíble. Tengo la esperanza de entrar en el equipo de esquí, pero no lo sé. Ellos son increíbles. Sin embargo Jagger dijo que piensa que soy lo suficientemente buena. — estaba radiante.

—¡Magnífico! ¿Está bien si te hago unas preguntas sobre lo que pasó en tu primer día aquí?— Ten mantuvo su expresión feliz.

—Supongo.

—De hecho, por qué no nos explicas lo que pasó, en vez de que yo te haga las preguntas. ¿Sería eso más fácil?

Faustine se encogió de hombros y empezó a relatar lo sucedido. Era evidente que había estado pensando en ello, los detalles fluían de su boca sin problemas. Terminó con: —Eso es todo, en realidad. Sólo acabé en la puerta de la habitación de Cordelia en la enfermería. No sé cómo.

Ten asintió. —Interesante, y has compartido los detalles muy bien. Gracias.

Faustine sonrió, sin duda, complacida consigo misma.

—¿Te molesta si te hago algunas preguntas?— Dijo Ten gentilmente.

Faustine dudó, pero luego negó con la cabeza.

—¿Tienes alguna idea de cómo *desapareciste* del pasillo?

—No. Ya se lo he dicho a todos. No tengo ni idea.

—¿Sabes cómo reapareciste de repente fuera de la habitación de Cordelia en la enfermería?

—No. Acabo de decirlo.

—Está bien. ¿Crees que reconocerías a los cambia formas que os atacaron?

Ella se encogió de hombros, mirando el suelo. —Tal vez. Podría ser capaz de decirlo por sus olores. Uno de ellos ha pasado por mi lado cuando estaba esperando fuera, justo antes de entrar. El águila. Pero no la vi. Debe haber pasado rápidamente. Y aquí huele un poco a ellos cinco.

—Interesante. Así que si lo necesitáramos, podrías hacer una prueba de olor.

—Supongo.

—Gracias, Faustine. Eso es todo por ahora. Tal vez tenga que pedirte que regreses si pienso en más preguntas.

—Está bien.

—Gracias por venir. Ha sido un placer conocerte.

Sally estuvo de pie tan pronto como Faustine salió con Quinn. —Ella no vio nada. Ni siquiera estaba allí durante el ataque real. Pfftt. ¿Y una prueba de olor de una niña de doce años de edad? Oh, ¡por favor!

—Poco convencional, tal vez— Ten estuvo de acuerdo. —Pero ella piensa que puede situar a tus clientes en la escena, o será capaz después de una prueba de olor. Sí, una prueba de olor. Es un método legítimo paranormal de identificación. Lo sabes. Por lo tanto, voy a ordenar las pruebas ahora. Tanto para Faustine como para Jagger. Nos reuniremos una vez que consiga los resultados, en un día o dos. ¡Pueden irse!— golpeó el martillo.

Me fui con Octavia. Jagger estaba esperando por nosotras fuera, y caminó con nosotras hacia la sala de los mentores. El salón estaba lleno cuando llegamos, pero nos las arreglamos para coger una pequeña mesa en la esquina. Conseguimos comida y comimos en silencio, como de costumbre, antes de sentarnos de nuevo y estar preparados para hablar de estrategias.

—Esto es lo que yo no entiendo. ¿Por qué yo? ¿Por qué *me* atacaron? Fue totalmente sin provocación. ¿Hay alguna manera de que podamos subirlos al estrado y preguntarles eso?

Octavia negó con la cabeza. —No, no puedo obligarlos a declarar contra sí mismos. Sólo puedo interrogarlos si Sally los sube al estrado, y dudo que vaya a hacer eso. Pero, si simplemente pudiésemos encontrar esa águila, podría *ponerla* en el estrado si no presentamos cargos. Hacer que actúe como nuestro testigo. Está dentro de mi autoridad como fiscal llegar a un acuerdo con ella y concederle inmunidad o una reducción de la pena a cambio de su testimonio.

Sí, claro. Yo no estaba dispuesta a hacer ningún trato con esa monstruosidad emplumada. —¿Alguna idea de por qué me atacaron? ¿O crees que iban tras Faustine?

Jagger se encogió de hombros. —Personalmente, creo que fue totalmente al azar. Son cambia formas. Probablemente sólo estaban aburridos.

—Cordelia, sé que ya te he preguntado esto antes, pero ¿puedes pensar en alguna conexión entre tú y los cambia formas?— preguntó Octavia.

—No. Aunque no sé nada de ellos. Tal vez ellos o sus padres están en desacuerdo con mi padre. Realmente no lo sé. ¿De dónde son de todos modos?

—No he sido capaz de averiguarlo. Sus expedientes están sellados.

—¿Dónde?

—No tengo ni idea.

—¿Crees que Frau Schmelder nos los mostrará?

—De ninguna manera— intervino Jagger. —Ella protege nuestra información personal con su vida. Lo cual me gusta.

—Está bien, chicos. Tengo que irme. Tengo otro caso. Te haré saber cuando tenga las listas de las pruebas de olor. Nos vemos pronto, Cordelia. — Octavia recogió su bolso y se fue despidiéndose con la mano.

—Vamos a dar un paseo— sugirió Jagger.

Yo no estaba de humor. Necesitaba una siesta. Y tal vez un par de horas en la pista de tenis. — ¿Tal vez más tarde?

—Ahora. — Su cara tenía una expresión decidida. No tenía sentido discutir con eso.

—Está bien. Muéstrame el camino.

Dimos un paseo a los campos de juego y hacia las gradas. El clima era perfecto, frío pero no helaba, el sol brillaba con fuerza, los rayos se veían reflejados en los picos de las montañas del fondo. La hierba estaba recién recortada y con el tono de verde perfecto. Era como estar en una postal.

Jagger no parecía dispuesto a hablar, así que caminábamos en silencio. Disfruté de cada paso. Fue un alivio no hablar, sólo simplemente disfrutar del respirar aire fresco. La electricidad existente entre nosotros mientras caminábamos, me impedía pensar. Era lo único que podía hacer para no llegar a tocar sus dedos.

Seguía recordándome a mí misma que tenía novia. Y yo tenía a Quinn. Sin embargo, no tenía las mismas restricciones morales que un ser humano. Me pregunté si las hadas las tenían.

Jagger cogió mi mano, enviando escalofríos por todo mi cuerpo. Me tiró sobre la hierba con él. Temblaba con anticipación y cerré los ojos, esperando su beso.

Suavemente colocó el pelo detrás de mi oreja. —Cordelia. — Entonces, se estiró en la hierba.

Abrí los ojos y lo miré. Él me miró a los ojos, hambrienta e intensamente.

—¿Qué te detiene?— Susurré.

Cogió la parte posterior de mi cuello y acercó mi cara a la suya. —Nada. — Separó mis labios con los suyos, y me rendí a la sensación vertiginosa de completa impotencia mezclada con emoción embriagadora.

Luego, mientras apoyaba mi cabeza sobre su pecho, me sentí totalmente feliz y segura.

—Probablemente deberíamos tratar de apoderarnos de los archivos de los cambia formas. ¿No crees?— Jagger arrastró las palabras perezosamente. —Por lo menos los de Tad, ya que parece ser el principal instigador.

—¿Cómo? Los quiero si hay alguna manera, pero Octavia ni siquiera sabe dónde están. Además, tal vez deberíamos concentrarnos en la búsqueda de los videos no editados de la lucha en la cafetería primero. Si podemos identificar al águila, entonces podríamos sacarle a golpes algunas respuestas a ella.

Jagger se rió entre dientes. —¿Sacarle a golpes? Eres tan demonio… ¿Me pregunto cómo serán nuestros hijos?

—¡Guau! Te estás adelantando un poco, ¿no? Todavía estoy saliendo con Quinn, ya lo sabes. Y supongo que todavía sigues con Jewel. — No pude contener el resentimiento en mi voz.

—Suenas enojada... incluso celosa. ¿Es eso posible?

—¿No estás ni un poco celoso de Quinn y yo?— Le pregunté, herida.

—Mmm... no. Tú y yo estamos sincronizados. Necesito que lo dejes, por supuesto. Pero soy consciente de que quieres dejarlo de forma gentil. No eres muy demoníaca en ese sentido. Es como tierno.

—Oh, vamos a hablar de otra cosa. — Me senté. —¿Ya está tu hermano aquí?

—Sí. Apareció ayer. Al parecer, Spencer Darley lo trajo. Muy extraño.

—¿Spencer Darley? ¿Darley? ¿Quién es? ¿Dónde he escuchado ese nombre?

—Supongo que tu padre no habla de su trabajo contigo.

—No, en realidad no. Para ser sinceros, no he mostrado mucho interés.

—Spencer Darley es el líder mundial de los Wanderers. El número uno. No puedo imaginar por qué habría de traer a Ryker a la escuela.

Eso era un poco extraño, ya que Ryker era un hada. Por otra parte, no sabíamos aún qué era su madre. Así que supuse que podría ser un híbrido. No sabía mucho sobre los Wanderers, aparte del hecho de que eran Wanderers del tiempo que viajaban a través del tiempo y las dimensiones, lo que sonaba genial. —Tal vez su madre es una Wanderer. Me imagino que sería bastante especial si es un híbrido de hada-Wanderer ¿Has hablado con él?

—He estado pensando en eso. No, no he tenido la oportunidad de ponerme al día con él. He estado demasiado ocupado manteniéndote fuera de problemas. Estoy esperando a poder hablar con él en la cena de esta noche. Me encantaría que vinieras.

—Claro, ¿pero no necesitas cierto rato de hermanos, o lo que sea?

—Estoy bastante seguro de que él todavía no sabe que tiene un hermano aquí. Si lo supiera, creo que La Smelt me habría incluido en su reunión de bienvenida. Así que improvisaré. Me gustaría que vinieras y mantenerlo informal.

—Me encantaría. Él suena interesante. ¿Sabes en que grupo está?

—Sí. Está en el grupo de Tabitha. El resto de su grupo son hadas.

—Está bien. ¿Qué tal si nos reunimos después de cenar para ver si podemos encontrar los videos de vigilancia originales?

—No te das por vencida, ¿verdad?— Se rió Jagger.

—No. ¿Y tú?

Me miró fijamente, con los ojos serios. —No cuando realmente importa.

—Lo mismo digo. Así que, ¿qué me dices? ¿Crees que me puedes ayudar a encontrar los archivos de los cambia formas, y tal vez incluso los videos? Aunque sé que piensas que no había un motivo detrás del ataque de los cambia formas, me gustaría saberlo a ciencia cierta. Si lo hubiera, tengo un problema mayor. Necesitamos los archivos y los videos. No tengo ni idea de dónde están, pero La Smelt lo sabrá. Podría obtener la información de ella otra vez. — Sólo pensarlo me puso enferma.

Jagger me apretó la mano. —No puedo ésta noche. Pero lo haremos pronto. ¿Mañana? El equipo de esquí tiene entreno toda la noche. Faustine viene, así que he pensado que querrías unírtenos, también. ¿Dónde está ella, por cierto?

—En clase de historia. Está con su grupo. Se supone que la recogeré en la cena.

—¿Cena? Supongo que no irás a la... ¡Cuidado, Cordelia!— Jagger me empujó y me puso debajo suyo, mientras algo aleteaba por encima de nosotros.

Capté con la vista las alas del águila mientras me asomaba por debajo de él. Mis dedos se fusionaron, y me transformé, apartando a Jagger de mí. Corrí tras el pájaro, saltando en el aire para tratar de agarrarlo con mis dedos. Se quedó picoteándome y volando fuera de mi alcance.

—¡Sube a mi espalda, Cordelia!— gritó Jagger.

Lo hice y volamos persiguiendo al águila por todo el campus y después hacia las montañas. Me agarré a Jagger con un brazo y agité la otra mano, tratando de llegar al ave. El águila seguía zigzagueando, lanzando ocasionales picotazos hacia nosotros.

Di un grito ahogado en los picos de las siniestras montañas, pensando que era un espectáculo que jamás había querido experimentar desde aquel ángulo. El águila nos embistió por detrás, su peso me tiró de la espalda de Jagger. Dejé de respirar mientras caía directa hacia los acantilados de abajo.

Jagger me lanzó una mirada de terror cuando trató de alcanzarme y falló. Trató de caer en picado para rescatarme, pero el águila se lanzó sobre él una vez más y su pico le causó un agujero en su ala derecha. Él estaba cayendo justo encima de mí agitando su ala intacta.

Caí en la montaña. Después del impacto, seguí rodando. Debí resbalar y rodar durante quilómetros, o al menos eso me pareció, hasta que llegué a un acantilado. Traté desesperadamente de aferrarme a la orilla, pero mis manos resbalaron, y caí de nuevo.

Todo se volvió oscuro cuando golpeé contra el suelo.

Capítulo 16

Sentía mi cabeza como si le hubiesen clavado grandes cuchillos de cocina, como los grandes cuchillos de chef que mamá tenía en nuestra cocina. Cuando traté de mover mis manos y mis pies, no pude. Creía estar atada sobre una superficie dura. Mis ojos estaban cubiertos, y mi boca amordazada. No podía moverme, ver, o gritar. Mierda.

Pero podía oler, y seguro que no olía como la cocina de mamá. Ni por asomo. El aire estaba perfumado, cargado de un olor rancio... hedor a cambia formas. Ugh. Lo último que recordaba era que caía por la montaña. ¿Estaba muerta? ¿En el infierno de los cambia formas? ¿Por qué?

Tenía mucha hambre. ¿Por qué iba a tener hambre si estaba muerta? Me pregunté qué había pasado con Jagger. ¿Estaba conmigo? No podía sentirlo en absoluto. Tampoco podía olerlo. Recordé que él estaba cayendo. Era sólo un hada, probablemente no lo suficientemente resistente como para haber sobrevivido a esa caída. Me sentía enferma. No podía estar muerto. Si lo estuviese, yo tendría que estarlo también. Seguramente una sola mitad de una pareja sincronizada, no podría sobrevivir por su cuenta. ¿Acaso no se habría detenido mi corazón junto con el de él?

Sin embargo, podía sentir el mío latiendo a lo lejos. Lo escuché, sin sentir signos del latido de Jagger. Me había transformado de nuevo a mi forma humana. Eso no era bueno. Necesitaba volver a mi forma de demonio y salir de... donde sea que yo estuviese.

Me transformé. O intenté hacerlo. No importa cuánto lo intentara, no podía cambiar. Eso nunca me había ocurrido antes. ¿Qué estaba pasando? ¿Estaba realmente muerta? Entonces, sentí el tenue aroma de esencia de trementina... hypericum, adiviné. Y probé sal. Astuto. El que me había atado se había asegurado de inhabilitarme con hierbas. Esperaba que eso también explicara por qué no podía sentir a Jagger. Las hierbas habían bloqueado por completo la mayoría de mis sentidos sobrenaturales. Eso significaba que, a efectos prácticos, era un humano… completamente inútil.

Me dolía el cuerpo de estar en la misma posición, y traté de retorcerme un poco, pero dolió aún más. Así que sólo estaba acostada en la oscuridad, las lágrimas empapaban mi venda. Traté de dormir, pero la cabeza me dolía demasiado. El único consuelo era que estaba viva, con todas las partes de mi cuerpo intactas.

Me quedé acostada durante horas, tal vez días, sólo escuchándome respirar en el silencio. ¿Quién me había llevado hasta allí? Simplemente no podía entenderlo. ¿Y dónde estaba exactamente?

La primera vez que oí pasos, me sentí aliviada y emocionada por saber finalmente qué diablos estaba pasando. Pero rápidamente me tensé, preparándome para lo peor. El olor del águila era inconfundible.

—Cordelia. ¿Todavía estás con nosotros?

Al haber esperado a una chica, estaba desconcertada por la voz masculina. Supuse que no había venido sola. No pude oler a nadie más. Logré un murmullo a través de mi boca amordazada.

—Te di una justa advertencia— amonestó la voz. —Debiste haber dejado a mis amigos en paz. Todo lo que tenías que hacer era decir que no habías visto nada. Podrías haber dicho que querías dejar el caso. Pero no...

—Mmm, mm. — *¡Quítame la mordaza, para que pueda hablar!*

—¿Quieres que te quite la mordaza? Tal vez lo haga un momento. Probablemente tenga que volver a salarla.

Quitó la mordaza, impactando a mi boca con un dolor entumecido. No podía mover mis labios, parecían estar atrapados en una posición abierta. El interior de mi boca estaba completamente seca, mi lengua inmovilizada. ¿Cómo diablos se suponía que iba a hablar? Necesitaba algo para beber. Y comer.

—Asqueroso. Te ves como una muñeca inflable. Cierra tu boca.

No podía ni siquiera emitir un sonido como respuesta.

—¿Demasiado seca? Bueno, tengo que mantenerla salada, pero aquí hay un poco de agua. — goteó un poco en mi boca.

Sentí mi lengua humedeciéndose lo suficiente para moverse un poco, así que traté de hacer remolinos alrededor. Necesitaba más. Hice un sonido ronco desde el fondo de mi garganta.

—El último poco. — goteó un poco más de agua. Eso fue suficiente para humedecer las paredes de mi boca y mis labios. Traté de cerrarlos. Fue como una completa agonía, pero me las arreglé.

—Bien. Ya no podía soportar ver más esa fea lengua.

—¿Qué vas a hacer conmigo?— Susurré con voz ronca.

—No lo sé todavía. Voy a esperar y decidir después de reunirme con Tad, Jeremy, Andrew y Hank esta noche, con la ayuda de tus amigos.

—¿Mis amigos?

—Sí. Quinn, Sienna y Jewel fueron muy cooperativos una vez les dije que te tenía. Van a ayudarme a que Tad y los otros escapen.

—¿Quién eres tú?

—El águila, por supuesto.

Jewel tenía razón. Era un chico. ¿Cómo pude haber estado tan equivocada?

—¿Por qué me atacaste?

—Esperábamos tener un poco de diversión, y tú eres eso. Sin embargo, ahora es personal. Debisteis haberlo dejado así y ser simplemente felices de seguir vivas.

—¿Dónde está Jagger?

—¿El hada?

—Sí.

—En el cielo de las hadas, me imagino.

¿Podría realmente haberse ido? Nunca lo volvería a ver, nunca lo sentiría de nuevo. La idea me hizo estremecer.

—Está bien. Me tengo que ir. Te voy a amordazar de nuevo.

—¡No! Espera. No voy a sobrevivir mucho más tiempo si no me alimentas.

—¿Por qué me importaría?— Hizo una pausa. —Déjame ver si puedo encontrar algo.

Le oí revolver alrededor, abriendo y cerrando puertas. Luego se echó a reír, una larga y malvada risa.

—Abre la boca.

Dudé. Fuera lo que fuera, no iba a ser un pedazo de carne, eso era seguro. Pero necesitaba algo. Lo que fuera. Era cuestión de vida o muerte. Así que abrí la boca, borrando de mi mente todo pensamiento, con la esperanza de tragar cualquier cosa de un solo trago.

Me atraganté cuando dejó caer a la criatura en mi boca. No podía decir qué era, no quería saberlo. Lo mastiqué de una sola vez para matarlo, jadeando mientras el jugo mojaba mi lengua. Tragué saliva, las lágrimas corrían por mi cara.

La mordaza fue toscamente empujada a mi boca. El agua salada que provenía de ella, me hizo perder el conocimiento.

—¡Cordelia, despierta!— El cálido aliento de Quinn rozó mi oreja.

¿Era un sueño? ¿Estaba alucinando? Incluso podía olerlo.

— Primero te voy a quitar la mordaza.

Me retorcía de dolor mientras él sacaba la mordaza. Casi lloré de gratitud cuando sentí gotas de caldo de carne golpeando mi lengua. Tragué saliva, saboreando la sensación que bajaba por mi garganta. Bebí y bebí, hasta que mi estómago estuvo lleno, entonces cerré mi boca. Sentí mis fuerzas volver de inmediato, pero no me podía transformar.

—Cariño, te dejaré la venda puesta porque tus ojos sufrirán si te la quito. Voy a dejar que el Dr. Marks trate con eso. Ahora voy a cortar las ataduras, y luego te llevaré a la enfermería. Jagger, ¿me prestas tu cuchillo?

¿Jagger? ¿Estaba allí?

—Sí, aquí tienes. — La voz de Jagger era fuerte y clara.

—¿Jagger?— Susurré. —¿Lo lograste?

—Sí. Tengo el brazo roto, pero se curará. Estoy bien. Te lo contaré todo más tarde. Vamos a sacarte de aquí primero.

—Quinn me llevó en brazos. Era una absoluta agonía, y el olor de la trementina me hizo sentir mareada. Notaba raro a Quinn … todo de plástico, y cuando me golpeé contra su cara, era dura. No parecía para nada a Quinn, ni siquiera Quinn en su forma de demonio. Me tensé.

—¿Qué pasa, Cordelia? Estoy siendo lo más cuidadoso que puedo, pero es difícil con este traje contra materiales peligrosos. Te he puesto uno también, pero tengo miedo de romperte. Estás totalmente destrozada, así que simplemente voy a sacarte de aquí. Vámonos.

—¿Materiales peligrosos?

—Sí, la habitación está cubierta de sal y de Hierba de San Juan.

Sólo la idea de la sal y la Hierba de San Juan me mareó otra vez. Me recosté en sus brazos mientras él corría. Corrió escaleras arriba y abajo y por caminos de curvas. Quería llorar de dolor, pero me tragué los gritos, esperando que terminara pronto.

Cuando Quinn finalmente se detuvo, me puso en una cama.

—Cordelia. ¿Aquí otra vez?— El Dr. Marks puso algo en mi nariz, y inhalé profundamente.

Aire exquisito, limpio y puro. Inhalé y exhalé, una y otra vez, hasta que desapareció el dolor de cabeza. Luego fui alimentada con ese maravilloso caldo caliente.

—Cordelia, ahora necesito que trates de transformarte. Sanarás más rápido.

Antes de que él incluso terminara la frase, me transformé. El aire fresco y el caldo habían limpiado completamente mi sistema. Pero el Dr. Marks debía haber puesto algo en el caldo porque al instante me vino mucho sueño, sintiendo que flotaba fuera de mi cuerpo.

Cuando me desperté, me sentí totalmente energizada, como si me hubieran dado de comer mientras dormía.

Abrí los ojos y miré a Jagger, que estaba dormido en la silla junto a mi cama. Pensé en dejarlo dormir, pero no había nadie más allí, yo estaba exaltada y necesitaba respuestas.

—¡Oye, Jagger! ¡Despierta!

—Mmmhmph. — Abrió los ojos y me miró somnoliento. —¿Cómo te va, chica demonio?

—Bien. ¿Qué hay de ti? ¿Por qué tienes un brazo escayolado?

—Mi ala fue severamente desgarrada, transformándose en un brazo roto. El Dr. Marks dice que va a tardar unos días más en sanar.

—¿No puede darte simplemente un poco de sangre de vampiro?

—Sí, pero prefiero no tener eso en mi sistema. Lo tomaré si mañana no está mejor.

—Jagger, dime lo que pasó y ¿cómo me encontraste?

—En realidad fue Quinn quién te encontró, y él ayudó a Sienna y Jewel a buscarme. Yo tenía mi móvil conmigo, y afortunadamente, todavía funcionaba después de que me estrellase contra la montaña. Me las arreglé para amortiguar un poco mi caída con las alas. Te busqué por todas partes, pero no pude encontrarte. No dejaste ninguna huella. ¿A dónde fuiste?

—No lo sé. Sólo resbalé, caí y rodé por la ladera de la montaña, y luego me caí de un acantilado. Cuando volví en sí, tenía los ojos vendados y estaba amordazada. Ni siquiera sé cuánto tiempo estuve inconsciente.

—Estuviste desaparecida durante dos días. Te hemos cubierto lo mejor que pudimos, pero estábamos a punto de decírselo a La Smelt cuando ese pájaro apareció. Entonces, decidimos tratar nosotros mismos con él.

—¿Dos días enteros? ¡Wow! Oh... Dios... Mío, ¿qué ha pasado con Faustine? ¡Por Dios, debe estar volviéndose loca!

—Ella está bien. Le dijimos que habías sido invitada a trabajar en un proyecto y que Quinn sería su tutor. Él está con ella ahora mismo, pero vendrá cuando las clases de ella empiecen.

—Eso está bien. ¿Os habéis encargado vosotros del pájaro?

—Más o menos.

—¿Qué significa?

—Lo dejamos en una de las salas de almacenamiento inferiores, en realidad en una que estaba a dos puertas de donde él te tenía. Lo atamos, imaginando que querrías hablar con él antes de que nos deshiciéramos de él para siempre.

—¿Estaba en un almacén? ¿Cómo me encontrasteis?— Esas habitaciones estaban en lo más profundo del sótano inferior del edificio con todo tipo de cosas almacenadas, cosas que nadie quería, pero que las mantenían sólo por si caso. El paraíso de un acumulador.

—El águila se acercó a Quinn en el comedor y le entregó un montón de fotos de ti. Las fotos te mostraban atada y parecía que te habían dado una buena paliza. Le dijo a Quinn que quería que él, Sienna y Jewel lo ayudaran a liberar a su manada de las celdas de aislamiento. Quinn trató de explicar la estupidez de su plan, la escuela volvería a encerralos otra vez. Mason simplemente se encogió de hombros y dijo que tenía un plan. De todos modos, pretendimos estar de acuerdo, y Quinn lo siguió hasta ti. El resto fue fácil. Siento que nos haya costado tanto tiempo.

—Mason, ¿eh? Probablemente el mismo Mason cuya habitación revisamos... la que estaba totalmente desordenada. Habría jurado que el ave era una chica. Pero Jewel tenía razón. Lo olí cuando vino a hablar conmigo. Me dijo que no había ningún motivo, pero no le creí. Apuesto a que, de alguna manera, Tad está detrás de esto.

—Sí, probablemente estás en lo cierto. Por lo tanto, seguimos necesitando los archivos para averiguar qué está pasando. Al menos los de Tad.

—Sí. Y debo hablar con Mason, o por lo menos arrancarle algunas plumas. — De repente me di cuenta dónde había oído el nombre de Darley antes... Mason Darley, estaba segura de ello. ¿Sería sólo una coincidencia?

—¿Qué quieres hacer primero?— Sonrió Jagger, tocando la punta de mis dedos con los suyos.

—Bueno, quiero cenar con Faustine, ¿así que por qué no vamos a ver al pájaro primero? Podemos hacer eso antes de la cena, ¿verdad? ¿Pudiste averiguar dónde están guardados los archivos?

—Sí, Quinn le sacó esa información a La Smelt.

—¿En serio? ¿Él hizo eso por mí?— Me conmovió. Sabía que Quinn odiaba poseer cuerpos femeninos. Jóvenes o viejos.

—Sí, y aquí está él. — Jagger frunció los labios.

—¡Nena! Estás despierta. Y te ves muy bien. — se acercó a mí y me abrazó. —Me tenías realmente asustado. ¿Cómo diablos se las arregló ese pájaro para atraparte?

—Eh, realmente no quiero hablar de ello. — Supuse que Jagger no le había hablado de todo lo del paseo y la persecución por las montañas. O a lo mejor lo había hecho. Parte de ello. Simplemente no podía molestarme en recordar todo eso.

—Está bien por ahora, pero tendrás que contármelo después. Me alegro de tenerte de vuelta de una pieza. Tenemos al pájaro encerrado, así que ahora deberías estar a salvo.

—Sí, Jagger me lo ha dicho. Gracias, Quinn. Eres el mejor.

—Lo sé. — se echó a reír. —De todos modos, ¿te sientes lo suficientemente bien como para volver a tu habitación?

—Sí, pero, ¿podemos ir a ver a Mason primero? Jagger me lo ha contado todo acerca de él.

—¿Estás segura? Quiero decir, no irá a ninguna parte y tú has pasado por muchas cosas. Probablemente deberías descansar un poco más.

—Sí, estoy segura, y ahora estoy totalmente bien. Además, quiero ver a Faustine después de sus clases, así que me gustaría acabar de una vez por todas con esto.

—Bien, claro. Jagger, ¿vienes?— Preguntó Quinn.

—No me lo perdería por nada en el mundo.

Me escabullí entre Quinn y Jagger, disfrutando de ser capaz de moverme de nuevo. Quería discutir la cosa de Darley con Jagger, pero decidí esperar y hacerlo en privado. Nos dirigimos a la zona del sótano, la cual era espeluznante, incluso para un demonio. El acceso a esa parte de la escuela estaba restringido. Jagger tenía una llave, ya que era el presidente del consejo estudiantil, pero me preguntaba cómo la escoria del cambia formas había logrado entrar en esa zona. Supuse que iba a poder preguntárselo pronto. Apenas podía contener mi emoción mientras Jagger abría la puerta del almacén. No estaba segura de si Mason estaría en su forma de águila o humana. Tenía la esperanza que fuera la última... mucho más fácil para interrogar.

Me quedé boquiabierta. Todos lo hicimos. Sentada, atada en una silla en el centro de la habitación había una bonita chica. Sus grandes ojos azules nos miraban con una expresión triste. Su rostro estaba lleno de manchas corridas de rímel. La pelinegra era pequeña, probablemente no medía más de metro y medio. Era la chica que había visto en el pasillo con el resto de su manada. Ella era la verdadera águila.

—¿Qué diablos? ¿Dónde está Mason? ¿Quién eres tú?— Exigió Quinn.

—Yo soy Mason— respondió ella tímidamente.

—No, no lo eres— sostuvo Quinn, pero su voz se había suavizado.

—Déjame ir— ella suplicó.

Quinn enarcó una ceja.

—¡Contrólate, Quinn! Ésta es la chica correcta. Te dije que era una chica. Déjame lidiar con esto. —Caminé directa hasta la silla y le arranqué un puñado de cabello, a la derecha de su cuero cabelludo.

Ella gritó de dolor, transformándose al instante en el malvado pájaro que era, algunas plumas menos donde yo le había arrancado el pelo.

Quinn murmuró: —Está bien, así que ahora sabemos que era ella, pero estoy un poco confundido. Jagger y yo encerramos a un chico aquí. ¿No es así?

Jagger asintió.

—Y ahora no podemos interrogarla. — Suspiró Quinn. —No hasta que se transforme de nuevo. Yo digo que nos marchemos y volvamos más tarde. No podemos hablar con un estúpido pájaro.

—Asentí con la cabeza, y nos dirigimos hacia la puerta.

—No, ¡detente!— dijo una voz masculina.

Nos dimos la vuelta otra vez. Sentado en la silla estaba... un chico. Era el chico que Jewel había señalado en el video de vigilancia. ¿Qué demonios estaba pasando? ¿Estábamos en un show de Criss Angel?

Capítulo 17

Era bueno pasar algo de tiempo con Faustine después de aquel circo. Cuando la recogí de la habitación de Dax, se podía decir que me había echado de menos, porque en cuanto me vio, me echó los brazos encima. Nos dirigimos a la sala de mentores a por algo de cenar. Les había pedido a los chicos que desaparecieran; necesitaba algo de tiempo de chicas. Para hacerlo más divertido, les pedí a Martha, Sienna y Jewel que se unieran a nosotras. Chun tenía su prueba y no podía venir.

Después de sentarnos, Martha empezó a contarnoslo todo sobre los mejores lugares para ir de compras en Dallas, hablando sobre Highland Park sin parar, describiendo cada tienda minuciosamente. Parecía tener un asistente personal de compras en todas las tiendas, e insistió en que si alguna vez íbamos de compras por allí, nos pondría en contacto con ellos. Casi hizo sonar a Dallas como el paraíso de las compras mejor que París. Faustine tenía razón acerca de ella; no paraba de hablar, ni siquiera para tomar un respiro. Aún así, era entretenida; su acento y gestos dramáticos mantenían a todo el mundo atento a cada palabra.

A pesar de que me esforcé al máximo para centrarme, mi mente seguía preguntándose por Mason... el águila ginandromorfa. Nunca había oído hablar del fenómeno, así que lo busqué en Google cuando regresamos a mi habitación. Se trata simplemente de un organismo que posee ambos sexos, masculino y femenino. En sí mismo eso me fue bastante difícil imaginarlo, pero el hecho era que, para Mason, significaba que cuando se transformaba a su forma humana, podía ser una chica o un chico. Era bastante alucinante y escalofriante al mismo tiempo. Así que, de alguna forma, explicaba las cosas. Mi mente estaba confundida en cuanto a cómo había aprendido a lidiar con eso, o tal vez no lo había hecho. El hecho de que fuera capaz de transformarse de águila a una forma humana de chica o chico me dejó totalmente alucinada. Me preguntaba si podía controlarlo. Ahora que lo pensaba, él debía de tener algún tipo de control, por como lo había manejado muy convenientemente dándonos ese espectáculo en el almacén.

Las expresiones en las caras de Jagger y Quinn después de la transformación eran indescifrables, pero no tan histéricas como cuando buscamos en Google *ginandromorfo*. Considerando que éramos un puñado de paranormales que vivía en un mundo con muchas alternativas, incluyendo todo tipo de extraños híbridos, uno pensaría que no tendríamos problema para aceptar esa posibilidad. Pero no me lo podía sacar de la cabeza, tenía muchas preguntas. ¿Podría él tener hijos? ¿Cómo funcionaría todo eso?

Estaba bastante segura de que no iba a obtener ninguna respuesta de él. Estaba demasiado enfadado conmigo. Quizás era muy simple. Podría ser que Mason en versión chica se sintiera atraída por Tad. Y entonces puse a su amado bajo llave. Lo que sea.

Lo habíamos dejado en el sótano, atado, después de prometerle que volveríamos con algo de comida más tarde. Lo correcto sería entregarlo al consejo estudiantil, pero primero quería hablar con Octavia, por si podíamos usarlo como testigo en nuestra causa. No estaba segura, pero pensé que si lo nombrábamos como uno de los perpetradores, seríamos incapaces de subirlo al estrado.

—Cordelia, ¿no crees que eso sería fabuloso?— Martha me dio un codazo.

—¿Qué?

—Que nos reunamos todas en Nueva York cuando Faustine salga de aquí. Su madre puede meternos en todos los desfiles de la semana de la moda. Eso sería increíble.

—Sí, parece divertido. ¡Contad conmigo!

—Me pregunto si para entonces estarás casada, bromeó Jewel.

—¿Qué?— Faustine se quedó boquiabierta. —¿Una boda real? Que ganas. ¿Cuándo?

—¡Guau! No os emocionéis. No tengo planeado casarme hasta dentro de mucho. Una chica tiene que divertirse antes de sentar cabeza. — Me reí.

—¿Sentar cabeza? ¿Qué clase de intento de demonio eres tú?— Se rió Martha. —Sentar cabeza es para los seres humanos. No te ofendas, Faustine.

—No lo hici. — Entornó sus ojos. —Soy mitad demonio también…

—No os creeríais cuántos amantes han tenido mi padre y mi madre a lo largo de los años....— Interrumpió Martha, y divagó durante la siguiente media hora. Sus padres habían vivido sin duda una vida colorida, y esa era sólo la parte que ella conocía.

Conocía. ¿Qué era lo que sabía yo realmente acerca de mis propios padres? Sólo lo que me habían dicho, que estaban sincronizados. Pero, ¿eso significaba que no tenían amantes? Eso sería casi insólito en el mundo paranormal… incluso un poco anormal.

Vi a Jagger entrando en el salón. Me había pedido que dejara a Quinn, pero ¿por qué? ¿De verdad tenía que dejar a Quinn simplemente porque me había sincronizado con él?

Jagger nos saludó mientras pasaba por delante de nuestra mesa. ¿Por qué me hacía sentir tan aturdida?

—Oh, me pregunto por qué tendrá tanta prisa— murmuró Sienna.

Lo vimos en una mesa de la esquina donde había otro estudiante sentado.

—¿Quién es ese?— murmulló Martha. — ¡Está buenísimo! ¿Quién me lo presenta?

—Jagger— le contesté sin pensar.

—¡No, no me refiero a él!— rió Martha. —No es que él no esté bueno. Me refiero al tipo con el que está sentado. Mira ese cuerpo desgarrador, que hermosos verdes ojos y un impertinente...

Faustine estalló en risas. —¿Cómo puedes decir eso desde aquí? ¡Ni siquiera puedo verlo!

Martha sacudió sus rizos rubios. —Bueno, cariño, ¿a qué más crees que esos abdominales podrían estar unidos? Rico, lo quiero. Entonces, ¿quién es él? Alguna de vosotras abuelitas debe saberlo.

¿Abuelitas? Martha simplemente era demasiado atrevida. —Ignorando totalmente tu referencia de abuelitas— le dije, mirándola. —No lo sé. Sienna, Jewel, ¿Alguna de vosotras lo ha visto antes?

Ambas negaron con la cabeza.

—Creo que me acordaría de un bombón así. —Jewel frunció los labios. —Tiene que ser un Iniciado, a menos que sea un vampiro. No eché en absoluto un buen vistazo a los vampiros recién llegados del año pasado.

Supuse que debía ser el hermano de Jagger, Ryker, pero no quería contar eso. Tal vez no se lo había dicho a Jewel aún, y sin duda se enfadaría muchísimo si me lo hubiera dicho a mí y no a ella.

—¡Oh Dios Mío! Me está mirando totalmente. —Martha rió, agitando sus pestañas hacia él.

Eché un vistazo. Estaba mirando justo a nuestra mesa, con el rostro inexpresivo, como si estuviera en trance. No estaba mirando a Martha, a pesar de que ella le estaba haciendo señas con una gran tonta sonrisa estampada en su rostro. Estaba mirando más allá de ella, a su izquierda. Justo a Faustine. Yo la miraba con total fascinación. Ella se hallaba en el mismo estado de trance que el chico sexi. Le di un codazo.

Ella parpadeó y me miró, su rostro se sonrojó. —¿Sí?

Simplemente sonreí. Se estaba enamorando del chico nuevo por completo. Eso podría ser un problema, especialmente dado a que Martha parecía haberlo reclamado.

—Por el amor del Monstruo del Espagueti Volador, que alguien me lo presente— se quejó Martha. —¿Qué hay de ti Jewel? Eres amiga de Jagger, ¿no? Vamos.

—¿Monstruo del Espagueti? ¿Quién diablos es ese?— pregunté.

—Uf, ¿no te mantienes al día? ¿Pastafarismo? Probablemente sólo sea cosa de los EE.UU. — Suspiró Martha. —De todos modos, olvídalo. ¿Jewel, te importaría?

—Martha, no tengo ni idea de quién es, y no creo que debamos ir. Parecen estar teniendo una conversación seria.

—Parece que sí, pero seguramente no les importará la breve interrupción de una belleza sureña. Estoy segura que no. Vamos.

Hormonas de demonio. Dios. —Yo te acompaño— le ofrecí.

Quería saber si el tipo era el hermano de Jagger. —Disculpadnos, señoritas— les dije a las otras. —Volvemos en seguida, ¿a menos que todas queráis venir?

—¿Y atraer la ira de la reina del sur? Creo que no —dijo Jewel, sonriendo a Sienna y Faustine. —Creo que hablo por las tres. Vamos a planear nuestro próximo viaje de compras durante vuestra ausencia.

Casi podía oír las palabras no mencionadas... *mientras podamos decir algo.*

Martha sacó pecho mientras nos acercábamos a la mesa de Jagger. No es que lo necesitara; esa doble D resaltaba mucho.

Jagger levantó la vista cuando nos acercamos a la mesa, y por suerte, sonrió. Yo esperaba que no se molestara por haber interrumpirlos. —Señoritas, ¿qué pasa?

—Bueno— Martha arrastró las palabras en su versión sexi, —Jagger, esperaba que me presentaras a tu encantador huésped. — pestañó y jugó con su pelo entre los dedos.

Luché contra el impulso de estallar en carcajadas mordiéndome el labio inferior. Me di cuenta de que a Jagger le pasaba lo mismo.

El tío sexi se levantó, y se inclinó en una profunda reverencia, con un brazo sobre la frente y la otra en su espalda. Luego se enderezó, con la sonrisa más desarmadora vista nunca antes, sus ojos verdes brillaban con picardía. Casi me desplomo, tratando de no saltar yo misma hacia él. Jagger me hizo sentar a la silla de su lado.

—Vaya, es realmente un placer para mí conocerte. Soy Ryker.

—¡Soy Martha la fabulosa!— se rió. —¿Eres un Iniciado?

—De hecho lo soy. ¿Y tú?

—Sí, yo también, lo que es muy conveniente. Puedo permitirte que me acompañes al baile de los Iniciados del viernes...

—Sería un placer…

—¡Genial!— Me puse en pie. — La verdad es que deberíamos volver con las chicas. Parecía que estabais en medio de algo importante.

—No hay nada más importante que hermosas mujeres— dijo Ryker, mirando más allá de mí, claramente fascinado por Faustine.

—Oh, soy Cordelia, por cierto.

—Es un placer conocerte.

—Lo mismo digo. ¿Nos vemos más tarde, Jagger? — Le pregunté, arrastrando mis ojos lejos de Ryker.

—Sí. — sonaba molesto. Tal vez incluso... ¿celoso? Jajaja, después de lo que me había dicho antes.

Me reí. —*¿En serio?*

Se encogió de hombros, evitando mis ojos.

No podía evitar sentirme un poco pretenciosa mientras Martha y yo nos reuníamos de nuevo con las chicas.

—¿Y?— preguntó Jewel.

La boca de Martha estaba corriendo incluso antes de que yo pudiera abrir la mía. —Su nombre es Ryker. ¿No es un nombre asombroso? ¿No es el espécimen más digno sobre el cual babear?... ¡maldita sea! Nos olvidamos de preguntarle qué era él. ¿Qué crees que es, Cordelia?

No esperó una respuesta. —Tacha demonio... no tiene los ojos rojos. Tacha vampiro... sin ojos rojos, y además, todos los vampiros Iniciados están confinados. ¿Cambia formas? Ugh, qué asco. No creo que pudiera lidiar con eso, no importa cuán tentador sea. Oh, tal vez un revolcón rápido en el heno, por así decirlo, pero... —suspiró trágicamente.

—Dime que no es un cambia formas, Cordelia.

—Vaya, no lo sé. — Me reí. —Podría ser un hada, un troll, tantas posibilidades, además añade híbrido a eso.

—Hada. — Martha pareció complacida. —Puedo lidiar con eso.

—¿Lidiar?— se rió Jewel.

—Oh, sabes a lo que me refiero.

—En realidad, no. No lo sé. ¿Qué quieres decir?

—Oh, olvídalo. No es importante. Sólo digamos que tomaría a esa hada cualquier día. ¿Sabes? Me ha invitado al baile de los Iniciados.

Faustine se tensó. Fue un poco extraño. Martha tenía quince años, por lo que hubiera esperado esa reacción de ella pero Faustine era demasiado joven para que le gustara alguien, especialmente instantáneamente. Tal vez esas hormonas adolescentes humanas estaban haciendo horas extras. ¿O eran las hormonas adolescentes de demonio? Probablemente sólo una potente mezcla.

Toqué su mano debajo de la mesa. —Oye, ¿estás bien?— Susurré.

Ella se encogió de hombros. —Supongo. ¿Podemos salir de aquí?

—Claro. — Me puse de pie, tirando de ella conmigo. —Faustine y yo tenemos planes; nos vemos luego chicas.

—Claro. Me voy a quedar aquí un poco más para disfrutar la vista — dijo Martha. —¿Sienna, Jewel, os quedáis?

Ellas asintieron, y las saludé con una mano y con la otra a Jagger antes de irnos.

Una vez llegamos a la sala, me acerqué a Faustine. —Parecías un poco sombría ahí dentro. ¿Todo bien? Siento no haber estado por aquí.

—Tranquila está bien. Quinn fue genial, pero ha sido un largo día. Estoy preparada para ir a dormir.

—¿Qué has hecho hoy en clase?

—La historia de los vampiros en la literatura humana. Realmente interesante.

—Sí. Eso será todavía más fascinante cuando te enseñen la historia real de los vampiros. Muy diferente del que cuentan en la literatura humana.

—Genial. Me está empezando a gustar de nuevo la historia. Todo lo colonial que tenía que aprender en casa era un festival para dormir, pero estas cosas paranormales son muy interesantes.

—Sí, sé a lo que te refieres. A mí tampoco me gustaba historia en la escuela. Tan unilateral y errónea.

—Leer sobre lo vampiros ha hecho preguntarme por qué los Iniciados se encuentran aislados. ¿Tú lo sabes, Cordelia?

—Sí. Los vampiros nuevos son demasiado peligrosos para dejarlos vagar por la escuela. Ellos comen al azar, sin ningún aprecio por las reglas. Supongo que, para ser justos, no es como si tuvieran una opción. Simplemente hacen lo que es natural.

—¿Son más peligrosos incluso que los cambia formas?

—Son peligrosos de una manera diferente.

—¿Cómo?

—Bueno, paranormales como yo, hadas, y los cambia formas hemos nacido de esta forma. Tenemos suerte por saber qué esperar. Los vampiros, por otro lado, se crean. Y ellos se crean con miedo y mucho dolor. Así que, inician su vida de vampiros llenos de angustia y hambre. Su hambre es potente y lo ocupa todo, no se detienen ante nada para alimentarse. Los cambia formas son peligrosos, pero de una manera más calculadora. Ellos pueden contenerse, pero a veces deciden no hacerlo. Es muy raro en la Academia, pero sucede.

—¿Es eso lo que nos pasó a nosotras? ¿Esos cambia formas que nos atacaron lo hicieron para divertirse?

— Todavía no estoy segura. Podría haber más que eso. Trataré de averiguarlo esta noche.

—¿Cómo?

—Jagger, Quinn y yo tenemos un plan. Sin embargo, no vamos a implicarte en esto.

—Está bien, pero si me necesitas, quiero ayudar.

Su expresión había cambiado a triste otra vez. Odiaba verla así.

—¿Faustine? ¿Cuál es el problema?

—Supongo que eso significa que tengo que dormir con Martha y Chun.

—Sí. Eso estaría bien.

—¿Puedo pasar la noche con Sienna y Jewel en su lugar?

—¿Por qué? Pensé que Martha y tú os llevabais muy bien.

—Voy a vomitar si no deja de hablar del soñado Ryker durante toda la noche. — Faustine entornó los ojos y se sacudió el pelo. Hizo todo lo posible para tratar de ser graciosa con respecto a ello, pero me di cuenta de que no bromeaba. Sus ojos eran fríos y duros. Sería mejor que Martha fuera con cuidado.

—Sí, se pasó con respecto a él.

—De verdad. Y él la ha invitado al baile. — Su barbilla tembló un poco.

—En realidad, ella prácticamente lo ha obligado a ello— le dije, esperando que eso la hiciera sentir mejor. A la pequeña chica le había atraído.

—Me lo imaginaba. De todas formas no iré— dijo ella, desafiante.

—Faustine, tienes que hacerlo. Es una regla de la escuela. En realidad, nadie tiene una cita para el baile. Va a ser muy divertido. Es la primera vez que todos los Iniciados… aparte de los vampiros... llegan a socializar. Habrá buena comida, música y juegos organizados.

—¿Tú irás?

—Sí, yo soy una de las organizadoras. Quinn, Sienna, Jewel y Dax también estarán allí.

—¿Qué pasa con Jagger?

—Supongo que sí. Sin embargo, no lo ha dicho. De todos modos, adivina ¿qué es lo más divertido de ello?

—¿Qué?— Sus ojos se iluminaron.

—No tenemos que usar nuestros uniformes escolares.

—Pero yo no he traído ningún vestido. Las instrucciones decían que no se permitía traer ninguno.

—Sí, es correcto. Tenemos que pedir prestados vestidos al depósito de moda. — Guiñé un ojo.

—¿Qué es eso? No me gusta pedir cosas prestadas, especialmente ropa.

—Sé lo que quieres decir, pero estas prendas no son de este mundo, fabulosas y muy bien lavadas. Es ropa usada por famosos a lo largo de los siglos. Yo llevé uno de los vestidos de María Antonieta a mi baile de Iniciación.

Los ojos de Faustine se abrieron. —Estás de broma, ¿verdad?

—No. La selección es mucho más que impresionante. Te llevaré mañana después de la prueba.

—¡Genial! ¿Crees que tendrán algún vestido de la princesa Diana? ¿O de Grace Kelly?— prácticamente babeaba.

Le guiñé un ojo. —Mmm, creo que vas a estar en el séptimo cielo.

Capítulo 18

Teníamos un problema. Jagger no podía volar. Su brazo seguía inmovilizado. Estaba sentada en su estudio con Quinn, tratando de encontrar un plan para irrumpir en la oficina de la Señora Stone. Idealmente, lo habríamos hecho de la misma forma que en la oficina de Frau Schmelder, utilizando la ventana para evitar las cámaras de vigilancia. La oficina de la Señora Stone estaba justo al lado de la de La Smelt, y era ahí donde estaban almacenados los expedientes de los estudiantes.

Ya que volar estaba fuera de cuestión, teníamos que exprimir nuestros cerebros pensando otro camino.

—¿Crees que Sienna o Jewel conseguirian transportarnos?— le pregunté, casi segura que la respuesta sería un no rotundo. Y así fue. Ambas quizás podrían haberme transportado entre ellas, pero incluso eso era discutible. Eran muy pequeñas.

—Tú y yo podríamos transformarnos— sugirió Quinn, mirándome. —Sería menos probable que seamos reconocidos en nuestra forma de demonio.

Jagger sacudió la cabeza. —No, ese es un error común. Frau Schmelder lo conoce todo de nosotros en todas nuestras formas. Sabría quiénes somos de inmediato.

Yo alcé las manos. —¿Cómo?

Jagger se encogió de hombros. —Si decidimos correr sólo por el pasillo y forzar la entrada, no nos quedaría mucho tiempo. Estoy bastante seguro de que las cámaras son monitoreadas, incluso de noche. Así que, incluso si consiguiéramos entrar en la oficina de la Señora Stone, tendríamos que trabajar rápido. Podríamos llegar allí si nos disfrazáramos y luego aceleráramos pasando tan rápido como pudiésemos. Las cámaras, con suerte, sólo grabarían la estela que dejaríamos. Eso, a menos que estén configuradas ajustándose a la velocidad.

—¿Probamos suerte y hacemos esto? Suena a plan, o una especie de. — Asentí. —Podríamos ir ahora, ¿no?

—Sí. ¿Qué has hecho con Faustine?— preguntó Quinn.

—Se quedará con Martha por la noche. Estará bien.

—¿Martha? ¿La chica del almuerzo? ¿De dónde es? ¿Texas?— preguntó Jagger, con una sonrisa.

—Sí. Es de Dallas, hija de la Reina de Dallas. Todo un personaje. — Sonreí.

—Está claro. Pobre Ryker no ha tenido ninguna posibilidad.

—Ryker... Háblanos de él.

Jagger lanzó una rápida mirada a Quinn. —Más tarde. Vamos a hacer esto primero.

Nos vestimos de negro de la cabeza a los pies de nuevo, con el rostro cubierto con un pasamontañas con un solo agujero. Jagger había conseguido darnos unas gafas de visión nocturna, que pusimos sobre nuestras máscaras.

—No habléis— nos recordó Jagger. Aunque estábamos muy bien disfrazados, nuestras voces eran fácilmente reconocibles.

Nos escabullimos por el pasillo, deslizándonos a cuatro patas, manteniendo nuestros cuerpos pegados al suelo tanto como nos fue posible. Ya había pasado el toque de queda, así que los pasillos estaban vacíos y extrañamente tranquilos, aparte del suave zumbido de las cámaras. Podía sentir que las cámaras nos seguían, grabándonos.

Llegamos a la oficina de la Señora Stone sin interrupciones. Jagger utilizó su navaja Victorinox para abrir la puerta cerrada. Definitivamente tenía que poner una de esas navajas en mi lista de cumpleaños. Cerré la puerta detrás de nosotros y miramos alrededor, dimos gracias por las gafas de visión nocturna.

Me sorprendió el tamaño de la oficina, enorme, dos veces el tamaño de la de Frau Schmelder. Era todo negocio, sin adornos. No había sillas o sofás cómodos. Sin marcos de fotos hogareñas con niños sonrientes. Un enorme escritorio de metal de aspecto industrial, ocupaba una esquina y al lado de él había una mesa para ordenadores con un equipo muy grande en ella. Una impresora y un escáner sonaron a la vez tranquilamente debajo de un estante. Las paredes estaban cubiertas del suelo al techo con archivadores de gabinetes metálicos. Vaya, ¿cómo íbamos a encontrar algo en ellos? Nos llevaría una eternidad, y si Jagger estaba en lo cierto, teníamos el tiempo justo.

Levanté las cejas hacia Quinn. Él era el quién había visitado la mente de La Smelt, tal vez sabría dónde encontrarla.

Quinn se acercó a la silla detrás del escritorio de metal y se sentó, observando la habitación. ¿Qué estaba haciendo? No era momento de relajarse. Como no podía hablar, lo miré a través de mis gafas. Me ignoró y examinó la pared.

Luego se levantó y caminó resueltamente hacia la esquina. Cogió la escalera, la deslizó hacia uno de los armarios, y subió. Cuando llegó al primer cajón, lo sacó. Y luego, le costó una eternidad buscar en él, finalmente nos miró hacia abajo y se encogió de hombros. Suspiró, tomó un puñado de archivos, y volvió a la mesa con ellos.

—¿Qué diablos es todo esto?— No pude evitar susurrar en su oído.

—Todo lo que pude encontrar de O'Neill. No he visto nada de Tad O'Neill. — Puso las carpetas en el suelo, me silenció de hacer más preguntas.

¡Shhhhh! Había alrededor de treinta o cuarenta carpetas allí. Examinarlas todas nos llevaría una eternidad. Jagger dividió las carpetas en tres secciones y empujó una de ellas hacia mí.

Empecé a echarles un vistazo. Todas las carpetas tenían el nombre del estudiante en la portada con el apellido primero. Los ordené en hombres y mujeres primero, poniendo las chicas a un lado. Entonces, me detuve. ¿Qué pasaba si Tad era un ginandromorfo también? Podría estar registrado con un nombre de mujer. Suspiré y decidí revisar las carpetas de las chicas una vez terminara con las de los chicos.

El nombre del primero de ellos era O'Neill, William. Abrí el archivo, estudié la imagen de dentro y rápidamente la cerré. No, además William era un vampiro. La tiré a un lado. Y así fue, fui apilándonos cada vez más y más alto.

Estaba a punto de pasar a las chicas cuando Quinn levantó una carpeta. Jagger y yo nos arrastramos hacia él y lo miramos. Me reí cuando leí el nombre completo de la carpeta: O'Neill, Mortad.

Quinn abrió la carpeta para mostrar una serie de fotografías. Había cinco de ellas, dos en su forma humana, definitivamente era el Tad de la pelea, y tres en su forma de lobo. Quinn abrió un sobre etiquetado como *Acercamientos*, que contenía fotos de sus diferentes marcas. No nos preocupamos en hojearlos, pero miramos dentro de la página de detalles personales.

Tenía dieciocho años y estaba en el año de Integración en la Academia. Originario de Irlanda, vivió en París, y ambos padres eran cambia formas. Eché un vistazo a sus nombres, pero tampoco reconocí ninguno. No era el mentor del grupo. Entonces, ¿quién era? ¿Uno de ellos, o simplemente Mason tan pronto había llegado a la escuela se había unido a una manada? Necesitábamos encontrar el archivo de Mason.

Interesante. Tad perteneció al grupo de Jacques y Mariel, los gemelos cambia formas que habían sido expulsados después de prenderle fuego a la Academia. ¿Qué tenía que ver eso conmigo? Yo no había tenido mucha relación con ninguno de esos dos. Eran los engendros del Rey Sebastian. ¿Podría el ataque haber estado relacionado con Faustine? Ella ni siquiera parecía saber que tenía algún hermano, me había dicho que era hija única. No me correspondía a mí decirle lo contrario.

— Viene alguien— susurró Quinn.

Efectivamente, escuché pasos que se acercaban por el pasillo.

Quinn se transformó instantáneamente y saltó para devolver las carpetas al armario. Me cogió la mano. —La ventana...

—¡Espera! Estamos en el quinto piso— advirtió Jagger.

—No hay problema. Transfórmate, Cordelia. —Quinn me tiró sobre el alféizar de la ventana. Saltamos y chocamos contra el duro suelo. Aunque Quinn y yo logramos aterrizar sin rompernos nada, mi corazón dio un vuelco cuando vi a Jagger tendido de espaldas retorciéndose de dolor.

—Jagger— dije en voz baja, acercándome a él. —Jesús, no debiste haber saltado.

—No. No he debido hacerlo. No lo pensé, sólo os seguí ciegamente. Mierda. Ha sido realmente estúpido. No puedo moverme.

Quinn se unió a nosotros. —¿Algo roto?

Jagger hizo una mueca. —No estoy muy seguro. ¿Crees que puedes llevarme a la enfermería?

—Hey, amigo. Puedo llevarte, pero no sé si debería moverte. Tus piernas están en mal estado.

Miré abajo hacia las piernas de Jagger. La pierna izquierda estaba doblada en un ángulo equivocado eso tenía que ser doleroso.

—Además— continuó Quinn. —¿Qué pasa si te has hecho algo en la espalda o el cuello? Probablemente debería ir a buscar al Dr. Marks y traerlo hasta aquí.

Jagger cerró los ojos. —¿En vez de eso, podrías llamar a Octavia?

—Claro. — Saqué mi móvil del bolsillo. Por suerte, seguía de una sola pieza.

Octavia contestó al primer timbrazo. —¿Cordelia?

—Hey. Jagger está herido. ¿Puedes venir?

—¿Dónde estás?

—Debajo la ventana de la Señora Stone.

Silencio.

—¿Octavia?

—Estoy pensando en cómo salir del edificio y encontraros. ¿Estás sola con Jagger?

—No, Quinn está aquí también.

—Bien. Envíalo al edificio de los vampiros, a la torre oeste y pregúntale si puede esperar fuera. Trataré de bajar por la pared una vez que llegue allí.

—Está bien. Gracias.

—Oído— dijo Quinn detrás de mí. — ¿Estarás bien?

—Sí, sólo date prisa.

Cuando Quinn se fue, me senté junto a Jagger a esperar.

—Cordelia, no te preocupes tanto. Estoy bien, de verdad. Sólo creo que me he torcido algo. Sanaré rápidamente cuando Octavia esté aquí. Háblame. Ayúdame a dejar de pensar en el dolor.

—¿De qué quieres hablar?

—De lo que sea.

—Me estoy muriendo de ganas de preguntarte sobre Ryker. ¿Aún no le has dicho que es tu hermano?

—No y no tiene ni idea.

—Vaya. ¿Se lo vas a decir?

—La única razón por la que lo sé es porque Frau Schmelder no quería ocultármelo ya que quiere que forme parte de su ensayo, con la revelación de ser parte de su iniciación. Al parecer, no sabe que es un hada.

—Entonces, ¿qué cree que es?

—Bueno, no estoy seguro. Digamos que es un Wanderer, entonces quizás lo sabe. Pero no sé lo que sabe, sólo lo que él no sabe. Y no estaba particularmente diciéndoselo durante la cena.

—Vaya, eso será difícil de tragar para él, entonces. Me pregunto cómo se manifestará su parte de hada.

—Sí, lo sé. Seguro que será interesante. Parece un buen tipo. Le gusta el tenis, por cierto. Le dije que tú jugabas. Vi cómo te lo quedabas mirando...

Negué con la cabeza. — ¡No seas tonto! Sin embargo, tengo que admitir que es difícil no mirarlo. Tiene algo fascinante. Es como el arte.

—¡Por Dios, no me hagas vomitar!

—Lo siento. — Me reí. —De todos modos, parecía estar fascinado por Faustine.

—¿En serio? Pensé que era a Martha a quien le había echado el ojo. ¿Faustine? ¿No es un poco joven?

—Sí. Tendré que echarle un ojo. Oh, ya vienen Quinn y Octavia. — Me levanté mientras se acercaban, para darle un poco de espacio a Octavia.

Jagger movió su mano hacia mí. —Cordelia, tú y Quinn debéis iros. No querréis ver esto.

— ¿Por qué no? Quiero quedarme para asegurarme de que estás bien. Además, podrías necesitar nuestra ayuda para volver al edificio. De hecho, ¿cómo vamos a volver? Ha pasado el toque de queda. Las puertas estarán cerradas hasta la mañana.

—Llama a Jewel y pídele que consiga ayuda. Necesitaremos alguna otra hada. Sabrá por quién preguntar. Ahora lárgate. — Jagger me miró.

Apreté los labios. Me quedaría a cuidar a Jagger hasta que estuviera mejor. Sabía que Octavia iba a alimentarlo. Su sangre tenía increíbles propiedades curativas, era mejor que cualquier medicina. Juro que no podía entender por qué él no quería que lo viera. Había aprendido los conceptos básicos en clase de salud. Octavia le iba a dar un poco de sangre, después el proceso de curación se iniciaría casi inmediatamente.

Jagger y Octavia me lanzaron una mirada. Dios.

—Ven. Vamos, Cordelia. — Quinn me apartó de ellos. —De todas formas ¿Qué es lo que te tiene tan fascinada?

—No lo sé. Es que nunca he visto a un vampiro en vivo antes de la curación. ¿Y tú?

—No.

—¿No tienes nada de curiosidad?

—Sí, supongo. Podríamos colarnos allí detrás de los arbustos y echar un vistazo...

Perfecto. —Genial, vamos a hacerlo.

Nos apresuramos a echarnos atrás cuando vimos a Octavia arrodillarse junto a Jagger. Fuimos corriendo detrás de los arbustos y nos paramos en un ángulo donde podíamos ver con claridad. Me puse las gafas de visión nocturna de nuevo para ver mejor.

—Buena idea— susurró Quinn, poniéndose las suyas también.

Octavia estaba charlando con Jagger, consideré escucharlos, pero decidí no hacerlo. Quería concentrarme en lo visual. Ella le acarició la frente con ternura, y se inclinó para besarlo. Casi estallé en un ataque de celos, pero a la vez logré contenerme. Sería un desastre total transformarme en un demonio contra ella cuando estaba tratando de ayudarle. Pero sería mejor para ella terminar eso...

Se subió la manga derecha de su camisa. Entonces se frotó la muñeca y golpeó un par de veces. Sacó sus colmillos. Guau, nunca la había visto con sus colmillos al descubierto. Eran impresionantes. Los clavó en su propia muñeca. Yo podía ver y oler las gotas de sangre corriendo por su brazo.

Después de un momento, sacó los colmillos de su muñeca y puso su brazo sangrante en la boca de Jagger.

No estaba segura de si sentir asco o celos. Me estaba dando hambre y el sonido de la succión de Jagger lo hacía aún más voraz. No es que yo quisiera esa sangre. Lo que yo quería era una rebanada de jugosa, tierna, sab...

¡Espera! ¿Qué demonios estaba pasando?

Entré en estado de shock cuando la boca de Jagger se movió de la muñeca de Octavia a sus labios. ¿O era Octavia la que había movido la muñeca de su boca y decidió babear sobre él? No es que importara. El resultado era el mismo. Sus labios estaban cerrados, estaban comiéndose totalmente el uno al otro. Vi con horror como Jagger movía su lengua sobre la de ella, y luego deslizaba la mano bajo su blusa.

—Vayámonos. — Quinn tiró de mi hombro. —Eso parece... ejem... personal. No es de extrañar que Jagger nos pidiera que los dejáramos.

—¿Crees que van a...?— No podía pronunciar las palabras.

—Asshh. Sí. Vamos. Vamos a buscar a Jewel. Alguien tiene que poner esos tortolitos a salvo.

—Será mejor que no le digamos a Jewel lo que acaba de pasar. Creo que ella y Jagger están saliendo. Se mortificaría. — Traté de permanecer aparentemente indiferente, pero por dentro, estaba siendo devorada por las imágenes de Jagger haciéndolo con esa chupa sangre.

—¿Eso crees? Octavia sólo está ayudando. Estoy seguro de que Jewel lo entenderá.

—Mmm.

Quinn llamó a Jewel mientras caminábamos hacia nuestra parte de la escuela. —envía a alguien llamado Debra para que nos ayude. Dice que la acompañemos.

¿Una chica? Lo que necesitábamos era un tipo muy fuerte. Jagger era enorme. Sería difícil de llevar. No es que me preocupara más por rescatar a Jagger. Podía pudrirse ahí con Octavia por lo que a mí respecta. Sin embargo, Quinn y yo teníamos que volver a entrar.

—¿Dónde se supone que la encontraremos?

—Nos pidió que volviéramos donde está Jagger, bajo la ventana de la Señora Stone.

—Ugh. ¿Tenemos que hacerlo? ¿Qué pasa si todavía están en medio de...?

Quinn se rió. —Lo dudo. Saben que vendrán a por ellos. Aún así, caminemos despacio para estar seguros.

Nos dimos la vuelta. Tenía hambre, y estaba harta.

—Pareces triste. ¿Qué pasa?

—Es sólo hambre.

—Sí. Yo también. Iremos al salón de los mentores tan pronto como volvamos a entrar.

—¿Vestida así?

Me miró de arriba a abajo. —Supongo que no. Y el pasamontañas no ayuda. Te diré algo, trataré de hacerle ojitos a Jewel. Tal vez ella nos traiga algo.

—No puedo imaginarla irse y dejar a Jagger. Pero vale la pena intentarlo.

—Y tenemos que averiguar qué hacer con Mason. Vamos a necesitar por lo menos darle de comer si queremos mantenerlo con vida.

—¿Para qué molestarse?

Él se encogió de hombros. —Puede que tenga algo más de información útil, o podríamos ser capaces de usarlo en contra de Tad si no.

—¿Cómo?

—¿Quién sabe? Creo que vale la pena tenerlo controlado, por si acaso. ¿Qué comen las águilas de todos modos?

—¿A quién le importa? Simplemente dale una rata.

—Asqueroso. — se echó a reír.

De regreso al arbusto donde habíamos estado escondidos, nos asomamos por encima para asegurarnos de que hubiesen terminado. Estaban sentados y hablando. Jagger debía haber mejorado; incluso su escayola había desaparecido. Quinn cogió mi brazo, y nos dirigimos hacia ellos.

—¡Hey! ¡Te ves mejor Jagger!— gritó Quinn.

Todo lo que quería hacer era arrancar el brazo de Jagger y meterselo a Octavia en la garganta, pero en su lugar sonreí y lo saludé con la mano.

—Sí— coincidió Jagger, no parecía ni lo más mínimo arrepentido. —La sangre de Octavia hace maravillas.

—No hay de qué, Jagger. Me he divertido mucho. —Los ojos de Octavia brillaron. Entonces, me lanzó una mirada. —Sabes a lo que me refiero. Siempre está bien ayudar a un compañero de estudios.

Asentí con la cabeza a medias, luego me volví y miré a Jagger. —Jewel y Debra están de camino. Supongo que no me necesitas para nada más, así que me voy la primera. — Me volví para salir.

Y choqué directamente contra Jagger. Dios. Estaba de nuevo en su estado normal, molesto. Puse mi mano en su pecho y lo empujé muy fuerte. Cayó de espaldas sobre su trasero.

—¿Por qué diablos has hecho eso?— Me miró, sorprendido.

—Necesitas aprender a no ponerte en mi camino— le dije maliciosamente.

—Por Dios, Cordelia. Estás a punto de transformarte. Sé que probablemente necesitas comer, pero aun así...

Octavia me miró fijamente. — ¿Puedo hablar contigo? En privado.

—No. Tengo muchas ganas de volver a mi habitación ahora. Jagger estará bien. Estaremos todos bien.

—Cariño, ¿cómo planeas exactamente volver a entrar?— preguntó Quinn.

Allí me había pillado. Teníamos que esperar. Definitivamente no viajaría con Jagger. —Sí, tienes razón. — Me acerqué a Quinn y puse mis brazos alrededor de él.

El aire revoloteó sobre nuestras cabezas mientras Jewel llegaba y aterrizaba con gracia. Se acercó a Jagger y le plantó un beso en la frente. Si ella supiese...

Momentos después, otra chica llegó. Era enorme. La reconocí y la abracé con deleite. —Debs, no me lo esperaba. ¡Genial!— Debra era una de los entrenadores de tenis.

—¡Hey! ¿Qué diablos estás haciendo aquí? Jewel no me lo había dicho. Podría ser despedida por esto. — me golpeó en mi espalda. — Sin embargo es bueno ver que estás bien. Entonces, ¿quién va primero? Vamos a ponernos en marcha.

—¡Lleva a la gruñóna primero!— se rió Jagger, señalándome.

Debra arqueó las cejas. —Nunca te conocí como gruñona, debes estar hambrienta. Ven, volaremos pasando por el comedor y cogeremos un bistec.

Perfecto.

Capítulo 19

Era increíblemente extraordinario volver a hacer algo completamente aburrido como esperar.

— ¿Cuánto crees que tardará en llegar? No me gusta esperar— se quejó Faustine.

Miré el reloj. La Profesora Bern iba con alrededor de cuarenta minutos de retraso. No me sorprendió que Faustine estuviese inquieta, yo lo estaría también, en condiciones normales. Pero esa mañana no era *normal*. Era el día después de uno muy lejos de ser normal.

Traté de dejar en blanco mi mente y disfrutar de la tranquilidad pero seguía viendo las imágenes de Jagger y Octavia lamiéndose la cara el uno al otro. Ugh. Ya era hora de dejar de pensar en él. Por lo que a mí respecta, era historia.

Y me gusta disfrutar de la espera, porque durante la espera, no pasa nada. Sólo tenía que sentarme y esperar. Y escuchar a Faustine zapatear con impaciencia. Pero incluso eso era algo relajante.

—¿Por qué crees que está tardando? Debería habernos llamado. Tal vez podemos hacer la prueba después.

—¡Faustine, Cordelia! Siento mucho haberos hecho esperar. Tuve que encargarme de una crisis inesperada. Pero ya estoy preparada, si vosotras lo estáis.

Nos levantamos de nuestros asientos, dispuestas a realizar prueba, y caminamos junto a la Profesora Bern.

—¿Todo va bien?— no podía evitar ser curiosa. —Me refiero a la crisis.

—Realmente no debería hablar de ello, pero no. Nada está bien. De hecho, a Frau Schmelder le gustaría verte tan pronto como sea posible. Ha pedido que vayas a su oficina en cuanto Faustine termine con su prueba.

—¡Oh! ¿Es urgente? ¿Debería ir ahora?

—Bueno, ella todavía sigue en una reunión, así que simplemente haz lo que te ha dicho y dirígete después de la prueba.

Jesús. Con eso se iba a pique mí mañana de no querer hacer nada. Me preguntaba qué habría pasado. ¿Sabrían que era yo la persona que había entrado en la oficina de la Señora Stone y ojeado los expedientes? Probablemente. Apostaba a que había sido capaz de identificarnos por los videos de vigilancia. Yo estaba totalmente perdida. Me preguntaba si Quinn y Jagger habían sido reconocidos también. Supuse que si ese era el caso podía despedirme de la tutoría. Eso apestaba. Realmente había disfrutado mucho mi rato con Faustine.

Seguimos a la Profesora Bern a los laboratorios de las pruebas y entramos en la misma habitación que la última vez. Henri ya estaba allí, esperando en la sala.

Faustine parecía totalmente a gusto, saludando alegremente a Henri, quien parecía un poco sorprendido.

—Ve y ponte cómoda— instruyó la Profesora Bern, apuntando hacia la cámara. —Cordelia, puedes venir y sentarte frente al tercer monitor. Será lo mismo que la última vez, sin decir nada en absoluto o interferir.

Me senté y observé a Henri preparar a Faustine. Luego, volvió a salir y se sentó entre la Profesora Bern y yo. Nos pusimos las gafas de visión nocturna, y empezó el espectáculo.

En cuánto se apagaron las luces y Faustine parecía estar dormida, la pantalla delante mío cambió de azul a blanco dando lugar exactamente a la misma escena de la última vez, la súper aburrida imagen de la playa. Bostezo. ¿Vamos a tener que sentarnos allí otra vez a ver levantarse a Faustine y patear por una arena imaginaria? Eso sería si es que ella no estaba tan aburrida como para tumbarse en la playa y disfrutar de los rayos de sol durante una hora. No podía dejar de bostezar y apoyaba mi barbilla en las manos. Puede que echase una pequeña siesta también.

Faustine se recostó en la silla y estiró las piernas, retorciendo los dedos. Entonces, se sentó allí, de la misma forma que la última vez. Aparentemente, había decidido dormir toda la hora en la playa... demonio perezoso. La imagen estática en la pantalla era más divertida que verla tal como estaba. Al menos podría fingir que estaba lejos de ahí, en una playa yo sola.

Pasado un rato, me di cuenta que había algo muy al borde de la pantalla... probablemente sólo era una mancha, así que traté de limpiar la suciedad. No desaparecía. Al contrario, la forma oscura parecía moverse más y más en la imagen. Entrecerré los ojos para enfocarla mejor, dándome cuenta de que Faustine se enderezaba en la silla.

Volví a mirar hacia la pantalla, me quité las gafas de los ojos. Así estaba mejor. La imagen se veía mucho más nítida, y la forma estaba empezando a parecerse cada vez más a una araña arrastrándose por la arena.

Faustine se puso en pie, con aspecto aterrorizado. Se subió encima la silla, con los ojos fijados en el suelo, presumiblemente donde estaba la tarántula. Esa era una reacción extraña hacia una araña, especialmente para un demonio. Yo había tenido de mascota una tarántula, llamada Sparky, cuando era más pequeña, con unos cinco años. Era una mascota muy popular entre los niños demonio que solían tener esa edad. Supongo que Faustine no estaba acostumbrada a ellas.

Por un momento me pregunté si estábamos viendo lo mismo. Su mente podría haber transformado esa tarántula en cualquier cosa. Tal vez en una rata o algo así.

Empezó a gritar, — ¡Araña! ¡Ayuda!— Gritaba esas palabras sin parar. Hasta ahí llegó mi teoría.

Empecé a levantarme, pero la mirada asesina de Henri, me hizo recostarme de nuevo en la silla. Apreté los dientes y miré cómo Faustine perdía el control. Ella gritaba, lloraba y hasta empezaba a hiperventilar. Sus dedos se fusionaron. Se me ocurrió que tal vez ése era el motivo de la prueba, para saber lo que desencadenaría a su transformación. La observé con atención mientras ella se ponía cada vez más y más nerviosa, vertiendo lágrimas por el rostro. Esperaba que se transformara en el enorme demonio que había visto en la cafetería.

Entonces, justo delante de nuestros ojos, desapareció.

— ¿Eh?— Balbuceó Henri. — ¿Qué ha pasado? ¿Dónde se ha metido?— Se revolvía en la silla, reflexionando sobre ello y corriendo hacia la cámara. La Profesora Bern y yo íbamos justo detrás de él. Caminamos inspeccionando la cámara en busca de Faustine, pero ella ya no estaba. Del mismo modo que en el pasillo cuando los cambia formas nos habían atacado.

El sudor perlaba la frente de Henri y a la Profesora Bern se le había deshecho la apretadísima cola de caballo que llevaba mientras se pasaba los dedos por el pelo haciendo unos gemidos raros.

Ella levantó las manos, pareciendo como si estuviera en una desesperación completa. —¿Qué ha pasado?— miró a Henri y movió su dedo acusador. —¿Un hechizo? ¿Te has atrevido a lanzar un hechizo?

Henri abrió mucho los ojos y sacudió enérgicamente la cabeza. —No, señora. Se lo prometo, no lo he hecho. — Se apreciaba terror en su voz. Dio un paso atrás, encogiéndose de miedo.

La Profesora Bern me lanzó una mirada, entrecerrando los ojos, pero entonces rápidamente negó con la cabeza, obviamente descartando la posibilidad de que podría haber tenido el poder de hacer desaparecer a alguien.

—Henri, ven aquí y mírame a los ojos. Ahora.

Se acercó a ella, desplomándose como si estuviera a punto de vomitar. Ella lo miró a los ojos intimidantemente.

—Profesora Bern— la interrumpí. —Esto ya ha pasado antes.

Se dio la vuelta para mirarme, alejándose un paso de Henri, quien inmediatamente relajó sus hombros.

—Esto de la desaparición— le expliqué. —De hecho, incluso le ha hablado de eso. O algo parecido. ¿Recuerda cómo Faustine dijo que tenía desmayos de vez en cuando en casa, y cómo siempre se despertaba de nuevo en su habitación después de ellos?

—Sí. ¿En qué es eso relevante para nuestra situación actual?

—Bueno, creo que ella desaparece cada vez que se transforma.

—Mmm...— La Profesora Bern se rascó la barbilla.

No me había dado cuenta de los pelos que tenía en ella antes. Asqueroso.

—No puedo recordar haberme topado alguna vez con este fenómeno. Nunca. — La profesora se rascó la parte de posterior del cuello. — ¿Dónde volvería a aparecer? Sin duda no de nuevo en su casa.

—En mi habitación, probablemente. Creo que ella la considera su casa de alguna manera, aquí en la Academia.

—Cordelia, ¿Qué te hace que de alguna manera aparecerá mágicamente en tu habitación después de que haberse transformado justo aquí, delante de nosotros?

—Porque ya ha pasado antes. — Caminé hacia la puerta. —Vamos a comprobarlo.

La Profesora Bern y Henri me siguieron en silencio hasta mi habitación. Los llevé dentro y, como esperaba, Faustine estaba envuelta en una manta, durmiendo en mi cama.

La profesora la miró. —Tiene que haber algún tipo de magia asociada con la desaparición de Faustine, y si tú no has lanzado un hechizo, ¿Quién lo ha hecho?— susurró, mirando de nuevo al acobardado Henri.

¿Magia? Bueno, si ese era el resultado de un hechizo, probablemente Henri no lo estaba haciendo. Llevaba algún tiempo pasando así que era muy probable que fuera alguien del pasado de Faustine, de su vida en Nueva York.

—Profesora Bern, su mejor amiga en Nueva York es una bruja. ¿Podría tener ella algo que ver?

El rostro de la profesora se volvió reflexivo. —¿Qué sabes acerca de esta bruja?

— Nada en realidad. Tiene un nombre raro... Neave.

—Sí, me acuerdo que Faustine mencionó ese nombre. Es poco común, pero muy bonito. ¿No te dijo nada más sobre Neave?

—No, pero podría habérselo dicho a Martha.

—¿Quién es...? Espera. ¿No querrás decir esa indiscreta princesa demonio de Dallas?

—Sí, ella. Faustine es muy buena amiga de ella. Es posible que hayan compartido algunas cosas sobre casa.

—Está bien. Llámala y dile que se reúna conmigo en mi oficina en una hora. Ahora, ¿cómo podemos despertar a Faustine? ¿O dejamos que duerma?

— La última vez que sucedió dejamos que ella durmiera un poco.

—¿Nosotros?

—Bueno, Quinn y Jagger estaban aquí.

—¿Te importaría decirme exactamente cómo y cuándo se transforma? No tengo un registro de ello.

—¿Quiere que llame a Martha primero?— Le pregunté, estancándome.

—Sí. — Se volvió a Henri. —Necesito que encuentres a Frau Schmelder y consigas el permiso para ponernos en contacto con El Rey Sebastian y Lady Annabel, para que podamos obtener algo más de información sobre esta amiga bruja.

Henri asintió, aliviado de ser capaz de salir. Llamé por teléfono a Marthay le dejé un mensaje. Me di cuenta de que Faustine se estiraba, así que me dirigí a la cama y me coloqué de modo que yo fuera la primera persona que viera cuando abriera los ojos. No quería que se asustara al ver a la Profesora mirándola fijamente.

—Cordelia. — Los ojos hambrientos de Faustine se fijaron en los míos.

Diablos. Me había olvidado de que se despertaba hambrienta después de sus episodios. Saqué mi móvil y llamé a Quinn, quien no contestó. Mis dedos marcaron el número de Jagger. No quería verlo, pero él entendería la situación. Eché un vistazo de nuevo a Faustine. Tenía que comer inmediatamente, o quién sabía cómo respondería. Lo llamé, se me hizo un nudo en el estómago.

—¿Cordelia?— Sonó sorprendió.

—Faustine se ha transformado. Necesita comida.

—Está bien. Estoy allí en un momento. — Él colgó.

—La comida está en camino— le aseguré a Faustine. Mientras se quitaba las sábanas, observé que sus ropas estaban intactas. Por lo tanto, no se había transformado por completo, sino que la habían rescatado de la situación tan pronto como había empezado. De alguna manera, había logrado revertir el proceso y no transformarse. Muy práctico, sobre todo porque ella cambiaba mucho y su ropa se rompía durante la transformación.

Sonrió agradecida y cerró los ojos.

Me volví hacia la Profesora Bern con el dedo sobre mis labios, y la conduje hacia la puerta. Una vez que estuvimos fuera, le susurré: —Creo que es mejor si Faustine sólo me ve a mí por ahora. No quiero que se preocupe.

La Profesora Bern vaciló. —¿Has pasado por esta situación con ella antes?

—Sí, y sé exactamente qué hacer. Bajaré a su oficina con Martha si lo desea para ponerla al día.

—Está bien, recuerda que Frau Schmelder quiere verte a ti también. — Cogió su bolso y se fue.

Me había olvidado por completo de La Smelt. Ella tendría que esperar. Jagger apareció cuando me di la vuelta para volver a entrar. —Guau, esto ha sido rápido. ¿Has podido conseguir algo de comida?

Levantó un par de recipientes mientras lo dejaba entrar en mi habitación. Los abrí, viendo que había traído suficiente para mí también. No hice ni caso de ello. Un pedazo de carne no me haría olvidar su vampírico beso francés. Evité mirarlo a los ojos mientras arrancaba un pedazo de carne y lo flotaba bajo la nariz de Faustine. Ella se movió y sacó la lengua. Ugh. Realmente tendría que trabajar en eso. —Despierta, Faustine. Siéntate.

Abrió los ojos y luchaba por sentarse mientras mi mano levantaba la carne más y más lejos de su cara.

—Dale un descanso, Cordelia. Este no es el momento para enseñarle modales en la mesa, lo cual estoy seguro que no le faltan. Simplemente dale la carne.

Al diablo con él. ¿Modales? ¿Qué sabía él de modales? Hada caprichosa. Persistí y tuve a Faustine sentada y comiendo como la hija de Lady Annabel. Nosotras, princesas demonios, teníamos que actuar como la realeza. O al menos, eso era lo que mi madre siempre decía.

—Cordelia, ¿puedo hablar contigo mientras Faustine come?

Realmente no estaba de ánimo, pero no quería montar una escena delante de Faustine, así que volví a salir al pasillo con él.

Me puso la mano en el hombro pero lo aparté, evitando mirarlo a los ojos.

—¿Qué te pasa?— preguntó.

—¡Nada! Ahora mismo estoy ocupada. Faustine me necesita. Gracias por traer la comida. — Me di la vuelta para volver a entrar.

No se fue como yo esperaba que hiciese. En vez de eso, me siguió hacia dentro. Al ver que no tenía nada mejor que hacer pensé que sería bueno ponerlo a trabajar—Jagger, ¿tienes tiempo para vigilar a Faustine esta...

—Oh, ya estoy bien. No necesito niñera— Interrumpió Faustine. —¿Qué ha pasado de todos modos?

Jagger habló antes de que pudiera responder. —En realidad, se supone que debería de estar esquiando en estos momentos. El resto del equipo, incluyendo Quinn, ya se encuentra en las pistas.

Eso explicaba porque Quinn no había contestado su teléfono. —¿Por qué no vienes conmigo, Faustine?— La invitó Jagger.

—¿Puedo? Eso sería increíble. ¿Vienes, Cordelia?

—No. Frau Schmelder quiere verme. Mejor voy a ver qué quiere.

—¿En serio?— murmuró Jagger. — ¿Sabes sobre qué es?

—No. No tengo ni idea. Espero que no me acuse del allanamiento de anoche.

Jagger estudió mi rostro, pero luego se dirigió a Faustine, —Está bien. Si estás lista, vámonos.

Me alegré de estar sola, de tener unos momentos para mí misma. Miré el reloj. Tenía algo de tiempo. Suficiente para darme un baño y relajarme durante un tiempo.

Abriendo las ventanas del cuarto de baño, me di un baño caliente. Añadí el aceite de lavanda que mi madre había puesto en mi maleta y me sumergí en la perfumada agua. Me recosté de nuevo, mi cuello descansaba sobre la toalla de baño enrollada como una almohada, cerré mis ojos. Deseaba haberme acordado de poner algunas canciones. No importaba. En su lugar, tararearía para mí misma y movería las piernas suavemente para crear algunas olas.

El viento helado que llegaba de la ventana danzaba en mi rostro, proporcionando un perfecto alivio respecto al vapor caliente que se desprendía del agua de la bañera.

Hasta que un desagradable olor impregnó el aire, un olor muy familiar. Mason. Abrí los ojos horrorizada, mientras un águila pasaba volando por mi ventana. Salí de la bañera, tropezando con la ventana y la cerré. Entonces, corrí las cortinas para ocultar completamente el exterior.

Me envolví estrechamente con una toalla, y me dirigí a la habitación. Bajé las persianas y me dejé caer sobre la cama, sintiéndome totalmente abrumada. ¿Mason? ¿Cómo diablos podía ser eso? ¿Cómo habría conseguido salir del sótano? ¿Quién lo habría dejado salir? Deberíamos habernos deshecho de él... ella... lo que sea, cuando tuvimos la oportunidad.

No tenía tiempo para averiguarlo en ese momento. Le había dicho a la Profesora Bern que la pondría al día, así que me vestí y bajé corriendo a su oficina.

Martha estaba sentada fuera de la oficina, parecía un poco perdida. Se le iluminó la cara en cuanto me vio. —¡Cordelia! Vaya, me alegro de verte. Recibí tu mensaje, pero no me dijiste porqué tenía que venir aquí. ¡Para ver a la Profesora Bern! La cual me han dicho que no suele hablar con los Iniciados… es decir, aparte de Faustine. ¿De qué va esto de todas formas? ¿Por qué F...

Puse mi mano sobre su hombro, con la esperanza de que se parara de hablar un momento. Funcionó. Me miró con sorpresa. —¿Has llamado a la puerta?

—No. No estaba segura de si debía hacerlo así que esperé.

—¿A qué?

—A que me llame, obviamente. Te ha pedido que vengas, ¿verdad?

—Sí, pero siempre vale la pena llamar. Así. —Extendí la mano y golpeé la puerta.

—¡Adelante!

Haciendo un gesto de *te lo dije* a Martha, abrí la puerta. Por suerte, la profesora estaba sentada y visible detrás de su mesa, de forma muy profesional. Vio por encima de mi hombro a Martha, quien me había seguido dentro de la oficina.

—Gracias por venir. Por favor, sentaos. Martha, soy la Profesora Bern, jefe del Departamento de Poderes Paranormales y del Departamento de Prácticas.

—Encantada de conocerla — Martha arrastró las palabras. —¿Por qué me ha hecho venir?

—Tengo un par de preguntas. Será solo un momento. Sólo necesito saber, ¿Faustine ha compartido contigo alguna información acerca de Neave?

—Podría. ¿Por qué quiere saberlo?— Martha estaba siendo sorprendentemente evasiva. Estaba segura de que la delataría inmediatamente.

—No puedo decirte eso— respondió la Profesora Bern.

—En ese caso, no tengo nada que decir. De todos modos, ¿por qué no se lo pregunta usted misma? A ella le encanta hablar sobre Neave.

—Voy a hacerlo. Ha tenido un problema hoy, así que quiero darle un poco de tiempo para que descanse antes de pedirle que venga a hablar. Sólo he pensado que podía ahorrar un poco de tiempo, si usted podría ayudarme. ¿Es Neave una de sus amigas parte humana?

Martha la miró. —Realmente no tengo nada que decir. Y tengo una clase ahora, así que ¿puedo irme?

La Profesora Bern hizo una mueca. —Sí. Gracias por venir. Cordelia, ¿puedes quedarte un momento?

—Por supuesto.

Esperamos a que Martha se fuera. Me había impresionado. Estaba saber que podía mantener la boca cerrada cuando era necesario.

—Bueno, ¿qué te parece?— preguntó la Profesora Bern.

—Obviamente es leal al derecho de privacidad de Faustine, es una buena cualidad en un amigo. ¿Por qué no la hechizó simplemente para obtener la respuesta a sus preguntas?

—Trato de mantener mi integridad tanto como me sea posible. No estoy diciendo que nunca lo haga, pero en este caso, ella tiene razón. Si Faustine siente ganas de hacerlo, podemos preguntárselo a ella. Voy a llamarla.

—Se ha ido a esquiar, así que, ¿podríamos esperar hasta que vuelva?

—Esquiando. Es inconveniente. ¿Por qué ha hecho eso? Se supone que debe estar en clase.

—Todo esto realmente ha hecho mella en ella, así que cuando Jagger vino con algo de comida y lo sugirió, pensé que era una gran idea. Puede relajarse totalmente y volver a la normalidad.

La Profesora Bern se puso en pie, sin mirarme lo más mínimo satisfecha. —Bueno, tienes que ir a la oficina de Frau Schmelder. Me ha llamado de nuevo para recordármelo y no sonaba contenta.

Y Frau Smelt no parecía nada feliz cuando finalmente fui a verla.

Me miró por encima de sus gafas cuando entré en su despacho. —Lo siento, Cordelia. No lo supimos hasta esta mañana, pero ya no estaban.

—¿Quién?

La Smelt dejó la pluma y alzó las manos en el aire. —¡Todos ellos! Tad, Andrew, Hank y Jeremy. Lo siento mucho. Había luna llena anoche, y en retrospectiva, debimos haberlos confinado con los otros cambia formas. Tenemos un área que es perfecta para mantenerlos a salvo y fuera de problemas durante las lunas llenas. Erróneamente pensé que las habitaciones donde estaban aislados serían suficientes. Nunca nadie había escapado de ahí antes.

—¿Cómo han escapado?

—Por la ventana, en la cual no vimos razón alguna para poner una barricada. Las habitaciones están en un octavo piso, en la torre. No puedo imaginar cómo han escapado sin hacerse daño. — suspiró...

Yo podía imaginármelo. Mason, obviamente, los había llevado. Había esperado a la luna llena, cuando sus fuerzas estaban al máximo. No estaba segura de si debía decírselo, pero decidí callármelo porque no tenía ninguna prueba. Y Frau Schmelder odiaba ser molestada con historias sin fundamento.

Así que, tenía que cuidarme de ellos otra vez. Ugh.

Capítulo 20

Mi dormitorio era el centro neurálgico de una agitada actividad. Fue elegido cuando, en un momento de debilidad, lo ofrecí como lugar en el cual las chicas podían prepararse para el baile de los Iniciados, el primer evento social del calendario para los nuevos estudiantes, sin contar los vampiros recién creados.

Los vestidos habían sido entregados esa misma mañana a mi habitación. Las nueve bolsas de ropa colgaban en mi armario, cada una con un espectacular traje usado por una personalidad importante de la historia. Había llevado a Faustine antes a la bodega de vestidos un par de días antes para probarnos los vestidos un par de días antes para adaptarnos los vestidos, después de haberlos elegido en línea. Ella encontró justo lo que buscaba, uno de los primeros vestidos de cóctel de Grace Kelly, de antes de que se convirtiera en una princesa. El vestido rojo le era demasiado grande, pero la costurera había hecho que le quedara como un guante. Los ajustes no eran permanentes, sólo conjuros por supuesto, ya que los trajes eran tesoros.

Faustine estaba espectacular. Llevaba el pelo recogido, dándole un aspecto elegante e increíblemente preciosa, sin mencionar que parecía mayor a su edad. La miré, mientras se sentaba en mi cama, mirando mientras las demás se retocaban el maquillaje. Parecía demasiado tranquila para ser una chica de casi trece años de edad, especialmente a punto de ir a su primer baile.

Me acerqué y me senté a su lado para mirar a las otras chicas. La mayoría de mis amigos estaban preparando sus propios grupos. No podía esperar a verlos en el baile. Los primeros días de vuelta a la escuela, habían estado tan ocupados y llenos de problemas, que no tuve la oportunidad de ponerme al día con ellos.

La única con la que me había topado era con McKenzie. McKenzie y yo nos habíamos hecho amigas durante nuestro año de Integración. Ella había sido parte de un único estudio creado por Alfred, el rey vampiro de Londres. Después de haber acabado el estudio, se transformó y fue enviada a la Academia. Su historia me fascinó por completo y nos unimos rápidamente.

Durante su tercer año, ella no estaba ocupada sólo con la tutoría de uno de los vampiros Integrados, sino que también se hacía cargo de su bebé, lo que significaba que vivía fuera del campus en el chalet de esquí del Rey Alfred. Así que me había emocionado mucho cuando me había encontré con ella hace unos días y me dijo que tenía la noche libre. La invité a unirse a nuestro grupo.

Observé que no dejaba de mirar a Faustine fijamente, atraída por ella desvergonzadamente. Sabía que no era sólo por el olor de su sangre humana. Tenía una fuerte fascinación con cualquiera que fuera remotamente humano, pero no en el sentido de "quiero chuparte la sangre".

Me preguntaba cómo reaccionarían los otros vampiros a Faustine. Hasta el momento, sólo había estado en contacto con vampiros controlados. Incluso Delam se había portado bien, hasta ahora.

La noche sería interesante. Habría unos cuantos mentores vampiros e incluso asistirían vampiros híbridos del grupo de los Iniciados. El baile sería una mezcla; el objetivo era permitir a los Iniciados socializar libremente. Sin embargo, en el caso de Faustine, habría que tener mucho cuidado, incluso sin tener en cuenta el embrollo de los cambia formas.

—¿Tengo que ir?— preguntó Faustine en voz baja.

Me volví hacia ella, sorprendida. —Sí, tienes que ir. Es obligatorio, forma parte del programa de Iniciación. Pero se supone que debe ser divertido. Deberías querer ir. Mírate. Estás increíble.

Alzó sus pies en el aire, mirando sus brillantes Manolos. —No lo sé.

—Bueno, estás fabulosa. ¿Por qué no quieres ir?

—Oh, supongo que no es nada.

Supuse que el *nada* era Ryker. Martha había estado hablando por los codos sobre todas las virtudes de

Ryker. *Ryker esto, Ryker aquello, bla, bla, bla.* No me había encontrado con Ryker des de que habíamos coincidido en el salón de los mentores. Todos habíamos estado tan ocupados en los últimos días que hasta dudaba que Jagger hubiera podido pasar más tiempo con él. De hecho, hasta donde yo sabía, ni siquiera Martha había tenido algún tipo contacto con él desde entonces, pero al escucharla, uno pensaría que pasaba cada hora del día con él. Tal vez lo hacía, en su imaginación. Parecía totalmente obsesionada. Al igual que la pobre Faustine.

En ese preciso momento, alguien llamó a la puerta. Quinn asomó la cabeza dentro —¿Listas, señoritas?

—¿Está Ryker aquí?— preguntó Martha con un acento exagerado.

—Sí, justo detrás de mí, con Dax.

¿Jagger no? Estaba un poco decepcionada, pero mayormente aliviada.

—¡Bueno, señoritas, dejadme pasar!— se pavoneó Martha pasando por la puerta. —Estoy lista, Ryk. ¿Nos vamos?

Ryker apareció detrás de Quinn y le tendió el brazo. —Martha, me alegro de verte de nuevo. Estás muy guapa. Al igual que todas vosotras— añadió, lanzándonos una apreciativa mirada.

No tan guapas como tú, pensé, mientras se me caía la baba al verlo. No tenía idea de a quién había pertenecido su ropa, pero se parecía a James Dean.

—Bueno, nos vemos en el baile chicas— añadió Martha, antes de empujarlo por el pasillo con ella.

Faustine parecía aún más triste.

—Vamos, Faustine. Anímate. Va a ser divertido. —La cogí de la mano y la conduje hacia la puerta con los otros. Lancé una mirada a Quinn. Se veía digno de una babeada a lo joven Marlon Brando mientras hablaba con McKenzie. Los tres habíamos pasado buenos momentos el año pasado, pero ellos, al haber sido compañeros de esquí, habían pasado más tiempo juntos.

Estaba en alerta máxima mientras caminábamos hacia el salón de baile que era el cuartel general para todos los eventos sociales de la Academia. Los cambia formas seguían en libertad y si ellos querían hacer algo, sería esta noche.

Desde mi encuentro con Frau Schmelder, mis sentidos se habían centrado en detectar su olor. Recordaba mi frustración cuando me senté y escuché a La Smelt esa tarde, la tarde en que había visto volar a Mason y luego me enteré de que el resto de ellos estaba también en libertad. Al parecer, después de haber sido suspendidos, el grupo de Tad la había liado durante la luna llena creando todo tipo de estragos en St. Moritz. Seguían llegando historias de esquiadores mutilados y animales a medio comer, pero nadie había visto ni sabido nada de ellos desde entonces. Corría el rumor de que estaban escondidos en las montañas, probablemente en un chalet de esquí vacío. La fuerza de seguridad de la Academia salía con todos sus efectivos cada día con la esperanza de encontrarlos antes de la próxima luna llena.

Todo el mundo en la Academia estaba tenso, y un montón de paranormales tensos no era nunca una buena situación. Los diversos grupos, incluso los Integrados, parecían mucho más divididos y sarcásticos con los demás de lo habitual. Con suerte, el baile sería una buena distracción de la angustia entre los grupos y cada uno podría volver a la normalidad.

Al entrar al salón de baile, me di cuenta de que el regreso a la normalidad no parecía ser el caso. Todos los clanes estaban de pie en grupos. Los cambia formas se habían reunido en una esquina, y me enviaron miradas afiladas como dagas cuando vieron que llegamos. Ugh.

Una pequeña multitud se movía sobre la pista de baile, que estaba dominada por Martha y su gigantesca personalidad. Por una vez, me sentí aliviada al verla. Se las había arreglado ella sola, para iluminar el estado de ánimo de aquella parte de la sala. De alguna manera, mantenía los ojos fijos en Ryker sin dejar de involucrar a los estudiantes que bailaban junto a ella.

—¿Puedo?— me susurró Quinn al oído.

—Me encantaría, pero Fau...

—Dax se la está llevando a la pista de baile.

Sonreí a sus centelleantes ojos. —Soy toda tuya. —Lo seguí hasta la mitad de la pista de baile y me hundí en su pecho cuando él puso sus brazos alrededor mío, nos balanceamos al ritmo de la música.

De reojo, miré a Faustine bailando con Dax. Se veía miserable, caminando torpemente de un lado a otro. Dax, por otro lado, estaba haciendo su cosa de Michael Jackson, totalmente ajeno de su aburrida pareja. Me reí.

—¿Qué pasa?— preguntó Quinn.

—Faustine. La pobre no sabe bailar. No lo sabía, o la hubiera inscrito en clases de baile. Vamos a tener que rescatarla después de ésta.

Él miró por encima de ellos. —Veo a lo que te refieres. Sin embargo, no trates de inscribirla en la escuela de danza de Dax,. — Se echó a reír. —Te diré algo, la llevaré a la sección de juegos cuando termine ésta canción. Sé que te mueres de ganas de ponerte al día con McKenzie.

—Eres el mejor. Gracias. Me encantaría ponerme al corriente. No he hablado con ella en toda la noche. ¿Te ha dicho algo?

—No mucho, pero de todas formas nunca comparte sus cosas personales conmigo y me imagino que es eso lo que quieres saber. Sólo mencionó lo mucho de menos que echa el esquí. Le sugerí que se trajera a su hijo con nosotros a las pistas. Podríamos bajar todos o lo que sea.

—Suena bien.

Cuando la canción terminó, miré como Quinn se acercaba a Faustine. Su expresión se transformó cuando Quinn señaló hacia los juegos.

Fui en busca de McKenzie y finalmente la vi hablando con Octavia. Ugh. Los juegos de repente parecía un lugar ideal para ir. Di la vuelta sobre mí misma para irme y disfrutar con Quinn y Faustine, pero no pasé del pecho de Jagger. Me tropecé rebotando contra él, pero me agarró antes de que golpeara el suelo y pudiera hacer un daño incalculable a mi traje y a mi ego.

—¡Guau! ¿Estás bien?— Sus brillante ojos me hicieron ruborizar.

—Estoy bien. Perdona, ¿puedo pasar?— Mantuve mi voz firme e incluso aparté los ojos de su impresionante traje del noble sueco del siglo XVIII de quien lo hubiera tomado prestado, nunca le hubiera hecho justicia. En pocas palabras estaba increíble.

—No. — Su tono fue tan uniforme como el mío, pero disparado con enojo. Me cogió del codo y dio un paso para ir al pasillo y hacer todo el camino de regreso a su estudio. Cerró la puerta y luego me miró, con el rostro ardiendo de furia.

Le planté cara, con las manos en las caderas.

—¿Y bien?— exigió.

—Bueno, ¿qué exactamente? ¿Quién te crees que eres para arrastrarme lejos del baile de ésta forma?

Negó con la cabeza, sus ojos reflejaban tristeza. A mi pesar, sentí su dolor, pero me mantuve en mis trece y no me moví de ahí.

—Cordelia, no sé lo que está pasando. He tratado de darte espacio para que resuelvas lo que sea por ti misma. Pero ya han pasado más de dos semanas y estás siendo muy fría.

—Mira, Jagger. ¿Qué es exactamente lo que no entiendes?

—Él no lo entiende, porque no recuerda exactamente lo que pasó. — Octavia había llegado a la sala tan sigilosamente que no me había dado cuenta.

Me di la vuelta y le lancé una mirada asesina.

—¿Octavia? ¿De qué estás hablando?— Preguntó Jagger, frustrado.

—Te vi llevarte a Cordelia del baile, así que decidí venir y tratar de aclarar todo. — Frunció los labios.

—Sigue— exigió Jagger.

—Te encanté.

Él la miró. — ¿Qué has dicho?

—Cuando bebiste de mí, te encanté. Pero tengo la sensación de que Cordelia vio lo que pasó y por eso está tan furiosa con los dos.

—Deja de andarte por las ramas, Octavia. ¡Qué pasó!— apretó los dientes Jagger.

—¡Oh, santo cielo! ¡*Lo hicimos*! ¡Tan simple como eso! Después de bebieras mi sangre, lo hicimos y ella nos vio. Si lo hubiera sabido, la habría encantado también. — sacudió su pelo.

—No puedes encantar a demonios— señalé.

—¡Desencántame! ¡Ahora!— gritó Jagger, su voz destilaba con una obvia frustración.

—Está bien. Cálmate. — Octavia lo cogió del cuello y lo atrajo hacia ella, mientras lo miraba a los ojos. Después de un minuto o dos, lo dejó ir.

Jagger dio un paso atrás y cerró los ojos. Abriéndolos de nuevo, se acercó y se dejó caer en su silla. Me miró con resignación y se encogió de hombros. —Lo siento.

Di media vuelta y volví al baile. Solo porque se hubiese acordado finalmente del trabajo sucio, no significaba que lo olvidaría tan fácilmente. Requería algo de tiempo.

—¡Cordelia!

—¡Hola, McKenzie! ¿Te diviertes?

—Sí, aunque Octavia se fue corriendo tras de ti y Jagger. ¿Todo va bien?

—Sí, pero me muero de hambre. Voy a por comida.

—Voy contigo. ¿Cómo te va con el híbrido humano?

—Va bien, es una chica realmente muy maja. Todavía midiendo su relación con el resto de los paranormales por lo que estamos teniendo mucho cuidado.

—No te culpo. Es extraño cómo su sangre humana es incluso más aromática que la sangre humana normal. Se me hace difícil no ir hacia donde está ella y olfatearla. Eso la asustaría.

—¡Jesús! Ni de broma. ¿Sin embargo, qué quieres decir sobre su sangre? Pude oler el elemento humano, pero no es más fuerte que el del demonio y realmente no más fuerte que el de un humano normal.

—¿En serio? Debe de ser diferente para ti. ¿Lo has oldio por separado o combinado?

—Por separado.

—Trata de combinar el olor. Te lía la cabeza. Es decir, ahora, estoy totalmente acostumbrada a la sangre humana tengo que estarlo por Harrison. Pero Faustine es totalmente diferente. Mantenla lejos de los vampiros.

Harrison era el hijo de McKenzie y descendiente del Rey Alfred, un milagro producido cuando Alfred envió a McKenzie de vuelta a la época antes de que se hubiera transformado y entonces la trajo de nuevo embarazada. Desafortunadamente, el nacimiento había sido complicado, y Alfred se había visto obligado a convertirla de modo que ella pudiera vivir para criar a Harry, como le llamaban. El pequeño niño, un humano completo, tenía tres años. —¿Cómo está Harry?

—¡Está bien! Está creciendo. Tienes que venir y visitarlo. De hecho, Quinn sugirió que todos fuéramos a hacer unas bajadas por las pistas. ¿Te gustaría?

—Suena genial. — Tomé un plato de carne. —Así que, ¿quién cuida de Harry mientras estás en la escuela?

—Tenemos una nueva niñera humana. Cocina toda la comida para humanos, comida orgánica saludable.

—¿Por qué has vuelto aquí éste año? ¿No te sentías tentada de quedarte en Londres y cuidar a Harry en la mansión de Alfred?

—Alfred tiene miedo de tenerlo rodeado de los vampiros y otros paranormales. De todos modos, él pasa mucho tiempo en el chalet con nosotros. Estamos tratando de encontrar una manera de hacer que todo esto funcione. La seguridad de Harrison es obviamente nuestra prioridad. Pero yo nunca podría ser simplemente una madre y ama de casa. Por mucho que me gustaría, me volvería loca. Necesito hacer algo más, así que unas horas de tutoría al día, es perfecto.

—¿Sólo un par de horas al día?— le pregunté sorprendida. Yo parecía estar veinticuatro/siete. Era incapaz de recordar la última vez que jugué tenis.

—Sí. Soy tutora de un Integrado que no requiere ningún tipo de supervisión. — tomó un sorbo de su vaso de sangre. —Faustine te están llamando; creo que te necesita. Llámame. — Me dio un beso en la mejilla y se despidió, mientras me dirigía de vuelta a Faustine y Quinn.

—¿A dónde habías ido? El concurso de karaoke comenzará pronto. Tienes que participar. — Faustine brillaba de emoción.

—¡De ninguna manera! De todos modos, es sólo para los Iniciados,. ¿Participarás?

—Sí. Quinn me ha hecho hacerlo.

Quinn se rió. —Oye, es lo menos que puedo hacer después de que te dejara ganar a los videojuegos.

—¡Tú no me has dejado ganar!— Faustine le sacó la lengua. —Es sólo que soy impresionante buena en los videojuegos.

—Entonces, ¿qué vas a cantar?

—Es una sorpr...

—¿Bailas, Faustine?— Un Iniciado que no había conocido antes, se inclinó ante ella. Estaba muy apuesto con un turbante.

—Eh...

—Vamos, Faustine. Pasemos un buen rato— canturreó Martha, viniendo hacia nosotros con Ryker a su lado.

Faustine se tensó.

—De hecho, iremos todos. Vamos— insistió Martha, picando a Faustine juguetonamente.

No pude dejar de observar a Ryker mirar fijamente a Faustine. No podía leer sus emociones en absoluto, pero definitivamente había algo en esa expresión. ¿Estaba hipnotizado por el aroma combinado de sangre humana y demonio que McKenzie había señalado? ¿Era un peligro para ella?

—Oh, entonces, está bien. Vamos a bailar. —Faustine metió su mano en el hueco del brazo del chico con turbante y lo siguió hasta la pista de baile para una versión de *Time Warp*.

—Vayamos con ellos. — Llevé a Quinn hacia la pista.

Un temazo en la academia, había hecho que todo el mundo se pusiera de pie y bailara. La pista de baile estaba completamente llena y el sombrío estado de ánimo de antes, había sido reemplazado por uno más ligero, más feliz. Incluso los cambia formas estaban bailando, moviendo sus manos y caderas.

Capté el aroma de mis cambia formas favoritos a mitad de la canción. El olor era fuerte y claro. No estaba segura de qué hacer, mientras miraba alrededor en busca de signos de Mason, Tad, Andrew, Jeremy o Hank. Cogí la mano de Quinn.

—¿Qué pasa, nena?

—Están aquí.

Las luces se apagaron.

Oí el batir de las alas aproximándose a la pista de baile. Si hubiera sido un cuarto lleno de seres humanos, todo el mundo estaría volviéndose loco. Pero todo el mundo estaba en un silencio sepulcral, transformándose a sus formas paranormales. La mayoría de nosotros era capaz de ver mejor en la oscuridad cuando nos transformábamos.

Una vez que me había transformado, vi a Mason viniendo directamente hacia mí. También podía oler a los otros cuatro, quienes seguían escondidos entre la multitud. Bueno, tenía a Quinn a mi lado, y Sienna y Jewel me habían señalado y me habían levantado los pulgares. Faustine, aún en su forma humana, observaba con los ojos abiertos. Martha se había transformado. Sentí que podíamos ganarles, sin problema.

Tenía la sensación de que los cinco habían venido sólo a por mí. Mientras Mason se ponía a mi derecha lo tiré lejos con tal fuerza, que fue a estrellarse contra la pared del fondo de un golpe, rebotando y cayendo hacia el suelo. No tuve la oportunidad de ver lo que había sucedido, cuando continuación algo saltó sobre mi espalda. Mi nariz me decía que era Tad. De reojo, vi a Quinn luchando con los otros dos lobos, Andrew y Hank. Las gemelas se habían subido al otro, Jeremy. Tad me dio un duro puñetazo por detrás. No podía quitármelo de encima, pero seguí tratando de conseguir empujarlo. Entonces, el sinvergüenza clavó sus colmillos en mi cuello. Maldito hombre lobo.

—¡Martha, ayúdame a sacármelo!— Grité, pero vi que ella estaba ayudando a Quinn.

Todos los otros estudiantes, se fijaron en algo a mi lado. El peso se levantó de repente de mi espalda y oí un ruido sordo mientras Tad se estrellaba contra la pared. Volví la cabeza para ver a Faustine, totalmente transformada en su gigante forma demoníaca. Era completamente impresionante. Asombrosamente peligrosa. Era ella a quien todo el mundo miraba.

De golpe, desapareció. Casi lo esperaba, dado a que se había convertido en rutina durante sus continuas pruebas con la Profesora Bern durante las últimas semanas.

Giré y me abalancé sobre Hank. Martha tenía a Jeremy bajo control. Uno a uno, los tirábamos contra la pared para eliminarlos.

Mientras tanto, los otros cambia formas en la sala, decidieron unirse a la lucha y comenzaron a atacar al azar. Toda la habitación era un baño de sangre, extremidades rotas y cuerpos esparcidos por todas partes. Busqué a Martha y la encontré golpeando a un vampiro. Cogiéndola de la mano, la arrastré fuera de la habitación, con la esperanza de que Quinn y los demás estuvieran bien.

Capítulo 21

La escuela había estado clausurada durante las últimas doce horas más o menos, después el baile.

No tenía ni idea de cómo había terminado todo, después de haberme escapado rápidamente a mi habitación con Martha. Faustine, como esperaba, estaba durmiendo en mi cama, arropada como siempre. Tenía preguntas acerca de eso, la forma en que siempre estaba meticulosamente envuelta tras sus episodios. Era extraño. Normalmente, sólo se cubría descuidadamente a medias cuando dormía, le gustaba tener un pie fuera por debajo de las sábanas. Pero no después de haberse transformado. Entonces siempre estaba arropada como un bebé.

Martha se quedó sin palabras cuando vio a Faustine en mi cama. — ¿Has visto su transformación? ¡Nunca había visto nada tan impresionante en mi vida! ¿Cómo lo ha hecho? Quiero ser capaz de hacerlo. ¿Y cómo ha llegado hasta aquí?

—Shhh. Déjala dormir. Sí, lo he visto. Es muy espectacular.

— Sin embargo, ha destrozado completamente la ropa. Es decir, no hay manera de que pueda sobrevivir a eso.

—Sí, tienes razón. — Tal vez esa era una de las razones por las que desaparecía durante las transformaciones. Debido a que se quedaba desnuda cuando volvía a transformarse. Era una situación vergonzosa. Seguía sin explicar el por qué no parecía tener ningún recuerdo de ello. ¿O lo tenía y no quería confesarlo? ¿Y cómo hacía lo de desaparecer? Incluso la Profesora Bern se hallaba perpleja.

—¿Deberíamos despertarla?— preguntó Martha.

—No hasta que tengamos un poco de comida para darle. Cuando despierte estará hambrienta.

—Mira. Hay algo de comida justo allí. — Martha señaló hacia mi mesa.

Y así era, era realmente muy extraño, pero aún más extraño era que la carne todavía estaba caliente. ¿De dónde venía? Seguramente Faustine no la había traído con ella cuando desapareció. De ninguna manera.

—He traído un poco de comida. — Jagger asomó la cabeza por la puerta. —He pensado que podríais necesitarla después de lo que pasó en el baile. — entró y puso unos platos con carne recién asada en la mesa. —Mmm. Veo que has traído un poco contigo. En cualquier caso, aquí hay un poco más. — Miró a Faustine. — ¿Se ha transformado?

—Sí, ella estuvo simplemente asom…— empezó a decir Martha en un tono demasiado amigable. Todavía seguía muy molesta con Jagger como para ser simpática con él, así que le lancé una mirada asesina para que se callara.

—¡Oh, perdón!— dijo ella, sorprendida. — Entonces me callaré un rato.

—Sí— le dije con frialdad. Fruncí el ceño a Jagger y me volví aún más fría. —¿Has visto lo que ha pasado allí abajo? ¿Has visto cuando nos han atacado?— Si es así, ¿por qué no has tenido el valor de ayudarnos?

—Uh, oh— murmuró Martha en voz baja.

Jagger la ignoró. —No he visto la pelea en sí, sino el resultado. Fui con Frau Schmelder. Es un desastre. Todo el personal está limpiando. ¿Supongo que os fuisteis antes de que empezara?

—No. Supongo que realmente no sabes lo que pasó. — Le di los detalles. —¿Has visto a Quinn, a las gemelas, a Chun y a McKenzie?— De repente me di cuenta que no había visto a Chun en toda la noche.

—A Quinn y a las gemelas se los han llevado a la enfermería. Nada importante, se pondrán bien. No he visto a los otros, pero eso no es sorprendente. Había un montón de cuerpos allí abajo y yo sólo te buscaba a ti. Quinn me dijo que te habías ido con Martha, así que cogí un poco de comida y he venido aquí.

—Bueno, gracias. Ya te puedes ir. Bajaré a la enfermería a ver a los otros en cuanto se levante la bella durmiente.

—Puedo quedarme un rato y bajar contigo— sugirió Jagger.

—No. No hay necesidad de eso. — Apreté los labios, evitando el contacto visual. Me volví y bajé la mirada hacia Faustine. Era el momento de la rutina de ponerle la carne bajo la nariz otra vez.

—Cordelia, necesitamos hablar.

Me giré y miré dentro de sus doloridos ojos. Sentí una punzada de su agonía. —Tal vez más tarde— concedí.

—Está bien. Volveré. O tal vez te vea en la enfermería. — Tiró de la manija de la puerta. No se movió. Tiró más fuerte y jugueteó con la cerradura. —La puerta parece atascada.

Me acerqué e intenté con la manija y la cerradura. Tenía razón.

Entonces, el intercomunicador rezumbó, y Frau Schmelder tosió en él. —Estudiantes, hemos tenido una situación. La Academia está cerrada. No sé cuánto tiempo va a durar. No mucho, espero. Si alguno necesita comida, llamad a la Señora Stone, y ella os la entregará en vuestra habitación. — El intercomunicador se quedó en silencio.

—¡Jesús! Eso apesta. ¿Queréis ver la repetición de *La juez Beth*?— suspiró Martha, cogiendo el mando a distancia. —Espero que no seáis unos aguafiestas. Relajaos y pasad un buen rato.

—Ve. Iré a despertar a Faustine.

—¿Por qué no la dejas dormir? No es que podamos hacer otra cosa de todos modos.

—Sí. Pero no quiero que tenga un hambre incontrolable. Y ya que tenemos toda esta comida, también podríamos comer.

Diez minutos más tarde, estábamos todos sentados y comiendo, totalmente absortos en la *Juez Beth*. No estaba segura de que fuera apropiado para Faustine, esa Juez tenía la boca muy sucia pero no me molestaría dándole importancia a ello.

Jagger se sentó junto a mí en la cama, incómodamente cerca. Sentía cada latido de su corazón y tenía la fuerte necesidad de extender la mano y tocarlo.

Así que lo hice. Fue sólo el susurro de una caricia, la punta de mis dedos contra sus muslos. Pero, incluso eso enviaba llamas de deseo caliente a través mío y sentí que él respondia. Me miró inquisitivamente, pero fingí no darme cuenta. No tenía una respuesta. Sólo no podía luchar contra mi deseo. Aun así, era el momento frenar. Si dejaba que mis impulsos me llevaran, estaría sometiendo a Faustine a algo mucho más inapropiado que la Juez Beth.

Manteniendo los ojos fijos en la televisión, luché contra mis dedos que sigilosamente se desplazaban hacia el muslo de Jagger. Dejó escapar un gemido silencioso y cogió firmemente mi mano mientras terminábamos de ver el espectáculo.

El encierro duró hasta la mañana siguiente. Por suerte, la Señora Stone me sacó de mi habitación mientras Faustine, Jagger y Martha seguían durmiendo después de ver un maratón nocturno de *The Vampire Diaries.*

Frau Schmelder me ignoró cuando entré en su oficina con la Señora Stone. Sonrió a la Señora Stone. —Gracias, Debbie. Yo me hago cargo. Pon el consejo estudiantil en orden. — Se giró hacia mí, su expresión se volvió gruñona otra vez. —Cordelia, gracias por venir. Tus padres estarán aquí en cualquier momento. Sírvete algo para comer mientras tanto. Seguiré adelantando un poco el trabajo.

¿Mis padres venían? Debía ser algo malo. —Frau Schmelder, ¿Quinn está bien?

—Está bien. Supongo que por lo que vi en el video de vigilancia, sólo eran daños colaterales. Parecía que el objetivo de los cambia formas eras tú. Si ese no fuese así, tendría que haberlo llamado también.

—Sí. Estoy bastante segura de que soy yo la única a la que querían.

—En ese caso, estaré mucho más tranquila si esperamos a que lleguen tus padres para hablar. — Miró en su cuaderno, frotándose la frente.

Mamá y papá llegaron veinte minutos después. Mamá me abrazó mientras papá se daba la mano con Frau Schmelder, luego me abrazó.

La Smelt llevaba volvió a cambiar a una expresión más placentera. —Muchas gracias por venir. Por favor, siéntense. Sé que esto es un terrible inconveniente, especialmente para usted, Pierre.

—No hay ningún problema — le aseguró papá. —Cordelia es mi prioridad. — Sonreí. Yo sabía que realmente no era la verdad, pero siempre está bien escucharlo.

Mamá palmeó mi espalda. —Entonces, ¿qué está pasando? ¿La Academia se encuentra cerrada? ¿Son los cambia formas?

Frau Schmelder asintió. —Eso es lo que parece por lo que vi en el video de vigilancia. Sin embargo, necesito la confirmación de Cordelia. — Ella me miró.

Asentí con la cabeza. —Sí. La lucha la inició Tad y su grupo, aunque escapó de nuestras manos cuando todo el mundo se unió.

—Es importante para mí saber a ciencia cierta cómo sucedió. ¿Puedo preguntar cómo puedes estar segura de que fue iniciada por Tad?

—Bueno, uno de los miembros de su manada fue el que lo empezó todo. Me atacó. Hasta ese momento, todo el mundo se estaba divirtiendo bailando. Después de eso, se desató el infierno.

—¿Uno de los miembros de su manada? ¿Así que no sólo Tad?— Frau Schmelder me miró para aclararlo.

—No, pero Tad atacó a Quinn justo después.

—¿Cuál es el nombre del cambia formas que te atacó, el águila?

—Mason. Estoy bastante segura de que el apellido es Darley.

—¿Un águila?— preguntó mi padre en voz baja. —¿Darley?

Frau Schmelder asintió.

—Ya veo. — Papá intercambió una mirada con mamá.

—Papá, ¿conoces a Mason? ¿Quién es?

—Mason Darley es el líder más fuerte de manada en París. Su padre se sienta en el consejo. Mason tiene problemas, por eso fue enviado aquí. No estoy seguro de por qué te atacaría. No tiene ningún sentido.

—Los cambia formas atacan muy rara vez— agregó La Smelt.

—Bueno, asumo que está bajo custodia. Vamos a traerlo aquí y preguntárselo— exigió papá. —Sé que a su padre, bueno, a él no le importará.

—En realidad, su padre lo ha transferido esta mañana. — Suspiró Frau Schmelder. —He tratado de retrasarlo hasta que llegara aquí, pero su padre se mostró inflexible. Se fue a la escuela de Whistler.

—¿Qué pasa con Tad? — Le pregunté.

—Lo tenemos a él y a los otros en confinamiento.

Mi padre se puso de pie. —Bueno, vamos a hablar con ellos ahora. Iré a Whistler luego si lo necesito. —Mi padre se puso en pie y se acercó a coger comida para él y mamá.

Frau Schmelder retorció sus manos. —No puedo permitirle hablar con los chicos. Va en contra de nuestra política. Tenga la seguridad de que me ocuparé de esto.

—¿Igual que lo hizo la última vez?— Los ojos de mamá echaban chispas.

—Su Alteza, eso no volverá a suceder. Hablaré con Tad y los otros chicos personalmente pero frente al consejo de estudiantes, como debe ser. Cordelia y su consejera estarán presentes. Y ustedes podrán sentarse entre la audiencia.

—¿Cuándo sucederá esto?

—Le acabo de pedir a la Señora Stone que hiciera que Jagger reuniera al concejo. Tuvo un poco de dificultad para localizarlo. — frunció el ceño. —Pero ya está en camino y están dispuestos a escuchar el caso. ¿Nos vamos?

Octavia nos recibió fuera del Auditorio de Justicia. Le lancé una mirada envenenada. Consideré pedirle a otra persona que se hiciera cargo del caso, pero eso retrasaría las cosas y sólo tenía ganas de acabar con el asunto. Entramos en la habitación sigilosamente. Mamá y papá se sentaron en la sección de audiencia vacía.

Todo el consejo estudiantil se sentó en la parte delantera, incluyendo Jagger, cuya expresión se mantuvo firmemente neutral.

A la mesa del lado estaban sentados los cambia formas y Sally.

Frau Schmelder cogió el mazo de Jagger y caminó hacia el podio. Lo golpeó fuertemente contra la madera. —Voy a prescindir de todas las formalidades e ir directamente al grano. Sally, Octavia, permaneced sentadas. No quiero oír ni una palabra de ninguna de las dos, ni de nadie, a menos que yo haga una pregunta específica. ¿Comprendido?— miró alrededor de la habitación, su rostro cambió a una dura e inflexible máscara. Todos asintieron.

—Tad, levántate.

Tad se puso de pie, sus ojos eran desafiantes pero su semblante exponía claramente su ansiedad.

—No te molestes en mentir. Sé lo que pasó, así que limítate a contestar las preguntas. — La Smelt esperó a que asintiera. — ¿Por qué atacaste a Cordelia en el pasillo y luego otra vez en el comedor?

—Porque es un estúpido demonio. Huele mal.

—¿Eso es todo? ¿No hay otra razón?

Tad negó con la cabeza.

—¿De quién fue la idea?

—De Mason.

—¿Quién es el líder de la manada? ¿Tú o Mason?

—Soy yo. Mason es un Iniciado.

—¿Por qué estabais en el pasillo?

—Mason tenía hambre, así que nos dirigíamos hacia el comedor.

—¿Cómo escapasteis de la habitación de aislamiento?

—Nos liberó Mason.

—Déjame adivinar. ¿La destrucción del baile de los Iniciados, también fue idea suya?

—Supongo, pero fue muy divertido.

—El padre de Mason lo ha enviado a otra escuela— le le informó La Smelt.

Tad se encogió de hombros, no parecía lo más mínimo preocupado.

—Obviamente, no puedo teneros fastidiando a Cordelia otra vez. Es mi recomendación al consejo de estudiantes que os transfieran otra escuela también. ¿Os supone algún problema?

—No, esta escuela apesta. ¿Puedo elegir?

—No veo problema en ello, pero le diré a tus padres que vengan y lo hablaremos. Lo mismo ocurrirá con el resto de vosotros. Supongo que sois tan culpables como Tad. — señaló a Hank, Jeremy y Andrew. — ¿Algún problema con la decisión?

Los tres se encogieron, sacudiendo sus cabezas.

—Bien. Vuestros padres han sido llamados. Jagger, está en tus manos ahora. — se levantó y le hizo señas a mamá y papá para que la siguieran.

Jagger se quedó. —Octavia, puedes irte con tu cliente. Nuestra decisión será privada.

Salí con Octavia, haciendo mi mejor esfuerzo para mantenerme tranquila. Me sentí incómoda. Todo el asunto de alguna manera parecía artificial. —¿Así que eso es todo? La mitad de un juicio, y ahora el único testimonio de Tad. ¿Qué pasa? ¿No deberían al menos ser castigados o algo así?— Solté.

—¿Quién dice que no lo serán?— Respondió Octavia.

—Bueno, parece que todo lo que va a pasar es que los transferirán a otra escuela. Eso no me parece justo después de lo que me han hecho pasar.

—¿Cómo te gustaría que se solucionase? ¿Con cien latigazos?

—No lo sé. ¿Servicio comunitario?

Octavia soltó una carcajada. — ¿A qué comunidad sugieres que envíe a un grupo de cambia formas? ¿Tal vez al centro de ancianos en la ciudad?

—No seas una idiota. Me refería más bien a limpiar los alrededores de la escuela o algo así.

—Bueno, no podemos hacer que vagabundeen por la escuela, donde podrían toparse contigo otra vez,

¿verdad? No, creo que el consejo de estudiantes ideará algo. No te preocupes. Serán castigados de alguna manera. Jagger me dijo que antes le habían preguntado a la Profesora Bern si estaría con ellos en el escenario.

—¿Ah, sí? Bueno, no ha venido, pero ¿por qué iba a hacerlo?

—Estaba allí, invisible, como de costumbre. Parece que prefiere permanecer en ese estado. Le piden que le ayude a veces con el aspecto de la retribución de las sentencias impuestas por el consejo. Sus poderes son sorprendentes, y tiene formas muy imaginativas de usarlos.

Me detuve mirando boquiabierta a Octavia. —¿Quieres decir que va a lanzar un hechizo sobre ellos? ¡Genial!

—Eso es lo que supongo.

—¿Cómo qué?

—No tengo ni la menor idea. Sólo he estado presente en dos vistas de sentencia en las que ella estuvo involucrada, y ninguna de ellas involucraba cambia formas. El primer caso era de un demonio y fue condenada a un año de posesión pasiva de un monje budista.

Me reí. Eso era horrible. Posesión pasiva significaba que, básicamente, quedaría atrapado en el interior del monje, sin emplear sus propios poderes, voluntad o capacidad para influir en el monje.

—Sí. Cómo podrás imaginar, fue un cambio de vida para ella.

—¿Qué hay del otro?

—Oh, ese era un vampiro, un recién nacido. Lo convirtió en vegetariano. Eso casi lo mató. Otra vez. Sólo podía ser alimentado mientras estaba inconsciente. La Profesora Bern puede ser un poco vengativa con sus hechizos.

—Ni que lo digas. Así que, ¿cómo sabemos lo que les ocurre a los cambia formas? Supongo que Jagger nos lo contará.

Octavia negó con la cabeza. —No. No vamos a saberlo. La sentencia es secreta.

—Pero acabas de decirme la de tus clientes.

—En realidad no. No te he dado ningún nombre. Confío en que no lo contarás— advirtió.

—Tengo que irme. Quiero decirles adiós a mi madre y a mi padre antes de que se vayan.

—Por supuesto. Me alegro de hablemos de nuevo.

—Oh, no nos engañemos— le susurré. —No estamos *hablando.*

Se encogió de hombros. —Lo que sea.

Después de dar a mamá y papá una rápida despedida en la oficina de La Smelt, decidí pasarme por la enfermería antes de volver a mi habitación. Vi al Dr. Marks tan pronto como asomé la cabeza por la puerta.

—¡Cordelia! Vamos, entra ¿Te hirieron ayer?

—No. Estoy bien. ¿Está Quinn aquí?

—Estaba. Se acaba ir, hace menos de diez minutos. Le pedí que se asegurara de volver de nuevo a su cama para descansar un poco más.

—¿Qué pasa con Sienna, Jewel y McKenzie?

—McKenzie se fue a su casa ayer, tenía un pequeño rasguño, nada más. Sienna y Jewel se encuentran en mal estado. Están por ahí. — Señaló hacia la suite privada lejana.

—Gracias. Veré cómo están, si te parece bien.

—Por favor hazlo, pero ve preparada para quejas y lágrimas. Las Hadas no responden nada bien al dolor.

No había exagerado. Oía los chillidos antes incluso de abrir la puerta. Ugh. No era buena tratando con el llanto, no sabía qué decir. A parte de los chillidos, me di cuenta de que no estaban a punto de morir, por lo que me acobardé y me fui. Me convencí de que no querría verlas así, de todos modos.

Me alegré mucho de haberme escapado porque Quinn me estaba esperando en mi habitación. Me senté en su regazo y le di un fuerte abrazo. Entonces, me eché hacia atrás para echarle una buena mirada Tenía la cara en mal estado, con unos vendajes enormes que cubrían cualquier herida que los cambia formas le hubieran hecho. El resto de su cuerpo se encontraba de la misma forma, como si hubiera sido atacado por un grupo de hienas.

—Por Dios, ¿qué te han hecho esos dos cambia formas?— Le pregunté sorprendida por la magnitud de los daños.

—No. — se echó a reír —La verdadera lucha se inició después de que te fueras. Todo el mundo se volvió loco. Era una especie de diversión y liberación para ceder a nuestros instintos, supongo. Esto no es nada. Mañana voy a estar como nuevo.

Miré por la habitación. —¿Dónde están Faustine y Martha?

— Han regresado a sus habitaciones cuando se ha anunciado que se acababa el cierre. Querían saber de Chun. Al parecer, se ligó a alguien anoche antes de que comenzara la pelea, así que no tenía ni idea de lo que pasó. De todos modos, Martha no podía aguantar no saber cómo había ligado y prácticamente ha corrido hacia la puerta con Faustine para enterarse del cotilleo. Sin embargo, le he dicho a Faustine que la buscaría pronto para desayunar. ¿Vienes?

—Sí. No puedo pensar en otra cosa que hacer que no sea relajarme contigo un rato.

Capítulo 22

La quinta prueba de Iniciación de Faustine se había trasladado a una nueva ubicación.

La Profesora Bern estaba confundida por las desapariciones, ahora rutinarias, de Faustine, después de cada transformación. Había hecho tres pruebas desde el baile y los resultados siempre habían sido los mismos. Faustine empezaba a transformarse y luego desaparecía. Siempre era de golpe, Henri lo había comprobado cuando examinaba los diferentes planos de las grabaciones de las pruebas. Estaba en un plano y al siguiente, había desaparecido. No habían imágenes de por medio que dieran alguna pista de la forma en que eso ocurría.

Después de la cuarta prueba, la Profesora Bern me había invitado a unirme a Henri y ella para su reunión de planificación. Aunque estaba contenta por ser incluida, también estaba vacilante. No estaba muy segura de qué debía compartir de mi conocimiento personal sobre

Faustine con tal de ayudar a la Profesora Bern en sus pruebas.

Las pruebas se habían diseñado para ayudar a los Iniciados a explorar, entender y, en ocasiones, tomar el control de sus poderes. El objetivo era estimular sus facultades sin que nadie, incluyendo la Profesora Bern, supiese completamente cómo funcionaban. Eso era privado y específico de cada individuo. Faustine necesitaba que se le permitiera hacerlo por sí misma, sin que nadie más estuviese al tanto de sus pensamientos. Yo tenía un poco de idea de algunos de ellos. Como cualquier adolescente humano, a Faustine le gustaba cotillear y yo no quería compartir lo que sabía sin su permiso.

Había sido criada en un ambiente muy distinto y me enseñaron a guardar mis pensamientos desde una edad muy temprana. Pero Faustine era diferente. Eso había quedado claro en su primera entrevista, donde explicó cosas de su aracnofobia.

Mis propias pruebas habían sido muy diferentes. Mi prueba técnica no había hecho ninguna referencia a mis fobias personales, así que no tenía ninguna manera de suponer a qué respondía, ya que había tenido que inventar todas las situaciones con mi propia imaginación. Con Faustine, era evidente que podía adivinar lo que estaba pasando con sólo observarla porque sabíamos cuáles eran sus estímulos.

Hasta ahora, sólo habíamos ayudado a Faustine a transformarse en el demonio más grande que había visto jamás. La mayoría de los demonios tenían el mismo tamaño que en su forma humana. Así por ejemplo, mi tamaño humano y demonio eran el mismo. Eso era algo útil, de lo contrario, habría tenido un serio problema con la ropa. En cambio el tamaño en Faustine era único.

Una araña era todo lo que le había necesitado para iniciar la transformación de Faustine. Habíamos introducido una araña en cuatro configuraciones familiares distintas, cada vez con el mismo resultado. Faustine empezaba feliz y relajada, pero luego tenía un ataque de pánico total. Lo que no sabía con certeza era lo que en realidad visualizaba cuando aparecía la imagen de la araña. ¿Era sólo por la araña o la araña representaba algo más para ella? ¿Veía a la araña como un enorme monstruo peludo en vez del pequeño arácnido inocuo que nosotros veíamos en la pantalla? Nunca lo sabríamos porque eso era privado. Era conocimiento protegido, algo que sólo Faustine sabía y con lo que aprendería a lidiar finalmente ella sóla por sí misma. Por supuesto, la Academia le enseñaría sus habilidades para ayudarla, pero al final del día, el control de sus poderes estaba en sus manos.

Sin embargo, ella nunca iba a llegar a la etapa de aprendizaje si se nos seguía desapareciendo. Así que nos reunimos alrededor del escritorio de la Profesora Bern para averiguar cómo conseguir que permaneciera en la cámara mientras duraba la prueba.

Henri se quitó las gafas. —Lo que me molesta es que no puede recordar nada. Es como si entrara en un estado de fuga durante sus transformaciones.

—Mmm. — Estaba un poco en desacuerdo. —No es realmente durante su transformación... Quiero decir, ella parece darse cuenta de que se transforma.

Tanto la Profesora Bern como Henri habían interrogado a Faustine, una y otra vez. Faustine contaba la misma historia cada vez. Ella sentía cómo sus dedos se fusionaban y que sentía su cuerpo distinto. Yo sabía que ella había estado consciente al empezar a luchar con el cambia formas en el baile. Pero después de que comenzaran los combates, todo se quedó en blanco. Dijo que era como si estuviese acurrucada en una manta caliente. La encontré escondiéndose, tal como ella lo describía, después de cada episodio. En mi cama.

—Sí, sí. Pero entonces, ¿qué?— Henri sacudió la cabeza, entornando los ojos. — ¿Ella simplemente olvida de cómo se desvanece? Perdóname, pero me resulta difícil de creer.

—¿Crees que se lo está inventando?— Preguntó la Profesora Bern.

—Bueno, sí. No me digas que no has pensado en ello.

—Lo he pensado. Me he preguntado si simplemente se hace invisible y se va. Ese poder no es extraño entre los demonios.

Cierto, y me hubiera gustado tenerlo. Hombre, podría divertirme mucho con eso. Aun así, Faustine no me parecía ser del tipo que simplemente se iba pero yo sólo conocía su forma humana. ¿Quién sabe cómo era su personalidad como demonio? Tal vez sólo no podía ser molestada del todo con el proceso de transformación. Tal vez sólo la cansaba, así que se obligaba a hacerse invisible e iba a buscar una cama.

—¿Qué piensas tú, Cordelia?— preguntó la Profesora Bern.

—No lo sé. Estoy bastante segura de que si ese es el caso, tiene que estar en algún tipo de estado de fuga, como ha dicho Henri. Creo que sólo confesaría si fuera consciente de ello. No hay razón para que lo niegue.

—Bueno, llevémosla a la sala sellada para la siguiente prueba. Eso al menos la contendrá, de manera que podamos evaluar cómo va el resto de la prueba. Mi preocupación es cómo reaccionará cuando no pueda salir. Quiero decir, ella se transforma en el demonio más grande que jamás haya visto y Dios sabe qué poderes tendrá. No quiero que se haga ningún daño, pero supongo que la dejaremos continuar tanto tiempo como podamos e idearemos un plan para abortar si es necesario.

Sí. Eso sonaba a plan.

Faustine no parecía particularmente entusiasmada con el cambio de ubicación. No se le dio la razón. Se le dijo simplemente que el otro laboratorio estaba lleno, así que íbamos a usar otro.

Su mirada de "desencanto" cambió por una de ansiedad al ver los nuevos alojamientos de prueba. Hasta yo me sentí un poco claustrofóbica ahí. La sala, en comparación a la que ella estaba acostumbrada, era muy pequeña y estaba formada por una cúpula con una pequeña escotilla de entrada que sellaba la unidad completamente cuando se cerraba. Dentro había un solo sillón.

—¿Preparada, Faustine?— preguntó Henri.

—Supongo— respondió con la voz ligeramente temblorosa. —Odio los espacios pequeños. ¿No podríamos esperar y hacer la prueba la próxima semana cuando el laboratorio de costumbre esté libre?

—Eso alteraría tu horario, querida— dijo suavemente la Profesora Bern —No te preocupes, si necesitas salir, simplemente toca en la pared tres veces, detendré la prueba y te permitiré salir. ¿De acuerdo?

—¿Tres veces? Bueno, supongo que está bien. —siguió a Henri a la escotilla y se quitó los zapatos en el letrero de la puerta antes de caminar hacia dentro de la cámara.

Me senté frente el monitor y esperé. Tenía el estómago revuelto. Cada día que pasaba con Faustine me sentía más unida y protectora con ella. Era tan joven, tan inocente... Temía que su lado demoníaco fuera más complejo de lo que ella pudiera controlar. Tal vez el estado de fuga era una herramienta de seguridad. Temía lo que podía pasar si nos metíamos en eso. Sin embargo, supuse que el objetivo de que estuviera aquí era que sus padres sentían que no podían hacer frente a su situación actual. Suspiré.

Me puse las gafas de visión nocturna mientras Henri se sentaba habiendo sellado a Faustine y observé la cuenta atrás. Me preguntaba cuál sería la imagen de fondo de la prueba.

La pantalla azul parpadeó y cambió a una escena de un baño, una muy lujosa suite de lujo. Asumí que estábamos viendo una vista de la habitación de la bañera. Supuse que era el baño de Faustine por las toallas que colgaban en el toallero. En las dos toallas blancas de felpa que se veían llevaban *Faustine* bordado en color rosa. El baño estaba caliente, el vapor que se desprendía empañaba el espejo sobre el doble lavabo de mármol. La espuma cubría el agua del baño.

Miré por encima de la cámara. Faustine estaba recostada en el sillón, moviendo los pies. Sonreía y tarareaba algo que no reconocí. El vídeo dejó la imagen durante un tiempo y entonces la forma negra fue insertada, la araña. Subía por un lado de la bañera.

En la cámara, el cuerpo de Faustine inmediatamente se tensó. Se levantó de la silla, cogió algo, y lo tiró. Entonces, saltó hacia arriba y abajo, zigzagueando alrededor de la habitación, frunciendo el ceño hacia el suelo con horror. Me di cuenta de que sus dedos se fusionaban, y me preparé. Empezó a hiperventilar. Yo sabía que se transformaría en cualquier momento.

Pero en lugar de eso, desapareció.

La Profesora Bern encendió las luces y salió corriendo hacia la cámara, pasando los dedos sobre la escotilla de la puerta. Tiró de ésta, pero estaba cerrada. Además, sabíamos que no podría abrirla. Todos teníamos los ojos bien clavados en la puerta cuando Faustine se desvaneció.

—Faustine, muéstrate, por favor. — La Profesora Bern habló con suavidad pero con firmeza en el intercomunicador.

No hubo respuesta.

—¿Faustine?— Repitió la profesora, sonando un poco agitada.

Después de pasarnos unos cinco minutos mirando hacia la cámara, Henri preguntó: —¿Y ahora qué?

La Profesora Bern suspiró. —¿Faustine?— gritó y luego se detuvo. —Henri, tendrás que abrir la escotilla y entrar. Búscala. Evidentemente, se ha hecho invisible.

—¿Y si se escapa, mientras abro la puerta? Esto invalidaría...

—No estoy preocupada por anularlo, tengo que asegurarme de que está bien. Podría ser invisible y estar inconsciente ahí.

—¿Debería comprobar a mi habitación? O puedo llamar a Quinn para que entre y lo compruebe. Dijo que se pondría al día con algunas cosas en su habitación ésta mañana así que tardaría mucho tiempo para comprobarlo.

—Me parece una pérdida de tiempo. No hay forma de que haya podido salir de ésta cámara. No puedo pensar en un poder que le permita hacer eso. Bueno... sí, adelante, pero que sea rápido— murmuró con impaciencia.

Ya lo tenía en el teléfono y después de pedírselo brevemente, esperé mientras él corría hacia mi habitación.

—Sí, en la cama, profundamente dormida. ¿Quieres que me quede con ella?

—Sí. Gracias, cariño. Te veo en un rato.

—¿Ella está en tu habitación?— La Profesora Bern parecía atónita, boquiabierta. Se acercó a su silla y se sentó frente a los monitores, mirando fijamente hacia la cámara. —¿Cómo?

—¿Un hechizo?— sugirió Henri. —Su niñera era una bruja...

La Profesora Bern negó con la cabeza. —¿Un hechizo de protección? Nunca me he encontrado con uno que transporte seres. Lo dudo, pero investigaré un poco.

—¡Bueno, no ha sido del todo un fracaso!— Dije alegremente.

—¿No?— Henri sonaba severo.

—No. Ahora sabemos con certeza que se transporta sin necesidad de salir andando.

—Es verdad— reconoció la Profesora Bern. —Nos las hemos arreglado para confirmar que ella no se va caminando fuera del laboratorio. Así que, ahora, tenemos que averiguar cómo se marcha realmente. Cordelia, es necesario que Faustine vuelva, así que nos volveremos a reunir en una semana. Voy a tener que pensar la forma de cómo proceder después.

Me sacudía los sesos tratando de encontrar explicaciones de cómo Faustine podría haber hecho lo que hizo. Lo más probable sería un poder que la Profesora Bern no había encontrado antes. Pero sólo porque no tenía nombre, no significaba que no existiera.

Faustine era, después de todo, un híbrido. Los híbridos eran un total desastre.

Realmente no deberíamos estar centrados en el cómo. En cierto modo, eso era irrelevante. Había sucedido. ¿Sería un problema que habría que resolver? No es que yo pudiera verlo. En todo caso, la protegería. Demonios, aparecer bien y escondida en una cómoda cama tenía que ser un alivio. Cualquiera que fuera el poder, era una cosa buena. Odiaría hacer algo para meter la pata.

Sin embargo, eso supondría un atraso con su programa de pruebas de Iniciación. No se podía explorar ninguno de sus poderes si ella desaparecía en cada prueba. Y además, Faustine, por sí misma, quería entender los períodos de desmayo que experimentaba. Si iba a vivir en el mundo real, tenía que aprender por lo menos a controlar su transformación inicial. Me refiero a que sería un desastre si se transformaba cada vez que veía una araña. ¡Imagináte si una de esas criaturas se colaba en el departamento de zapatos en Bergdorf durante uno de sus días de compras! Además, las arañas eran el único estímulo que se había probado hasta ahora, tenía que haber muchos más.

Ugh. No tenía respuestas, pero me moría de hambre. Recogí un poco de comida de la sala de mentores antes de volver a mi habitación.

—Hola, Quinn. Gracias por esperar. ¿Todavía duerme?

—Sí. No se ha movido. ¿La trama se complica?

—Sí, pero no puedo hablar de ello. La bruja me transformaría en un sapo o lo que sea. — Me reí.

—No hay problema. Necesitaba hablar contigo acerca de otra cosa de todos modos.

—¿Ah?— Le entregué un plato de comida.

—No te preocupes. Es una buena noticia.

—Dime. — Me mordí el labio.

Él me enseñó un carta. —Lee.

—¿Sorbonne? Increíble. Pero...

Él arqueó las cejas.

—Tenía la esperanza de ir a Columbia, y quiero que vengas. ¿Qué te parece?

—¿A Nueva York?

—Sí. ¡Imagínatelo! Toda la vida y el ruido de Manhattan.

—Mmm. ¿A qué es debido el cambio de idea? Pensé que querías permanecer en París.

—Un par de cosas. — Fruncí los labios. — Sobretodo esos locos cambia formas. Tad probablemente regresará a París, Mason, también. Sus manadas se encuentran todavía en París, esperando su vuelta. Además, Faustine ha pintado un cuadro muy atractivo de Manhattan. Suena como el lugar para estar. Dijo que conseguiría que su madre se hiciera cargo de todo lo que necesitemos.

—Lo pensaré — prometió Quinn. —Mira, se está despertando. Si te parece bien, me voy a ir. Tengo algunas cosas qué hacer antes de que el equipo de esquí se reúna. ¿Por qué no venís tu y Faustine?

—Suena bien. Nos vemos más tarde.

Esperé a que Faustine abriera los ojos e inmediatamente le di algo de comida. Tan pronto como acabó, me decidí a examinarla un poco. —¿Cómo te encuentras?

—Bien, ahora que he comido. Tengo tanta hambre después de estas pruebas. Es como si duraran varios días.

—¿Qué es lo último que recuerdas, Faustine?

—¡Por Dios, la araña! Nunca había visto una tan mega-peluda antes. Era totalmente asquerosa y venía directa hacia mí, trataba de saltar a mis tobillos. Asqueroso. — Entonces se detuvo, su rostro era una máscara de confusión.

—Hey, ¿qué pasa?

—Estaba en una bañera. Ya sabes, tomando un baño. Supongo que he debido soñarlo justo ahora, cuando estaba durmiendo. Una pesadilla. Pero me estabas preguntando qué es lo último que recuerdo. Lo siento. Déjame pensar. Mmm... Estaba sentada en la silla en la cámara, supongo.

—¿Estás segura? Piénsalo muy bien.

Ella cerró los ojos, pero cuando los abrió, todavía parecía confundida. —Lo siento, Cordelia. Es todo tan confuso. Puedo más o menos recordar fragmentos. Como que creo que mis dedos se han fusionado, pero no puedo decir si es parte de mi pesadilla o no. Sin embargo, creo que lo ha sido.

—¿Por qué?

—Mmm. No sé. Porque nada de esto está claro, todo está entrecortado. Pero recuerdo caminar dentro de la cámara y sentarme en la silla. Debo de haberme quedado dormida y soñar después de eso. Puedo recordar fragmentos de ello. Creo que he perdido el conocimiento, como de costumbre, viendo que estoy nuevamente en tu habitación.

—Supongo. ¿Cómo crees que has vuelto hasta aquí?—Sabía que me estaba sobrepasando al hacerle todas esas preguntas, pero no podía evitarlo. Mi cotilla interior se había hecho con el mando.

—Pensaba que me habías traído de vuelta. Siempre estás conmigo, así que supuse que lo hacías tú.

—Pero yo no estaba contigo cuando te sucedió en tu casa, en Nueva York.

—Lo sé. — Su voz era suave. —Era probablemente la que estaba conmigo en ese momento... Neave, Tessa o mamá. ¿Importa?

—No lo sé. — Realmente no, pero sé que debía dejar de torturarla con preguntas cuando era evidente que no tenía respuesta. Así que cambié de tema. Ya era hora de que se relajara y que pasara un buen rato. — Dime, ¿te gustaría ir a esquiar?

—¿Ahora? ¡Sí! Genial. Vas a venir, también, ¿verdad?

—Sí. Al parecer, Quinn está al mando esta noche; Jagger tiene otro compromiso. Así que será súper divertido. — Yo tenía muchas ganas de hacerlo. Lo necesitaba para acercarme a Quinn y olvidarlo todo acerca de Jagger.

Capítulo 23

No me había encontrado con Jagger desde el juicio. Habían pasado más de tres semanas, pero eso no era extraño. Nunca lo había visto antes de que me convocara a principio de curso a pesar de que habíamos asistido juntos a la Academia durante más de dos años. No muchos de nosotros llegamos a conocer a Jagger. Podía quedarse él solo o moverse completamente en círculos diferentes del resto de nosotros. Incluso ahora, no teníamos ninguna razón para encontrarnos, a menos que tuviéramos un objetivo. Y obviamente, ninguno de nosotros lo tenía.

La noche anterior al juicio, había sido muy excitante. Mis hormonas habían estado alteradas mientras estaba sentada junto a Jagger en mi cama, frenándome ya que Faustine y Martha estaban con nosotros en la habitación. Yo tenía muchas ganas de él, y le habría saltado encima de haber estado solos. Esa posibilidad se había convertido desde entonces en mi fantasía cuando trataba de conciliar el sueño.

Pero eso era todo lo que era. Una fantasía. Después del juicio, las cosas habían vuelto a la normalidad. Seguí con mis compromisos de tutoría, y él hacía lo que sea que hiciese. Yo no tenía ni idea. Seguía esperando que llamase a mi puerta, incluso una llamada telefónica, pero...

Mi corazón se aceleraba mientras esperaba en las pistas de esquí. Él tenía que estar ahí arriba. La estación de esquí, estaba abierta al público esa tarde, una oportunidad para el equipo de esquí para evaluar y reclutar nuevos candidatos prometedores, tomándolos de los Iniciados. ¡Estaba deseando que llegara el *après-ski* (después de esquiar) aún má,. una barbacoa con hoguera!

Salté del telesilla y aterricé en la suave y blanca nieve con Faustine a mi lado.

—¡Oh Dios mío, se ve impresionante desde aquí arriba! Mira a toda esa gente— gritó ella, mirando hacia las montañas, con los ojos brillantes.

Fue genial ver su aspecto feliz y relajado. Justo como debía ser una adolescente. La vi girar en la nieve y luego se tumbó de espaldas e hizo un ángel en la nieve, la nieve de las botas volaba hacia sus ojos. Se incorporó y soltó una risita.

De golpe, sus labios se convirtieron en un puchero. Yo seguí su mirada. A lo lejos, Martha y Ryker se lanzaban bolas de nieve el uno al otro.

—Hey.

Me di la vuelta y miré la cara sonriente de Jagger. Mi corazón dio un salto mortal. —Hey, a ti. Cuánto tiempo sin verte.

—Sí. Te he echado de menos— dijo Jagger en voz baja. —Quería venir y verte, pero...— Se encogió de hombros.

—¿Pero?— No lo dejaría escapar tan fácil.

—Estabas muy enfadada conmigo. Además, siempre estás con Faustine. O Quinn. Incluso ahora.

Verdad. Pero eso no era una excusa. —Es cierto. La Profesora Bern me ha implicado un poco más en el programa de Faustine, así que he estado ocupada todo el tiempo. Ni siquiera he ido a la pista de tenis. Hablando de eso, ¿cómo está tu hermano?

—Me gustaría poder decir simplemente genial. —entornó sus ojos. —Tiene un montón de problemas.

—¡Guau!— Eso era sorprendente. Había visto a Ryker; realmente parecía un buen tipo. — ¿Qué ha hecho?

—Es más un caso de qué no ha hecho. Ha faltado a clases. De todos modos, te lo contaré más tarde. Tengo que ir a supervisar que nadie se haya salido de las pistas. — Hizo una pausa. —Cordelia, es realmente bueno verte otra vez.

A medida que se iba, hizo sonar su silbato, señalando que todos se reunieran a su alrededor. Debía haber unos treinta estudiantes allí.

Esquié hacia donde estaba Faustine, quien estaba ocupada hablando con Quinn y McKenzie.

—¡Está bien, escuchad todos!— Dijo Jagger. —Sólo los miembros del equipo de esquí pueden saltar de aquella plataforma de allí. — Señaló hacia una caída mortal. —Todos los demás tenéis que manteneros en las pistas. Los principiantes, por favor poneros con Quinn. Os llevará hacia abajo. Intermedios, poneros con Sienna y Jewel, y esquiadores avanzados con Delam y Patrice. Hoy nos faltan dos miembros del equipo de esquí, así que tendré que supervisar al resto. Todo el mundo id a vuestros grupos, y vamos a poner esto en marcha. ¡Una barbacoa y una hoguera, nos aguardan en el chalet!

Me di cuenta de que Faustine esperó a que Ryker y Martha eligieran su grupo de esquí, antes de que buscara el suyo. Vi su sonrisa cuando ellos se unieron a los principiantes. Clavó los palos en la nieve y se impulsó para pasarlos. Pequeña presumida. Se unió en el grupo de Delam y Patrice.

Mmm. Me acerqué a Jagger. — ¿Es una buena idea?— Señalé hacia Faustine.

—Probablemente no. Sin embargo, está en el grupo de habilidades correcto.

—Creo que será mejor que vaya con ella— le dije, sin estar muy segura de ser capaz de mantener el ritmo.

—Mira, por qué no vienes con mi grupo. Iré cuidando de Faustine. ¿De acuerdo?

—Gracias.

—No hay problema.

Y se fueron. Esquié hacia mi pequeño grupo. McKenzie, Harrison y Chun. —¡Hey, chicos! ¡Harry, por Dios, cuánto has crecido! ¡Y mira esos impresionantes pantalones de esquí!

Harry se escondió detrás de las piernas de su madre, mirándome con suspicacia. Supuse que no se acordaba de mí, sólo lo había visto una vez antes, y muy brevemente. Sentía como si lo conociera por todas las fotos que McKenzie me había enseñado el año pasado. Le sonreí a McKenzie y me volví hacia Chun. —Pensé que vendría Kabir. — Kabir era su nuevo novio, el chico que había conocido en el baile.

—Sí, está aquí. Está esquiando con los principiantes.

—Bien, seguidme, chicos. Vamos a tomar el ascensor hasta la pista de tubo.

McKenzie vio que el resto de los grupos comenzaban a alinearse, con la envidia escrita por toda la cara.

—Oye— le dije. —Puedo llevarme a Harry si quieres esquiar con Jagger.

Sus ojos se iluminaron. — ¿En serio? ¿No te importaría? Eso sería genial.

—Adelante. — Me volví hacia Harry. —Estarás bien conmigo, ¿no es así?

Sacó el labio inferior. — ¿Mami?

McKenzie se inclinó y lo besó en la frente. —Te divertirás mucho con Cordelia. Ella es asombrosa. Coge su mano.

Le tendí la mano, y puso la suya alrededor de mis dedos, agarrándose con fuerza. Era tan pequeño, un pequeño humano. De repente, me sentí totalmente inadecuada para ser su responsable. ¿Por qué había abierto mi bocaza? Había vampiros en las pistas. No era sólo una cuestión de bajar de forma segura, eso podía hacerlo en sueños, también debía asegurarme de que no terminara como el aperitivo de alguien. No era de extrañarse que Jagger se hubiera auto-asignado al grupo de Harrison. Era el más vulnerable de todos. Incluso mucho más que el de Faustine. ¡Jesús!

McKenzie ya se había ido, probablemente totalmente ajena a la posibilidad de que la fastidiara.

—¿Cordelia?— Preguntó Chun. —¿Podemos irnos?

—Sí. Escucha, Chun, vamos a bajar todos por un tubo y esquiamos juntos.

—¿Por qué? Yo quería ir a mi aire.

—Es más seguro. No puedo echaros un ojo a ambos si nos separamos, y puesto que sólo somos tres, seguiremos juntos.

Nos dirigimos a los ascensores, el día había cambiado rápidamente de diversión sin preocupaciones en la nieve a una tarde tipo: *asegurarme de mantener al humano pequeñín lejos de los vampiros*. Ugh.

Por suerte, me había preocupado por nada. Todo el asunto fue como la seda. Debí haberme sentado y disfrutado de la bajada por la ladera de la montaña, escuchar reír a Harry y gritar de alegría en vez de escuchar a los vampiros.

—¡Otra vez, otra vez!— Gritaba Harry cuando llegamos abajo.

Chun y yo nos reímos. No había manera de rechazar esa petición irresistible. Así que nos fuimos de nuevo. Y otra vez. Y seis veces más.

—Tal vez más tarde— le dije mientras Harry repetía su petición por séptima vez. —Vamos a comer algo primero. Apuesto a que te apetece un perrito caliente o una hamburguesa.

—¿Un perrito caliente y un poco de maíz de mazorca?— Obviamente había superado su timidez inicial.

—¡Y corndogs!

—¿Con mantequilla?

Le aparté el pelo. —Sí, mucha mantequilla, también. Vamos. — Caminamos hacia el chalet donde McKenzie nos esperaba. Harry se arrojó a sus brazos.

—¿Dónde estabais? Estaba a punto de enviar un equipo de búsqueda— estaba segura que lo decía como medio-broma.

—Fuimos arriba y abajo montones y montones de veces, mamá. Quiero ir de nuevo, pero tengo hambre.

—Apuesto a que la tienes. Vamos a cambiarte esta ropa mojada primero. — apretó mi hombro. —Cordelia, gracias. Realmente lo aprecio.

—Cuando quieras. ¡Harry es genial! Tal vez lo tengamos esquiando pronto.

—¡No!— dijo Harry. —Me gustan los trineos.

—Está bien, amigo. ¡Trineos serán!— Me reí y entré para cambiarme.

Me tomé mi tiempo en la ducha, dejando que el chorro de agua caliente masajeara mis hombros y espalda. Al vestirme, me di cuenta que toda la charla en el chalet parecía haber cesado. Supuse que todo el mundo estaba fuera, disfrutando de la comida y la hoguera. El pensamiento me dio hambre, así que me apresuré a secarme el pelo.

Mientras pasaba a otra sala hacia la salida, oí a alguien. Me detuve y escuché.

—*Dame el niño.*

¿Qué significaba eso? ¿Quién era? Puse mi oreja en la puerta.

—*Grita y tendré que matarlo.*

Ugh. Delam.

Podía escuchar claramente a McKenzie mientras susurraba: —Por favor. Deja que se vaya. Es sólo un niño.

—Lo haré. Sólo quiero un pequeño sorbo. Su sangre huele muy bien. Toma un pequeño trago para ti misma. Sabes que quieres hacerlo.

¿Qué demonios se suponía que debía hacer ahora? Si abría la puerta para ayudar, Delam podría matar a Harry. Pero si me quedaba simplemente parada...

Un chillido espeluznante atravesó el chalet. Abrí la puerta de golpe y entré corriendo, arrojándome sobre Delam. Me había transformado y me lancé ciegamente hacia él. Luchó conmigo, lanzándose para tratar de clavarme sus colmillos. McKenzie continuaba gritando, las lágrimas corrían por su rostro.

—McKenzie—,grité, apartando la cara de Delam lejos de mi cuello. —¡Coge a Harry y corre! ¡Ahora!

Ella sacudió la cabeza, sollozando. — ¡Se ha ido!

¿Ido? ¿Así como muerto? ¿Cómo? Seguramente, Delam no había tenido el tiempo suficiente para matarlo antes de que llegara allí. Cogí a Delam por el cuello, lo levanté por encima de la cabeza y lo golpeé con fuerza contra el suelo. Había tenido suficiente de él. Le levanté la cabeza y lo golpeé con fuerza de nuevo sólo por si acaso. Estaba inconsciente, así que me transformé de nuevo. Parecía seguro con él desfallecido en el suelo.

Miré a alrededor buscando a Harry. — ¿Dónde está?— Le pregunté a McKenzie, que seguía gritando.— ¡Contrólate! ¿Dónde diablos está Harry? ¿Se ha escapado?

—No lo sé. Sólo se desvaneció— tartamudeó.

—¿Qué quieres decir con se desvaneció?

McKenzie se me quedó mirando, sus ojos estaban vacíos y sus labios temblorosos.

La cogí por los hombros y la sacudí. —¡McKenzie! ¡Háblame!

Ella asintió con la cabeza, secándose las lágrimas de la cara con la manga. —Cordelia, él ha desaparecido. Delam intentó arrebatármelo pero antes de que pudiera tocarlo, Harry desapareció. Simplemente desapareció, justo delante de mí.

—¿Estabas cogiéndole de la mano cuando ha desaparecido?

—No lo sé. Creo que no. Lo solté para saltar sobre Delam.

—¡Mami!

Me di la vuelta. ¡Justo detrás de mí estaba Harry! Corrió esquivándome y saltó sobre McKenzie.

—¡Harry! ¿A dónde habías ido? Tenía miedo de lo que me pasaba por la cabeza. — McKenzie lo abrazó.

—Mamá, yo no me he ido a ninguna parte. Ese hombre daba miedo. — Señaló al inconsciente Delam. —¿Está dormido ahora? ¿Podemos ir a casa?

—Sí, por supuesto. — McKenzie se giró hacia mí. —Cordelia, tengo que irme mientras el camino es seguro. Gracias. ¿Puedes decirle a Quinn lo que ha sucedido y pedirle que se encargue? Hablaré contigo mañana por la mañana. —Cogió su bolso y salió corriendo con Harry aferrado a ella.

Aturdida, salí a la calle en busca de Quinn.

—¿Va todo bien?— preguntó Ryker, apareciendo de entre las sombras.

—Eso creo. — Me encogí de hombros.

—Me ha parecido oír gritar.

—Sí. Ha pasado algo en el chalet. Ya está todo bien, pero necesito encontrar a Quinn. ¿Lo has visto?

—Sí. Está hablando con Faustine junto a la hoguera.

—Gracias. ¿Vas ahí?

—No, regresaré a mi habitación. Nos vemos.

—Claro. — Le vi irse hacia el aparcamiento. Ryker. Había algo extraño en ese chico. Pensé que, ya que él era hermano de Jagger, tal vez debería conocerlo mejor.

De todos modos, ya era hora de encontrar a Quinn y que hiciera la limpieza. Molestos vampiros. Y yo era un demonio estúpido. Debí haberme ido con McKenzie para ayudarla a mantener a salvo a su hijo. De hecho, debí haber insistido en llamar a alguien para que la llevara a casa. Aun así, Delam estaba inconsciente así que esperaba que ella estuviera a salvo.

—Hola, nena. ¿Te has divertido?— Quinn me alzó y me besó.

El ardor del fuego calentaba mi piel.

—Hola. Tenemos un problema. — Lo puse al tanto de la versión corta, dejando fuera la parte en que Harry había desvanecido.

—No es tu culpa, cielo. Todos nosotros deberíamos haber esperado eso. Supongo que estábamos distraídos. De todos modos iré y lidiaré con ello. Nos vemos más tarde. Échale un vistazo a Faustine. Está allí. — Señaló hacia el otro lado de la hoguera.

Me acerqué y me senté en un tronco junto a Sienna, que tomaba sorbos de una bebida. Jewel tocaba la guitarra mientras Patrice cantaba una versión de *No Woman, No Cry*. Faustine, Jagger, Martha y algunos otros tarareaban al son del ritmo. Cerré los ojos y escuché la música.

—¿Te apetece comer algo?— Jagger apareció junto a mí con un plato de carne. — Te he guardado ésta. ¿Dónde te habías metido?

—Jagger, vamos a otro lugar, algún lugar donde podamos hablar. — Y posiblemente a besarnos. Él estaba increíblemente guapo enrojecido por el esquí. Realmente lo había echado de menos.

—Por supuesto— extendió su mano libre y me ayudó a ponerme de pie.

Me aferré a su mano frotando sus dedos mientras entrábamos en el bosque. Nos encontramos con un roble caído. —Sentémonos aquí— sugerí.

Nos sentamos en silencio mientras yo me comía la comida, mirando la luna deslizándose entre las nubes. Una vez terminé, le conté a Jagger lo que había sucedido. La versión larga. No omití nada.

—Otro humano que hace el truco de desvanecerse. Eso es extraño— comentó Jagger.

—Ya puedes decirlo. Me moría de ganas de pedirle que me describiera lo que pasó. Pero es muy pequeño y McKenzie tenía prisa por irse.

—¿Delam está inconsciente? ¿Estás segura?

—Sí, no recuperará la consciencia hasta dentro de unas horas. Quinn probablemente lo está llevando a la enfermería.

—Bien. Yo me ocuparé de él más tarde.

—Gracias. Qué gran idiota.

—¿Ryker has dicho que estaba fuera? ¿Y ha vuelto al dormitorio?

—Sí. ¿Cómo te llevas con él? ¿Ya le has contado que eres su hermano?

—No. Todavía no. Planeo hacerlo pronto. Esperaba a que se calmara. Todos esos temas de que no asiste a clase y esas cosas no le están ayudando. Tenía la esperanza de hacer amistad con él primero, que confiara en mí un poco antes de decírselo. Por el momento, parece que sólo hablo con él acerca de su compartimiento. Probablemente tiene miedo de buscarme.

—¿Qué sabes acerca de su madre?

—Nada. No es del tipo de persona que te cuenta su vida. Menos aún que cualquier otra persona que haya conocido. Ni siquiera ha confesado el hecho de que es un hada. O un Wanderer. No dice demasiado. Parece distraído totalmente la mayor parte del tiempo, como si su cabeza estuviera en otra parte.

—Tal vez no sabe lo que es.

—Tal vez. Sin embargo, parece bastante confiado. Es como si estuviera completamente seguro de sí mismo. Hasta el punto de no asistir a clases o exámenes. ¿De qué va eso? ¿Por qué se ha molestado en venir aquí entonces?

—Tal vez sus padres lo han obligado. O sólo ha venido a conocerte. Probablemente sabe que eres su hermano.

Jagger se rió. —Eso sí que sería divertido, los dos dando vueltas al asunto, los dos sabiéndolo. Aunque, creo que hay una pequeña posibilidad de que él no... No es como si tuviéramos una prueba de paternidad para demostrarlo de una manera u otra. No se parece en absoluto a un hada.

—¿Qué te hace pensar eso?

Se encogió de hombros. —Sólo es un presentimiento. Normalmente soy capaz de decir cuando alguien es un hada. Ni siquiera huele como una.

—Mmm. ¿A qué huele?

—Totalmente neutral, lo cual es muy raro.

—Tal vez utiliza algún tipo de neutralizador de olor de hada. — Me reí.

—Ja, ja.

—Si de verdad quieres salir de dudas, ¿por qué no simplemente irrumpes en la oficina de la señora Stone otra vez y lees su expediente?

—Lo intenté. Todas las carpetas han desaparecido. Frau Schmelder las ha trasladado a una nueva ubicación después de que entráramos.

—¿Has intentado preguntárselo?

Jagger me miró, sorprendido. —Sabes que no puedo hacer eso. La política de la escuela, ¿recuerdas?

—Escúchate— le incité. —¿Y es política de la escuela irrumpir la oficina de la directora...?

—Está bien, sabelotodo.

—Bueno, ¿por qué no? Ahora la verdadera razón.

—Ryker está un poco distante. No me facilitará el camino precisamente para preguntarle acerca de sí mismo. Es casi formal cuando me habla. No somos precisamente muy amigos.

—Qué extraño. Me pregunto si será así con Martha.

—Parece serlo. No es que ella se dé cuenta. —Sonrió.

—Entonces, ¿cómo conseguimos que hable?

—No lo sé.

—Ya se nos ocurrirá algo. Pero no ahora. Será mejor que regresemos. Quinn probablemente estará buscándome y quiero saber lo que ha hecho con Delam.

—Cordelia, espera.

—¿Qué?— Quería que fuera hora de besar a Jagger.

—¿No crees que es una gran coincidencia?

—¿El qué?— estaba tan contenta que no había fruncido los labios.

—Estos… llamados desvanecimientos… primero Faustine y ahora Harry. Ambos humanos, o en parte. Casi parece ser una especie de mecanismo de rescate. Realmente raro.

—Sí. Es como si tuvieran ángeles guardianes vigilándolos...

—¿Eso es todo? ¿Lo crees?— Jagger me miró como si yo hubiese tenido algún tipo de epifanía.

¿Ángeles guardianes?

Capítulo 24

Un ángel guardián velando por un demonio, sin duda era un concepto extraño. La primera vez que se lo sugerí a la Profesora Bern puso una cara de como si hubiese perdido totalmente la razón. Después de no poder llegar a una hipótesis mejor, a regañadientes, lo consideró. Su principal inconveniente era que era incapaz de ver cómo, incluso un ángel, podría haber sacado a Faustine de la última sala.

Sin embargo, unas cuantas semanas después, todavía seguíamos confundidos sobre cómo probar o refutar la hipótesis. Los ángeles guardianes no son fáciles de engañar. Lo que se nos ocurría, era una prueba para investigar más a fondo los desvanecimientos. Teníamos que saber qué ocurría exactamente con Faustine cuando desaparecía. La única manera de saberlo era ir con ella, acompañarla hacia lo desconocido. Por supuesto, no sabíamos si nuestro plan era posible, pero valía la pena intentarlo. Y si me encontraba con un ángel guardián durante mi aventura, que así fuera.

Habíamos obviamente considerado, que el ángel guardián podría no aparecer si interveníamos. En ese caso, ¿qué pasaría? ¿Faustine sufriría una transformación total y completaría la prueba como se pretendía?

De cualquier manera, yo tenía ganas de descubrirlo. Faustine lo estaba mucho menos. No había tenido ninguna prueba mientras tanto y estaba un poco inquieta por la nueva. En especial, por tener que volver de nuevo a la cámara de contención. Tampoco yo estaba muy contenta con esa parte.

Esta vez, la seguí a la cámara, que era aún más claustrofóbica de lo que parecía. Las nuevas modificaciones eran parcialmente las responsables. El sillón en el que Faustine se había sentado la última vez, había sido sustituido por un artefacto nuevo que nos podría contener a ambas juntas. La construcción del nuevo dispositivo era lo que había causado el retraso. Pero ya estaba listo y empezamos la prueba.

Nos subimos al artefacto. Estaba diseñado de modo que nos sentáramos espalda contra espalda. Henri aseguró entonces nuestros tobillos, muñecas y cinturas juntas, usando correas de metal acolchonadas con terciopelo lo suficientemente fuertes para que nuestras formas demoníacas no pudieran dañarlas. Cuando terminó, estábamos totalmente unidas. Ninguna de las dos nos iríamos a alguna parte sin la otra. Se parecía a cómo prepararse para subirse en la montaña rusa más grande… aterrador, pero estimulante.

—¿Listas, señoritas?

Cuando asentí, Henri puso una sonda en mi frente. Esa acción me llevó de vuelta a mis propias pruebas y de repente tuve un breve momento de pánico. —¡Espera, Henri!

—¿Cordelia?

—¡Quítame la sonda! No necesito una. — Lo último que necesitaba era dejarme llevar a mi propia simulación para complicar las cosas. Estaba allí sólo de paseo, en el aspecto físico.

Henri sacudió la cabeza. —Por supuesto, discúlpame. Estaba en modo piloto automático. Me alegro de que me lo hayas dicho. — Me quitó la sonda y después salió de la habitación, cerrando la escotilla tras de sí. Encerrarnos era un poco exagerado teniendo en cuenta que ni siquiera podíamos movernos.

—¿Estás bien, Cordelia?— Preguntó Faustine, su voz sonaba un poco inestable.

—Sí. ¿Y tú?

—¿Y qué pasa si te hago daño? Quiero decir, no sé lo que pasa cuando me desmayo. No quiero hacerte daño.

—Estaré bien. Las dos tenemos nuestras alarmas de emergencia. Presionaré la mía si lo necesito. No te preocupes.

Las luces se apagaron, y miré fijamente hacia la oscuridad total. Cerré los ojos y esperé.

Y esperé.

No pasó nada durante un buen rato, sólo algún movimiento ocasional de Faustine.

Cuando sentí que su temperatura corporal aumentaba, abrí los ojos. Rápidamente fui envuelta con calor. Al principio pensé que era calor proveniente de Faustine pero parecía más personal, como un cálido abrazo, lleno de amor. Inmediatamente me sentí contenta, feliz y ligeramente eufórica.

Me desperté totalmente hambrienta. Cuando abrí los ojos, me vi reflejada en los interesados ojos de Quinn.

—Nena. ¿Estás bien?

—Sí. Tengo hambre.

—Toma. Abre la boca. — Dejó caer un pedazo de carne asada negra y azul, justo como a mí me gusta, quemada por fuera, fresca y apenas cocida por dentro... dentro de mi boca. Masticaba entusiasmadamente antes de tragarlo y abrir la boca por más. Él se rió y dejó caer otro pedazo. — ¿Dónde están tus modales de princesa?— se rió entre dientes.

Yo estaba demasiado hambrienta y demasiado cansada para pensar en los modales. Entorné mis ojos y seguí comiendo, recobrando fuerzas con cada bocado. Cuando estuve satisfecha, me senté.

Quinn y yo no estábamos solos. Estaba en mi habitación, en mi cama. Le había pedido a Quinn que permaneciera allí durante la prueba en caso de que Faustine hiciera su camino de regreso de alguna manera. Bajé la vista hacia ella, seguía durmiendo. Así que no sólo lo había hecho de nuevo, sino que me había traído con ella.

La Profesora Bern y Henri también estaban allí, sorprendidos frente a mí.

—Cordelia, ¿qué ha pasado?— La Profesora Bern balbuceó.

—¿Quinn? ¿Qué has visto? ¿Cómo he llegado aquí?— Pregunté.

—No tengo idea. Estaba sentado aquí leyendo y cuando he mirado hacia tu cama, allí estabais las dos, profundamente dormidas, arropadas con la manta.

—¿Nosotras no hemos caminado hasta aquí? ¿Simplemente hemos aparecido?

—Sí, eso es lo que nos ha dicho— La Profesora Bern parecía algo extasiada. —Entonces, ¿qué ha pasado exactamente?

—No he podido ver nada— le dije, tratando de contener la decepción de mi voz. —Sólo me he sentido de la misma forma que Faustine ha descrito un trillón de veces, cálida y feliz. Entonces me he despertado aquí. ¿Cuánto tiempo me me he ido?

—Lo he cronometrado con la ayuda de Quinn— respondió Henri. —Tan sólo dieciséis segundos desde el momento en que habéis desaparecido de la sala y habéis llegado aquí.

—Dieciséis segundos de desmayo— reflexioné.

Faustine gruñó, finalmente estaba estirándose.

—Tengo su comida— me tranquilizó Quinn.

—Cordelia— dijo la Profesora Bern. —¿Puedes recordar algo? ¿Algún sonido? ¿Olor?

Me esforcé tratando de recordar. Pero no tenía nada, ni siquiera un olor y debería haber sido capaz de identificar un ángel. ¿Qué me pasaba? Había estado en un silencio sepulcral, ni siquiera un murmullo. —Lo siento. Estoy desconcertada— Bajé la mirada desalentada.

—Cordelia, lo has hecho lo mejor que has podido —dijo la Profesor Bern sin sonar demasiado tranquilizadora. —Henri y yo volveremos y analizaremos los datos para ver si nos hemos perdido algo. Hablaré contigo mañana.

Vi a Quinn ir hasta Faustine levantándola. Seguía decepcionada conmigo misma. No estaba tan sorprendida de no haber olido un ángel. Un ángel nunca se habría metido con un demonio. Además, carecían de poderes capaces de transportar fuera las cámaras de seguridad. La Profesora Bern estaba totalmente segura de que la cámara estaba clausurada con seguridad, no sólo confiaba en las habilidades de quien la había diseñado y construido, sino que además había lanzado un hechizo de confinamiento. Ningún paranormal podría haber conseguido atravesarlo, ni siquiera otra bruja. Entonces, ¿cómo diablos había ocurrido?

—Deja de pensar en eso, Cordelia. Tómate un descanso por lo menos. También estoy perpleja, pero lo averiguaremos. Sólo tenemos que abordarlo desde otro ángulo.

—Sí, tienes razón. Faustine, ¿estás bien?

Dejó de comer para mirarnos. —¿Cómo has llegado hasta aquí, Cordelia? Quiero decir, ¿sólo has aparecido aquí de la misma forma que lo he hecho yo?

—Sí, seguimos tratando de resolverlo pero me duele la cabeza. Creo que necesitamos olvidarnos de esto durante un rato y relajarnos. ¿Esquí? ¿O tenis?

—¡Oh, esquí!— Faustine se levantó, lista para irse.

—Guau. Espera. — Quinn alzó la mano. — ¿No os estáis olvidando de algo?

Lo miré sin comprender. No tenía ni idea de qué estaba hablando.

—Amiga, la primera mezcla de Iniciados es hoy. ¿Recuerdas?

Ugh.

Faustine asintió. —Sí, Dax nos lo ha contado. Lo había olvidado. ¿Así que nuestros grupos se disolverán hoy?

—No exactamente— explicó Quinn. —La Academia fusionará algunos grupos y otros se quedarán igual. Durante la asamblea sabréis si vuestro grupo se mezclará o no. Algunos vampiros serán liberados para incorporarse en el programa principal hoy también.

—Y eso será un problema para nosotros, porque aunque dudo que ellos se unan a nuestro grupo, estos vampiros vagarán por los pasillos y la cafetería— añadí. —Tenía la esperanza de que estarías más avanzada con la posibilidad de acceder a tus poderes, pero estas pruebas no van a ninguna parte. — Quien sea o lo que sea que estaba protegiendo a Faustine también obstaculizaba su desarrollo. Si la fuerza protectora continuaba a su alrededor, entonces tal vez ella estaría a salvo de los vampiros o de cualquier otra fuerza malévola. Pero si no, ¿cómo iba a aprender a protegerse a sí misma? Idealmente, la fuerza protectora le daría espacio suficiente, especialmente en el entorno de prueba, para aprender a aprovechar sus poderes.

Quinn interrumpió mis pensamientos. —Cordelia, ¿estás pensando otra vez? Faustine tiene que ir a la asamblea. Asumo que irás con ella. Tengo cosas que hacer, así que nos vemos luego chicas— me besó en la frente y con un gesto, nos dejó solas.

—Bueno, vamos a buscar a Dax y a los demás y terminemos con esto— conduje a Faustine hacia fuera de la habitación.

La sala de la asamblea bullía de actividad. Había enviado mensajes de texto a Dax diciéndole que nos encontraríamos en la entrada. Era difícil ver a alguien entre la multitud. Me aferré firmemente a Faustine mientras me abría paso a codazos a través de las masas. Finalmente vi a Martha, o la oí para ser precisos, y seguimos su voz hacia el grupo de Dax.

—¡Hey! ¡Habéis llegado!— Martha se apresuró a abrazar a Faustine —Así que, ¿cómo te ha ido la prueba? Sé que estabas nerviosa esta mañana. Puedo deducirlo por como estabas de sobresaltada.

—Sí, lo siento por eso— Faustine se sonrojó. —Todo fue bien, supongo. ¿Y tú?

—¡Bien! He aprendido algunas cosas nuevas, así que estoy contenta. Oye, no has visto a Ryker por ahí, ¿verdad? Lo he buscado por todas partes.

Faustine se tensó al mencionar a Ryker. —No, pero tampoco me he fijado cuando veníamos. ¿Tú lo has visto, Cordelia?

—No. — No lo había visto para nada desde la última salida de esquí, cuando el hijo de McKenzie casi había sido atacado. Me preguntaba si le habían asignado un mentor ya que no asistía a las clases o iba a los ensayos. Y me preguntaba si Jagger ya le había dicho que eran hermanos.

—Hablando del diablo— bromeó Martha. —Ahí está. Nos vemos. Dax, guárdame un sitio.

Alcancé ver a Ryker mientras entraba en la sala con Jagger. Martha prácticamente lo derribó, arrojándose sobre él.

—¿Has visto a Harry?— Preguntó Chun. —Oí lo que pasó. ¿Se encuentra bien?

—No lo he visto, pero Quinn habló con McKenzie. Están bien, sólo un poco alterados. Ella se mantendrá lejos de aquí por ahora, especialmente con Harry. Sigue preguntando por nosotras, así que McKenzie podría invitarnos a almorzar o algo así.

—Eso sería genial. Es un niño encantador. ¿Qué le pasó a Delam?

—El consejo estudiantil se encarga de él. — Y esperaba que ellos se lo dieran de comer a los cambia formas.

Sonó la campana y entramos para buscar nuestros asientos pre-asignados. Esta vez no había un cristal que nos separara en el auditorio. De hecho, ninguno de los vampiros Iniciados, se hallaban presentes.

Cuando nos sentamos, Martha se por escabulló arriba y se plantó en el asiento que estaba junto al mío. —¡Uf! Lo he conseguido.

—¿Cómo está Ryker?— Pregunté. Estaba sentado unas cuantas filas por delante nuestro, junto a Jagger.

Era un poco extraño que no estuviesen sentados con el grupo de Ryker.

—Oh, bueno. Vamos ha vuelto a poner su actitud de actitud callado y melancólico — se rió —Un poco sexy.

—¿Por qué no está sentado con su grupo?

—Oh, ¿no te has enterado?

—¿Enterarme de qué?

—Ryker está en período de prueba. Se ha saltado demasiadas clases y se ha metido en un montón de problemas. Jagger se ofreció a ser su mentor. Así que ha estado yendo con Jagger en vez de con su grupo.

Así que Jagger se había ofrecido a cuidar a su rebelde hermano. No me extrañaba que no lo hubiera visto. Debía de haber acompañando a Ryker a todas sus clases y pruebas. Me preguntaba si él tenía que sentarse y observar las pruebas como lo hacía yo con Faustine. ¿Le habría contado ya a Ryker que eran hermanos? Tenía que saberlo. Le envié un mensaje Jagger y le pregunté si podía reunirse conmigo después de la asamblea.

Cuando le llegó el mensaje, miró por encima del hombro y me asintió con la cabeza. Perfecto.

—¡Atención, todos!— Frau Schmelder había caminado hacia el escenario y estaba de pie detrás del podio. —Sentaos. — Hizo una pausa, escudriñando la habitación. —Como sabéis, es nuestro primer día de mezcla. Eso significa que por el momento hemos tenido un año exitoso. Vuestras pruebas están progresando satisfactoriamente y los líderes de vuestros grupos están satisfechos con vuestra asistencia a clase.

—Un grupo de Iniciados ha sido excluido del programa principal hasta el momento, los vampiros, por razones obvias. Esas razones siguen siendo válidas para la mayoría de ellos, pero algunos han progresado y, me parece, están listos para el programa principal. Vamos a proceder con cautela, por supuesto, pero permitidme que os presente a los vampiros Iniciados que iniciarán el programa hoy.

La señora Stone condujo a los vampiros dos chicas y un chico al escenario. Miraban a la audiencia con timidez.

—Ren ha sido asignado al grupo de Silvia. ¿Dónde estás, Silvia?— preguntó Frau Schmelder, mirando por encima del auditorio.

Una niña que debía de ser Silvia, se puso en pie y saludó.

—Gracias, Silvia. Ven a mi oficina después de la reunión para recoger a Ren—se volvió hacia las dos chicas —Las gemelas, Audrey y Viola, tendrán un mentor en lugar de unirse a un grupo en este momento. Quinn, te han sido asignado.

Quinn se levantó y saludó con la mano. Así que, esa era la *cosa* que lo había tenido ocupado. Me preguntaba si se había ofrecido a guiar a esas dos sólo para mantener segura a Faustine. O si él tenía otro motivo.

Frau Schmelder continuó. —Algunos de los grupos, que han estado haciendo progresos especialmente buenos, se fusionarán en este momento. La señora Stone tiene la lista; miradla después de la reunión. Los líderes de los grupos fusionados compartirán la responsabilidad. La próxima reunión dónde habrá más fusiones será dentro de, aproximadamente, dos meses. Lo anunciaré. Podéis iros.

—¡Genial!— Martha aplaudió con sus manos. —Espero que nos fusionemos con un grupo agradable, con algunos chicos. Unos guapos. Sin ánimo de ofender, Dax. Vamos. Vamos a averiguarlo.

—No es necesario— respondió Dax. —No vamos a fusionarnos. Por lo menos, no en éste momento.

—¿Por qué no?— Martha hizo un puchero. —Vamos a todas nuestras clases y pruebas. Somos un grupo increíble.

—Sí, ¿por qué no, Dax?— Se quejó Chun.

—No nos corresponde pensar en el por qué, lo nuestro es…

—¡Pffftt!— escupió Martha —Esto apesta.

—Es mi culpa— dijo Faustine, con la voz quebrada.

—¿Qué? De ninguna manera— dijo Martha. —Eres una de los demonios más bellos que he conocido.

—Probablemente es porque no lo he hecho bien en las pruebas— respondió ella, en voz baja.

—¿En serio? ¿No van bien? Pensé que habías dicho que iban bien— dijo Martha, sonando sorprendida.

—Dije que *ellas* estaban muy bien, no que yo lo hiciera bien.

La expresión de Martha se suavizó y cogió la mano de Faustine. —No te preocupes. Eres joven. Te puede llevar un poco más de lo que nos llevó a nosotros, eso es todo. De todos modos, ¿quién necesita sangre nueva? Somos un grupo grandioso.

—Hey, nena. — Quinn tocó mi hombro.

—¡Ah! Quinn, tú tienes algunas explicaciones qué dar— bromeé.

—¡Sí, lo sé! Bueno, Jagger me envió la solicitud para ser mentor de vampiro la semana pasada. Probablemente no te dio una porqué ya eres mentora. De todos modos, casi lo borro sin siquiera leerlo, pero por alguna razón, hice clic en ella. Cuanto más pensaba en ello, más me convencía de que sería una buena cosa en la qué envolverme. Para todos nosotros. Piénsalo, podré vigilarlas. Así que, eso es por lo que he estado ocupado. Llegar a conocerlos y aprender sobre los vampiros y su programa de iniciación. Ha sido fascinante.

—¿Qué tal son? Audrey y Viola, ¿verdad?

—Sí. Son muy agradables. Como dijo La Smelt, son gemelas. Ellas fueron convertidas hace unos dos años y han estado viviendo en Londres con la pareja del que las creó o ex pareja, para ser precisos. Tenían dieciséis años cuando se transformaron y todavía están llenas de odio hacia su creador, que aparentemente es una persona importante en Londres. Antes de que se transformaran, eran sólo unas chicas normales que hacían a secundaria al sur de Londres. Vivían en Brixton con su madre, una madre soltera, y su hermano pequeño. Querían ser modelos cuando fueran mayores y viajar por el mundo. Te gustarán. También a Faustine. Les encanta ir de compras y todas esas cosas de chicas.

—Genial — dijo Faustine. —Tráelas a cenar con nosotras.

—Mmm. Recuerda que son vampiros, Faustine. Ellas querrán tomar un bocadillo de *ti*— le advertí.

—¿Eso crees? Pero yo pensaba que el motivo era que ahora ellas eran seguras. ¿Cierto?

Quinn sonrió. —Esa es la idea, pero uno nunca está cien por cien seguro acerca de los vampiros, no importa lo que pase. Tu sangre humana es una fuerte tentación, no podemos ignorarla. Para ellas, será una lucha estar cerca tuyo, pero no una que no puedan superar. A la vez, tienes que estar preparada para defenderte por ti sola, en caso de que pierdan el control y te ataquen. De todos modos, será perfectamente seguro que las conozcas con Cordelia y yo alrededor. Así que sí, las llevaré a cenar.

—¡Estupendo!— Me puse de puntillas y lo besé. —¿Supongo que tienes que irte?

—Sí, nos vemos en la cena.

—Dax, ¿estarás bien con Faustine durante un rato?

Él asintió con la cabeza.

Genial. Era hora de Jagger.

Capítulo 25

Llamé a la puerta de Jagger, mi estómago se retorcía con la espera, como era costumbre. Me sentí un poco decepcionada cuando Ryker abrió, esperaba pasar un tiempo a solas con Jagger. Así de guapo como era Ryker, no era él quien hacía revolotear mi corazón. Era el hombre detrás de él.

—¡Hola, Ryker! No te esperaba— le dije, mirando fijamente a Jagger.

—¿No te has enterado? Jagger es mi carcelero. Dondequiera que él vaya, yo voy. Apesta totalmente. Sin ánimo de ofender, hermano.

—No hay problema. Entra, Cordelia.

Escuché el *hermano*. Entonces, Ryker lo sabía. No podía esperar a que Jagger me diera los detalles.

—Entonces, ¿por qué te metes en éste lío?— Bromeé con Ryker. —Jesús, ir a muchas clases y algunas pruebas no es tan difícil, hasta para un hada. — Me di cuenta de que había metido la pata, pero era seguro asumirlo luego de que llamara a Jagger, hermano.

—¡Hey! ¿Qué quieres decir con "hasta para un hada"? ¡Eso es una suposición y está fuera de los límites al mismo tiempo!— Los ojos de Ryker brillaron con asombro.

—Tal vez. Pero en serio ¿por qué?— Le pregunté.

Se encogió de hombros. —¿No está en contra de la política de la escuela interrogarme o algo así?

—Bien pensado, echarme las reglas de la escuela en la cara, por qué no hacerlo. Eres igual que tú hermano.

Jagger se rió entre dientes. —Dejaos de tiras y aflojas. Sé que tienes muchas preguntas Cordelia.

—¡Las tengo! ¿Qué pasa con lo de la tutoría? El día ha estado lleno de sorpresas. Primero el examen, luego Quinn y las vampiros y ahora tú siendo el tutor de Ryker.

—Bueno, era eso o que mi hermano fuera transferido a otra escuela. De todos modos, responderé a todas tus preguntas en un minuto. Pero primero, vamos a llevar a Ryker hacia su examen.

—¿Tiene una prueba ahora?— Eso era extraño. Las pruebas siempre se llevaban a cabo por la mañana y las clases estaban programadas por las tardes.

—Sí, insistió. No las hace por la mañana. Es realmente peculiar su horario. De todos modos, tengo permiso para que puedas ver. Si quieres.

¡Estupendo! — ¿Te parece bien a ti, Ryker?

—Sí. Probablemente será aburrido. Pero por mi está bien.

No sería totalmente aburrido. Me había convertido en adicta a todo lo concerniente sobre el procedimiento de las pruebas. Era intrigante, talvez me convertiría en científica algún día.

Seguí a Jagger hasta el laboratorio principal de pruebas, y a una de las salas normales. Un técnico nos saludó, y luego procedió a preparar a Ryker. Jagger y yo nos colocamos detrás de los monitores.

—¡Gracias por incluirme, Jagger!

—No hay problema. Pensé que podrías estar interesada.

—Así que, ¿cuándo le dijiste?

—¿Que somos hermanos? Al día siguiente de la hoguera.

—¿Cómo se lo tomó?— Me moría de curiosidad.

—Parecía ya saberlo. Le hablé primero de la cuestión de ser su mentor, así que estaba demasiado molesto al respecto como para prestar atención a otra cosa.

—¿Lo sabía? ¿Qué quieres decir?

—Al parecer su madre le había dicho que podía tener a alguno de sus hermanos en la escuela. Parecía tener la idea de que yo podía serlo cuando me conoció, pero no estaba seguro.

—¿Te ha dicho algo sobre su madre? ¿Sobre sus antecedentes?

—No mucho. Dijo que ella era enfermera.

—¿Te dijo de dónde es?

—Sí, de Boston, pero se mudó con su madre y hermano hacia Manhattan hace un año.

—¿Tú tienes otro hermano?

—Su hermano es adoptado. Sólo le interrogué un poco acerca de eso. — De repente Jagger parecía un poco nervioso.

—¿Qué pasa?— Le pregunté, entrecerrando mis ojos. Definitivamente pasaba algo.

—Te lo iba a decir más tarde, pero puedo hacerlo ahora. Dijo que su hermano también está aquí, o estaba... al parecer, ha sido transferido hace poco.

Tuve un escalofrío. Me quedé mirando fijamente la pantalla.

—¿Listos?— El técnico nos dio gafas de visión nocturna y se sentó en la pantalla que estaba lejos.

—¿Cordelia?— Susurró Jagger.

No le hice caso, estaba demasiado aturdida para hablar. Ryker tenía un hermano adoptivo que había sido transferido recientemente de esta escuela a otra. Tenía que haber sido Mason o uno de los otros cambia formas que me habían atacado. El nombre *Darley* de repente me vino a la cabeza. Mason Darley. Spencer Darley. Spencer Darley había traído a Ryker a la escuela. ¿Estaba Ryker relacionado con Spencer Darley? ¿Era él también un Darley?

—Jagger— le susurré en voz alta.

Se volvió y me miró bruscamente, sus ojos me advirtieron que me callara. La prueba había empezado.

Pero no podía callarme. — ¿Ryker *Darley*?

Asintió con la cabeza lentamente y después miró al monitor, ignorándome.

¿Cómo podía ser? ¿Y cómo encajaba esta información con todo lo que estaba pasando? El padre de Mason era el representante de los cambia formas en París. ¿Quién era su madre, su madre biológica? ¿Y por qué lo habían adoptado? ¿Era porque había sido un ginandromorfo? ¿Su madre no había sido capaz de hacer frente a ello y lo abandonó llevándoselo a otra persona? Eso parecía, sonaba como algo que haría un hada.

¿Podría ser así? ¿Era Mason un híbrido hada cambia formas? Uno que había sido abandonado para ser criado por un completo desconocido. O tal vez la madre de Ryker no era una completa desconocida. ¿Estaba de alguna manera relacionada con el padre o la madre de Mason? ¿Cuál era la conexión?

Y, aún más importante, ¿por qué diablos tenía él algo en mí contra?

Traté de centrarme en la prueba a pesar de tener la cabeza llena de preguntas. Tal vez conseguiría algunas pistas sobre Ryker. Me asomé a la sala. Ryker estaba sentado en un sillón, parecía relajado y feliz. Echando una mirada hacia la pantalla no me sorprendí del motivo. Ryker estaba en un patio de recreo, rodeado de felices niños jugando.

Cuando lo miré otra vez, él se inclinó hacia abajo y acarició algo. ¿Qué era lo que su imaginación había conjurado? ¿Podría ser un perro, o tal vez un niño pequeño? De golpe retiró la mano y se sentó con la espalda recta contemplando algo.

Miré de nuevo la pantalla. Ryker estaba obviamente mucho más adelantado en las pruebas que Faustine. En la película de la pantalla se enfocaban a diferentes niños. Sin embargo, el campo de visión de Ryker parecía concentrarse más lejos. ¿Qué diablos estaría mirando? Ciertamente no algo que pudiéramos ver desde nuestros monitores.

Se puso de pie con un movimiento rápido, forzando su espalda a mirar por encima de algo. Corrió hacia la pared y se golpeó en ella. Luego, habló: —Lo siento, no quería asustarte. No vayas donde está hombre. Vuelve con tu madre.

Se quedó mirando fijamente algo, entonces su expresión cambió. Sonrió y volvió a sentarse en el sillón.

El técnico le pasó a Jagger una nota. La leyó, asintió con la cabeza y luego me la pasó susurrando: —Si tienes tiempo.

Garabateado en el papel estaba una breve nota: *Si tienes tiempo, profundizaremos en esto.* Asentí con la cabeza hacia ellos. Aún no tenía que regresar a por Faustine.

Ryker pareció entrar en un profundo sueño y nuestras pantallas se quedaron en blanco de nuevo mientras el técnico jugueteaba con su ordenador. Entonces, apareció un nuevo vídeo. Mostraba una vista de una piscina. No sabría decir si la piscina estaba unida a una propiedad privada, hotel, o qué. Era una piscina descubierta, sin embargo, una rectangular con un trampolín en un extremo.

Mientras Ryker se agitaba, un niño de unos diez años se hizo visible en la pantalla. El muchacho paseaba por el borde de la piscina y saltó, de barriga, aterrizando en el agua con un gran chapoteo. Nadó hacia un lado, saltó y se sentó con sus piernas colgando en el agua. Un bebé vestido sólo con un pañal, se arrastraba hacia él.

En la cámara, Ryker se ponía de pie, su cuerpo se tensó.

El muchacho bajó la mirada hacia el bebé e hizo una mueca. — Estúpido bebé, vuelve con mamá. — Entonces, cogió al bebé, le dio la vuelta y éste salió de la imagen.

Ryker se relajó y volvió a sentarse de nuevo.

El muchacho se levantó del borde de la piscina y despareció de la vista. No pasó nada durante un rato. Entonces, el muchacho volvió a aparecer, llevando al bebé. Mirando a su alrededor con nerviosismo, se dirigió a la orilla de la piscina.

Ryker caminó hacia la pared de la cámara. Se detuvo bruscamente y agitó los brazos, agitándolos violentamente, su rostro se contorsionó por el miedo.

Volví a mirar hacia la pantalla. No había cambiado, estaba igual, con el bebé en brazos del niño al borde de la piscina. Cualquier cosa a la que Ryker estuviera reaccionando, había sido creada únicamente por su imaginación. Se encontraba en un estado alterado gritando, jaleando y pataleando.

El técnico levantó el dedo, señal de que iba a empezar a terminar con la prueba. Nunca había visto terminar una prueba ya que Faustine terminaba sus pruebas desvaneciéndose.

Resultó ser un procedimiento aburrido. El vídeo era sustituido por una pantalla en blanco y Ryker inmediatamente parecía calmarse. Regresó de vuelta al sillón y se dejó caer en él, apoyando su cabeza en el respaldo, cerrando los ojos. Pronto se quedó dormido.

El técnico se quitó las gafas y encendió las luces. —No veo ninguna respuesta a las pruebas por el momento. Es muy extraño, nunca había visto tal falta de actividad.

—Pero estaba reaccionando totalmente a algo— protesté. —Parecía como si estuviera luchando contra algo.

El técnico me miró distraídamente, pero entonces pareció animarse. — ¡Ah! ¿Estamos hablando acerca de las respuestas físicas, las que no son paranormales?

—Supongo.

—Oh, eso no es lo que quería decir. Me refiero a que no ha mostrado ninguna actividad paranormal. Me pregunto si sólo es un ser humano normal— se encogió de hombros y cruzó los brazos, hojeó el expediente junto a su monitor —Esto claramente dice que es un hada, pero no he visto ninguna indicación de ello. Cualquier hada habría mostrado una respuesta a los estímulos a los cuales él ha estado expuesto— se rascó la cabeza — A este punto, sólo puedo suponer que debe ser un híbrido, pero no hay nada de eso en los archivos. Discutiré los resultados con la Profesora Bern y veré lo que ella tiene que decir.

Me sorprendí al escuchar eso, había asumido que Ryker era un Wanderer. Por lo menos en parte era así, pero tal vez no. Quizás Jagger y yo habíamos llegado a unas conclusiones erróneas. Basamos nuestra hipótesis en el hecho de que Spencer Darley lo había traído a la Academia. Pero Jagger acababa de confirmar que el apellido de Ryker era Darley, así que ésta idea seguía vigente. Me preguntaba por qué no salía en su expediente.

—¿ Ya puedo llevármelo de vuelta?— preguntó Jagger.

—Sí, voy a despertarlo. Llévatelo a su habitación como siempre y déjalo dormir unas cuantas horas.

En cuánto Ryker estuvo arropado a salvo en su cama, Jagger y yo subimos a la terraza de la torre oeste. La vista desde la torre era impresionante, y el aire frío olía maravillosamente limpio y fresco. Jagger puso su brazo a mí alrededor, acercándome a él, haciendo que mi cuerpo se hiciera de gelatina mientras mi corazón se aceleraba locamente. Puse mi brazo alrededor de él y lo acerqué lo máximo que pude, sin llegar a tropezarme con él y poseerlo.

Inclinó su cabeza y respiró en mi pelo, espirando soplos de aire frío contra mi cuero cabelludo que me mandaban temblores por la espina dorsal. No quería hacer nada que no fuera rasgarle la ropa.

Así que lo hice.

Después, a pesar de que estar en sus brazos, sintiéndome deliciosamente satisfecha, todas las preguntas anteriores me volvieron. Chocaron con fuerza en mi cabeza, haciendo que me mareara debido al esfuerzo de reprimirlas y soltarlas todas impulsivamente a la vez.

Jagger se rió. —Puedo deducirlo simplemente por el cambio en el ritmo de tu corazón. ¿Es la hora de hablar?

—Jagger, ¿no estás confundido?

—No. No siento esa emoción.

—¿Eh? Lo que sea. ¿Seguramente tienes algunas preguntas?

—Si tú lo dices...— sonrió —empecemos con las tuyas.

—Está bien. ¿Es Mason el hermano adoptivo de Ryker?— Para mayor efecto, señalé entre comillas adoptivo con mis dedos en el aire.

—Es una posibilidad— reflexionó.

—¿Una posibilidad? ¿Es todo lo que tienes que decir sobre esto? Jesús, incluso tienen el mismo apellido. Me parece totalmente obvio. ¿No te asusta eso?

—Tal vez un poco, al principio.

—¿Al principio? ¿Y cuándo fue eso exactamente?

—Al día siguiente de la hoguera, cuando tuvimos nuestra charla fraternal.

—¿Y no pensaste en decírmelo?

—Lo iba a hacer en la primera oportunidad que tuviera, lo cual he hecho. Como sea, Cordelia. Quería tratar de confirmarlo antes de que te molestaras con eso. Quiero decir, muchas familias tienen ese apellido.

—¿Y lo has hecho?

—Lo intenté. Localicé el archivo de Mason, lo cual fue difícil porque ya había sido archivado. No había mucho allí. Sus padres estaban en la lista. Había su madre adoptiva y su verdadero padre. Su madre biológica no está en la lista. Su padre, como ya te habíamos dicho antes, es el soberano cambia formas de París. Mason ha tenido muy poco contacto con él a lo largo de los años, pero su padre aparentemente se interesó cuando Mason decidió trasladarse a París el año pasado. En sólo meses, él había establecido el control sobre una notoria manada y lo había convertido en el más poderoso en París.

—¿Y qué sobre su madre? ¿Los dos son cambia formas?

—No imagino que la madre de Ryker sea una cambia formas, a pesar de que no sabemos nada de ella. Únicamente su nombre. Y partiendo de eso, asumí que era un Wanderer. En cuanto a su verdadera madre, ella no estaba ni siquiera en la lista.

—Entonces, ¿cómo llegó la madre de Ryker a adoptar a Mason?

—Ahora, ya le pregunté eso a Ryker. Él no tenía ni la menor idea.

— Faltan demasiadas piezas para que tenga algún tipo de sentido todo. ¿Qué pasa con Ryker si no responde a las pruebas?

Jagger se frotó la barbilla. —Bueno, lo que el técnico ha dicho al final tiene un poco de sentido. ¿Qué pasa si Ryker es un ser humano? No completo, por supuesto, sino un híbrido hada humano. Tal vez su forma humana es tan dominante que sus habilidades de hada están completamente inhibidas. Tal vez nunca se transforme, simplemente porque no puede. Puede que no tenga ningún poder. Por lo tanto, la prueba puede ser un fracaso total.

—¿Si ese fuera el caso, no crees que deberíamos ser capaces de oler su sangre humana? Jesús, los vampiros se volverían locos su alrededor si fuese tan humano.

—Tal vez en su caso, las máscaras combinan el olfato. Acéptalo, el tipo es prácticamente inodoro. Esto sí es extraño.

—¿Qué pasa con el ángulo Wanderer? ¿Has visto eso un poco más de cerca? Quiero decir, parece totalmente obvio que debe de ser un híbrido Wanderer si es un Darley. ¿Verdad?

—Probablemente, a menos que, por supuesto, fuera adoptado también. Lo curioso de esto, es que él no ha mostrado ningún poder Wanderer durante las pruebas tampoco. Básicamente no está reaccionando en absoluto. — Jagger se encogió de hombros.

Nos estábamos perdiendo de algo o tal vez no veíamos la luz porque no estábamos al tanto de la información suficiente.

—Así que, ¿ahora qué?— Me volví y miré a Jagger, sus rasgos cincelados parecían irreales bajo la tenue luz.

—La cena.

—¡Oh Dios Mío! ¿Qué hora es? Mejor me voy. Le prometí a Quinn que me encontraría con él y sus nuevas pupilas para la cena.

—Quinn, sí— Jagger arrastró las palabras. —Tienes que hacer respecto a él.

Llegué tarde y la cara de Faustine tenía una mueca.

—¡Jesús, Cordelia! Estaba a punto de empezar a comerme a Dax— entonces miró a Dax con una sonrisa —Sólo bromeo, por supuesto. Pero me muero de hambre.

—Lo siento de veras. Me retrasé. Pero ya estoy aquí, así que vámonos. ¿Dónde están Martha y Chun?

—No podían esperarnos, pero se han ido hace un minuto. Vamos a alcanzarlas.

En el momento en que llegamos a la cafetería, Martha y Chun ya estaban sentadas en una mesa con Quinn y las gemelas vampiras. Ambas eran jóvenes bellas e increíblemente hermosas, con su larga y suelta cabellera y amplias sonrisas. Desde donde yo estaba, era casi imposible decir que eran vampiros, y estaba casi celosa de sus perfectos looks de modelos. Quinn probablemente no estaba muy descontento de pasar cada momento con esas dos, pensé con ironía.

Cuando nos acercamos a la mesa, los ojos de ambas gemelas se abrieron y se fijaron en Faustine. Me di cuenta que se agarraban las manos debajo de la mesa.

—¡Cordelia! Lo lograste— Quin se levantó y me besó en la mejilla—Permíteme que te presente, ahora que todo el grupo está aquí. Estas son mis pupilas, Audrey y Viola— señaló a cada una de ellas. Me impresionaba que fuera capaz de diferenciarlas, yo no tenía ni idea. Faustine estaba muy inquieta por las presentaciones y prácticamente salió corriendo tan buen punto él terminó.

—¿Estás bien?— Le pregunté, alcanzándola en la parada de la comida. ¿Estaría preocupada por los vampiros?

—Ahora si— dijo, mientras se metía un pedazo de carne en la boca. La dejé picar antes de que cogiéramos algunas rebanadas más medio cocidas y nos dirigiésemos de vuelta a la mesa. Sonrió ampliamente a las gemelas, que no mostraban ningún indicio de ansiedad.

—Lo siento si fui tan grosera antes— se disculpó —Estaba hambrienta.

—No te preocupes— respondió una de las gemelas —Sabemos lo que es eso.

—Sí, supongo que sí—se rió Faustine —Siendo vampiros, quiero decir. — Entonces, una extraña expresión apareció en sus ojos, una que nunca había visto antes. Era oscura e intimidante. Miró a los ojos de las vampiras, una por una, y en voz aún más tranquila, dijo: —No os equivoquéis. No soy un trozo de comida. Tratad de hacer algo y estáis muertas.

Un escalofrío me recorrió el cuerpo.

Las gemelas se miraron una a la otra, entonces una habló —¡No te preocupes! Sólo queremos hacer amigos, eso es todo.

El rostro de Faustine volvió a su habitual expresión amigable —¡Fabuloso! Entonces, ¿de dónde sois?

—Londres. ¿Y tú?

—Yo vivo en Nueva York, pero mi padre es el rey de los demonios de Londres.

Sonreí al escuchar a Faustine mencionar ese nombre. Supuse que le estaba dejando doblemente claro a las gemelas que ella no era alguien para jugar.

—¿Eres un demonio? ¿Cómo uno de verdad?

—Sí, Viola. Lo soy— respondió Faustine, dejando de lado su pequeña parte humana. —También lo son Martha y Cordelia.

Eché un vistazo a Martha. Parecía hallarse a quilómetros de distancia, con los ojos vidriosos. Seguí su mirada, que apuntaba hacia Ryker. Estaba sentado y comía solo. Me preguntaba dónde estaría Jagger. — Si quieres lo invito a que se nos una— le dije, dándole un codazo a Martha.

—Eh. Si no os importa, creo que iré yo allí y me reuniré con él. Nos veremos arriba— cogió su plato y se fue.

Faustine miró a Ryker, y vi que sus ojos se encontraron y se fijaron el uno en el otro en un fascinante momento. Había algo entre ellos, eso era seguro. ¿Pero qué?

Capítulo 26

Jagger me había vuelto a invitar a la prueba de Ryker. Las semanas transcurridas desde la última, habían sido una rutina sin incidentes, de hecho. La Profesora Bern seguía trabajando cómo proceder con las pruebas de Faustine, que básicamente habían llegado a un punto muerto. Por lo tanto, tuve el placer de estar sentada en las de Ryker.

Ryker y Jagger habían estado bastante raros. A veces nos encontrábamos con ellos durante la cena, pero cuando lo hacíamos, Martha monopolizaba a Ryker completamente, así que no había tenido la oportunidad de sacarle alguna información. La Academia no permitía ningún cuestionamiento directo, pero yo era muy buena extrayendo información a través de una charla informal. Por las charlas ocasionales que había tenido con Jagger, me enteré de que no había tenido mucha suerte en ese punto tampoco. Así que Ryker seguía siendo un enigma.

Tenía la esperanza de que el diseño de la prueba, obligara a Ryker a sacar algunas respuestas. Tenía que tener algunos poderes de seguro. Después de todo, era hermano de Jagger. Jagger era un hada tan fuerte y completo, que era difícil de aceptar que alguien tan estrechamente relacionado con él no tuviera ningún poder. Tal vez era un híbrido humano, pero un híbrido humano que podía suprimir los poderes en esa medida, era totalmente alucinante. Por supuesto, no sabíamos a ciencia cierta si su madre era una humana o una Wanderer. El hecho de que ella tuviera una relación con Spencer Darley no quería decir que fuera una Wanderer. Pudo haberse casado en familia, o ser adoptada. Bien podría ser humano, especialmente porque Mason había sido dejado con ella. Las hadas a menudo preferían la mano de un ser humano en el crecimiento de sus hijos y en lo que al desarrollo se refería.

Mason. Ugh. Todavía era otro cabo suelto.

Escudriñé el monitor, preguntándome qué escena le pondrían a Ryker esa tarde. Ryker, lucía ardiente y melancólico, como de costumbre, se sentó en el sillón de la sala, listo para empezar. Las luces se apagaron y la pantalla blanca fue reemplazada por un video. No comenzó en una con una imagen estática, sino que se adelantó justo a la escena en el parque de atracciones.

Podría haber sido cualquier parque de diversiones, pero definitivamente no era una feria o incluso una feria de muelle. El parque era uno de los más grandes, como el Six Flags o Busch Gardens. El sol empezaba a ponerse y el cielo estaba claro. Cientos de personas se arremolinaban alrededor. Niños con sus padres, grupos de adolescentes, parejas jóvenes y algún solitario ocasional. Las colas para conseguir montarse en las atracciones eran largas y la multitud bullía de actividad, riendo, llorando, gimiendo, subiendo y bajando por los paseos, comprando palomitas de maíz, jugando a videojuegos... una noche normal en cualquier parque de diversiones del mundo. Me sentí un poco abrumada sólo mirando la masa de gente, y eso que no era mi escena.

Echando un rápido vistazo a la cámara, me di cuenta de que Ryker estaba tenso, sentado erguido, con la espalda rígida. Movió la cabeza, como si estuviera buscando algo, o tal vez a alguien. Volví mi atención hacia la pantalla.

¡Ah! Qué inteligente, quien sea que hubiese pensado en agregar eso. Supuse que Jagger había compartido la amistad de Ryker y Martha con el técnico, o tal vez al mismo Ryker se le había escapado. No había estado en ninguna de sus reuniones. Martha había aparecido en pantalla. Estaba sola, mirándose positivamente humana, mezclándose con la multitud. Me preguntaba cómo se las habrían arreglado para conseguirlo. ¿Habrían llevado realmente a Martha a un parque y la habían filmado? ¡Suertuda! ¿O eran efectos especiales, creados en nuestro departamento de cine y televisión?

Fuese como fuese, era muy realista. Martha parecía a gusto en el parque, paseando alrededor confiadamente. Incluso asentía con la cabeza y sonreía a los transeúntes. Me preguntaba cómo se habían asegurado de que no se detuviera y entablara una larga conversación. Entraba y salía de las ruedas mecánicas y los puestos hasta que llegó a una cola al lado de una montaña rusa. Se incorporó y esperó, otra vez sin entablar conversación con nadie. Esperó en la cola cerca de diez minutos antes de que llegase su turno para subir en un coche. Optó por viajar sola, a pesar de que el chico que la aseguró le ofreció sentarla con otro solitario.

En la sala, Ryker se levantaba de su sillón y avanzaba resueltamente, hacia Martha, asumí. Todavía parecía un poco tenso, pero tenía una sonrisa plasmada en su rostro.

El coche de Martha poco a poco se trasladaba hasta la pista. A medida que el coche llegaba a la cima de la primera colina, se quitó sus ataduras y se levantó. Tragué saliva. Sus manos se alzaban en el aire, agitándose. Miró hacia abajo y gritó: Hola a alguien. *¡Siéntate!* Le grité en silencio. A pesar de ser claramente un efecto especial parecía tan real que hacía que mi estómago se estrujara.

El coche se tambaleó hacia delante, y Martha salió volando, gritando, su rostro reflejaba una máscara de auténtico terror. De no haber sido un efecto especial, podría haberse transformado y habríamos visto un salto mortal demoníaco hasta el suelo.

—¡Se ha ido! ¡Se ha ido!— gritó el técnico, gesticulando ampliamente con los brazos. —¡Mira!— señaló hacia la cámara.

Sí, Ryker había desaparecido. Se había desvanecido, al igual que Faustine. — ¡Chico! ¡Otro que muerde el polvo! ¿Dónde crees que lo encontraremos? ¿En su cama?— Si eso no era un verdadero signo de que Ryker era un ser humano de algún tipo, no sabía lo que era.

—Me parece, pero vamos a ver— dijo Jagger. —¿Podemos ver un repaso rápido de la grabación de Ryker a cámara lenta antes de irnos? Quiero ver si empezaba a transformarse antes de irse.

Después de que hubiésemos establecido que no había habido ningún signo de transformación, sólo un poof y se había ido, Jagger y yo nos apresuramos a la habitación de Ryker.

Ryker no estaba en su cama o en cualquier otro lugar, así que registramos la habitación de Jagger. No. Mientras nos preguntábamos el siguiente lugar dónde buscar, sonó mi móvil.

—¿Cordelia?— sonó la temblorosa voz de Dax.

—Sí. ¿Qué pasa, Dax? ¿Va todo bien?

—No. En realidad no. Faustine ha desaparecido.

—¿Qué?— sentí náuseas. — ¿Cómo? ¿Cuándo?

—Hace unos diez minutos. Estábamos en clase. Estaba sentada a mi lado, y entonces simplemente se ha desvanecido.

—¿Se ha ido? ¿Caminando?

—No, ella se ha desvanecido. No puedo encontrarla, he buscado por todos sitios.

Ugh. —¿Has mirado en mi habitación?

—No. ¿Debo hacerlo? No tengo la llave.

—Nos encontraremos allí. Nos vemos en un par de minutos.

Agarré la mano de Jagger y tiré de él junto a mí, explicándoselo por el camino. ¿Cómo podía simplemente haber desaparecido de la clase? Dax no había mencionado ningún peligro o que ella se hubiera transformado.

Abrí la puerta y corrí hacia dentro de la habitación, deteniéndome en seco al verla sobre mi cama. Acostada en ella, durmiendo plácidamente, Faustine estaba haciendo sus pequeños gruñidos. Estaba en su posición habitual, pero sin estar arropada en la sábana.

Pero eso no fue por lo que me quedé boquiabierta.

Ryker estaba en el suelo al lado de mi cama. Parecía estar profundamente dormido también. Me agaché y le sacudí el hombro. —Ryker, ¿estás bien?

Él abrió mucho sus ojos y se incorporó vacilante.

—¿Puedo conseguirte algo de comer? ¿Beber?— No tenía ni idea de lo que Ryker necesitaba.

—Sólo un poco de agua ¿por favor?

¿Agua? Extraña elección, pero le di una botella mientras Jagger le ayudaba a levantarse y sentarse en el sofá cama.

—¿Faustine está bien?— preguntó Ryker, respirando pesadamente.

—Sí, estoy segura de que lo está. Normalmente duerme bastante luego de estos episodios. ¿Cómo has llegado hasta aquí?

Ryker se frotó los ojos, mirando desorientado. —No lo sé... estaba en Disney World con Faustine, y ella estaba a punto de caer de una montaña rusa...— frunció el ceño y se frotó los hombros. —No sé... ¿Dónde estoy?

Pobre chico, obviamente estaba totalmente confundido.

—Ryk, está bien. Estás en la habitación de Cordelia. Te acompañaré de vuelta a la tuya para que puedas descansar. ¿De acuerdo?— Dijo Jagger suavemente.

Ryker asintió con la cabeza, todavía con una expresión vacía —Necesito llamar al Tío Spencer— murmuró.

Jagger me lanzó una mirada de complicidad. —Cordelia, te veré más tarde. Obviamente, tenemos que hablar.

En serio. Asentí con la cabeza y miré a Jagger tirar de Ryker levantándolo del sofá y sosteniéndolo mientras salían de mi habitación.

—He traído un poco de carne— susurró Dax mientras se acercaba unos minutos más tarde. —¿Cómo está ella?

—Bien. ¿se ha transformado?

Dax miró hacia Faustine. —No. No lo creo, de todos modos. No he estado mirándola fijamente durante la clase. Estaba sentada a mi lado. Pero no, no he notado nada raro.

—¿Qué clase era?

—La historia de los vampiros del siglo XVIII.

—Mmm. No puedo imaginar por qué ella tendría un problema con algo de esa clase, aparte del intenso aburrimiento. Oye, no sé qué decir. Estará bien ahora, me quedaré con ella. La llevaré de regreso a su habitación cuando se levante. ¿Por qué no regresas? Estoy segura de que Martha y Chun están preocupadas.

—Está bien. Llámame si me necesitas. Las chicas probablemente querrán venir a ver cómo está Faustine. ¿Te parece bien?

—Sí. Sin embargo, dame media hora o algo así. Quiero que Faustine se despierte primero. Ya te enviaré un mensaje cuando esté lista para que la visitéis. Y gracias por llamarme, Dax.

—No hay problema. Me alegro que esté a salvo.

Una vez que se fue, me senté en el sofá cama y observé el sueño de Faustine. Parecía tranquila, como siempre. Lo que era diferente, sin embargo, era que no estaba cuidadosamente envuelta en la sábana. Estaba encima de ella, con los zapatos todavía puestos. Sus ropa estaba intactas, por lo que, obviamente, no se había transformado, no completamente de todos modos. Me levanté y le quité los zapatos, luego la cubrí con una manta.

Me dejé caer en el sofá nuevamente y atormenté mi cerebro tratando de darle sentido a todo. ¿Qué diablos hacía Ryker en mi habitación? Y ¿por qué había confundido a Martha con Faustine en su historia de la montaña rusa? La simulación describía claramente a Martha, no a Faustine.

Él pasaba mucho tiempo con Martha. ¿Había dicho inadvertidamente *Faustine*, o realmente se refería a ella? ¿Era eso lo que realmente había visto en su versión de la escena?

¿Por qué? Por lo que yo sabía, nunca habían hablado. Sin embargo, me había dado cuenta de la forma en que ambos se miraban.

Así que, viendolo desde el punto de vista de Ryker, Faustine y él habían estado en Disney World. Faustine y quizás Ryker habían logrado subirse a la montaña rusa y Faustine cayó.

Mientras tanto, en el mundo real, Ryker había desaparecido del laboratorio de pruebas. ¿Cómo? Faustine también había desaparecido del aula. ¿Por qué? ¿Cómo? ¿Y cómo y por qué ambos habían terminado en mi habitación?

—¿Puedo pasar?— Jagger asomó la cabeza por la puerta. —¿Sigue durmiendo?

—Sí, a ambas. ¿Está Ryker en el mundo de los sueños?

—En realidad, no. Estaba completamente despierto en cuando llegamos a su habitación, pero todavía seguía un poco desorientado.

—Tal vez deberíamos preguntarle acerca de su madre mientras está hablador— sugerí.

—¡Ja! Si pudiera, pero sabes que no. De todos modos, se le han escapado un par de cosas. ¿Faustine, eh?

—Sí, he estado devanándome los sesos tratando de entender eso. Parece que Faustine capta su atención de alguna manera. Tenía un indicio de que algo estaba pasando, al menos de parte de Faustine. Es por la forma en que se encantan el uno por el otro. Me pregunto cuál será la conexión.

—Tiene que ser algún tipo de protección, al menos en lo que se refiere a Ryker. No puede tener sentimientos por una niña de doce años de edad...

— Ahora trece. Los cumplió la semana pasada. Además, él tiene sólo quince años, sólo son dos años de diferencia.

Jagger entornó los ojos. —¿En serio? ¿Lo crees?

Asentí con la cabeza. —Sí, basándome en la forma de cómo se miran el uno al otro. Me dan escalofríos.

—Está bien. Así que vamos a suponer que hay una conexión entre ellos — admitió Jagger. —Lo que tenemos hasta ahora es una posible conexión y que Ryker la protege de alguna manera. Después de todo, trató de rescatarla de la caída desde la montaña rusa, en su imaginación.

—Sí, él desapareció, luego ella se desvaneció y ambos han terminado aquí.

—¿Él la trajo de alguna manera?

—Eso parece, pero hay una forma de saber definitivamente si es el caso o no. Si Ryker es su ángel guardián secreto, entonces eso será más fácil de probar ahora que está un poco fuera de acción.

—Sí. Yo lo mantendré en su habitación mientras le hacen la prueba a Faustine. ¿Crees que la Profesora Bern estará dispuesta?

Sólo había una manera de averiguarlo. La llamaría.

La Profesora Bern no estaba convencida de que fuera un buen momento para poner a prueba a Faustine, ya que ella había pasado otro episodio de desvanecimiento. Dijo que teníamos que esperar una semana. Esperar no era mi punto fuerte. Necesitaba respuestas y las necesitaba ese minuto.

—¿Puedo tomar eso como un no?— Jagger parecía tan decepcionado como yo.

—Sí. Tenemos que esperar una semana.

—Puedo entender por qué, pero es igualmente molesto. De todos modos, Faustine se va a despertar, así que me voy. ¿Nos vemos más tarde?

—Sí. Tal vez— Fui hacia donde estaba Faustine con el bistec que había traído Dax.

Martha y Chun llegaron justo cuando Faustine terminaba de comer. Le había preguntado acerca de su versión de lo sucedido, pero no podía añadir nada nuevo a lo que ya sabía. Dijo que estaba sentada en clase, soñando con la nueva colección de Manolo, cuando se desmayó. Supuse que había una pequeña posibilidad de que una araña hubiera aparecido en su sueño, pero ella no lo mencionó.

—Chicas, si vais a estar aquí un rato, ¿os importaría si me voy un rato? Estaré en la biblioteca si alguien pregunta por mí— nuestra biblioteca estaba llena de volúmenes cuyo contenido no estaba disponible en la red, necesitaba hacer un poco de investigación tradicional.

La biblioteca del sótano de la Academia albergaba libros no electrónicos. La biblioteca de libros electrónicos estaba arriba, en el laboratorio de tecnología, la cual estaba llena de varios lectores electrónicos. El sótano estaba equipado con mesas y sillas, y filas y filas de estanterías llenas de libros. Las pasé todas por alto y me abrí paso hacia el final de la sala principal de la biblioteca.

—¿En qué te puedo ayudar?— me preguntó la pequeña mujer detrás de la recepción.

—¿Puedo entrar en la habitación de referencia?

—¿Tienes un pase?— preguntó, mirándome con suspicacia.

Le entregué mi identificador como mentor que parecía funcionar para la mayoría de las cosas.

—Déjame ver— velozmente llamó a alguien —Jagger, tengo a una tal Cordelia Hammer aquí abajo. ¿Puedes confirmarme si está en el programa de mentores? ¿Está bien si la dejó entrar en el cuarto de referencia?— colgó el teléfono y me miró fijamente. —La tercera puerta a la derecha.

Comencé a girar.

—Está cerrada, por cierto— agregó.

Girando de nuevo, le pregunté: — ¿Cómo puedo entrar?

—Usa el hechizo. O una llave.

—Oh, me puede dar la llave ¿por favor?

Ella me tendió una llave. La cogí y justo antes de desaparecer por la esquina, ella gritó: —Jagger dijo que estaría aquí en cinco minutos. — Entonces, se petó los nudillos. Qué asco.

Probablemente me vendría bien la ayuda, la sala de referencia era un lugar de enormes proporciones. Puse la vieja y oxidada llave en la cerradura y la giré. O lo intenté. No giraba. Lo intenté de nuevo, con más fuerza. No se movía.

Jagger se rió, su frío aliento en mi cuello, me envió escalofríos por la espalda —El viejo truco de la llave. Manuela puede ser un auténtico grano en el culo. Así que, permíteme. ¡Atrás!

Di un paso atrás, rozando su cuerpo mientras él murmuraba algo entre dientes. La cerradura se abrió. La sacó y abrió la puerta.

—Gracias. La llave no estaba destinada a funcionar, ¿verdad?— pregunté con ironía.

—No. El hechizo es la única forma, y ella no podía dártelo. Así que vine. Pero decidió divertirse con la llave mientras tanto. De todos modos, ahora que estás dentro, ¿qué necesitas? ¿O quieres que me vaya?

Como si él tuviera alguna intención de hacerlo. —No, me vendría bien la ayuda, si tienes tiempo.

— Para ti siempre, pero ya sabes eso. ¿Qué estamos buscando?

—Algo que nos ayude a entender qué es Ryker. Sabemos que es mitad hada. Estás seguro de eso, ¿verdad?

—No sé nada de esa mitad, pero compartimos un padre, así que tiene que ser parte hada.

—Bien, vamos a tratar de averiguar la otra parte.

—Bueno, ¿Por dónde empezamos?

—Bien, yo estaba pensando que todos los desvanecimientos que han ocurrido no pueden atribuirse simplemente a la invisibilidad. ¿Cierto?

—Sí. Algunos de ellos puede ser, pero no todos. Pero podríamos atribuirle la desaparición de Ryker a la invisibilidad. No había nada que lo detuviera de hacerse invisible y simplemente abandonar su prueba.

—Sí. Bien. Vamos a olvidar su desvanecimiento por un momento y concentrémonos en el de Faustine y en el mío, especialmente en el mío. Yo no hice eso, así que sé que alguien más es el responsable. No sólo porque la cámara estaba limitada físicamente, sino también porque la Profesora Bern puso un hechizo de confinamiento en ella. Los que son imposibles para cualquier paranormal de escapar. Ahora explica eso.

Jagger sacudió la cabeza.

—Entonces, me pregunto si eso es correcto, que no pueden penetrar paranormales en un hechizo de confinamiento. Quiero estar segura. Vamos a empezar por comprobar los hechizos de confinamiento y quiénes pueden penetrar. ¿Suena bien?

—Así es. ¿Quieres que te consiga algunos libros o quieres buscarlos tú misma?

—¿Es esto otra cosa de hechizo?— hice una mueca. Los demonios eran más o menos fracasos épicos en clase de hechizos. Pensaba que la clase era una pérdida de tiempo, para mí era mejor tomar una clase de pastelería.

Jagger hizo lo suyo, murmuraba mucho bajo mientras respiraba y los libros llegaban flotando y aterrizando suavemente sobre la mesa, delante de nosotros. Entonces, los libros se abrían y las páginas se iban pasando, deteniéndose en lo que esperaba que fueran las secciones pertinentes. Conté los libros, había nueve.

—Voilà, mademoiselle— dijo Jagger, sonando orgulloso de sí mismo. —Vamos a verlos. ¿Mitad cada uno?

Empezamos a leer. Estaba agradecida de por lo menos haber prestado atención en latín. Los libros estaban escritos a mano, la mayoría en caligrafía antigua. La escritura era difícil de leer, pero conseguí manejarlo. Pronto, se hizo evidente que lo que Jagger y yo habíamos asumido era de hecho, el caso. No había forma de evitar un hechizo de confinamiento. Sólo la bruja que lo lanzaba podía romperlo. Punto. Estaba perpleja. Me sentía derrotada.

Jagger entrelazó sus dedos con los míos, sus ojos seguían pegados en lo que fuera que estuviese leyendo. Cuando terminó, miró hacia arriba, con los ojos brillantes.

—¿Has encontrado algo?

—Puede ser. Una pista, tal vez. Hay una breve historia aquí de un informe sin fundamento en el que se violó un hechizo de confinamiento en Londres a principios del siglo XVII. La hija mayor de una de las familias nobles Wanderer, había sido confinada por una bruja muy poderosa. La niña desapareció de su confinamiento. Nadie sabe cómo.

Yo compartía su entusiasmo. —Jagger, ¿podrías conseguirme un manual Wanderer de referencia?

El libro ya estaba volando hacia mí. Jagger estaba siguiendo la misma pista. No esperé a que se abriera, en su lugar lo hice yo misma. Hojeé las páginas. Había aprendido la mayor parte de los contenidos en clase, pero de eso hacía casi dos años. Necesitaba una actualización, ya que los Wanderers, como las brujas, rara vez eran enviados a la Academia. Los Wanderers eran seres sobrenaturales capaces de viajar en el tiempo. Algunos de ellos poseían poderes adicionales, pero viajar en el tiempo era lo que los hacía únicos. Podían viajar no sólo a través del tiempo, sino también a través de las dimensiones. Nunca había conocido uno antes, que yo supiera.

—Está bien, para aquí un minuto— dijo Jagger, apuntando hacia una página. *Los Sigma Wanderers.* —Wanderers que pueden viajar geográficamente además de a través del tiempo y las dimensiones.

—Sí, recuerdo haber leído sobre eso en clase. ¿Alguna vez has conocido a uno de ellos en la vida real?

Jagger sacudió la cabeza. —Bueno, ya suponíamos que Ryker era un Wanderer. Entonces, ¿cómo funciona esto?

—Tiene que ser el aspecto de viajar en el tiempo lo que le permite romper el hechizo. Tiene que entrar y salir de la cámara antes de que el hechizo haya sido lanzado.

—Así que, ¿tú piensas que cogió a Faustine, viajó de regreso al tiempo antes de que el hechizo fuera lanzado y se fueron de la cámara? ¡Ingenioso! Pero ¿por qué?

—Eso es lo que no entiendo. Ha estado haciéndolo desde antes de que ambos llegaran a la Academia. Debe seguir sus pasos veinticuatro/siete. Tiene que hacerlo con el fin de estar siempre ahí cuando ella lo necesite. O cuando él *piensa* que ella lo necesita. Eso explica por qué casi nunca iba a clase. Tenemos que preguntarle porqué. — Hice una pausa. —Y necesitamos que pare. Estoy convencida de que ella es totalmente capaz de cuidar de sí misma. Él sólo está interfiriendo en su camino. Ella nunca aprenderá nada si él no la deja. Tenemos obligarlo.

Capítulo 27

Convencer a Ryker que dejara de meterse en los asuntos de Faustine no fue fácil. De hecho, había sido casi imposible, pero finalmente lo hicimos llegar a un tipo pacto.

Desde que Jagger y yo nos habíamos dado cuenta de qué tipo de paranormal era Ryker, todo por nosotros mismos, la información era nuestra para compartirla. Habíamos acordado que nos lo callaríamos si Ryker se mantenía al margen durante las pruebas de Faustine.

Él se había enfadado, pero al parecer, la necesidad de mantenerlo en secreto era tan importante, que acabó cediendo. Por supuesto, no estaba dispuesto a compartir sus razones del secreto con sus chantajistas.

Se comprometió al decir que miraría la prueba como solía hacerlo, oculto a la vista, pero que interferiría si pensaba que Faustine estaba en un peligro físico real. Eso me parecía bien.

Me moría de ganas de conocer los secretos de Ryker. ¿Cómo se lo hizo para evitar que lo descubrieran al tiempo que Faustine desaparecía a voluntad, a pesar de que las cámaras estaban selladas? ¿Se escondía entre dimensiones, o se trataba de algo tan simple como hacerse invisible?

Por supuesto, la Profesora Bern estaba sentada frente a su monitor, esperando a que Henri llegara con Faustine lista. No había compartido nada con ella después de haber hablado con ambos, Jagger y Ryker. La conclusión era que no había necesidad no si Ryker no interfería con la Iniciación de Faustine. Tenía que ser capaz de ir a través de esta misma. Por lo tanto, era de esperarse, que cumpliera su promesa.

La Profesora Bern parecía desanimada cuando se sentó mi lado —No pude pensar en alguna modificación satisfactoria que me garantice que no se volverá a desvanecer. Sin embargo, la cámara está sellada con el hechizo de confinamiento y un sigilo que rechazará ángeles, al menos temporalmente. Por lo tanto, podemos probar con eso.

Miré a la cámara, pero no podía ver ningún sigilo. —¿Dónde está?

—¿El sigilo? Espera. Lo verás en un momento.

Y así fue. Horripilante. Henri le puso a Faustine una camiseta con el sigilo. Eso apestaba de alguna manera porque la Profesora Bern estaría destinada a ser convencida de que Faustine estaba protegida por un ángel guardián mientras no desapareciera. Por un nanosegundo, consideré decirle la verdad, pero decidí no hacerlo. ¿Qué más daba que ella estuviera protegida, siempre que no impidiera su progresión?

Me puse las gafas cuando Henri salió y se sentó. La pantalla parpadeó y empezó el video. Se abrió con una imagen de una bolsa de patatas en una mesada de una cocina. La araña negra no tardó en aparecer, corriendo a lo largo de la barra. Como era de esperar, sus dedos se fusionaron y su cuerpo se tensó tan pronto como la araña apareció a la vista.

Normalmente ese era el momento en que Ryker la cogía y la llevaba a mi cama. Y la arropaba, muy dulce y maternal por su parte. Sabía que él estaba alrededor, casi podía sentir su tensión. Tenía la esperanza que pudiera mantenerse alejado.

Faustine se transformó, no por etapas, sino instantáneamente. La Profesora Bern jadeó y empujó su silla un poco, mientras Faustine se levantaba, revelando el tamaño completo de su forma de demonio.

Faustine llevó su brazo derecho y golpeó en el suelo. Ella siguió golpeando y golpeando, haciendo temblar la sala entera.

Después de un rato, se detuvo y sonrió. Entonces volvió al sillón, se dejó caer y cerró los ojos. En su sueño, se transformó de nuevo a su forma humana.

Me levanté y corrí hacia la sala. La desbloqueé, y una vez dentro, tiré mi bata de laboratorio sobre Faustine para cubrirla. Su ropa estaba rota, bajo la gran camiseta con el sigilo, que había sobrevivido a la transformación. La trituración de ropa era otro asunto que tendríamos que tratar.

Me di la vuelta para salir de la cámara de manera que Henri pudiera comenzar el proceso de despertarla, pero él sólo se me quedó mirando boquiabierto. Al igual que la Profesora Bern.

—¡Despiértala!— Le susurré a Henri, lanzándole una mirada asesina. ¿Muy poco profesional?

Sacudió su cabeza e hizo que Faustine se despertara y caminara poco después. La Profesora Bern no dijo nada, se veía perdida en sus pensamientos, mientras, llevé a Faustine fuera del laboratorio. La llevé a la sala de mentores para una gran comida.

—Guau— susurró una vez que terminó de comer. —Lo recuerdo todo. ¡Fue impresionante! ¿Has visto eso?

—¡Sí, seguro que estuviste increíble! Nunca había visto algo así. ¿Quieres regresar y ver la grabación?

—Sí. ¿Podemos ir ahora?

—Claro.

Faustine mostraba una nueva y segura arrogancia, y no podía dejar de parlotear, lo que era muy diferente a ella.

—¡Oh Dios Mío! ¿Has visto el tamaño de esas arañas? ¡Gigantes! ¡Ugh! Cientos de ellas, todas abalanzándose sobre la otra buscándome. ¡Desagradables animales! ¡Pero he acabado con ellas!

Dejé de escuchar cuando capté un olor que me puso tensa y me preparé para transformarme. Aceleré el paso, tirando de Faustine por el codo. Estaba segura que podía oler a Mason. Pero ¿cómo? ¿No se suponía que se había ido a la Academia Boone? Solté un suspiro de alivio cuando volvimos al laboratorio.

La Profesora Bern y Henri se encontraban en la cámara.

—Hey, me preguntaba si Faustine podría ver la grabación.

Henri levantó la vista de donde se puso de rodillas en el suelo. —Por supuesto. Dame un momento, sólo tengo que hacer unas cuantas fotos más.

El flash de su cámara disparaba, yo me concentraba en las abolladuras del suelo.

—¡Guau! ¿He roto el suelo? ¿Con mis puños?— Faustine examinó sus manos.

No había ni un rasguño en ellas.

—Sí, eres un demonio muy fuerte— Henri la miró fijamente con un recién descubierto respeto. —¿Empiezo a poner el video?

Vi las expresiones de Faustine mientras veía la grabación. Pasaron de entusiasmo, a aburrimiento, a decepción. — ¿Dónde están las arañas? ¿Por qué estaba golpeando el suelo como una loca, si no había arañas? No, espera. Había arañas, gigantes, de sesenta centímetros, todas peludas con dientes afilados y ojos pequeños y brillantes— Al final del video, se volvió hacia mí. —Gracias por cubrirme— dijo con la cara roja de vergüenza.

—No te preocupes. Eso se puede arreglar para que no pase de nuevo.

—¿Qué pasa con las arañas? ¿Por qué no las vemos en el video?

La Profesora Bern tosió —Eso es porque tú te las imaginas. Ellas no estaban realmente en la sala contigo. Estabas sola.

—¿Cómo es que no me he desmayado esta vez?— Faustine arrugó la nariz.

—¡Ah! Esa camiseta que llevas ayudó con eso. Es una de mis camisas mágicas— sonrió la Profesora Bern con aire de suficiencia, probablemente orgullosa de poder haber mantenido al ángel entrometido de Faustine, a raya con tanto éxito. —Puedes quedarte con la camisa de momento, hasta que te cambies, entonces tal vez Cordelia pueda devolvérmela. Entiendo tu preocupación por el dilema con la ropa. No te culpo, pero puedo encargarme de eso ahora mismo. Relájate y cierra los ojos— la Profesora Bern murmuró un encantamiento en voz baja. —Ya está. Ya puedes abrir los ojos.

—¿Qué pasará con mi ropa ahora?— Faustine me miró perpleja.

—Ahora cualquier ropa que te pongas, ya sea tu uniforme de la Academia o tu ropa de salir en casa, se adhiere a la forma de tu cuerpo y se estira si es necesario. Piensa en ello como un poco de lycra mágica que ha sido añadida a todas tus prendas.

—¡Estupendo! Y gracias.

—Es un placer. Para esto es para lo que estamos aquí, para tratar de encontrar la manera de hacer tu vida más fácil. Ahora, dime cómo te sientes acerca de tu experiencia.

—Me siento un poco mareada, como si acabara de hacer un largo viaje. Cuando me transformo no estoy realmente segura de cómo me siento, pero no tengo miedo. Ya no tenía ni un poco de miedo a las arañas. Estaba enfadada con ellas, y cuando las he aplastado, me he sentido... no sé. Tal vez un poco más feliz— hizo una mueca —Eso está mal, ¿verdad? ¿Sentir felicidad matando animales?

—Has sentido lo que era natural para ti en ese estado. No hay nada de malo con eso— le aseguró la Profesora Bern. —Pero si sientes que está mal, y no quieres hacer eso otra vez, es algo en lo que podemos trabajar.

—Sí. Está mal, no importa qué— decidió Faustine. —¿Cuándo podemos trabajar en eso?

—Va a pasar un tiempo antes de que podamos empezar a trabajar con esa fase de tu formación, pero ya llegaremos. Mientras tanto, no tienes que preocuparte por matar a ninguna araña. No tenemos en la Academia. Un hechizo se hizo cargo de todos esos bichos— sonrió con orgullo.

—¡Genial! Entonces, ¿qué sigue?

—Tenemos mucho trabajo que hacer para tratar de averiguar qué hacen tus poderes y cómo y cuándo funcionan. Así que eso es en lo que nos centraremos, y es lo que probablemente haremos hasta el final de la Iniciación. Vamos a seguir como hasta ahora, con una prueba a la semana. ¿Te parece bien?

—Sí. Supongo.

—Bien, chicas. Entonces ya podéis iros y nos vemos la próxima semana.

—¿Todavía sientes como si estuvieras flotando?— Me reí, mientras me daba cuenta de la torpe expresión lejana de Faustine cuando caminábamos hacia su cuarto.

Ella se rió.

En cuanto se cambió de ropa, fuimos a la habitación de Dax para que pudiera irse a sus clases de la tarde con su grupo.

Jagger y Ryker me estaban esperando en el estudio de Jagger.

—¿Ella está bien?— preguntó Ryker tan pronto entré por la puerta.

—Sí. Más que sólo bien... alegre. Gracias por mantenerte al margen. Lo has hecho bien— supuse que se lo había contado todo a Jagger.

Aunque hablaba con Ryker, todos mis sentidos estaban completamente centrados en Jagger. Habíamos pasado juntos mucho tiempo en las últimas semanas. Más del que habíamos pasado Quinn y yo. Quinn había estado ocupado cuidando a sus pupilas gemelas, quienes estaban demostrando ser un montón de problemas.

Planté mis pies firmemente en el suelo para evitar abalanzarme hacia Jagger. Lo sentí invadiendo el latido de mi corazón con el suyo, pero había aprendido a disfrutarlo y dejar que poco a poco controlara el mío.

—¿Qué pasa con vosotros dos?— Ryker preguntó de golpe.

—¿Eh?— Lo miré fijamente sin comprender.

—Hay una energía extraña que fluye entre los dos. Tienes que ser capaz de sentirlo.

—Tal vez— dijo Jagger sin comprometerse. —Bueno, volviendo al tema. Estábamos hablando de Faustine.

—No, no tan rápido— se irguió Ryker en la silla y nos miró.

Le devolví la mirada. Estaba feliz de que Jagger estuviera latiendo mi corazón por mí, o de lo contrario habría estado correteando por toda la habitación.

—Dejadme ver— se rió Ryker. —Vosotros dos estáis sincronizados el uno al otro. ¿Verdad?

¿Qué podía un joven híbrido hada Wanderer de quince años de edad, saber de sincronización? ¿Y cómo diablos podía saberlo?

—Bueno, normalmente, no sería capaz de hacerlo. Sólo puedo escuchar los pensamientos de Faustine, y no siempre. Sólo pude escuchar los vuestros en este momento, porque parece que hay un campo abierto entre los dos. Deberíais hacer algo sobre esto, mayor riesgo de seguridad, si sabéis a lo que me refiero. De todos modos, ¿quereis saber cómo lo he sabido? Bueno, sé que vosotros os habéis estado preguntando acerca de mí y Faustine... estamos sincronizados, desde ya hace tiempo, aunque ella no tiene ni idea, por supuesto.

—¿Entonces tú has venido a la Academia porque estás sincronizado con ella?

—No, esa no es la única razón. Hice que mi madre hiciera los arreglos para que fuera asignado como su Wanderer. Por lo tanto, ella es algo así como mi trabajo.

Sabía que los Wanderers eran asignados a humanos en concreto, esos notables que justifican estudio. Supuse que era fácil convencer al consejo de los Wanderer poder asignarle alguien a Faustine. Era bastante única.

—Tramposo— sonreí. —Así que, ¿tu madre es un Wanderer?— La dejé ir tan naturalmente como pude.

Se echó a reír. —Tramposo tal vez. Pero funciona para mí. Y para Faustine. ¡Y escúchate! Tratando de sacarme información que es claramente privada.

—Tenía que intentarlo— fruncí el ceño.—De todos modos, no es como que lo que estás haciendo con Faustine esté funcionando a las mil maravillas. Bueno, no completamente. Has sido un grano en el trasero con todo eso de proteger a la damisela en apuros. Sin embargo, funcionaría si utilizaras un poco más tu sentido común y dejaras de escuchar a tus emociones sincronizadas. — Me reí disimuladamente. —Está mal.

—Tal vez— admitió Ryker.

Decidiendo ser un poco más astuta, ya que no podía preguntarle directamente, mentalmente me preguntaba si Ryker había tenido noticias de Mason. A pesar de que no había olido a Mason de nuevo, el recuerdo de antes, hizo me recorriera un escalofrío por la espalda.

—¡Ja! Eres astuta — dijo Ryker. —Sí, lo capté alto y claro. ¿Qué pasa contigo y Mason de todos modos? ¿Él está aquí? ¿Dónde lo hueles? No podía creerlo cuando te atacó, y lo siento, no me quedé a ayudar, pero yo…

—Tenías que cuidar de Faustine. Sí, lo entiendo. Esperaba que tú me dijeras por qué las trae conmigo.

—No lo sé. Pensé que todo eso salía de la nada. ¿Pero quién sabe con Mason?

—¿Qué quieres decir?— Interrumpió Jagger —¿Él todavía está aquí?

—Creí haber captado su olor en el pasillo de camino a los laboratorios antes.

—¿Creíste?

—Bueno, está bien, estoy segura. Me hizo olerlo un poco, pero eso es todo. No lo vi, o a cualquiera de sus formas, ni siquiera una pluma. Me hace ponerme tensa, no es algo que me guste.

Jagger se pasó los dedos por el pelo, sus ojos se envolvieron de preocupación.

—Jagger, está bien. No tengo miedo ni nada. Es sólo que estaría mejor preparada si supiera con lo que estoy tratando, eso es todo.

Ryker tomó un sorbo de su botella de agua. —En realidad no lo conozco tan bien. Él se guarda las cosas para sí mismo. Se mudó de casa el año pasado y se fue a vivir a París. Y eso es probablemente todo lo que debería decir. Pero lo siento por lo que te hizo.

—¿Puedes al menos apuntarme la dirección correcta para conseguir algunas respuestas?— Le pregunté. Nunca sería capaz de estar tranquila sabiendo que tenía a Mason cazándome.

—Podrías tratar de preguntárselo...

—Jajajajajaja— fue muy divertido en una especie de forma sádica.

—No es gracioso, Ryker— escupió Jagger bruscamente.

—No estaba tratando de ser gracioso— Ryker sonaba sincero. — ¿Por qué no le preguntas? No puedes tenerle miedo. Eres un demonio.

Cierto. La única razón por la que me había derribado en el corredor, era porque yo había estado en una situación de desventaja, con el resto de los cambia formas y Faustine para preocuparme. En un uno a uno, no habría tenido ningún problema. Pero luego estaba ese momento en la montaña, tendría que haberlo visto.

—No es eso— repliqué. — ¿Cómo podríamos encontrarlo?— Pensé que si podía seguirle la pista, podría derribarlo. Hablar sería algo innecesario, aparte del aspecto curioso. Yo quería una respuesta del por qué estaba detrás de mí.

El rostro de Ryker cayó. —Estaría feliz de llevarte con él, si lo que deseas es hablar, pero si tienes otros planes, olvídalo. Él es de la familia.

Me acerqué a Jagger y me planté en su regazo. De repente necesité sentir su contacto. — ¿Quieres decir que me estás enviando a la Academia Boone, o él está aquí?

—De ninguna manera— Jagger me apartó de su regazo y se fue hacia donde estaba Ryker. — ¿A qué diablos estás jugando?

—Sólo trato de ayudar. Cordelia quiere respuestas que sólo Mason tiene, así que...— Ryker sostuvo la mirada de Jagger fijamente.

Pude ver claramente el parecido fraternal mientras estaban así. Sus perfiles eran casi idénticos, las mismas narices rectas y bien definidas y mandíbulas fuertes.

El rostro de Jagger estaba rígido. — ¿Y dónde está exactamente? Deberías saberlo ya que te has ofrecido a llevarla.

Ryker se apartó de Jagger y paseó —Supongo que está en la Academia Boone. No tengo ni idea de por qué has sentido su olor ahora, Cordelia. ¿Tal vez ha volado de regreso a traer algo? No sé. Pero si quieres hablar con él, sé dónde está su cuarto en Boone. Sólo estoy tratando de ser útil aquí, así que basta con las miradas venenosas, hermano.

—Jagger, creo que debo ir. Necesito una solución a esto. Me está volviendo loca.

—No irás tú sola— El rostro de Jagger estaba esculpido en piedra.

—Sólo puedo llevar a uno, tal vez a dos si son ligeros. Eres un poco demasiado grande — dijo Ryker, mirando a Jagger arriba y abajo.

Di un paso entre ellos. —Mira, ¿por qué no vamos Faustine y yo? Ryker ya nos ha transportado juntas antes, ¿verdad?

Ryker asintió. —Suena bien para mí.

Jagger sacudió la cabeza. —¡Esa es la cosa más estúpida que he escuchado! ¿Qué sentido tiene eso? Ni siquiera puede controlarse a sí misma. Además, ella podría ser comida viva en Boone.

—Ella sería el respaldo ideal si lo necesito. Ella es el demonio más intimidante que haya visto. Deberías haberla visto durante la prueba. Realmente he hecho un agujero en el suelo.

—Lo entiendo— dijo Jagger, sonando frustrado. —¡Pero mi punto es que ella no puede controlarse! ¿Qué pasa si ella empieza a golpearte a ti en lugar de Mason? Podría volverse loca.

Sí, eso era así. La situación de la prueba era controlada, pero en un escenario desconocido, ¿quién sabía cómo reaccionaría?

Ryker me miró desconcertado. —¿Comida viva? Eso nunca sucedería. Voy a estar allí, y yo la traería de vuelta si fuese necesario. Jesús ¿no es eso lo que he estado haciendo todo este tiempo? Es mi trabajo protegerla. ¿Por qué crees que la dejaría meterse a sí misma en problemas?

Levanté una ceja a Jagger. No saltaba exactamente de alegría, pero no dijo nada tampoco. Su expresión de póquer era imposible de leer.

Tenía que ir a buscar a Quinn, de todos modos. Teníamos una cita para cenar.

Capítulo 28

Faustine había sido fácil de convencer. Aunque convencer no era, probablemente, la palabra adecuada ya que prácticamente bailó de emoción cuando se lo sugerí. Pero no le di toda la información. Lo único que le dije fue que nos iríamos de la escuela durante unas horas para un corto viaje al campo.

En un principio, había decidido olvidarlo todo eso. Ni Jagger ni Quinn me apoyaban en lo más mínimo. Ambos dijeron que dado que Mason ya no estaba más en la Academia, el problema era irrelevante. ¿Por qué ir a buscarlo y crear a más problemas?

Lo que no les había contado era que podía olerlo a menudo, a veces hasta en mi habitación. Me estaba volviendo loca. Ya sea porque me lo estaba imaginando y perdiendo la cabeza o que en realidad me estaba rondando. Pero ¿por qué? Podría habérseme lanzado encima de mí inesperadamente, pero por el momento, no había hecho nada. Sólo se quedaba cerca, en segundo plano. Me hubiera gustado que hiciera alguna cosa o que me dejara en paz.

Había intentado localizarle siguiendo su olor. Cuando lo notaba cerca, lo llamaba, pero nunca lo había visto. Estaba perdida. ¿Debía seguir viviendo mi vida en estado de alerta y no poder dormir nunca tranquilamente, o debía tomar las riendas de la situación y solucionarlo?

No era necesario pensarlo tanto.

Decidí no contar mis planes a Quinn y Jagger. No sentía la necesidad de negociar con su agresivo macho. Decidí dirigirme directamente a Ryker. A él no le importaba eso, pero no quería que se lo contara a Faustine, por lo que se mantendría en un segundo plano.

De modo que, lo había hecho sencillo y lo hice pasar como cualquiera salida cuando invité a Faustine a acompañarme.

—¡Oh Dios Mío, eso suena muy bien! Escabullirnos fuera de la escuela por un rato. ¡Yay!— sonrió Faustine —¿Pueden venir Martha y Chun?

—Me temo que no. Sólo hay espacio para dos.

—¿Ah, sí? ¿Tipo un convertible para dos? ¡Genial! Mi madre tiene uno de esos, un Spyder.

Muy llamativo, me preguntaba si era un pre-lanzamiento. —De hecho, no conduciremos hasta allí. Está demasiado lejos. La Academia Boone se encuentra en Canadá, cerca de Whistler.

—Oh, eso está muy lejos. Aunque fui a esquiar allí el año pasado. Nos divertimos un montón. Las montañas son impresionantes y la nieve es perfecta. No recuerdo haber visto una escuela por ahí...

—Nunca he estado allí, pero la Academia está un poco lejos de la principal estación de esquí. De todos modos, no creo que podamos llegar a ver ninguno de los lugares turísticos. Como te he dicho, esto no es un viaje de placer. Tengo algo que necesito hacer.

—¿Es algo privado? Nunca sé cuándo puedo hacer preguntas o no— se quejó.

—En cierto modo, lo es. Sin embargo, tienes mi permiso para hacerme cualquier pregunta que quieras, cuando quieras. No puedo prometer que te las contestaré todas, pero lo intentaré. Supongo que quieres saber acerca del viaje.

Asintió la cabeza con vehemencia.

—Necesito hablar con Mason. Es el águila cambia formas que nos atacó en el pasillo— traté de simplificarlo lo máximo posible, porque no tenía ganas de crearle demasiados problemas. No necesitaba todos los detalles.

—¿Está en Canadá? Pensé que estaba aquí. ¿Por qué necesitas hablar con él?

—Estaba aquí, pero el castigo por atacarnos fue ser trasladado a Canadá.

—Jesús, eso no es un castigo. Eso es regalo.

—Sí, ya puedes decirlo. Pero supongo que era para asegurar de que se encontraría muy lejos de mí, así no podría volver a hacerlo.

—¿Entonces, no es un poco estúpido ir a verlo?

—Tal vez. Probablemente. Pero necesito algunas respuestas— gemí. —Y eso es algo privado.

—No va a ser privado si yo voy— sonrió ella

Ahí me había pillado —Tienes razón, no hay nada que pueda hacer al respecto.

—¿Por qué quieres que vaya?

—Porque tú eres el demonio más asombroso que he conocido en mi vida. Necesito a alguien en quien pueda confiar a mi lado.

—Aw. ¿Así como un camarada... en mujer? ¿Confías en mí? Eso es increíble. Yo también confío en ti.

—Eso es bueno, pero no te olvides de la Regla de Oro. Está ahí por una razón. Así que confía en mí, pero recuerda que quizás yo que no sea siempre quien parece ser. ¿De acuerdo?

—Eso apesta, pero está bien. De todos modos, ¿cómo llegaremos allí? Por favor dime que en un jet privado, no me gusta volar en aviones comerciales.

—Algo así, es muy privado. Es algo así como una especie de "Scotty tele-transpórtame". No puedo contarte más de eso, pero estará listo mañana después de clase.

Nos reunimos en mi dormitorio. Nos vestimos de forma extraña para un viaje a Canadá, pero no teníamos nada más. Eran los uniformes o pijamas. Así que, nos pusimos cara a cara con nuestros uniformes y esperamos.

Ryker había sido informado de antemano y nos llevaría y alejaría rápidamente en cualquier minuto. Cogí las manos de Faustine firmemente y noté su nerviosismo. No la culpaba por estar un poco tensa, ella no tenía idea de lo que iba a suceder.

De repente sentí algo cálido, una manta invisible envolviéndome, y una mano agarrando suavemente mi hombro. Entonces, no pesaba, mis ojos se esforzaban en cerrarse. Mi estómago se contrajo mientras me golpeaban por sorpresa extraños cambios de presión. El traslado duró mucho más de lo que esperaba. Traté de abrir los ojos un par de veces, pero estaban pegados con pegamento.

Cuando por fin sentí una superficie firme bajo mis pies, pude abrir los ojos y me encontré mirando a Faustine. Aún cara a cara, cogidas de la mano. Habíamos "aterrizado" en una especie de depósito. Estaba confundida. Pensaba que Ryker nos transportaría a la habitación de Mason. Quería preguntarle qué sucedía, ¿qué era lo que había salido mal? Pero eso significaría ponerlo en peligro y me había prometido no hacerlo.

Miré alrededor. Había estanterías llenas de cajas selladas alineadas en la sala de almacenamiento. A pesar de la tentación de empezar a abrirlas, me resistí y me mantuve firme en la tarea en cuestión. Debido al épico fracaso del transporte Wanderer, teníamos que encontrar a Mason por nuestra cuenta. No tenía ni idea de por dónde empezar, pero conseguir salir de la oscura y ligeramente húmeda sala, era una prioridad. Allí, no tendría ni siquiera un indicio de Mason.

Eso cambió en cuanto abrí la puerta. Afortunadamente, se abrió en un pasillo desierto con poca luz.

—¿Hacia dónde?— Susurró Faustine, sonando al lado.

Me di cuenta de que tenía los dedos fusionados. Eso era malo. Lo último que necesitaba era que hiciera su monstruosa actuación antes de que llegáramos donde estaba Mason.

Me puse el dedo en los labios para que se callara y miré a ambos sentidos. Jesús. No tenía ni idea y en nuestros uniformes de la Academia Bonfire hacían que destacáramos como pulgares doloridos. Me preguntaba si alguna de las cajas en la sala de almacenamiento contendría uniformes adicionales de la Academia Boone.

Tirando de Faustine hacia la habitación, empecé a romper las cajas para abrirlas. Contenían todo tipo de basura, cosas que los estudiantes anteriores habían dejado atrás, sin duda.

—¿Qué estás buscando?— me preguntó Faustine en voz baja.

—Uniformes. No podemos ser vistas en esta escuela usando los nuestros.

—¿Dentro de allí podría haber algo?— señaló un estante donde habían apiladas cajas marcadas como *uniformes.* Las cajas incluso tenían las tallas escritas en ellas.

Choqué su puño —¡Genial! Vamos a cambiarnos. —Ella vaciló cuando le entregué un conjunto —¿Qué pasa? ¿No es el tamaño correcto?

—No, no es eso. Me preocupa pensar que se destruirá si me transformo.

—No sucederá. Recuerda, la Profesora Bern lanzó un hechizo para incluir cualquier tipo de ropa que lleves.

No parecía muy convencida. —Eso sonaba demasiado bueno para ser verdad cuando lo dijo. No estoy segura, Cordelia.

—Bueno, en ese caso, basta que utilices estos encima de tu ropa de la Academia. Va a parecer un poco raro, pero si te hace sentir mejor, haz eso.

—¿Puedo coger una talla más grande, entonces?

Vestida con el uniforme de la Academia Boone, falda verde, camisa blanca, corbata rayada verde/dorado y una chaqueta azul con botones dorados, volvimos a salir al pasillo.

Me quedé quieta y traté de encontrar el olor de Mason.

—Eres como un perro rastreador. — Se rió Faustine.

—Sí, y tú lo serás también, cuando controles tus poderes. Te daré una correa cuando lo domines.

—Ja, ja.

—El olor es más fuerte por ese camino— Señalé hacia la izquierda. —Sígueme.

Seguí el olor hacia una puerta, y después de poner mi oído en ella, la abrí. Seguimos nuestro camino hasta la estrecha escalera metálica de caracol en el otro lado. Después de subir dos pisos, nos detuvimos ante otra puerta. Ni siquiera tenía que poner el oído a la puerta. Podía escuchar claramente mucha charla y gritos del otro lado.

—¿Estás lista, Faustine? Tratemos de mezclarnos. Voy a tratar de seguir el olor. Esto nos debería de llevar a la habitación de Mason, o dondequiera que se encuentre en este momento.

Respiré hondo y abrí la puerta. La escena era muy parecida a cualquiera de la Academia Bonfire. Grupos de estudiantes dando vueltas, charlando y riendo. Ellos no nos dedicaron ni una segunda mirada mientras pasábamos. Seguir el olor se convertía en algo más y más difícil de hacer, mientras un fuerte aroma a carne asada dominaba mis sentidos. La cafetería.

Me volví para mirar a Faustine. Miraba con nostalgia fijamente a la puerta de la cafetería. Seguramente, un rápido desvío no importaría. Incluso podría ser bueno. Era mejor mantener a Faustine alimentada, eso seguro.

—Ven. Vamos a conseguir algo de comer— deslicé mi brazo por el suyo y caminamos juntas.

Me quedé inmóvil, pero mantuve la expresión de póquer.

El lugar era un hervidero de vampiros. Ugh. Aunque esperaba que fueran Integrados, no tenía ni idea de qué plan de estudios o de formación utilizaban en esta escuela. Pero sabía que captarían el olor de Faustine en cualquier momento y entonces estaríamos fritas.

Le di la vuelta y me salí fuera de la cafetería con ella protestando vehementemente. —Sigue andando— le susurré, sin hacer caso a sus quejas.

El olor de Mason era fuerte y claro. Siguiéndolo de nuevo, conduje a Faustine hacia arriba y abajo de escaleras y a través de pasillos, hasta que llegamos a un cartel que decía: *El Ala Mozart.* Por la disposición supuse que estábamos en los dormitorios.

—¿Buscáis a alguien en concreto?— dijo una amigable voz detrás de nosotros.

Me puse rígida. La voz era de chica, pero la reconocí. Me volví hacia la cara de Mason. Al verla totalmente limpia, me di cuenta de lo impresionante que era. Sus claros ojos azules lucían mientras se quitaba su largo cabello negro de su rostro.

—¡Hola!— dijo ella, volviéndose hacia Faustine con una amplia sonrisa pintada en su cara.

Faustine le devolvió la sonrisa. No tenía ni idea de que la chica era Mason, por supuesto, ya que no le había contado acerca de los ginandromorfos.

No tenía ni idea de qué hacer. El pasillo estaba lleno de estudiantes. No podíamos quedarnos allí. —Estamos buscando a Mason Darley— suspiré. Débil, pero esperé a ver cómo respondía ella, totalmente preparada por si se transformaba y picoteaba mis globos oculares.

—Puedo llevarte a su habitación, si quieres— se ofreció, prácticamente maullándome.

—Gracias. Eso es muy amable por tu parte— dijo Faustine apreciativamente.

—Eh, sí. Gracias— añadí.

—Bueno, venid conmigo— nos condujo hacia un tramo de escaleras. —No os había visto por aquí antes.

¿Sois nuevas?— capté una pizca de diversión en su tono.

—No— le contesté secamente.

Faustine me miró sorprendida.

Por suerte, Mason no dijo nada más durante el camino hacia su habitación. Dudé un poco mientras la seguía... o lo, preguntándome si se trataba de algún tipo de una trampa. ¿Estaría Ryker confabulado con ella? Deseché ese pensamiento. Nunca habría puesto en peligro a Faustine.

A menos que Ryker se hubiese inventado todo eso sobre protegerla. Mi estómago se revolvió ante la idea, pero me contuve. ¿Qué cosa en la tierra podría hacer que una niña pequeña hiriera a dos demonios de todos modos? Nada.

Así que caminé hacia dentro con confianza, Faustine a mi lado. Ella estaba totalmente relajada, sus dedos se mantenían sin fusionarse.

Mason se arrojó sí mismo... o ella misma, Jesús, decidí usar *ella* mientras estuviese en su forma femenina... en la cama. Primero me miró, pero su expresión cambió rápidamente a una de aburrimiento. —¿Y?

—Estamos aquí para hablar contigo— le dije con firmeza.

—¿Eh?— murmuró Faustine.

—¿Ella no lo sabe? — preguntó Mason. —Raro.

—Sí, supongo. ¿Quieres que se lo cuente a ella?

—No. En realidad no. No es cosa suya. Y no te está permitido divulgarlo... de acuerdo a las reglas. De todos modos, ¿cómo habéis llegado hasta aquí?

—Ahora *eso,* no es la crema de *tu* pastel.

—Espera. Estoy confundida. ¿Es que vosotras dos os conoceis?— Preguntó Faustine.

—Más o menos— respondió Mason. —Faustine, ¿por qué no bajas al salón y ves la TV un rato o algo así?

—No puede. Tiene que quedarse conmigo.

—¿Tienes miedo que los vampiros la atrapen? Este lugar está lleno de ellos. Bonito lote, por cierto. Así que, ¿qué vamos a hacer, entonces? Supongo que no has venido hasta aquí para hacer una pequeña charla.

—¿Qué quieres de mí?— Le pregunté, eligiendo mis palabras cuidadosamente debido a Faustine.

—No mucho. Sólo te quiero fuera del cuadro, eso es todo.

—¿Fuera de qué cuadro, exactamente?— No tenía idea de cómo figuraba en su vida. Estaba bastante segura de nunca haberme encontrado con ella antes, en cualquiera de sus formas. Bastante segura, pero no al cien por cien.

—Fuera del trabajo de mentores.

—¿Por qué?

—No puedo decirlo.

—¿Qué pasa si no lo hago?

—Mmm. Creo que lo sabes.

Ella estaba segura de que me sacaría del camino. Pero ¿por qué? ¿Por qué quería que dejara la tutoría? No tenía ningún sentido. —Bueno, jódete. No te tengo miedo.

Los ojos de Mason hirvieron. Me preparé para transformarme, mis instintos sabían que ella estaba a punto abalanzarse sobre mí. Di un paso al frente. En un instante, ella se transformó a su forma de águila, cogió a Faustine y se precipitó por la ventana abierta en la fría noche canadiense.

¡Mierda!

—¡Ryker! ¡Cógeme y vamos tras ellas!

No hubo respuesta.

Miré por la ventana, a través de la oscuridad y de pronto fui enviada de nuevo al suelo mientras Mason saltaba de vuelta por la ventana, chocando contra mí. Luego, se transformó de nuevo, esta vez en su forma masculina.

Salté sobre él, sintiéndome totalmente transformada y pillándole sin darle tiempo. —¿Qué has hecho con ella?

—¡Nada!

—¿Dónde está entonces?

—No tengo ni idea, zorra. Quítate de encima.

Lo golpeé muy fuerte, dejando moretones por su mejilla. —¿Quieres intentarlo de nuevo?— Susurré.

—¡Desapareció! Se ha desvanecido. Justo como lo hizo en el pasillo y luego de nuevo en el comedor. ¿Qué le pasa a esa niña? Nunca había visto ese poder antes.

Qué idiota. Debería de haber sido capaz de averiguarlo, ya que su propio hermano estaba detrás de ello. De todos modos, me alegraba de que estuviera a salvo. —Bueno, ahora que ella se ha ido, dime por qué estás tratando de hacerme renunciar a la tutoría.

—No puedo. Sólo tienes que hacerlo. Si no lo haces, tendré que matarte.

—Espera. ¿Renunciar a ser mentora de Faustine o al período de tutoría?

—Oye, eres más tonta que un burro. Faustine. No me importa de quién más seas mentora. Tienes que alejarte de ella completamente.

—Mason, eso no tiene sentido. ¿Viene de ti, o estás hablando de alguien más? ¿Está Tad detrás de esto? ¿O tu padre?

—No puedo decírtelo. Todo lo que puedo decir es que si no das marcha atrás, estás frita. ¿Bastante simple de entender para tu diminuto cerebro de demonio?

Yo estaba hirviendo de rabia. ¿Demasiado exceso de confianza? Allí estaba yo, un demonio completamente transformado sentado encima de un flacucho muchacho cambia formas. Un empujoncito de mi dedo hacia su corazón y sería él el que estaría frito. Sólo eso tenía sentido. ¿Por qué dejarlo vivir para tratar de meterse conmigo otro día? Levanté mis brazos y lo miré asesinamente. Entonces, bajé mi dedo hacia su pecho.

Capítulo 29

—¡Cari, despierta!

Unos labios se rozaron contra los míos.

—Mmm... mmmph. ¿Qué hora es?

Quinn me dio un codazo. —Casi es la hora de llevar a Faustine a su prueba. Abre los ojos, demonio dormilón.

Inspiré profundamente primero, disfrutando del aire, libre de Mason. Se había convertido en mi costumbre desde mi encuentro con él en la Academia Boone. Me encontraba en estado de alerta constante, seguro que él aparecería tarde o temprano.

Y todo por culpa de Ryker. Si él no hubiera intervenido, Mason estaría en el cielo de los cambia formas o donde estos fueran, una vez que sus pequeñas vidas sin valor se apagaban.

La explicación de Ryker tenía sentido, pero igualmente no me gustaba.

—¿De verdad crees que te dejaría matar a un miembro de mi familia?— preguntó, en cuanto estuvimos de vuelta en el estudio de Jagger.

Miré alrededor, aturdida por el repentino cambio de ubicación. Había sido arrojada sobre el regazo de Jagger, su cara era una imagen de sorpresa y horror al haberle sido lanzado inesperadamente un demonio. Pobrecita hada.

Me transformé otra vez. Jagger se relajó, puso sus brazos alrededor mío y los cerró en un abrazo. Entonces, noté que volvía a apretarme.

—¿Qué pasa, Ryker?— La voz de Jagger era amenazadora.

—¿Por qué no le preguntas a tu princesa demonio?— escupió

—No, ¿por qué no me lo dices tú, Ryker? Ahora.

Ryker respiró hondo. El ambiente estaba muy tenso. Al fin, lentamente fue soltando el aliento —¡Bien!— procedió a vomitar todo el desafortunado paseo. Y la forma en que había terminado.

Podía sentir la furia de Jagger aumentando con cada palabra que salía de los labios de Ryker. ¿Qué diablos pasaba con lo de la confidencialidad?

—¿Lo de la confidencialidad?— gritó Ryker.

Ups, me había olvidado de que podía leerme la mente cuando estaba cerca de Jagger.

Jagger explotó. Se levantó y me llevó hasta el sofá, soltándome en él, y paseó por la habitación con las manos apretadas detrás de su espalda. Ni Ryker ni yo hablamos, sabíamos que era lo mejor.

—¡Quedaos aquí!— ladró Jagger finalmente. Se dio la vuelta y se fue por la puerta.

—Buen trabajo, chivato— le grité. — ¿Por qué diablos me has traído aquí?

—Dejé a Faustine en tu habitación y dejé a Quinn para que la vigilara. No tuve que dar ninguna explicación, creo que se imaginó que ella había tenido uno de sus episodios regulares. Pensé que aparecer contigo abriría la caja de pandora.

—Oh, ¿así que me has traído con Jagger no?

—¡Hey! No me culpes a mí de todo. Tú eres la que ha tratado de matar a mi hermano.

—Sí, bueno. Deberías haberme dejado. No es tu verdadero hermano de todos modos.

Ryker me miró. —¿No es verdadero? Mason y yo vivimos en la misma casa desde que él era un bebé. Lo acepto, no somos muy cercanos, pero es mi hermano. Mi verdadero hermano.

—Oh, está bien. Lo siento. No tenía intención de menospreciar vuestra relación. Sin embargo, ves mi problema ¿no?

—Lo veo. Es por eso que te llevé para que trataras de hablarlo directamente con él, no para que lo mataras.

—¡Pero cogió a Faustine! ¿O es que no te importa?

—Por supuesto que me importa. No dejaría que nadie la dañara. Lo sabes.

—¿Pero yo no importo?

Él se encogió de hombros. —Preferiría que vosotros lo arreglarais, especialmente porque le gustas mucho a Jagger, pero sí, aparte de eso, tú no importas.

Jesús. Bueno, no esperaba nada diferente, pero al menos sabía dónde me encontraba.

Jagger volvió y cerró la puerta tras de sí —Todavía estoy demasiado enfadado para hablar con alguno de vosotros dos. ¿En qué demonios estabas pensando, Cordelia? ¿Quinn lo sabe?

Negué con la cabeza. Quería pedirle que no se lo dijera a Quinn, pero no se veía de humor para evitar que alguien me gritara. De hecho, probablemente lo disfrutaría.

Se acercó a la ventana y contempló las cumbres. —Supongo que debería estar agradecido de que te encuentres bien— susurró finalmente, dándose la vuelta. Su rostro se había suavizado un poco. —¿Por qué? ¿Por qué no has confiado lo suficiente en mí como para decírmelo?

—No es eso, Jagger. Sabía en que no me dejarías ir. Sentí que tenía que probarlo, para saber más sobre Mason.

—Y matarlo— murmuró Ryker.

—Basta con eso. Está bien, admito que quizás fue una pequeña reacción exagerada, pero tiene que ser detenido. En ese momento, parecía ser la solución obvia.

—¿Y ahora qué?— Jagger miró desde donde estaba yo, hacia donde Ryker. —El plan descabellado ha sido un fracaso total. Entonces, ¿qué será lo siguiente que hará el equipo especial?

—Nada— Ryker se cruzó de brazos.

—Pero...— protesté

—No vais a hacer nada, tal como acaba de decir Ryker— Jagger me miró fijamente. —Sé que estás preocupada. Yo me encargo a partir de ahora.

—¿Cómo?

—Lo más importante, por el momento, es protegerte, por supuesto. La venganza será para más tarde. Le preguntaré a la Profesora Bern, si puede poner un hechizo de protección en la escuela. Tal vez incluso uno de confinamiento que mantenga alejado a Mason. ¿Imagino que no tendrás ningún problema con eso, no?— levantó las cejas hacia Ryker.

—No, ninguno en absoluto.

Así que eso fue todo. A pesar de qye Jagger se había mostrado confiado cuando dijo todo eso de protegerme, me quedé en estado de alerta en todo momento, incluso mientras dormía. Durante meses, lo primero que hacía al despertarme, incluso antes de abrir los ojos, inspirar profundamente para rastrear a Mason. Los resultados eran siempre los mismos, aire limpio, libre de Mason.

Abrí los ojos y sonreí a Quinn. Prácticamente se había mudado a mi habitación después de que Jagger le había chivado todo el asunto de Mason. Un buen escarmiento para Jagger.

Puse mis brazos alrededor de él y me acurruqué en su pecho. Era tan cálido y tierno, se me hacía difícil salir de la cama en el frío aire de invierno.

Me abrazó y me besó en la cabeza. —Mm, no quiero levantarme todavía, pero tenemos que ponernos en marcha. Tengo que ir con Audrey y Viola a clase y tú tienes que ir con Faustine para su prueba, ¿recuerdas?

—Sí, un minuto más...— Sí, ya era hora de la otra prueba. Me estaba aburriendo de todo ese asunto. Habíamos pasado de meses en que Faustine desaparecía en medio de las pruebas, a meses en que Faustine se transformaba y rompía las salas de ensayo. La única cosa que era diferente eran los estímulos. Ningún otro poder se había manifestado durante las sesiones. El objetivo fundamental no era eliminar los otros poderes, si no, conseguir que Faustine tomara el control de sus transformaciones. Por ahora, ella era un cero a la izquierda en ese tema.

Le habían sacado un montón de clases académicas para ponerla en clases especializadas para aprender a controlar sus signos vitales físicos. La teoría era que si podía hacer eso, sería capaz de aprender a controlar su transformación. Pero apestaba en esas clases también.

El único beneficio de las pruebas, era una mejora de su autoestima. Faustine incluso había pedido un espejo para poner en la cámara de pruebas, para poder verse en su forma demoníaca. Y, bueno, estaba impresionada consigo misma. Caminaba por la Academia con la espalda recta y una sonrisa de orgullo pintada en su rostro. Muy rara vez mencionaba a alguien que también era en parte humana, había aceptado su lado demoníaco por completo dado a que se identificaba completamente con eso. Pensé que sólo era cuestión de tiempo pidiera que la llamasen *Su Alteza.* Solté una risita.

—¿Qué es tan gracioso?— Preguntó Quinn.

—Oh, nada. Mejor me levanto. ¿Sabes cuántos vampiros serán introducidos en el programa de Iniciación de esta tarde?

La primera fusión había sido perfecta. Audrey y Viola eran simpáticas y se hicieron muy amigas con Faustine, Martha y Chun en muy poco tiempo. Por supuesto, siempre teníamos cuidado al asegurarnos de que Faustine no se quedara a solas con ellas. No necesitaríamos protegerla mucho más tiempo. La princesa demonio podía cuidar de sí misma. De hecho, el único problema era que Faustine podría volverse loca y hacerles daño, o a alguien más.

—Se rumorea que esta segunda fusión será un grupo grande. Muchos de ellos fueron retenidos la última vez, a pesar de que parecían estar listos. Probablemente para el beneficio de Faustine. Así que, posiblemente treinta, tal vez más aún. He estado hablando antes con Dax. Cree que su grupo se unirá a otro esta tarde, y ya me han dicho que Audrey y Viola se unirán a un grupo, aunque seguiré siendo su mentor.

—¡Guau, gran día!— Me obligué a mí misma a salir de la cama y entrar a la ducha. Cuando volví a mi habitación, Quinn se había ido. Sin embargo, no estaba sola. Faustine estaba allí esperándome.

—Estaré lista en un momento— le dije a Faustine.

—No hay prisa, tenemos mucho tiempo. Bueno, veinte minutos más o menos— dijo ella, mirando su reloj —Entonces, ¿qué crees que va a pasar hoy? ¿Lo mismo?

—Eso es decisión tuya— Odiaba sonar como una madre regañona, pero realmente tenía que hacer un esfuerzo. Tal vez sería su estímulo para más cosas emocionantes.

—¿Qué quieres decir?

—No lo sé— hice una pausa, tratando de pensar en algo sensato que pudiera ayudarla. —¿Sabes todas esas cosas que aprendes en las clases de relajación? Escoge una de ellas y concéntrate en hacerlo cuando te transformes.

—¿Cuál de ellas?

—¿Qué es lo que tranquiliza más? ¿Los ejercicios de respiración? ¿Tensar los músculos?

De repente se ruborizó.

—¿Faustine?

—No creo que quiera compartirlo, pero está bien, supongamos que escojo uno, ¿entonces qué?

—Cuando sientas que te estás transformando, te concentras en calmarte usando sólo un método— como si no pudiera leer totalmente cuál era el método con su expresión carmesí... Ryker, por supuesto. Sólo esperaba que no confundiera lo de calmada con, caliente y excitada.

—Pero ¿qué pasa si no quiero invertir la transformación? Podría encontrarme en una situación en la que quiera ir totalmente de demonio— protestó.

—Sí, y puedes. Las pruebas son para ayudarte a revertirlo cuando quieras, si así lo deseas. El punto es que tienes la elección.

Ella asintió con la cabeza.

—Así que, tal vez hoy, piensa en lo que sea cuando tu transformación empiece y veas así si puedes detenerla. Luego, en las próximas pruebas, podremos permitirte llegar más lejos en tu transformación y practicar el detenerlo en diferentes niveles. ¿Te parece bien?

Asintió con la cabeza, y la movió señalándome que saliéramos de la habitación. Una vez que estuvimos en la prueba de laboratorio, aún en el confinamiento uno, aunque Ryker ya no interfería más durante sus pruebas, compartí lo que Faustine y yo habíamos discutido con la Profesora Bern.

—Me alegro de que lograras llegar a ella— dijo con alivio —Espero que funcione. Estamos muy atrasados con su progreso. Henri, vamos a probar con una araña de nuevo, dado a que ya sabemos que funciona.

Una vez que Faustine estuvo preparada, Henri comenzó con el video. Yo miraba por la pantalla, una escena de cumpleaños. Era una fiesta de cumpleaños para un grupo de chicas cercanas a la edad de Faustine. Me preguntaba si había sido tomada de una de sus propias fiestas de cumpleaños. Una impresionante mujer parecida, supuse a Lady Annabel, la madre de Faustine, ponía una bandeja en la mesa con un enorme pastel de cumpleaños en la habitación. Ella estaba sonriendo ampliamente, cantando *Cumpleaños Feliz*.

Todos se volvieron para admirar el pastel y se unieron a Lady Annabel cantando.

Miré a Faustine en la sala. Estaba de pie, abrazándose a sí misma por el entusiasmo, una gran sonrisa cubría su rostro. Entonces, de pronto arrugó la cara y miró algo en el suelo.

Volví a mirar el monitor. Allí estaba. ¡La abominable forma negra la araña, le horreur! Jesús, pensaba que ya estaría acostumbrada a eso, pero aparentemente no. Me volví para mirar a Faustine de nuevo y me di cuenta de que sus dedos ya se habían fusionado.

Luego, ella cerró sus ojos y volvió su cara para otro lado. Podía notar por la tensión de su espalda que ella se estaba concentrando, pensando en lo maravillosamente caliente que era Ryker, sin duda. Parecía funcionar. Sus dedos poco a poco volvieron a la normalidad y poco después, su cuerpo se desplomó hacia una más relajada posición.

Abrió los ojos, en su rostro brillaba una gran sonrisa. Dobló las rodillas y nos hizo un gesto de Rock & Roll, seguido de un raro baile de victoria. Corrí hacia la cámara y la abracé. Hicimos una ronda de golpes de puño.

—¡Oh Dios Mío! ¡Guau! ¡Eso ha sido simplemente impresionante! ¡No puedo creer que haya hecho eso!—Faustine estaba eufórica

Aún seguía emocionada horas después, cuando llegó el momento de la reunión de la fusión. Saltaba cuando se reunió con Martha y Chun, y comenzó a charlar animadamente con ellos. Me quedé pasmada al ver a Martha poniendo atención.

—Toma una fotografía- se rió Dax, que venía detrás de mí. —¿Algún avance?

—Sí. No me di cuenta de lo mucho que necesitaba que eso ocurriera hasta que lo hizo. Parece una persona nueva.

—Ciertamente ha crecido en los últimos meses. No pasará mucho tiempo antes de que nuestro trabajo haya terminado. ¿Te ves regresando a casa y seguir adelante con tu vida?

—Lo veo, pero no tengo prisa. Frau Schmelder me ha preguntado si me gustaría quedarme un año más y ser aprendiz de la Profesora Bern. Al parecer, ella me ha pedido especialmente.

—¡Estupendo!

—Sí, voy a pensarlo.

Sonó la campana que sonaba al comienzo de la reunión. Nos sentamos en nuestros asientos habituales y miré alrededor buscando a Quinn y Jagger. Jagger estaba sentado con Ryker, y Quinn con Audrey y Viola.

Frau Schmelder se posicionó detrás del podio y pidió silencio. —Gracias por venir. Esta es la segunda y última fusión que tendremos este año. Sé que en años anteriores tuvimos tres, pero con la interrupción que causó el cierre de la Academia, y otros factores, no tendremos el tiempo para una tercera antes de la graduación. Por lo que, esta fusión será más grande de lo normal.

Hizo una pausa para aclararse la garganta. —Permitiré que sesenta y dos de nuestros vampiros Iniciados entren en el programa principal.

Una sinfonía de jadeos y murmullos llenaron el auditorio.

Dax me miró, con los ojos abiertos. —Por Dios, ¿cómo manejaremos esto?

—Creo que ella va a estar bien. — Tal como había dicho, estaba segura de que lo haría. La mayoría de las veces, ni siquiera recordaba que Faustine era en parte humana, habiendo abrazado su parte demonio con tanto fervor. Sin embargo, su parte humana existía, y eso era algo de lo que ella necesitaba ser consciente en todo momento, incluso aunque sólo fuera para poder anticiparse a las respuestas de otros paranormales a ella.

—¡Silencio!— Ordenó Frau Schmelder. Una vez que la sala estuvo en silencio de nuevo, continuó. —Al igual que la última vez, vamos a asimilar los grupos. Id a ver a la Señora Stone después de la reunión para sus instrucciones. Ahora, bienvenidos vampiros Iniciados, al escenario.

De repente, el escenario estaba lleno de carne muerta. Vampiros. La mayoría eran bien parecidos, lo que no era sorprendente en lo más mínimo. Sorprendentemente, había algunos vampiros de aspecto ordinario. Los vampiros no solían tomarse la molestia de convertir a cualquier persona que se considerara menos que perfecto. Además, los únicos que eran enviados a la Academia, eran especiales de todos modos, y por lo tanto generalmente muy guapos. Así que no podía dejar de preguntarme sobre los pocos que no llegarían a la portada de Cosmo.

Una vez que estuvieron frente a la audiencia, Frau Schmelder volvió a abordarlos. —Vosotros habéis sido asignados a mentores individuales. Os quedareis con ellos en todo momento. Cualquier desliz y seréis trasladados de vuelta al campamento de preparación. ¿Está claro?

Todos asintieron.

—Esperad aquí en el escenario. Vuestros mentores vendrán a recogerlos.

Cuando ella se volvió para despedirse de nosotros, algunos de los vampiros olfatearon el aire. Un silencio descendió sobre el auditorio a medida que más y más de ellos comenzaron a hacer lo mismo. Todos comenzaron a verse tensos y ligeramente maníacos.

Capté el miedo en los ojos de Ryker mientras lo miraba. No era necesitaba saber en lo que su cerebro estaba trabajando para averiguar lo que estaba pasando. Los vampiros obviamente habían captado el olor de Faustine.

Negué con la cabeza a Ryker, deseando que se contuviera. Faustine tenía que dar un paso y tratar con ello. Toda la escuela no podía cambiar debido a un estudiante.

Viendo a la Profesora Bern mirar por encima hacia Faustine, asumí que parte de la decisión de tener que asimilar a los vampiros hoy, era basado en el asesoramiento de la Profesora Bern.

Me incliné hacia ella. —Faustine, recuerda lo que hiciste durante la prueba. Sólo haz lo mismo aquí y recuerda que te cubro las espaldas. El mejor enfoque aquí es confundirlos, asustarlos— la cogí de la mano y señalé hacia Martha, Chun, y Quinn para que se unieran a nosotros.

Los vampiros estaban un poco locos, prácticamente babeando sobre el escenario. Frau Schmelder no parecía en lo más mínimo sorprendida o preocupada. Ella se había movido a una esquina del escenario y estaba observando a Faustine. Alcancé a ver al padre de Faustine por la puerta del escenario. Era definitivamente una prueba. Una muy elaborada.

Los cinco de nosotros, Faustine, Quinn, Martha, Chun, y yo, subimos los escalones de ntrada al escenario y nos alineamos frente a los vampiros. Habían dejado de oler el aire para mirar fijamente a Faustine hambrientos. Contuve la respiración, esperando que Ryker se quedara al margen.

Faustine parecía extrañamente tranquila. Su respiración era relajada y uniforme. Se acercó al vampiro más cercano a ella y lo olió. Casi me muero, y me transformé instantáneamente, al igual que Quinn, Martha y Chun. Faustine ni siquiera había fusionado sus dedos. ¿En qué estaba pensando?

El vampiro al que había olido estaba claramente luchando, y pronto mostró sus colmillos. Todo el mundo se quedó inmóvil mientras Faustine instantáneamente se transformaba a su forma usual de demonio gigante. Y entonces cerró sus ojos.

El vampiro retrocedió, agachándose con la cabeza en sumisión. Tuve que contenerme de chocar los puños con Quinn. Faustine mantuvo los ojos cerrados, relajando su cuerpo, hasta que se transformó de nuevo a su estado normal.

Extendió su brazo y agarró el vampiro con su mano derecha. Y se la estrechó. —Hola, soy Faustine, hija del Rey Sebastián. ¿Tú quien eres?

Capítulo 30

La graduación de la Academia Bonfire era siempre un gran acontecimiento. Las graduaciones de Iniciación e Integración se llevaban a cabo por separado.

Me senté en la sección de mentores con Quinn, Jagger, y Dax, observando cómo los Iniciados marchaban y tomaban sus asientos. Estaban impresionantes, todos vestidos con togas y birretes.

Faustine entró con Martha, Chun, Audrey, Viola y un montón de sus nuevos amigos vampiros, su séquito. Aunque Martha tenía a todo el mundo escuchando sobre lo que ella correteaba, Faustine era claramente la abeja reina de su grupo.

Había sido divertido ver a Faustine crecer y desarrollarse durante los últimos meses. Atrás quedaba la tímida de doce años de edad que había conocido en la oficina de Frau Schmelder hace un año. Se había convertido en una bella y confiada adolescente que prácticamente gobernaba la clase de Iniciación. Me sentía como un padre orgulloso, mientras la veía sonreír y saludar a todo el mundo de camino a su asiento.

Todo el mundo estaba de buen humor. Los estudiantes, el personal y los padres. De acuerdo con nuestras reglas, todos habían comido antes de la ceremonia. Los Iniciados tenían una fiesta previa a la graduación en el comedor, y los padres habían sido invitados a un banquete en el salón de baile.

Los mentores eran invitados a un almuerzo privado organizado por el Consejo de Estudiantes en la sala de mentores, que se había transformado en un enorme comedor para la ocasión. Una gran mesa redonda de roble adornaba el centro de la pista. Yo estaba sentada entre Jagger y Quinn, lo que hacía estragos en mis hormonas. Sin embargo, me contuve y lo pasamos de maravilla, centrándonos en las bromas ligeras y en la deliciosa comida.

Después de la comida formal, Jagger había dado las gracias a todos por participar en el programa de mentores. Hacia el final de su discurso, levantó una copa para brindar por mí. —Una especial felicitación a Cordelia. La Profesora Bern ha quedado tan impresionada por sus esfuerzos este año que ha invitado a Cordelia para quedarse un año más como su aprendiz. Ningún estudiante en la historia de la Academia ha sido pedido alguna vez para hacer esto antes, y para un demonio el que se le pregunte si quiere ser aprendiz de bruja, debe ser la primera vez. ¡Así que, felicidades, Cordelia!—Todos se levantaron, brindando con los vasos y se bebieron sus bebidas.

Fui traída de vuelta al presente por el susurro de Quinn. —Ahí está el padre de Faustine— apuntó hacia la primera fila de asientos más cercana al escenario. —¿Supongo que su madre no vendrá?

Como en la cena, estaba entre Jagger y Quinn. —No. Es demasiado peligroso. Incluso Faustine no podría evitar que sus fans vampiros, se comieran algo puramente humano. Pero me alegro de que su padre haya venido. Sé que significa mucho para ella tenerlo aquí.

Faustine había estado hablando de su padre mucho más últimamente, y me había preguntado incluso sobre mis padres. Cuando llegó por primera vez a la Academia, todo de lo que hablaba era de su madre humana y de su vida en Manhattan. A finales de año, no se cansaba de escuchar lo que había sido de mi infancia. Al crecer, ella había sido totalmente desprovista de cualquier influencia de demonios, y sabía muy poco acerca de su herencia demoníaca. A diferencia de mí. Podría chismorrear sin fin sobre mi extensa familia.

Faustine no sabía absolutamente nada sobre su padre, o alguien relacionado con él. Me pareció extraño que estuviera tan a ciegas de esta gran parte de sí misma, pero supuse que su madre había tenido la esperanza de que la dejaran vivir su vida como un ser humano. No era de extrañarse que estuviera tan poco preparada para todas las cosas paranormales.

Y tenía que lidiar con más cosas que la mayoría de los demonios. Un demonio normal habría tenido un mal momento tratando con el tipo de transformación que ella manifestaba. Ella había aprendido totalmente a afrontar todo eso, como su padre se había enterado cuando echó un vistazo en la reunión de fusión.

Todavía tenía mucho que aprender, sin embargo, y mucho por descubrir acerca de sí misma. Acabábamos de iniciar el proceso de aprovechar su paranormalidad. Probablemente tenía muchos poderes que aún necesitaba identificar y enseñarse a sí misma a controlarlos. A pesar de que se estaba graduando, estaba muy atrasada en muchas de sus clases académicas. Con suerte, se pondría al día el próximo año. Me alegraba estar cerca de ella y llegar a presenciar todas sus pruebas, tal vez incluso a diseñarlas.

—Guau, mira quién acaba de entrar— los ojos de Quinn estaban pegados hacia la entrada.

Me volví para ver un montón de hombres y mujeres con aspecto importante, todos vestidos con trajes elegantes y esmóquines, reunidos por las puertas. De pie entre ellos estaba la otra mitad de McKenzie, el Rey Alfred, rey vampiro de Londres. A su derecha, un muy sombrío Spencer Darley,el soberano global de los Wanderers, susurrándole algo al oído a la esposa. Y a la izquierda del Rey Alfred estaba la madre de Martha, la reina demonio de Dallas. Se abrieron paso hacia la primera fila donde el padre de Faustine estaba sentado con una gran sonrisa en su rostro. Una gran cantidad de palmadas en la espalda y abrazos se llevaron a cabo antes de que todos se sentaran. Hombre, la cuota de celebridades estaba sin duda al máximo. Me preguntaba por qué el Rey Alfred estaba allí. Miré a alrededor buscando a McKenzie, pero no la vi.

—Por Dios, es realmente espectacular, ¿no es así?— Quinn sonaba impresionado.

—Sí, no tengo cómo explicarlo, pero es como si ellos emanaran energía. Apuesto a que ellos tienen la energía para iluminar uno de los candelabros de araña.

Hablando de energía, podía sentir oleadas desde Jagger. Estaba muy tranquilo, pero su rodilla descansaba casualmente contra la mía, y estaba dominando mi espacio personal. Escabullí mi brazo derecho hacia abajo y deslicé mis dedos contra los de él, sin volver a mirarlo.

Faustine se dio la vuelta y captó mi mirada. Me saludó alegremente. Le tiré un beso al aire, luego volví a mirar a otro conjunto de manos agitándose en la audiencia. Saludé con la mano a Sienna y Jewel, feliz de que ellas hubiesen decidido venir. Las echaría de menos el próximo año.

—¿Dónde está Ryker?— Le susurré a Jagger.

—Octava fila, mmm... el quinto desde la derecha.

Me estiré y alcancé a verlo. Vestido con su toga y birrete. —Entonces, ¿lo ha conseguido?

—A penas. Tendrá que reponer un montón de clases el próximo año. Me quedaré a ser su mentor un año más, ya que ni siquiera ha comenzado a aprovechar sus poderes de hada. La Smelt quiere que me quede como el presidente del consejo estudiantil de todos modos.

—¿Qué está pasando con él y Martha?

—No mucho, teniendo en cuenta que pasa sus días acechando a Faustine— Jagger se rió — Pero supongo que no tiene otra opción. Al igual que yo— dijo enfáticamente.

—Cierto. Me preguntaba por qué me pareció ver a Martha coquetear con Delam el otro día. Y se quedó impune, ¿no?

—No lo sé. El Rey Alfred aparentemente lo quiso de esa manera. Dijo que se iba a hacer cargo personalmente de eso. Ha estado saliendo mucho con Martha. Extraña pareja, pero lo que sea— frotó la palma en mi mano — De todos modos, no importan todos los demás. ¿Qué pasa con nosotros?— sus ojos se encontraron con los míos.

No había nada que pudiera decir, no con Quinn sentado en mi otro lado. Pero realmente no tenía que hacerlo. Él lo sabía. Yo lo sabía. Y eso era todo lo que importaba. Estábamos sincronizados. Punto.

Quinn me dio un codazo alejándome de mis pensamientos y de Jagger. —¿Cuándo llega Pascal?

No podía esperar para ver a mi hermano, Pascal. — En pocos días. Estará aquí para el principio de la Iniciación. — Realmente no quería decir mucho sobre él; tenía algunos serios problemas. Quinn sabía todo al respecto. Pascal admiraba a Quinn y ya había solicitado a Quinn como su mentor. Buena suerte para Quinn; Pascal era un real chimpancé, y había algo extraño en él. Mamá dijo que tenía unos poderes poco habituales.

Todo el mundo se quedó en silencio mientras Frau Schmelder iba de camino hacia el escenario con el resto del personal. Todos vestían sus trajes ceremoniales de graduación y parecía que habían pasado la mañana arreglándose el pelo y maquillándose. Me pregunté si habían conseguido que vinieran los estilistas desde St. Moritz o si había habido una salida del personal a la ciudad para la ocasión. Supuse que lo sabría el próximo año. Como aprendiz de la Profesora Bern, sería considerada como uno de los empleados. Podría incluso llevar mi propia ropa. Una idea muy divertida. ¡Jimmy Choos y Chanel en la Academia!

Incluso la Profesora Bern estaba guapa con su rostro maquillado con base, sus redondos ojos alargados con delineador como de ojo de gato, y su pelo brillaba con un moño. ¿Por qué no lo hacía todos los días? Se veía mucho mejor. O mejor aún, ¿por qué no sólo lanzaba un hechizo para verse a sí misma en esa versión? Era una bruja, después de todo. O ir más allá y convertirse a sí misma en una copia de Angelina Jolie.

Un muy *real look* de Frau Schmelder tomó posición detrás del podio. Llevaba las insignias de graduación más elaboradas que jamás haya visto, estaba claro que había ido de compras.

Miró hacia la audiencia y se aclaró la garganta. —¡Bienvenidos a la graduación de Iniciación!— hizo una pausa y sonrió a los dignatarios de la primera fila. —Estoy encantada de dar la bienvenida a los padres, especialmente. Gracias, no sólo por tomarse el tiempo para acompañarnos ahora, sino también por su continuo apoyo durante el año. Es muy apreciado.

—Este ha sido un año inusual en la Academia. Comenzar el año en curso con construcción en curso, fue difícil, pero logramos salir adelante. Quiero darle la gracias al Rey Sebastian por todo al conseguir que la escuela volviera a la normalidad después del incendio— asintió con la mirada hacia él.

—Nuestros edificios se han actualizado y contamos con nueva seguridad y hemos añadido otros equipos. Contamos con un laboratorio de tecnología completamente nuevo y actualizado, con ordenadores de la mejor calidad y otros equipos. Hemos añadido un ala de hierbas para la escuela, donde tenemos la más extensa colección de plantas, cultivadas en nuestro nuevo invernadero, disponible para el uso en nuestros laboratorios.

—Estoy realmente muy satisfecha con los resultados del esfuerzo en la reconstrucción y modernización. De hecho, echen un vistazo a mi nuevo vestido— giró para el público, en medio de un montón de silbidos, aplausos y risas.

—Está bien, ¡calmaos! También estoy muy contenta por lo bien que lo han hecho todos los estudiantes. Estoy orgullosa de todos y cada uno de vosotros. Incluso de aquellos de vosotros que habéis entrado en mi oficina.

Me estremecí mientras otra ronda de risas llenó el auditorio. Supuse que ella lo sabía. Ugh.

Después de lanzarnos a Jagger, Quinn y a mí una mirada, continuó. —Debido al fuego, sólo admitimos la mitad del número de estudiantes en esta clase de

Iniciación, la mayoría de ellos son los vampiros que terminaron el campamento de principiantes del año pasado. Estoy increíblemente complacida al decir que los vampiros iniciados tuvieron una transición sin problemas y todos ellos están listos para graduarse hoy.

Sonreí, sintiéndome orgullosa. Lo de los vampiros era totalmente debido a Faustine. Los nuevos vampiros Iniciados, habían ido a adorarla después de la última fusión, y la seguían por ahí como cachorros. Había estado muy preocupada al principio, al igual que Ryker. Pero Faustine estaba totalmente bien con eso. Sospechaba que, incluso, disfrutaba la adoración.

—Quiero dar las gracias a mi equipo y al presidente de nuestro Consejo de Estudiantes— continuó Frau Schmelder. — No se puede pedir a un grupo más dedicado, así que gracias— hizo una pausa y sonrió.

—Ahora, empecemos.

Mientras iban siendo llamados por sus nombres, los Iniciados subían al escenario, uno a uno, para recibir su pergamino y para que les tomaran fotos. Me paré cuando fue el turno de Faustine y tomé una foto rápida con mi teléfono móvil, gritando y aplaudiendo al mismo tiempo. Se volvió y sonrió a la audiencia, luego se transformó en su modo de demonio completo para recibir aplausos y gritos de los estudiantes y los gritos de asombro de los padres testigos de su transformación por primera vez. Se mantuvo de pie, dejándose fotografiar, entonces se transformó de nuevo a su forma humana. Realmente lo tenía bien ensayado. Hizo una reverencia y se dirigió fuera del escenario para sentarse.

Jagger me apretó la mano mientras me sentaba de nuevo. Era lo único que podía hacer para evitar estallar. Estaba tan increíblemente feliz de haber sido parte del año de Iniciación de Faustine. Pero aún estaba más feliz de estar sentada al lado del chico del cual me había enamorado.

Me puse de pie cuando todos los estudiantes recibieron sus diplomas y Frau Schmelder subió a decir sus últimas palabras.

—¡Enhorabuena a los nuevos Integrados!

Epílogo

Academia Boone, Whistler

Yo nunca la había visto tan furiosa, prácticamente le salía humo por las orejas. Me aparté de la decrépita vieja bruja y miré por la ventana. Mientras me imaginaba esquiando en snowboard por la montaña de Whistler Blackcomb, la furia incrementaba dentro de mí, imaginar era lo único que podía hacer. Ni siquiera había estado cerca de deslizarme realmente por las pistas, ni aquí ni en St. Moritz. De hecho, desde que me había enviado a la escuela, todo lo que había hecho, era complacerla en todos sus pequeños caprichos.

—Mason, ¿en qué demonios estabas pensando?— continuó con su discurso. —No sólo no la tomaste y la trajiste como te había pedido, sino que casi permites te asesine la princesa demonio de París. ¿Cuál es su nombre otra vez?

Me di la vuelta y la miré. —Cordelia.

—Supongo que tendré que volar de vuelta allí a buscarla. No tengo toda la eternidad. ¡Mírame! No me estoy volviendo más joven.

Demasiado cierto. Era realmente vieja. Le eché un vistazo más de cerca y me pregunté exactamente qué edad tendría. Su pelo gris estaba recogido en un moño, su cara y manos estaban cubiertas de pequeñas arrugas. Era imposible saberlo. Si hubiera sido humana, habría dicho que su edad estaba en algún lugar entre los setenta y ochenta años, quizá noventa. Sin embargo, sus ardientes ojos rojos revelaban claramente que no era un ser humano. Por lo tanto, por lo que yo sabía, podría tener más de cien años de edad. Sin embargo, su comportamiento frágil no me engañaba. Era uno de los híbridos más potentes del mundo, una bruja demonio. Por mucho que tuviera la tentación de ponerme de acuerdo con su declaración, no había absolutamente ningún punto a debatir con una híbrida vieja bruja demonio.

—¿Entonces?— ladró ella.

—Papá lo ha arreglado para que regrese de nuevo a la Academia Bonfire para mi año de Integración. Me encargaré de ella entonces.

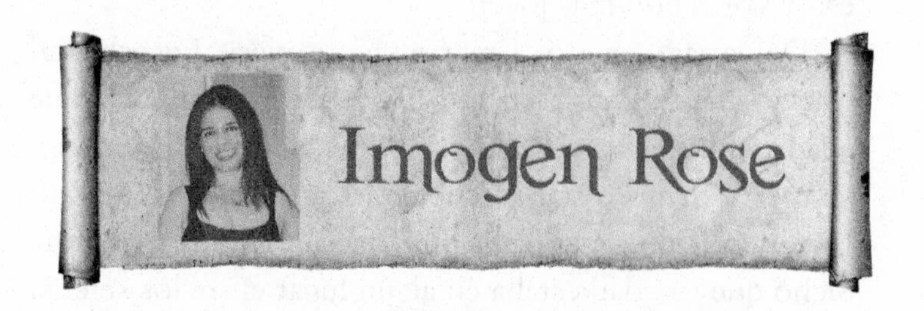

Imogen Rose es la autora de las muy afanadas y vendidas Series de Adulto Joven, "Las Crónicas del Portal". Nacida en un pequeño pueblo de Suecia, se trasladó a Londres a la edad veinte años. Después de doctorarse en inmunología en la Universidad Imperial, se mudó con su familia a Nueva Jersey, donde ha estado viviendo durante los últimos diez años.

Desde que tiene uso de razón, Imogen ha soñado historias, historias que continuaban noche a noche, de sueño en sueño. Así que, ya desde niña, ir a la cama nunca representó un problema sino un anticipo de la historia por venir.

Portal, la primera novela de Imogen, habría permanecido en su imaginación para ser compartida solamente con su hija Lauren, si ésta, de ocho años de edad, no hubiese insistido en que la escribiera. En el transcurso de un mes, Imogen escribió mientras Lauren esperaba ansiosamente a que salieran las páginas de la impresora. Una novela tomó forma. La cálida acogida que tuvo Portal, la animó a continuar con la historia y Las Crónicas del Portal.

Imogen es una adicta confesa a Hermès que disfruta de ir de compras, viajar, ver películas y jugar con su perro Tallulah.

Para más información , visita las páginas:
Sitio web: http://www.ImogenRose.com
Facebook: http://www.facebook.com/ImogenRosePage
Twitter: ImogenRoseTweet
Instagram: ImogenRoseGram

CPSIA information can be obtaine
at www.ICGtesting.com
Printed in the USA
LVOW03s1953020418
572056LV00001B/8/P